教育部人文社会科学重点研究基地重大项目

"中国诗歌研究史"(05JJD750.11-44011) 成果

首都师范大学中国诗歌研究中心规划项目成果

中国诗歌研究史

明代卷

左东岭 主编

左东岭 孙学堂 雍繁星 著

人民文学出版社

图书在版编目（CIP）数据

中国诗歌研究史.明代卷/左东岭主编；左东岭，孙学堂，雍繁星著.—北京：人民文学出版社，2020
ISBN 978-7-02-015810-2

Ⅰ.①中… Ⅱ.①左… ②孙… ③雍… Ⅲ.①诗歌研究—历史—中国—明代 Ⅳ.①I207.22

中国版本图书馆 CIP 数据核字(2019)第 244204 号

责任编辑　张梦笔　李　俊
装帧设计　陶　雷
责任印制　王重艺

出版发行　人民文学出版社
社　　址　北京市朝内大街 166 号
邮政编码　100705
网　　址　http://www.rw-cn.com

印　　刷　三河市中晟雅豪印务有限公司
经　　销　全国新华书店等

字　　数　420 千字
开　　本　880 毫米×1230 毫米　1/32
印　　张　11.625　插页 2
版　　次　2020 年 4 月北京第 1 版
印　　次　2020 年 4 月第 1 次印刷

书　　号　978-7-02-015810-2
定　　价　78.00 元

如有印装质量问题,请与本社图书销售中心调换。电话:010-65233595

总　序

处于世纪之交的中国学术界,编写各种各样的学术史成为近二十年来的流行学术操作。自20世纪初以来,中国的各种学科由于受到西方学术理念与研究方法的影响,纷纷建立起自己的研究范式,并运行了近百年,其中取得了巨大的学术成就,也存在着种种的问题与缺陷,因此有必要对其进行总结与检讨,以便完善学科的建设与提升研究的水平。从此一角度看,学术史写作的流行便是可以理解的一种学术选择。然而,在这二十多年的学术史编写中,到底对于学术的研究提供了何种帮助,又存在着哪些问题,或者说我们到底需要什么样的学术史,似乎还较少有人关注。我认为,总结学术史的写作就像学术史的写作一样重要,因为及时检讨我们所从事的学术工作,会使后来者少走弯路而提升学术史的研究水平。

一、近二十年学术史写作的检讨

学术史的清理其实是学术研究的常规工作,任何一个领域的问题研究,都必须首先从学术史的清理做起,否则便无法展开自己的研究。但中国学术界大规模、有意识的专门学术史研究,是从20世纪80年代末开始的,其标志性的成果是天津教育出版社组织编辑出版的"学术研究指南丛书",从20世纪80年代末至90年代中期,该丛书出版了数十种各学科的学术史"概述"类著作,其中不少著作至今仍是所在学科研究的必读书。现在回头来看这套大型研究史丛书，我们依然应该对其表示敬意，因为它的确对当时及后来的学术研究具有重要的贡献与推进。总结起来说，它具有下面几方面的主要特点：

一是起点较高。作为一套大型的研究指南丛书，其着眼点主要是为研究者提供入门的方法以便能够把握本领域的基本学术状况及研究方法，因此该丛书的"出版说明"就开宗明义地指出：

> 这套丛书将分门别类介绍哲学和社会科学各分支的研究沿革，对各学科的研究成果进行归纳和分析；对各学派或不同观点进行评介；对当前的研究动态及对未来研究趋势进行预测；还要介绍各学科特有的研究方法和手段。为了便于研究者检索，书后还附上该学科的基本资料书目及其提要和重要论文索引。这样，本书便是集学术性、资料性和工具性于一身，一册在手，即可对某一学科研究的基本情况一览无遗，足供学人参考、咨询、备览，对需要深入研究的内容，也可按图索骥，省却"踏破铁鞋无觅处"的烦恼。

从此一说明中不难看出，该丛书还不是纯粹意义上的学术史著作，其主要宗旨是作为研究的入门书，也就是所谓的"指南"性质，学术史研究当然是其重要组成部分，但不是其全部内容，这不仅从其书后附录的"基本资料书目"这些非学术史的板块可以看出，更可以从其撰写的方式显示出来。比如关于近代史的研究，该丛书既包括学术史性质的《中国近代史研究述要》[①]，同时也收进去了《习史启示录》[②]

[①] 陈振江：《中国近代史研究述要》，天津教育出版社，1997年版。
[②] 中国史学学会《中国历史年鉴》编辑组：《习史启示录：专家谈如何学习近代史》，天津教育出版社，1988年版。

这类谈治学经验的著作。而且在体例上也还存在一些问题,比如在中国古代文学学科,该丛书共收了9种著作:赵霈霖的《诗经研究反思》和《屈赋研究论衡》、刘扬忠的《宋词研究之路》、宁宗一的《元杂剧研究概述》和《明代戏剧研究概述》、金宁芬的《南戏研究变迁》、李汉秋的《儒林外史研究纵览》、罗宗强的《古代文学理论研究概述》、袁健的《晚清小说研究概说》等。将作为学科的古代文学理论和作为文体的诗、词、小说、戏剧以及古典名著的《儒林外史》并列,颇显体例的凌乱。尽管存在这些不足,但其中有两点是应该引起足够重视的。这就是一方面要"对各学科的研究成果进行归纳和分析;对各学派或不同学术观点进行评介"的学术史清理,另一方面还要"对当前的研究动态及未来研究趋势进行预测"的研究瞻望。这两方面的要求应该说是很高的,尤其是对于研究趋势的预测就绝非一般学者所能轻易做到。

二是作者队伍选择比较严格。从该丛书呈现的实际成果来看,其作者一般都具备两个条件:在某领域已经具有较大成就的学者和当时依然处于研究状态的学者。仍以古代文学为例,其中的六位学者都在各自的领域取得了较为突出的研究业绩,但在当时又都还是中年学者,正处于学术生命的旺盛期。这或许和这套丛书的"指南"性质相关,因为刚入门者缺乏研究经验,而已经退出研究前沿的年长学者又难以跟上学术发展潮流。这种选择其实也反映在上述所言的体例凌乱上,因为是以有成就的中年学者为选择对象,当然就不能追求体例的统一与均衡,可以说这是牺牲了体例的完整性而保证了丛书的质量。当然,从8种学术史著作居然有两位作者一人呈现两种的情况看,还是包含着地域性的局限与丛书组织者学术界统合力的不足。

三是丛书质量较高。由于具有较高的立意与作者队伍选择的严格,从而在总体上保障了丛书的基本质量,其中有不少成为本领域的必读著作。比如在罗宗强的《古代文学理论研究概述》的第一编,分四个小节对古代文学理论的"研究对象""研究目的""研究历史"和"资料载籍"进行系统的介绍,使读者完整地了解该学科的基本性质与历史发展,同时还提出了自己的独立见解,认为"弄清古代文学理论的历史面貌本身,也可说就是研究的目的"[1]。自建国以来,古代文论的研究一直追求"古为今用"的实用目的,从而严重影响了对于其真实内涵的发掘,当时提出弄清历史面貌的研究目的,可以说是一种拨乱反正的主张。正是由于拥有这样的眼光,也就保证了学术史清理中的学术判断,从而保证了该书的质量。

自此套丛书出版之后,便持续掀起了学术史写作的热潮,仅以中国古代文学学科为例,其中冠以20世纪学术史名称的便有:赵敏俐、杨树增的《20世纪中国古典文学研究史》[2],张燕瑾、吕薇芬主编的《20世纪中国文学研究》[3],蒋述卓等人主编的《20世纪中国古代文论学术研究史》[4],黄霖主编的《20世纪中国古代文学研究史》[5],傅璇琮主编的《20世纪中国人文学科学术研究史丛书文学专辑》[6],李春青主编的《20世纪中国古代文论研究史》[7],等等。有的著作虽未

---

[1] 罗宗强等:《古代文学理论研究概述》,天津教育出版社,1991年版,第7页。
[2] 陕西人民教育出版社,1997年版。
[3] 北京出版社,2001年版。
[4] 北京大学出版社,2005年版。
[5] 东方出版中心,2006年版。
[6] 福建人民出版社,2006年版。
[7] 山东教育出版社,2008年版。

以此为名,其实亦属于同类性质的著作,如:董乃斌等人主编的《中国文学史学史》[1],傅璇琮、蒋寅主编的《中国古代文学通论》[2]等,均包含有对 20 世纪学术史梳理的内容。还有以经典作家作品为对象的专门研究史,如以《文心雕龙》研究为题的张少康等《文心雕龙研究史》[3]、张文勋《文心雕龙研究史》[4]、李平《文心雕龙研究史论》[5]等,以杜甫为题的吴中胜《杜诗批评史》[6],以苏轼为题的曾枣庄《苏轼研究史》[7],以《红楼梦》为题的白盾《红楼梦研究史论》[8]、陈维昭《红学通史》[9]等。至于在此期间以综述文章形式发表的学术史研究成果,更是难以一一列举。

与"学术研究指南丛书"相比,后来的学术史的研究无疑有了长足的进展,这表现在以下几个方面:

一是更加系统而规范。比如张燕瑾等的《20 世纪中国文学研究》共 10 卷,不仅包括了古代文学的各个朝代,而且还增添了近代、现代和当代,应该说这才是真正完整的学术史;又如傅璇琮主编的《20 世纪中国人文学科学术研究史丛书文学专辑》内容更为完整丰富,共由 8 种构成:《中国古代小说研究》《中国戏剧研究》《中国词学研究》《中国诗学研究》《中国古代散文研究》《中国文学批评史研

---

[1] 河北人民出版社,2003 年版。
[2] 辽宁人民出版社,2005 年版。
[3] 北京大学出版社,2001 年版。
[4] 云南大学出版社,2001 年版。
[5] 黄山书社,2009 年版。
[6] 中国社会科学出版社,2012 年版。
[7] 江苏教育出版社,2001 年版。
[8] 天津人民出版社,1997 年版。
[9] 上海人民出版社,2005 年版。

究》《西方文学研究》《比较文学研究》,应该说文学研究的主要内容全都囊括进来了,而且分类也比较合理;再如黄霖主编的《20世纪中国古代文学研究史》共7卷,除了以分体所构成的"诗歌卷""小说卷""戏曲卷""散文卷""词学卷""文论卷"外,还由主编黄霖执笔撰写了"总论卷",对20世纪古代文学研究的总体状况与重要理论问题进行归纳与评述,从而与其他分卷一起构成了一个立体的系统。这些大型的学术史丛书,较之以前那些零打碎敲而互不统属的研究已经显示出明确的优势。

二是体例多样而各显特色。就本时期的学术著作的整体情况看,大致显示出三种体例。有的以介绍研究成果为主要目的而较少做理论的总结与评判,如张燕瑾等的《20世纪中国文学研究》、张文勋的《文心雕龙研究史》等,张文勋在绪论中就说:"对于入史的资料,采取实录的方法,保存其历史原貌。对当时的历史情况和资料的优劣,尽量做到述而不评,以便使读者进一步研究,评价其优劣,判断其是非。"[1]当然,并非所有的成果都是有意保持实录的特色而是缺乏判断的能力,但结果都是以介绍成果为主的写法。有的以问题为中心进行理论的总结,如赵敏俐等的《20世纪中国古典文学研究史》和韩经太的《中国文学批评史研究》等。赵敏俐以"时代变革与学术演进""文化思潮与理论思考""格局改变与领域拓展"和"文学史的研究与撰写"[2]来概括其著作内容,体现出明确的问题意识。韩经太则直接说:"如今已是电子信息时代,相关资料的检索汇集,实际上

---

[1] 张文勋:《文心雕龙研究史》,云南大学出版社,2001年版,第11页。
[2] 赵敏俐等:《20世纪中国古典文学研究史》,陕西教育出版社,1997年版,第1—13页。

已不再成为学术总结的难题。关键还在'问题意识'的确立。"①既然具有如此的指导原则,其著作也就理所当然地采取了以问题为章节设计的基本格局。有的则以深层理论探索为学术目的,如董乃斌等人的《中国文学史学史》并不是去介绍评判各种文学史编撰的优劣短长,而是要通过对前人经验的总结,建立自己的文学史学史,因而其关注的焦点就是:"细心地考察文学史学演进中诸种内部与外部的交互作用,实事求是地估量各种理论观念、史料工作和史纂形式的历史成因及其利弊得失,认真地探索与总结其发展规律。"②在此基础上,董乃斌还主编了另一本理论性更强的《文学史学原理研究》③的著作,显示了其重理论总结的学术路径。

三是对于学术史认识的深化。学术史的研究对象是相当驳杂凌乱的,如何选择与评价取决于研究者的知识构成与学术素养,即使面对相同的研究对象,由于研究者不同的学术背景,也会具有较大的差异。比如对于"新红学"的态度,早期的学术史多从政治的角度采取批判的态度,而近来的学术史则更多从学理的层面进行清理。比如郭豫适在评价胡适《红楼梦考证》的研究方法时说:"胡适虽然在具体进行作者、版本问题的考证中,得出了一些比较合乎实际的、可取的看法,但是我们不能因此而肯定他那实验主义的真理论和实用主义的研究方法。"④很明显,这是当时对胡适"大胆假设,小心求证"方法的关注与批判。而陈维昭在评价胡适时也说:"以胡适为代表的'新

---

① 韩经太:《中国文学批评史研究》,福建人民出版社,2006年版,第10页。
② 董乃斌等:《中国文学史学史》,河北人民出版,2003年版,第26页。
③ 董乃斌等:《文学史学原理研究》,河北人民出版社,2008年版。
④ 郭豫适:《红楼梦研究小史续稿》,上海文艺出版社,1981年版,第44页。

红学'的最本质的错误在于无视文本的创造过程和文本的阅读的不可逆性,无视叙述行为和阅读行为的解释性。"① 如果没有接触过新批评的文本理论与接受美学等开放性阐释新理论,作者不可能对胡适的新红学进行此种学理性的批评。从知识构成角度看,郭豫适依然在传统理论的层面研究胡适,而陈维昭则是用新的理论视角在审视胡适,尽管二人的评价有深浅的差异,但并无高低的可比性,因为那是处于不同时代的学术研究,只存在时代的差异而难以进行水平高低的对比。

指出上述学术史研究的新进展并不意味着目前的学界不存在问题,其实在学术史研究局面繁荣的背后,潜存着许多必须关注的缺陷甚至是弊端。这种情况可以分为两个层面。一个是大批貌似学术史研究而实则仅仅是成果的罗列,作者既未能全面搜罗成果,也缺乏鉴别拣择的能力。此类成果对于学术研究几乎毫无贡献,故不在本文的论述范围之内。另一个是许多严肃性的学术史著作与论文,对学界的进一步研究影响较大,但也存在着种种的问题,这就不能不引起足够的重视。就笔者所看到的学术史论著,大致存在着以下应该引起注意的现象。

首先是资料的不完整。竭泽而渔地网罗全部资料是学术史研究的前提,然后才能从中筛选出有价值的成果进行分析评价。然而目前的学术史著作中却很少有人将学术史资料搜集齐备的。尽管目前电脑网络的搜集手段已经足够先进便捷,但也恰恰由于过分依赖网络检索而忽视了其他检索的途径。比如目前网络数据库的内容基本上是经过授权的期刊,而在此之外却存在大量的盲点,论其大者便有未上期刊网的地方刊物成果、丛刊及论文集中的成果以及通史类中所包含的成果三种,均时常被学者所忽略。且不说那些以举例为写

---

① 陈维昭:《红学通史》,上海人民出版社,2005年版,第160页。

作方式的论著,即使那些专门提供成果索引的学术史著作,也存在此类问题。比如中国社会科学院历史研究所明史研究室编纂的《百年明史论著目录》①一书,搜集了自1979至2005年的明史研究成果,应该有足够的权威性,但本人在翻检自己的成果时却吃惊地发现有大量的遗漏。其中共收本人7篇论文和3部著作,但那一时期作者共发表有关明史研究的论文20篇,也就是说遗漏了将近三分之二的论文。遗漏部分有些是上述所言的盲区,如《阳明心学与冯梦龙的情教说》②属于论文集所收成果,《明代心学与文学》③属于论著中所包含成果。而《童心说与李贽的人生价值取向》④、《阳明心学与唐顺之的学术思想、文学思想与人格心态》⑤、《论王阳明的审美情趣与文学思想》⑥属于增刊或丛刊类成果。但不知是何原因,在知网中所收录的8篇论文竟然也被遗漏,似乎令人有些费解⑦。可以想象,如果按

---

① 中国社会科学院历史研究所明史研究室编:《百年明史论著目录》,安徽教育出版社,2012年版。
② 张晶主编:《21世纪文艺学研究的新开拓》,中国传媒大学出版社,2003年版。
③ 傅璇琮、蒋寅:《中国古代文学通论(明代卷)》,辽宁人民出版社,2005年版。
④ 《朱子学刊》第8辑,1998年。
⑤ 《文学与文化》第1辑,2003年。
⑥ 《文艺研究》1999年增刊。
⑦ 这8篇文章是:《耿、李之争与李贽晚年的人格心态巨变》(《北方论丛》1994年第5期)《禅学思想与李贽的童心说》(《郑州大学学报》1995年第5期),《从良知到性灵:明代文学思想的流变》(《南开学报》1995年第4期),《阳明心学与汤显祖的言情说》(《文艺研究》2000年第3期),《从本色论到性灵说:明代性灵文学思想的流变》(《社会科学战线》2000年第6期),《内在超越与江门心学的价值取向》(《南昌大学学报》2000年第2期),《李贽文学思想与心学关系及其影响研究综述》(《首都师范大学学报》2002年第6期),《20世纪以来心学与明代戏曲小说关系研究综述》(《首都师范大学学报》2004年第5期)。

照该索引查找本人有关明史的研究成果，其学术史的研究将会与实际状况有较大的出入。

其次是选择的合理性。尽管在搜集研究成果时力求其全，但除了索引类著作外，谁也无法且亦无必要将所收集到的成果全部罗列出来，也就是说作者必须进行选择，何者须重点介绍，何者须归类介绍，何者可归为存目。选择的工作需要的是作者的学养、眼光以及对该研究领域的熟悉程度。比如同样是对明代诗歌研究史的梳理，余恕诚《中国诗学研究》用了"百年明诗研究历程""高启诗歌研究"和"前后七子诗歌研究"三个小节予以论述，而羊列荣《20世纪中国古代文学研究史（诗歌卷）》却仅用"关于明诗的叙述状况"一节进行介绍，而且重点叙述"公安派的现代发现"。这种选择的不同就有二人学术判断的差异，也有是否对明代诗歌研究具有实际研究经验的问题。其实，就研究史本身看，现代学术史上的明诗研究都比较偏重一首一尾，高启与陈子龙乃是其重要研究对象。从学术的误区来看，传统的研究比较重视复古派的创作而轻视性灵派的创作。应该说二人的选择都存在一定的问题。

三是体例的统一性问题。就近几年来的学术史研究看，由于规模越来越大，很难由一人单独完成，因此组织队伍进行合作研究就成为常见的方式。合作研究的模式大致有两种，导师带学生与学科老师合作，或者两种模式相结合也很常见。如果导师认真负责地制定体例与审定文稿，统一性也许可以得到保障。如果仅仅是汇集众人文稿而成，就不仅是体例统一的问题，还会具有种种漏洞诸如资料不全、选择不当、评价偏颇乃至文句错讹的存在。而学者之间的合作往往会存在体例不一的问题，因为每人的学术背景、研究习惯及文章风格多有不同，难免会有所出入。蒋述卓《20世纪中国古代文论学术研究史》是由蒋述卓、刘绍瑾、程国赋、魏中林等同仁合著的,其主要特点是将研究的历史阶段与专题研究结合起来进行论述,虽然部头不大,但却将20世纪古代文论研究的方方面面都涉及到了,是一部简明而系统的学术史著作。但如果细读,还是会发现作者之间的行文差异。蒋述卓长期从事古代文论的研究,不仅对材料相当熟悉,而且对许多专题有自己的思考,所以采用"述"与"论"相结合的方式,为此他还在"80至90年代中西比较文论研究的发展"一章里专门写了"中西比较文论研究的总体评价与展望"一节,畅谈自己的看法与设想。而在程国赋等人所撰写的"专题研究回顾"部分,却很少发表评价性的意见,尤其是《文心雕龙》研究部分,几乎就是研究成果的客观介绍。这样做当然是一种严肃的学术态度,与其因不熟悉而评价失当,倒不如客观叙述介绍,遗憾的是在体例上不免有些出入,与理想的学术史研究还有一定差距。

除了上述的种种不足之处外,同时也还存在着分析的深入性、评价的公正性、预测的先见性等方面的问题。但归结起来说,学术史的研究其实就是两个主要方面:是否准确揭示了真正有价值的学术观点与研究方法,是否通过学术史的梳理寻找出了新的学术增长点与研究空间。退一步说,即使不能指出以后的学术方向,起码也要传达与揭示有价值的学术成果。

二、《明儒学案》的启示:学术史研究的原则

学案体作为中国古代学术史编撰的一种写作模式,曾以其鲜明的特点长期被学界所关注。史学家陈祖武概括说:"学案体史籍,是我国古代史学家记述学术发展历史的一种独特编纂形式。其雏形肇始于南宋初叶朱熹著《伊洛渊源录》,而完善和定型则是数百年后。

清朝康熙初叶黄宗羲著《明儒学案》,它源于传统的纪传体史籍,系变通《儒林传》(《儒学传》)、《艺文志》(《经籍志》),兼取佛家灯录体史籍之所长,经过长期酝酿演化而成。这一特殊体裁的史书,以学者论学资料的辑录为主体,合案主生平传略及学术总论为一堂,据以反映一个学者、一个学派,乃至一个时代的学术风貌,从而具备了晚近所谓学术史的意义。"①在中国古代,接近于陈先生所说的这种学案体著作大致有朱熹《伊洛渊源录》、耿定向《陆杨学案》、刘元卿《诸儒学案》、周汝登《圣学宗传》、刘宗周《论语学案》、孙奇逢《理学宗传》、黄宗羲《明儒学案》、徐世昌《清儒学案》等。尽管在学案体的起源与名称内涵上目前学界尚有争议,但黄宗羲的《明儒学案》作为学案体的代表性著作则是毫无争议的。梁启超就曾说:"中国有完善的学术史,自梨洲之著学案始。"并且从黄宗羲《明儒学案》中总结出编撰学术史的几个条件:

> 著学术史有四个必要的条件:第一,叙一个时代的学术,须把那时代重要各学派全数网罗,不可以爱憎为去取。第二,叙某家学说,须将其特点提挈出来,令读者有很明晰的观念。第三,要忠实传写各家真相,勿以主观上下其手。第四,要把个人的时代和他一生经历大概叙述,看出那人的全人格。梨洲的《明儒学案》,总算具备这四个条件。②

就《明儒学案》的实际情况看,全书共62卷,由5个大的板块组成:师说(黄宗羲之师刘宗周对明代有代表性思想家之评价)、有传承之流

---

① 陈祖武:《学案再释》,《北京师范大学学报》2009年第2期。
② 梁启超:《中国近三百年学术史》,东方出版社,1996年版,第58页。

派学案、诸儒学案、东林学案和蕺山学案。基本上囊括了明代儒家思想的主要流派和代表性人物。每一学案则主要由三部分内容构成：首先是总序，主要对本学案之师承渊源、思想特点以及作者之评价等；其次是学者小传，包括其生平大概及为学宗旨；其三是传主主要论学著作、语录之摘编。由此，有学者从体例上将其概括为"设学案以明学脉""写案语以示宗旨"和"原著选编"[1]。也有学者从方法论的角度将其改为"网罗史料、纂要钩玄""辨别同异""揭示宗旨、分源别派、清理学脉""保存一偏之见、相反之论"[2]。这些研究对于认识黄宗羲的思想特征与学术地位均有显著的贡献，也对学案体的体例有所揭示与总结。然而，这其中所蕴含的对于当代学术史研究的启示却较少有人提及。

就黄宗羲本人在《明儒学案》的序文及发凡中所重点强调的看，"分其宗旨，别其源流"[3]乃是其主要着眼点。也就是说，《明儒学案》所体现的学术原则与学术精神，主要由明宗旨与别源流两个方面所构成，而且此二点也对当今学术史的研究最具启发价值。

明宗旨是黄宗羲《明儒学案》最鲜明的特色之一，但其究竟有何内涵，学界看法却不尽一致。本人通过对该书的序言、发凡及相关表述的细致解读，认为它具有三个层面的含义。

首先是对最能体现思想家或学派特征、为学方法及学说价值的高度凝练的概括。黄宗羲说：

> 大凡学有宗旨，是其人之得力处，亦是学者之入门处。天下

---

[1] 朱义禄：《论学案体》，《哈尔滨工业大学学报》1999年第1期。
[2] 李明友：《一本万殊》，人民出版社，1994年版，第90—199页。
[3] 黄宗羲：《明儒学案序》，《明儒学案》，中华书局，1985年版，第8页。

之义理无穷,苟非定以一二字,如何约之,使其在我。故讲学而无宗旨,即有嘉言,是无头绪之乱丝也。学者而不能得其人之宗旨,即读其书,亦张骞初至大夏,不能得月氏要领也。是编分别宗旨,如灯取影,杜牧之曰:"丸之走盘,横斜圆直,不可尽知。其必可知者,知是丸不能出于盘也。"夫宗旨亦若是而已矣。①

此段话有三层意思:一是学者为学需有自己的宗旨,而且用简短的语句将其概括出来,以便体现自我的为学原则;二是了解这种学说也要抓住此一宗旨,才能得其精要,领会实质;三是介绍这种学说,也要能够用"一二字"概括出其为学宗旨,以便把握准确。从学术史研究的角度讲,如果研究对象本身宗旨明确,那当然对研究者是很有利的。但实际情况往往并非如此,越是大思想家和大学者,其思想越是丰富复杂,如何在这包罗万象的学说体系中提炼出其为学宗旨,那是需要经过研究者的认真思考与归纳的。黄宗羲的可贵之处是他能够遍读原始文献,经由认真斟酌,然后高度凝练地提取出各家之宗旨。正如其本人所言:"每见钞先儒语录者,荟撮数条,不知去取之意谓何。其人一生之精神未尝透露,如何见其学术?是编皆从全集纂要钩玄,未袭前人之旧本也。"②也就是说,提炼宗旨的前提是广泛阅读研究对象的全部文献,真正寻找出其为学宗旨,而不是将自我意志强加给对象,他之所以不满意周海门的《圣学宗传》,其原因就在于:"且各家自有宗旨,而海门主张禅学,扰金银铜铁为一器,是海门一人之宗旨,非各家之宗旨也。"③关于黄宗羲提炼宗旨而遍读各家全集的情

---

① 黄宗羲:《明儒学案发凡》,《明儒学案》,中华书局,1985年版,第17页。
② 黄宗羲:《明儒学案发凡》,《明儒学案》,中华书局,1985年版,第18页。
③ 黄宗羲:《明儒学案发凡》,《明儒学案》,中华书局,1985年版,第17页。

况,已有许多学者进行过考察,大都得出了肯定的结论。从此一角度出发,可知做学术史研究的第一步便是真正从研究对象的所有成果的研读中,高度概括出其学术的宗旨与精神,让人一看即可辨别出其学术的特色。

其次,宗旨是思想家或学派独创性的体现。黄宗羲认为:"学问之道,以各人自用得著者为真。凡倚门傍户,依样葫芦者,非流俗之士,则经生之业也。此编所列,有一偏之见,有相反之论,学者于其不同处,正宜著眼理会,所谓一本而万殊也。以水济水,岂是学问!"① 学术的精髓在于有思想的创造,而不在于求全稳妥,因而在《明儒学案》中,就特别重视"有一偏之见,有相反之论"的学者,而对那些"倚门傍户,依样葫芦"陈陈相因的"流俗""经生"之见,则一概予以祛除。如果说提炼宗旨是学术史研究的第一步,那么辨别各家宗旨有无创造性从而决定是否纳入学术史的叙述则是其第二步。在当代学术史研究中,并不是都能做到此一点的,许多学者为了体现求全的原则,常常采取罗列成果、全面介绍的方式,结果学术史成了记述论著的流水账,其中既无宗旨之提炼,亦无宗旨之辨析。黄宗羲的这种观点,体现了明代重个性、重创造的学术精神,至今仍然具有重要的启示意义。

其三是宗旨是为学精神与生命价值追求的结合。关于此一点,其实是与其"自得"的看法密切相关的。在"发凡"中,黄宗羲除了提出宗旨的见解外,同时又提出"自得"的看法。何为"自得"?有学者认为:"'自得'坚持的是一种独立的政治精神,强调的是一种自由的心理意识。"并认为"自得"与"宗旨"的关系是:"在黄宗羲的视野

---

① 黄宗羲:《明儒学案发凡》,《明儒学案》,中华书局,1985年版,第18页。

中,只有走向阳明心学的'自得'才可以称为'宗旨',否则,不是'宗旨不明',就是'没有宗旨'。"①必须指出,"自得"固然与独立思考的学术精神密切相关,但这并非其全部内涵,而且"自得"与"宗旨"也不能完全等同。比如黄宗羲认为,王阳明之前的明代学术,"习熟先儒之成说,未尝反身理会,推见至隐,所谓'此亦一述朱,彼亦一述朱'耳"②。可见他们缺乏思想的创造性,当然也就没有"自得",但并不妨碍其学说亦有其宗旨,黄宗羲曾经将明前期同倡朱子学的吴与弼和薛瑄的不同宗旨概括为:康斋重"涵养"而文清重"践履"。当然,有"自得"之宗旨优于无"自得"之宗旨亦为黄宗羲所认可,但不能说无自得便无宗旨。其实,黄宗羲所言的自得,除了具有独立自由的精神意识外,还有两种更重要的内涵。一是自我的真切体悟而非流于口头的言说,其《明儒学案发凡》说:

> 胡季随从学晦翁,晦翁使读《孟子》。他日问季随:"至于心,独无所同,然乎?"季随以所见解,晦翁以为非,且谓其读书卤莽不思。季随思之既苦,因以致疾,晦翁始言之。古人之于学者,其不轻授如此,盖欲其自得之也。即释氏亦最忌道破,人便做光景玩弄耳。此书未免风光狼藉,学者徒增见解,不做切实工夫,则羲反以此书得罪于天下后世也。③

此处的"自得"便是由自身思考体悟而来的真切感受与认知,而且按照心学知行合一的观念,真正的"知"就包括了践履的"行",黄宗羲

---

① 姚文永、宋晓伶:《"自得"和"宗旨"——〈明儒学案〉一个重要的编撰方法与原则》,《大连大学学报》2010年第3期。
② 黄宗羲:《明儒学案》,中华书局,1985年版,第179页。
③ 黄宗羲:《明儒学案发凡》,《明儒学案》,中华书局,1985年版,第18页。

称之为"切实工夫"。与此相反的是,停留于言说的表面而无体验与行动,那便叫做"玩弄光景"。正如黄宗羲批评北方王学"亦不过迹象闻见之学,而自得者鲜矣"①。"迹象闻见"便是停留于语言知识的层面而无真切的体验,也就是没有"自得"。二是自我境界的提升与人格的完善,也就是心学所言的自我"受用"。用黄宗羲的话说就是:"夫先儒之语录,人人不同,只是印我之心体,变动不居,若执定成局,终是受用不得。此无他,修德而后可讲学。今讲学而不修德,又何怪其举一而废百乎?"②在此,语录与受用、讲学与修德都是通过"自得"而联系起来的。这也难怪,心学本身就是修身成圣的学问,如果不能实现修身成圣的"受用",便是"玩弄光景"的假道学。所以黄宗羲在概括阳明心学时才会说:"自姚江指点出'良知人人现在,一反观而自得',便人人有个做圣之路。"③

将为学宗旨的鲜明特征、思想创造和自得受用结合起来,便是心学所说的"有切于身心",也就是有益于身心修为,有益于砥砺人格,有益于提升境界,有益于圣学追求。这既是其为学宗旨,也是其为学目标。黄宗羲以此作为《明儒学案》衡量学派的标准,既合乎其作为心学后劲的身份,也符合明代心学的学术品格。以此反观现代的学术史研究,就会发现存在明显的缺失。也许我们并不缺乏对学者思想特征与学术创造的归纳论述,但大都将其作为一种专业的操作进行衡量评说,而很少关注其是否"有切于身心",也就是对学者的学术追求和社会责任、人文关怀以及性情人格之间的关系极少留意。

---

① 黄宗羲:《明儒学案》,中华书局,1985年版,第636页。
② 黄宗羲:《黄梨洲先生原序》,《明儒学案》,中华书局,1985年版,第9页。
③ 黄宗羲:《明儒学案》,中华书局,1985年版,第179页。

我认为在对人格境界与社会关怀的重视方面也许我们真的赶不上黄宗羲。

别源流是黄宗羲《明儒学案》第二个要实现的目标。所谓别源流,就是要理清学派的传承与思想的流变。从黄宗羲《明儒学案》的实际操作上看,其别源流分为四个层面:一是梳理明代一代学术源流,二是寻觅明代心学学脉,三是阳明心学本身的学脉关系,四是学者个人思想的演变过程。关于黄宗羲考镜源流的业绩,贾润在其《〈明儒学案〉序》中指出:

> 盖明儒之学多门,有河东之派,有新会之派,有余姚之派,虽同师孔、孟,同谈性命,而途辙不同,其末流益歧以异,自有此书,而分支派别,条理粲然,其余诸儒也,先为叙传,以纪其行,后采语录,以列其言。其他崛起而无师承者,亦皆广为罗列,靡所遗失。论不主于一家,要使人人尽见其生平而后已。①

"分支派别,条理粲然"八个字,可以说高度概括了《明儒学案》在别源流方面的特点。黄宗羲在别源流的过程中,始终坚持两点,即兼综百家的包容性和兼顾优劣的公正性。尽管他是王门后学,但并不忽视其他学派的论述,这便是其巨大的包容性;而对于他最为看重的心学大师王阳明,既赞誉其"故无姚江,则古来之学脉绝矣",同时又指出:"然致良知一语,发自晚年,未及与学者深究其旨,后来门下各以意见掺合,说玄说妙,几同射覆,非复立言本意。"②以会合朱陆的方式纠正阳明及其后学的偏差,乃是刘宗周为学之核心,黄宗羲对阳明

---

① 黄宗羲:《明儒学案》,中华书局,1985年版,第12页。
② 黄宗羲:《明儒学案》,中华书局,1985年版,第179页。

的批评显然也受到其师刘宗周的影响,但同时也是他本人的真实看法与辨析源流的基本学术原则。

当然,学界也有对黄宗羲《明儒学案》的负面评价,比如钱穆就对黄宗羲在选取诸家言论的"取舍之未当"深致不满,并认为其"于每一家学术渊源,及其独特精神所在,指点未臻确切"。至于造成如此弊端之原因,钱穆则认为是黄宗羲"乃复时参以门户之见,义气之争。刘蕺山乃梨洲所亲授业,亦不免此病"[①]。至于《明儒学案》是否真的存在如钱穆所言缺陷,以及钱穆对黄宗羲之诟病是否恰当,均可进一步进行深入的讨论[②]。在此需要强调的是黄宗羲别源流的原则及其依据。

黄宗羲之所以重视"分其宗旨,别其源流",是他认为明代思想界最为独特的乃是学者之趋异倾向,也就是表达自我的真实见解与学术个性。他说:"有明事功文章,未必能越前代,至于讲学,余妄谓过之。诸先生学不一途,师门宗旨,或析之为数家,每久而一变。……诸先生不肯以懵懂精神冒人糟粕,虽浅深详略之不同,要不可谓无见于道者也。"[③]从横的一面,同一师门的宗旨可以分化为数家;从纵的一面,时间长了必然会发生变化。学术的活力就在于这种差异性和变动不居。这些不同派别与见解也许有"浅深详略之不

[①] 钱穆:《中国学术思想史论丛》卷七,安徽教育出版社,2004年版,第260页。

[②] 已有学者撰文指出,钱穆此论并不恰当,认为其原因在于:"由于钱穆的学术思想由'阳明学'逐渐转向'朱子学',其在晚年对阳明学多有指摘,故批评黄宗羲守阳明学门户,对《明儒学案》的评价由大加赞赏转向多有贬斥。"见张笑龙《钱穆对〈明儒学案〉评价之转变》,《广东社会科学》2013年第3期。

[③] 黄宗羲:《明儒学案序》,《明儒学案》,中华书局,1985年版,第7页。

同",但其可贵之处在于不肯重复前人的陈词滥调而勇于表达自我对"道"的真知灼见。所以他反复强调:"羲为《明儒学案》,上下诸先生,深浅各得,醇疵互见,要皆功力所至,竭其心之万殊者,而后成家,未尝以懵懂精神冒人糟粕。"①何为"懵懂精神"? 就是缺乏独立思考的能力而人云亦云,就是"倚门傍户,依样葫芦"的迷信盲从。只有那些"竭其心"的有得之言,尽管可能"醇疵互见",却足以成家。黄宗羲所要表彰的,正是这些所谓的"一偏之见""相反之论"。黄宗羲此种求真尚异的观念,是明代心学流行的必然结果,是学者崇尚自我和挑战权威精神的延续,所以他才会如此说:"古之君子宁凿五丁之间道,不假邯郸之野马,故其途亦不得不殊。奈何今之君子,必欲出于一途,使厥美灵根者,化为焦芽绝港。"②思想的创获来自艰辛的探索与思考,犹如开山凿道之不易。而如果使所有的学者均纳入同一模式的思想,就只能导致"焦芽绝港"的思想枯竭。学术的多样性乃是探索真理的必要性所决定的,因为"学术不同,正以见道体之无尽也"③。坚持思想探索,倡导独立精神,赞赏学术个性,鼓励流派纷争,这是黄宗羲留给我们最有价值的思想启示。

自黄宗羲之后,以学案体撰写学术史者虽然不少,但能够与其比肩者却绝无仅有。且不说清人徐世昌《清儒学案》和唐鉴《清学案小识》这类以堆积资料为目的的著作,它们既无宗旨之精炼提取,又无学脉之总体把握,即令是今人钱穆之《朱子新学案》、陆复初之《王船山学案》、杨向奎之《新编清儒学案》、张岂之之《民国学案》等现代学

---

① 黄宗羲:《黄梨洲先生原序》,《明儒学案》,中华书局,1985年版,第10页。
② 黄宗羲:《黄梨洲先生原序》,《明儒学案》,中华书局,1985年版,第10页。
③ 黄宗羲:《明儒学案序》,《明儒学案》,中华书局,1985年版,第7页。

术史著作，虽在思想评说、范畴辨析、问题论述及资料编选诸方面各有优长，但在学脉梳理及论述深度上皆难以达到《明儒学案》的高度。

在文学领域的学术史研究中，有两套丛书近于学案体的特征，它们是陈平原主持的"20世纪中国学术文存"（湖北教育出版社）和陈文新主持的"中国学术档案大系"（武汉大学出版社）。前者共拟出版20种研究论集，自21世纪初至今已基本完成；后者动议于十年之前，如今也已出版有十余种。从编写目的看，二者都重视文献的保存，都以选择优秀成果作为主体部分，这可视为是对《明儒学案》原著摘编方式之继承。从编写体例上，"文存"由导论、文选和目录索引三个部分组成，"学术档案"则由导论、文选、论著提要和大事记四部分构成。导论相当于《明儒学案》的总论部分，但由于是针对一代学术而言，不如《明儒学案》的简要精炼。目录索引与大事记是受现代学术观念影响的结果，故可存而不论。至于论著提要则须视各书作者之学术眼光与概括能力而定，就本人所接触的几册看，大致以截取各书之内容提要而来。如果以黄宗羲的明宗旨与别源流的两个标准来衡量这两套丛书，它们显而易见是远远没有达到《明儒学案》的水平。因为文选部分尽管通过选优而保存了名家的代表作，却必须通过每位读者自己的阅读体味来了解其学术特色。"学术档案"的情况略有改变，其选文之后附有作者生平、学术背景、内容简介与评述、作者著述情况等，但大多是情况介绍而乏精深之论[1]。至于别源

---

[1]　"学术档案"各书体例不甚统一，选文后有的是情况简介，有的则是对选义的学术评价，如王炜的《〈金瓶梅〉学术档案》的每篇选文之后都有一篇学术导读，就该文及学术思想、研究方法进行评价，应该说是基本达到了"明宗旨"的要求。

流更是这两套丛书的短板,就我所接触到的导论部分而言,只有王小盾在《词曲研究》的导论中简略提及了任二北的师承关系及台湾高校的注重师承传授,其他著作则盖付阙如,似乎别源流已经被置于学术史研究之外。当然,在此需说明两点:一是在此并没有责备丛书主持人和各书作者之意,因为其他的学术史著作也都没有关注此一问题;二是别源流的问题之所以被现代学术史研究所遮蔽,是因为学术研究中的师承观念与学派意识逐渐淡化,从而难以为学术史研究提供丰富的研究案例与内容。但又必须指出,学术研究中师承观念与学派意识的缺位并不能完全成为学界忽视该问题的借口,因为寻找研究中存在的问题与缺陷同样是学术史研究的重要组成部分。对此将留待下节展开论述。

三、学术史研究的三个层面:总结经验、寻找缺陷与提出新的学术增长点

黄宗羲是明清之际的大思想家,《明儒学案》是中国历史上的经典学术史著作,所以应该对其进行认真研究,从中受到有益的启示。但是,学案体毕竟是古代的产物,面对更为丰富复杂的研究对象,就不必从体例上再去刻意模仿这样的著作,而是要吸取其学术思想与撰写原则,从而弥补当今学界学术史研究之不足。就现代学术史研究看,我认为有三个层面的内容必须具备并对其内涵进行认真的辨析。

首先是总结经验。其实也就是通过对学术研究过程的清理使读者明白前人提出了何种观点,解决了哪些问题,运用了什么方法,取得过什么成就,存在过什么教训,等等。既然是学术史,就需要具备

"史"的品格,也就是必须写出历史的真实内涵,包括历史现象的真实反映和历史发展过程中关联性的揭示。其实,黄宗羲所归纳的明宗旨和别源流两个原则正是反映真实与揭示历史关联性的精炼表述。需要指出的是,《明儒学案》只是明代儒学发展的学术史,属于思想史的范畴,因此其主要目的便是总结提炼各家的主要思想创获以及学派之间的关系。而现代学术史所面对的研究对象要更加丰富,因而对其历史真实内涵的把握与关联性的揭示也更为复杂。

就现代学术史写作的一般情况看,学界大都采取纵向以时间为坐标而分期叙述,横向则以地域、学者或问题作为基本单元进行分类介绍。此种历史与逻辑相结合的结构方式乃是学术史写作的主要套路,基本能够承担学术经验总结的叙述功能。但也并非不存在问题,因为无论是以作者为基本单元还是以问题为基本单元,都需要经过作者的筛选与拣择,那么什么能够进入学术史的叙述框架就成为作者所操持的话语权力,不同立场、不同眼光、不同标准,甚至不同师承与学派,就会有理解判断的差异,争议的产生也就在所难免。于是,便有了学术编年史的出现。编年史的好处在于以编年的方式将与学术相关的内容巨细无遗地网罗其中,能够全面展示学术发展的过程。只不过这种学术编年史的写作目前还仅限于中国古代,而且也只有梅新林等人的《中国学术编年》这一部书。能否用编年史的方式进行现代学术史的写作,当然可以继续进行讨论与实验,但可以肯定的是,编年史无论如何也不能代替传统的学术史研究,因为突出重点几乎和展示全面同等的重要,否则黄宗羲以突出主要学脉的《明儒学案》也不会受到学界的广为赞誉了。

从总结经验的角度看,目前存在的最主要的问题不在于学术史的编写体例,而是对于明宗旨与别源流的把握是否到位。从明宗旨的角度,存在着一个突出主要特征与全面反映真实的问题。无论是一个历史时期、一个流派还是一位学者,其学术研究都会存在这样的矛盾。作为学术史研究,就既要抓住主要特征以显示其学术观念、研究方法及研究结论的独特贡献,又要照顾到其他方面以把握其完整面貌。比如在研究民国时期现代文学观念的形成时,人们自然会更多关注受西方文学理论与方法影响较深的那些学者,以探索中国现代学术史是如何从中国传统的文章观念而转向现代纯文学观念的学术操作的。但是同时又不能忽视,当时还有许多学者依然在运用传统的文章观进行研究。那时既有刘经庵只把诗歌、戏曲与小说作为研究对象的《中国纯文学史》,因为作者的文学观念是"单指描写人生,发表情感,且带有美的色彩,使读者能与之共鸣共感的作品"[1]。但也有陈柱收有骈文甚至八股文的《中国散文史》,因为作者的文学观念是"文学者治化学术之华实也"[2]。从当时的学术观念看,刘经庵是进步与时髦的,但从今天的学术观念看,陈柱也未必没有自己的道理。如果从提供历史经验上看,二者都有其学术价值;如果从展现历史真实上看,就更不能忽视非主流声音的存在。从别源流的角度,目前的学术史研究可能存在的问题更大。尽管现代学术史上真正形成学术流派的不多,但却不能忽视学术思想的传承与分化,甚至一个学者也会有学术思想形成、发展和变化的过程。学术思想的变化往往会导致其研究对象的选择、学术方法的使用以及学术立场的改变等等变化。只有把这些变化过程交代清楚了,才能从中总结学术研

---

[1] 刘经庵:《中国纯文学史》,江苏文艺出版社,2008年版,第1页。
[2] 陈柱:《中国散文史》,江苏文艺出版社,2008年版,第1页。

究与时代政治、环境风气、研究条件之间的复杂关系等历史经验,同时也才能把历史发展的过程性梳理清楚。无论是在所接受的学术训练的系统性上,还是所拥有的研究条件上,我们的时代都要更优于黄宗羲,理应在明宗旨和别源流上比他做得更好,但遗憾的是在许多方面黄宗羲依然是我们无法超越的楷模。

在总结历史经验上,目前的学术史研究还存在着一个更大的误区,这便是对于历史教训的忽视。几乎所有的学术史在写到"文革"十年时,都用了"空白"二字来概括本时期的特征,而内容上更是一笔带过。有不少学者甚至在处理建国后十七年的学术史时,也采取了类似的态度。从成果选优的角度,这样做当然有其道理,因为你无法在此时找到值得后人学习与参考的学术成果与学术方法。然而,学术史研究不同于学术研究,学术研究上没有价值的东西未必在历史经验的总结上也毫无价值。学术史研究中要淘汰和忽略的是大量平庸重复、缺乏创造力的书籍文章,也就是黄宗羲所说的"倚门傍户""依样葫芦"的低劣制作,而不是缺陷和错误。因为从学理上讲,历史乃是一个连续不间断的时间链条所构成的,如果失去其中的一个链条,哪怕是一个有问题的链条,也将会破坏历史发展的连续性。一位新诗研究专家在谈到自己的研究经验时说:

> 在撰写《中国新诗编年史》过程中,我越来越感到,面对20世纪的新诗,只是从艺术和诗的角度进入会感到资源十分匮乏,像新民歌运动、"文革"诗歌等,20世纪很大一部分新诗作品并不是艺术或诗的,但如果站在问题的角度加以审视,其独特和复杂怕是中国诗歌史上任何一个时期都不能相比的。我力求这部编年史能更多地包含和揭示近一个世纪新诗发展过程中的问题

及问题的复杂性。①

这是就文学史研究而言的,其实学术史研究又何尝不是如此。站在学术价值的立场看"文革"或十七年,固然是研究史的低谷甚至"空白",但站在总结教训与探索问题的立场上,也许包含着繁荣期难以具备的研究价值。比如说建国后一直以极大的声势批判胡适的新红学,可是新红学所确立的自传说与两个版本系统的学术范式却始终左右着《红楼梦》研究界,最后反倒是新红学的主要成员俞平伯对新红学的研究范式提出了颠覆性的看法。这其中所包含的政治与学术研究的关系到底有何价值?又比如在所谓"浩劫"的年代,许多学者辍笔不作或跟风趋时,钱锺书却能沉潜学问,写出广征博引、新见时出的百余万言的《管锥编》,这是他个人例外呢,还是其他人定力不够?也是一个值得研究的问题。在人文学科研究中,闭门造车固然封闭保守,趋炎附势肯定丧失品格,那么在社会关怀与学术独立的关系中学者到底如何拿捏才是恰当?这些都是研究学术中的重大问题,也是至今学者必须面对的问题。从此一角度讲,对于历史教训研究的价值绝不低于对于研究成绩的表彰。可惜在这方面我们以前的关注实在太少。

其次是寻找缺陷。所谓寻找缺陷就是检点现代学术史研究中存在的不足,其中大到研究范式的运用、研究价值的定位、学术盲点的寻找,小到某个命题的把握、某一材料的安排、某一术语的使用等等。在目前的学术界,无论是对学术史的研究还是当今的学术批评,往往是赞赏多而批评少,总结经验多而寻找缺陷少。究其原因,其中既有

---

① 刘福春:《还原历史的丰富与复杂》,《文学评论》2014年第4期。

水平问题,也有学风问题。但是对于学术史研究来说,寻找缺陷的意义绝不低于总结经验,因为寻找不出缺陷就不能提出新的学术路径,也就不能进一步提升研究的水平。

其实在学术史研究中确实还存在着很多需要纠正的弊端与不足,就其大者而言便有以下数种。

(一)研究模式的缺陷。比如现代文学史的研究模式是建立在西方的学术理念与研究方法的学理基础上,从根本上说是西方近代以来理性主义思潮的产物。这种理性主义的研究范式以逻辑的思维与证据的原则作为其核心支撑,用中国古人的话说叫做言之成理与持之有故。没有这样的研究范式,中国的学术研究就不能从传统的评点鉴赏转向现代的理论思辨与逻辑论证,也就不能具备现代学术品格。然而,这种理性主义思潮基本是以自然科学为依托的,所以带有浓厚的科学色彩。其中有两点对现代学术研究具有根深蒂固的负面影响,这便是生物学上的进化论与物理学上的规律论。表现在历史研究中,就构成以文体创造为演进模式的"一代有一代之文学"的文学史理论,而表现在研究目的上则是寻找各种各样的文学史规律,诸如唐诗繁荣规律、《红楼梦》创作规律、旧文学衰亡规律等等。直至今日,这种研究模式依然在发挥巨大的影响力而左右着学者的思维方式。其实,自然科学的理论在进入人文学科领域时,是需要进行检验和调整的,否则就会伤害到学科自身。因为文学史研究不能以寻找规律为研究目的,他必须以总结历史上人们如何以审美的方式满足其精神需求作为探索的目标,然后才可能对当今的精神生活提供有益的历史经验。同理,"一代有一代之文学"的线性进化理论也不符合文学发展的实际,因为随着人类社会的发展,日益丰富的生活带来人们更为丰富的情感世界,于是也就需要更多的文学样式与方法来满足其精神需求,那么文学史的发展过程就只能呈现为文体如滚雪球般的日益复杂多样,而不是进化论式的相互替代。不改变这种研究范式,我们只能依然沿着冯沅君的老路,把诗歌史只写到宋代,而永远找不到明清诗文研究的合法性来。

（二）流派研究的缺失。学术史研究是对学术研究实践的描述与归纳,这乃是学界的常识。从此一角度说,现代学术史研究中流派观念的淡漠与研究的弱化似乎是必然的。黄宗羲《明儒学案》在别源流方面之所以做得足够出色,是因为明代思想界学派林立、论争激烈,从而保持了巨大的思维活力,黄宗羲面对如此活跃的学术实践,当然将流派研究作为自己的主要特色。清代缺乏这种思想活力,建国伊始便禁止文人结社讲学,当然也形不成学界的流派。研究清代的学术史,似乎也理所当然地写不出《明儒学案》那样的著作。那么,现代学术研究是否也可以因学术流派的缺少而走清人的老路,自动放弃流派的研究？这里又是一个误区。学术研究实践中流派的缺乏只能导致经验总结的缺位,因为没有这样的实践当然无法去归纳与描述。然而,正因为研究实践中缺乏流派的意识与现实,学术史研究才更应该去指出这种致命的缺陷。因为思想创造的动力来自于流派的竞争,学术研究的活力也来自于流派的论争,因此缺乏流派的学术研究是没有活力、没有个性的研究。作为学术史的研究,理应去发掘学术史上珍贵的流派史实,探讨流派缺失的原因,并强调形成新的学术流派之于学术研究的重要。就此而言,学术史研究不仅仅是学术实践经验的反映与总结,也应该肩负起纠正学术研究弊端的重要职责。

（三）人文精神的缺失。自现代学科建立以来,追求科学化与客观化一直成为学界的目标,这既与科学主义的影响有关,也与建国后政治时常干预学术的政治环境有关,更与研究手段的日益技术化有关。学术研究的这种科学化倾向也深深影响了学术史的研究,使得学术史研究不仅未能纠正此一缺陷,反而变本加厉地强化了这种倾向。其实,以人文学科的研究属性去追求科学性与客观性,本身就陷入一种尴尬的悖论。反思一下中国的历史,哪一种重要的思想流派不具备经国济世的人文关怀? 拿最为后人所诟病的强调思辨性的程朱理学与偏于名物训诂考证的乾嘉汉学,其实也并不缺乏社会的使命感。理学固然重视修身,但《大学》的八条目依然从格物致知通向治国平天下的终极目标;乾嘉学派固然重视名物的考证,但其大前提依然是"反经"以崇尚实学的济世胸怀。从现代史学理论看,科学性与客观性受到日益巨大的挑战,正如美国史学理论家海登·怀特所言:"近来的'回归叙事'表明,史学家们承认需要一种更多地是'文学性'而非'科学性'的写作来对历史现象进行具体的历史学处理。"[1]无论从历史的事实还是学科的属性,人文学科的研究都应该拥有区别于自然科学与社会科学的特征。但是令人遗憾的是,面对20世纪以来日益严重的科学化与技术化倾向,学术史的研究并未能尽到自己的责任。尤其是在文学研究领域,本来是最具有情感内涵和人文精神的学科,如今却随着计算机技术的运用变成了靠数理统计与堆砌材料以显示其客观独立的冷学科。我曾经在《中国古代文学研究转型期的技术化倾向及其缺失》一文中说:"如果中国古代文学的研究既缺乏理性思辨的智慧之光,又没有打动人的人文精神,更没有流畅生动的阅读效果,而只是造就了一大批头脑僵硬的教授与

---

[1] 〔美〕海登·怀特著,陈新译:《元史学:十九世纪欧洲的历史想象》,译林出版社,2004年版,第5页。

目光呆滞的博士,这样的古代文学研究不要也罢。"[1]不过,要真正纠正这种人文精神的缺失,尚须整个学界的努力,尤其是学术史研究的努力。

以上三点只是作为例子来说明学术史研究中寻找缺陷的重要,至于更多更具体的研究缺陷,需要投入更多的精力。而重要的是学术史研究者需要具备挑剔的眼光与批评的勇气,将学术史研究视为推动学科发展的动力而不是表彰优秀分子的光荣榜。

其三是提出新的学术增长点。从近二十年所呈现的学术史研究成果来看,其主体部分大都是对已有成果的介绍与评价,一般也都会在最后有一部分文字表达对未来的瞻望,但对于现存问题的检讨就要明显薄弱一些。正是由于对现存问题的分析认识不够具体深入,因而对未来的瞻望也大多流于浮泛,更不要说提出新的学术增长点了。其实,未来瞻望与提出新的学术增长点并不是同一层面的内容。未来瞻望具有全局性与宏观性,表达了学术史研究者的一种愿望或理想;提出学术新增长点则是对下一步研究的观念、方法与路径的认真思考,因而必须与当前的研究紧密衔接。

就《文心雕龙》的研究看,目前已出版三部学术史著作,可以将其作为典型个案以讨论提出学术增长点的问题。张文勋《文心雕龙研究史》的导论部分设专节"《文心雕龙》的未来走向",提出了三点努力的方向:一是面向世界以弥补西方理论之不足,二是面向现代以建设新的文学理论并指导创作,三是面向群众普及以扩大影响[2]。这是典型的理想表达,基本都是在"实用"的层面,与专业研究存有

---

[1] 《文学遗产》2008年第1期。
[2] 张文勋:《文心雕龙研究史》,云南大学出版社,2001年版,第6—10页。

较大距离,也就未涉及学术增长点问题。张少康等人撰写的《文心雕龙研究史》在其结语"《文心雕龙》研究的未来展望"中,设有六个小节:1. 发展史料与理论并重的研究;2. 从文化史角度看《文心雕龙》;3. 从中西比较的角度来研究《文心雕龙》;4. 从理论联系实际的角度,用历史的比较的方法研究《文心雕龙》;5. 让"龙学"研究走向世界;6. 培养青年"龙学"家,扩大和加强《文心雕龙》的研究队伍[①]。在这六个小节中,前三个方面是对已有研究特点的总结与强调,后两个方面是一种希望的表达,真正属于新的学术增长点的乃是第四小节,作者要求《文心雕龙》范畴研究要与实际创作乃至其他艺术领域结合起来,不能就理论而研究理论。李平《文心雕龙研究史论》在其绪论部分的第四节"'龙学'研究存在的问题与发展前景",尽管所用文字不多,但在行文方式上却颇有特色,即作者已将学术增长点的提出与未来瞻望分两段文字写出。在学术研究方面提出三点建议:一是继续研究思想、理论上有争议的问题,二是做好总结性的工作,三是应加强对港台及海外《文心雕龙》研究成果的介绍和翻译工作。而在瞻望部分则提出:一要培养后续力量,二要更新理论方法,三要创造良好学风,四要加强国际合作交流。李平的好处是思路清晰,大致将学术建议与理想表达区分开来。其不足在于提出的建议较为浮泛,反不如张少康的意见更有针对性。之所以会出现思路清晰而建议浮泛的矛盾,乃是由于作者尚未发现研究中存在的深层问题,比如他认为《文心雕龙》研究现存问题是:1. 成果数量减少;2. 成果质量下降;3. 研究队伍后继乏人[②]。这些问题当然是真实存

[①] 张少康等:《文心雕龙研究史》,北京大学出版社,2001年版,第587—596页。
[②] 李平:《文心雕龙研究史论》,黄山书社,2009年版,第19—21页。

在的,但是却均属现象描述,并未深入至学术研究的学理层面,当然难以提出具体的解决办法了。

从以上这些学术史著作写作经验的总结中,可归纳出以下关于提出新的学术增长点的一些原则:第一,学术增长点的提出范围应该是专业的学术问题,而且必须有很强的现实针对性。所谓针对性,乃是建立在对前人学术研究中所存留问题的清醒认识之上的。没有对前人研究缺陷的发现与反思,就不可能提出有价值的学术增长点。第二,提出新的学术增长点必须对于当前的学术发展大势具有清醒的判断与认识,任何学术的进展与转型都不是孤立进行的。就拿《文心雕龙》研究来说,它理应与中国古代文论研究甚至中国古代文学研究的发展紧密关联。20世纪的中国古代文论研究,必须首先借鉴西方的理论方法才能建立起自己的体系,而西方理论方法也会留下与中国古代研究对象不能完全融合的弊端。因此,近二十年来的学术转型就是要回归中国文论本体,寻找到适合中国古代研究对象的理论方法。在《文心雕龙》研究中,几十年来一直运用西方的纯文学观念去解读归纳刘勰的文章观。如此研究,可能会导致越精细而距离刘勰越远的尴尬局面。从专业研究的层面讲,所谓国际化、世界化的提法都是与此学术转型背道而驰的。《文心雕龙》首先要解决的乃是学术理念与研究方法的问题,此一点不解决,《文心雕龙》研究不可能走出误区。第三,新的学术增长点的提出必须具有实际可操作性。对于那些无法实现或者过于高远的希望,最好不要在学术增长点里提出来,因为这无助于问题的解决和研究水平的提升。比如要解决《文心雕龙》研究中以现代文学理论观念比附刘勰文章观的问题,仅仅倡导回归中国本体是远远不够的。我们更要提出回归的具体方法与路径。我曾经在《文体意识、创作经验与〈文心雕龙〉

研究》一文中提出,对于像"神思"这一类谈创作构思的理论范畴,最好能够结合中国古代相关的文体和刘勰本人的创作经验进行讨论,方可能揭示其真实的内涵。我认为这是研究《文心雕龙》的基本路径,因为刘勰的理论观点是以其自我的创作经验和熟悉的文章体裁作为思考对象的,离开这些而妄加比附就会流于不着边际。如果用以上这些原则来衡量目前的学术史研究,可能大多数成果还不够尽如人意。

总结经验、寻找缺陷与提出新的学术增长点,这是学术史研究互为关联的三个基本层面。尽管由于学术史写作的目的、规模与专业的不同,或许会在三者的比例大小上多有出入,但如果缺乏任何一个层面,我认为就不能称得上是严肃的学术史研究,或者说就会成为对于推动学术研究发展起不到应有作用的学术史研究。

四、学术史研究者的基本条件:学术素养与研究经验

目前学界关于学术史的研究存在着两种流行的误解。一是认为学术史研究的价值低于专业问题的研究,二是认为学术史研究相对比较容易。而且二者互为因果,造成了许多学术的混乱。比如博士论文的选题,近年来许多人都选择了研究史、接受史及影响史方面的题目,其中原因固然复杂,但重要原因之一乃是认为学术史研究较之本体研究相对容易一些。就目前所呈现的成果而言,学术史类的博士学位论文的确显得较为浅显易做,很多人也以此取得了学位。但我认为博士学位论文的选题依然不宜选研究史方面的题目,原因便是其选题动机是建立在以上两点误解之上的。讨论学术史研究与专题研究价值的高低本身就是一个伪命题,因为不同性质的研究所体现的价值是完全无法放在同一层面比较高下的。专题研究从解决某领域的学术问题上是学术史研究无法相比的,而学术史研究对于学科的自觉、观念方法的总结与初学者的入门等方面,又是专题研究所无法做到的。从这一角度说,两类选题的难易程度也难以一概而论,专题研究需要的是研究深度,而学术史研究需要的是综合系统。因此,我一直认为博士论文选题不宜选择学术史方面的题目,原因就是博士生最重要的目标乃是对专业研究能力的培养,这种培养当然也离不开学术史的清理工作,但其主要精力要放在文献解读、问题发现、论题设计与系统论证上。而且博士生属于刚入学术门径阶段,他们无论专业修养还是学术眼界,都还缺乏驾驭全局的能力,使其无法写出真正合格的学术史论著。我想借此说明的是,学术史研究并不是什么人和什么学术阶段都可以随便涉足的,它需要具备应有的基本条件。这个条件包括学术素养与研究经验两个方面。

先说学术素养。所谓的学术素养简单地说就是学养,也就是长期的学术积累所形成的专业知识、认识能力、学术视野以及学术判断力等等。因为在从事学术史研究时,研究者必须要面对两类强劲的对手,一类是学术研究的对象,一类是学术实力雄厚的学界前辈或同仁。学术史研究者必须要具备与之接近的学养,才有资格与之进行学术对话并加以评说。所谓学术研究的对象,就是指历史上那些杰出的思想家、历史学家、文学家、批评家等等,他们无论在思想的深邃性、知识的丰富性乃至感觉的敏锐性上大都是一流的人物。如果学术研究者要判断其他学者对这些人物的研究评说是否合适到位,首先自身必须对这些历史人物有基本的理解与认识,否则便只能人云亦云。比如说《文心雕龙》一书,历来被称为体大思精的中国古代文论名著,研究这部著作的论文已有四千余篇,论著数百部,其中存在许多有争论的问题。如果要做《文心雕龙》的学术史研究,需要什么样的学养呢？这就要看作者刘勰拥有何种学养才能写出《文心雕龙》，我们又需要何种学养才能阅读和认识《文心雕龙》。罗宗强曾写过一篇《从〈文心雕龙〉看刘勰的知识积累》的文章，专门探讨刘勰读过什么书，构成了什么样的学养。文章认为，刘勰几乎读遍了他之前和同时的所有经、史、子、集的著作，并能够融汇贯通，从而形成了自己丰富的思想体系与敏锐的审美感受力，所以能够对前人的著作理解准确、评价精当。其中举了关于刘勰"折中"思想的例子，学界对此曾展开过学术争议，先后发表了周勋初的《刘勰的主要研究方法——"折中"说述评》[1]、张少康的《擘肌分理，惟务折中——论刘勰〈文心雕龙〉的研究方法》[2]、陶礼天《试论〈文心雕龙〉"折中"精神的主要体现》[3]、高华平《也谈"惟务折中"——刘勰〈文心雕龙〉的研究方法新论》[4]等论文，或言崇儒，或言重道，或言近佛，各执己见，难以归一。罗宗强在详细考察了刘勰的知识涉猎与思想构成后说："我以为周先生的分析抓住了刘勰思想的核心。我是同意的。同时，我也注意到其他学者的分析在结论之外，实际上接触到思想发展过程中的复杂现象。诸种思想在刘勰知识积累的过程中不知不觉地交融形成了他自己的见解。正因为此一种交融，才为学术界对《文心》的许多理论观点做出不同的解读提供了可能。"[5]我想，如果没有深厚的文史修养，是无法对学界的不同观点做出这种圆融的评判的。中国历史上有不少这样的大家，像"读书破万卷，下笔如有神"的杜甫，

---

[1] 《古代文学理论研究》第十一辑，上海古籍出版社，1986年版。
[2] 《学术月刊》1986年第2期。
[3] 《镇江师专学报》2000年第1期。
[4] 《齐鲁学刊》2003年第1期。
[5] 罗宗强：《晚学集》，南开大学出版社，2009年版，第18页。

儒释道兼通的苏轼,以及百科全书式的《红楼梦》等等,都不是可以轻易对其拥有发言权的。既然对研究对象没有发言权,那又有何权力对研究他们的学者说三道四呢!

学术史研究者除了要面对历史上的各种大家之外,他还必须同时要面对学界许多实力雄厚的一流学者。以一人之力要去理解、论述和评价众多学有专长的研究大家,其难度可想而知。在此一层面,不仅学术史研究者需要具备雄厚的专业基础,更需要具备现代的各种理论素养以及对于不同学派、不同领域以及不同研究方法的相关知识。要读懂一本著作,不仅需要弄懂其学术结论的创新程度与学术贡献,更需要了解其所运用的学术方法以及背后所支撑研究的学术理念。这就是学界常说的,阅读学术著作和论文,要具有看到纸的"背面"的能力。凡是真正做过研究的人都清楚,要真正了解掌握一种研究理论都不是一件容易的事情,更何况要去理解把握各种理论方法与学术流派?比如说,在现代学术史上对于胡适学术研究的评价争议甚大,除了其中的政治因素外,对其"大胆假设,小心求证"的学术思想的理解也有直接关系。胡适处于中西文化交流的时代大潮中,其学术观念与研究方法也试图将中国的乾嘉之学与西方的实证主义结合起来,并用之于研究实践中。陈维昭《红学通史》就专列一节谈"新红学"的知识谱系,认为胡适学术思想的核心是"以'科学精神'演述乾嘉学术方法,以'自然主义''自叙传'去演述传统的史学实录观念"。正是由于有了这样的认识,所以才会有如下评价:"胡适所演述的传统学术理念有二:一是实证,二是实录。实证以乾嘉学术为代表;实录则是传统史学的基本信念与学术信仰。实证的'重证据'的科学精神有其现代性。但是'实录'

显然是一种违背现代史学精神的陈旧观念。"①这样的评价不能说可以被所有人所接受,但起码它是一种学理性的分析,是真正的学术史研究,比前人仅从意识形态角度的否定更令人信服。而要进行如此的评价,则不仅需要研究者具有古代小说专业研究的素养,而且还要具备中国古代史学史的修养以及把握当代史学理论的进展,同时还需要了解中国现代学术建立的具体过程。我们必须明白,凡是在学术上取得突出成就与影响巨大的学者,肯定有其独特的学术理念与研究方法,如果对其缺乏认知,则对他们的研究评论无异于隔靴搔痒。

学养是任何一个专业研究领域都需要具备的,但作为学术史研究的学者,需要更为宽广的知识背景与学术视野,因为他会面对更多的一流研究对象与一流学者,如果不能具备相应的学养,就缺乏与之进行交流的资格,更不要说去评价他们。可以毫不客气地说,没有一流的学养,就不会是一流的学术史研究者。也正是在此一角度,我认为刚进入学术门径的年轻学者不宜单独进行学术史的研究。

再说研究经验。所谓的研究经验,是指凡是要从事某个学术领域学术史研究的学者,应该对该领域具有较为丰富的专业研究体验及成果,尤其是对本领域的学术理念与学术进展有较为深切的把握与体会。研究经验与学术素养既有联系又有区别,学术素养是学术史研究的基础,主要体现为对于研究对象的理解能力与概括能力。研究经验则是对某研究领域的熟悉程度与参与过程,主要体现为对于本领域学术重点与研究难度的深刻认识,尤其是对于其学理性与

---

① 陈维昭:《红学通史》,上海人民出版社,2005年版,第144—146页。

前沿问题的把握。之所以要求学术史研究者拥有一定的研究经验,是由下面两个主要原因所决定的。

第一,只有拥有研究经验,才能将该领域中有创造性的成果与观点选择出来并作出恰当评价。比如唐代文学的研究,已经具有悠久的历史与大量的研究成果,而且依然会有大量的成果不断涌现。目前学术界最大的问题,也是学术史研究的最大难度,乃是对于重复平庸研究成果的淘汰,以及对于有创造性成果的推荐。这些工作都不是仅靠一般的材料是否可靠与文字论证水平的高低可以轻易识别的,而必须对该领域具有长期的沉潜研究的经验,才能沙里淘金般地识别出那些有贡献的优秀成果。这就是黄宗羲所说的明宗旨的环节,有无宗旨可以靠学养去提炼概括,而宗旨之有无独创性则要靠所拥有的学术前沿领域的研究经验来加以辨认。关于此一点,可以从目前学界名人写序这种现象中得到说明。现在的学术著作序言近于学术评价,可以视为是该书最早的学术史研究成果。但遗憾的是,真正评价恰当者却寥寥无几,溢美之词倒是比比皆是。更严重的是,在以后的学术史研究中,许多缺乏研究经验者又会以这些"学术大佬"的评价为依据,去为这些著作进行学术定位,从而造成积重难返的学术虚假评价。为什么会造成此种"谀序"的现象?其中除了人情因素之外,我认为作序者缺乏该领域的研究经验乃是主因。当年李贽曾讽刺其论争对手耿定向是"学问随着官位长",现在则是学问随着职称长或者叫学问随着年龄长,以为成了博导和大佬就什么都懂,于是就到处写序。殊不知术业有专攻,每个人都有属于自己的专业领域,离开自己熟悉的专业领域而去评价其他学术著作,自然不能真正认识该书的学术创获。但"学术大佬"毕竟是有学养的,可以驾轻就熟地说一些虽不准确但又不大离谱的门面话,于是似是而非的序言也便就此诞生。缺乏研究经验的学术史研究就像名人作序一样,看似头头是道,实则言不及义。

第二,只有拥有研究经验,才能真正了解该领域的学术难点,并提出新的学术研究方向。按照上节所言的学术史研究的总结经验、寻找缺陷与提出新的学术增长点的三个层面,缺乏研究经验的学者在总结经验层面或许可以勉为其难地进行操作,但一旦进入第二、三层面,就会陷入茫然无知的境地。比如关于明代诗歌史的研究,明清两代学者始终处于如何复古的讨论之中,而进入现代学术史之后,依然在沿袭明清诗评家的传统思路,围绕复古与反复古的论题展开论述。岂不知明诗研究的最大问题是,几乎所有人都在按照一个凝固的标准也就是唐代诗歌的标准来衡量明诗创作,而忽视了自晚唐以来产生的性灵诗学的实践与理论,明清诗论家视性灵诗为野狐禅,而现代研究人员也深受《四库全书提要》以来传统观念的影响,只把性灵诗学观念作为反复古的一端加以肯定,而对其建设性的一面却多有忽视。其实,从中国诗歌发展的全过程来看,从中国古代诗歌与现代诗歌的关联性看,性灵诗学都是具有不可忽视的正面价值,是以后应该大力加强研究的学术空间。我想,只有真正从事过明代诗歌研究的人,才会具有这样的体验,才会提出这样的问题,才能开辟出新的学术研究空间。其实,岂但明诗研究如此,看一看目前的几部诗歌研究史,几乎都将叙述的重点集中在汉魏唐宋,而到了元明清的诗歌研究多是略而论之,草草了事。我们不能说这些学术史的作者缺乏学养,而是缺乏元明清诗歌史的研究经验。因为从来没有真正进入过这些领域从事专业的研究,所以无论是在对该时期诗歌史的价值判断,还是研究难度,都不甚了了,当然会作出大而化之的处理。因此,在我看来,要成为合格的学术史研究者,既要有足够的学养,又要有足够的研究经验,而且经验比学养更重要。

在目前的学术史研究中,情况相当复杂。从作者身份看,既有著名学者领衔的大型学术史写作,也有专题研究者在科研项目、学位论文研究中的学术史梳理,更有一些初学者无知者无畏的试笔之作;从成果形式看,既有多卷本的大型丛书,也有各领域的专门学术史论著,更有形形色色的综述、述略及史论的论文。这些研究除了低水平的重复之作外,应该说对于各领域的学术研究都有一定程度的贡献。但是,在我看来,我们真正需要的学术史是:研究者需要具有明确的学术原则与研究目的,他所提供的研究成果应对各领域的学术研究的学术观点、研究方法、学术贡献及发展过程作出了清晰的描述,对学术研究中存在的方向偏差、理论缺陷、不良学风及学术盲点进行了清楚的揭示,对将来的学术研究中可能解决的问题、采用的方法及拓展的新空间进行明确的预测,从而可以将当前的研究提升至一个新的层面。而要实现这样一种目标,学术史的研究者就必须拥有足够的学术素养与研究经验。

五、中国诗歌研究史:学术史写作的新实验

"中国诗歌研究史"是我们承担的教育部重点人文社会科学研究基地的重点项目,从2005年立项至今已有将近九年的时间。在此过程中,学界已经出版了余恕诚的《中国诗学研究》(2006)和黄霖主编、羊列荣撰写的《20世纪中国古代文学研究史(诗歌卷)》(2006),如今再推出这样一套诗歌研究史的著作,其意义何在?难道是因为它有220万字的巨大规模,从而对学术史的梳理更加细致而具体吗?一部学术著作的价值与贡献,理应由读者和学界去评判,而不是由作者饶舌。但是,在此有两点还是有必要事先作出交代。

首先是本项目不是一个孤立的课题,而是互为补充的三个重点项目中的一个。它们是"中国诗歌通史"(国家社科基金重点项目)、"中国诗歌研究史"和"中国诗歌研究资料汇编"(教育部重点人文社会科学研究基地重点项目)。"中国诗歌通史"已由人民文学出版社于2012年出版,用11卷的篇幅描述了中国诗歌从先秦两汉至当代的发展过程,其中包括了少数民族的诗歌创作。"中国诗歌研究资料汇编"是选编20世纪的优秀诗歌研究成果以及全部学术成果的目录索引。"中国诗歌研究史"则是对于20世纪中国诗歌研究经验的总结,尤其是学理性的探讨。按照黄宗羲学术史的撰写原则与模式,"中国诗歌研究史"的重点在于"明宗旨"与"别源流",即对20世纪中国诗歌研究的主要发展线索与重要研究成果进行比较详细的梳理与介绍,当时所设定的目标是:"第一,结合时代变化和社会思想变化,以中国诗歌研究范式的演变为经,侧重于对学术理念、理论内涵与研究方法的发掘,整理出一条清晰的中国诗歌史的研究过程;第二,采取广义的诗歌概念,写出一部包括词曲等各种诗体在内的系统完整的中国诗歌研究史;第三,打通古今与中西,以最新的学术视野,站在21世纪的学术高度,从学理性上总结中国诗歌研究从古代走向现代、从单一封闭走向中西融合的历史进程。"至于是否实现了当初的设想,可由读者进行检验。三个项目中的"中国诗歌研究资料汇编"则相当于黄宗羲的论著言论摘编,其目的是保存20世纪中国诗歌研究的优秀成果与论著出版发表信息,同时读者也可以借此来检验诗歌研究史的提炼与评价是否准确。三个重点项目的完成既是首都师范大学中国诗歌研究中心一个阶段工作的小结,也是我们个人学术研究的阶段性交代。

其次是本书作者队伍的特殊情况与独特的编撰模式。正如上面所说,本项目是与另外两个项目互为支撑的,其中重要的一点就是它们是同一个作者群体。尽管在研究过程中也曾有个别的调整与变动,但其主体部分始终保持了完整与稳定。在此我要特别强调的是,这个作者群体是完全符合上述所言学养与经验这两项学术史研究者的必备资质的。从学养上看,几乎所有的撰写者与主持人都是目前活跃在学术研究前沿的成熟学者,其中许多人是各领域的国内一流学者,具有各自鲜明的学术思想、研究方法与学术背景,并都拥有丰富的研究成果。我想,这样的学养保证了他们的学术眼光与判断力,有资格对其研究对象的成果进行学术分析与评价。从研究经验上看,这个作者群体与《中国诗歌通史》几乎是完全一致的。他们的学术史研究乃是和相应历史段落的诗歌史研究交替进行的。从2004年"中国诗歌通史"立项到2012年最终完成,曾经召开过9次编写组的学术研讨会,每次都会对研究中存在的问题展开充分的讨论,同时也会对诗歌研究史的各种疑难问题进行讨论。应该说各卷负责人都具有丰富的研究经验,都始终处于各自研究领域的学术前沿,都对各自领域中的学术进展、难点所在及创新之处了然于胸。在诗歌通史的写作中,有过许多新的想法,也遇到过种种困难,更留下过些许遗憾,而所有这些都可以留待学术史的研究中去重新体味与总结。我想,此一群体所撰写的学术史,虽不敢说是人人认可的,但都应该是他们的真切体验与学术心得,会最大限度地避免空虚浮泛与隔靴搔痒。如果说在学术史研究中经验比学养更重要的话,广大读者不妨认真听一听这些学者的经验与体会,或许不至于空手而归。

在这将近十年的学术生涯中,尽管夜以继日地学习与工作,潜心地进行思考与研究,但数十人的劳动成果也就是这样三套著作,不免陡生白驹过隙的焦虑与感叹。作为个人,用了十年的时间思索,对于学术史研究才有了上述的点点体会,而且还很难说都有价值,真是令人有光阴虚度的感觉。

左东岭
2014年8月12日完稿于北京寓所

目　录

中国诗歌研究史
明代卷

20世纪明代诗歌研究综论 …………………………………（ 1 ）
第一章　高启与吴中诗派研究 ……………………………（ 51 ）
　　第一节　民国时期的高启及吴中诗派研究 ……………（ 51 ）
　　第二节　新中国成立至"文革"时的高启与吴中
　　　　　　诗派研究 …………………………………………（ 56 ）
　　第三节　新时期的高启与吴中诗派研究 ………………（ 58 ）
第二章　刘基与浙东诗派研究 ……………………………（ 72 ）
　　第一节　20世纪的刘基诗歌创作研究 …………………（ 73 ）
　　第二节　浙东诗派研究 ……………………………………（ 87 ）
第三章　闽中诗派与岭南诗派研究 ………………………（ 97 ）
　　第一节　20世纪的闽中诗派研究 ………………………（ 97 ）
　　第二节　20世纪的岭南诗派研究 ………………………（110）
第四章　江西诗派与台阁体研究 …………………………（117）
　　第一节　刘崧与江右诗派研究 …………………………（117）
　　第二节　台阁体研究 ………………………………………（126）
　　第三节　明代前期其他诗人研究 ………………………（136）

第五章　李东阳与杨慎研究 ……………………………… (149)
　　第一节　李东阳研究 …………………………………… (149)
　　第二节　杨慎及其他诗人研究 ………………………… (157)
第六章　前七子复古派研究 ………………………………… (166)
　　第一节　李梦阳与前七子群体研究 …………………… (166)
　　第二节　何景明与李、何之争研究 …………………… (177)
　　第三节　徐祯卿与七子派其他诗人研究 ……………… (185)
第七章　明中期吴中诗人研究 ……………………………… (192)
　　第一节　沈周、文徵明与明中叶吴中诗人群体研究 … (192)
　　第二节　唐寅、祝允明研究 …………………………… (198)
第八章　20世纪的明代中期性灵诗派研究 ……………… (206)
　　第一节　王阳明的心学思想与诗歌创作 ……………… (206)
　　第二节　徐渭的诗歌理论与创作 ……………………… (223)
第九章　后七子复古派研究 ………………………………… (229)
　　第一节　李攀龙与后七子流派研究 …………………… (229)
　　第二节　王世贞与"格调"说研究 …………………… (237)
　　第三节　谢榛与明代山人研究 ………………………… (248)
第十章　明代后期性灵诗派研究 …………………………… (257)
　　第一节　明后期性灵派诗歌前驱的研究 ……………… (257)
　　第二节　公安派诗歌研究 ……………………………… (271)
　　第三节　竟陵派诗歌研究 ……………………………… (283)
　　第四节　晚明其他诗人创作的研究 …………………… (301)
第十一章　20世纪的明末诗歌研究 ……………………… (310)
　　第一节　东林党与复社的诗歌研究 …………………… (310)
　　第二节　陈子龙诗歌研究 ……………………………… (316)

20世纪明代诗歌研究综论

在现代中国学术史上,也许明代诗歌研究的发展历程最为曲折。当时的明代诗坛流派是如此活跃,争论是如此激烈,理论是如此丰富,作品是如此众多。然而,它在现代学术史上又是如此的沉寂,其显著标志便是至今尚无一部断代的明代诗歌史,这在中国古代诗歌研究中是绝无仅有的现象,且不说诗歌创作的高潮期唐宋,即使是存在时间更短的金元也均有了断代诗歌史,而其后的清代则已有了朱则杰与严迪昌分著的两部断代诗歌史。这其中包含着怎样的复杂学术因素,有什么值得总结的历史经验,都需要我们认真地进行清理与思考。

一、20世纪对明代诗歌价值的评估

对明诗的整体估价,其实自明清以来就存在着颇大争议。抛开身处其中的明人不讲,清人的评价已颇有轩轾。其中影响最大者为沈德潜,他在《明诗别裁集·序》中说:"宋诗近腐,元诗近纤,明诗其复古也。"[①]尽管此处所言并非全是否定明诗的意思,但其为明诗所定的"复古"性质却影响深远。虽然清人吴仰贤曾对沈评予以质疑:"夫聚一代之才,成一代之诗,体制何所不备,乃加以一字之贬,尽行

---

① 沈德潜:《明诗别裁集》,上海古籍出版社,1979年版,第1页。

抹煞,讵为定评?"①但他并未能具体指出明诗究竟显示了有别于其他朝代诗歌的何种独特性,因而其反驳也就绵软无力。其实,沈德潜将明诗定位为"复古",的确已含有贬抑的意思,因为早在明代的屠隆就曾说:"至我明之诗,则不患其不雅,而患其太袭;不患其无辞采,而患其鲜自得也。夫鲜自得,则不至也。"②也许这是屠隆站在性灵派立场对复古派诗歌创作的反思,其本身并无不妥。但如果将所有明诗都归结为复古,并评价为"太袭"而"鲜自得",那便会造成较为严重的误导。不幸的是这种误导随着沈德潜的说法而更加深广。应该说,现代学术史上对明诗的整体评价,从清人那里便已发生倾斜。

自现代文学史研究学科建立以来,便受到进化论观念的深刻影响,认为文学史的发展有一个发生、繁荣、衰落与消亡的过程,一种文体的新生必然伴随其他文体的衰落,即王国维所提出的一代有一代的文学的看法。一般研究者都会将先秦诗骚、两汉辞赋、六朝骈文、唐诗、宋词、元曲、明清小说作为文学史研究的格局。而就总的叙述框架与批评标准而言,以文体创造为基本线索,以作家作品为基本叙述单元,也成为文学史研究者的基本套路。在此种观念左右下,诗歌无论从文体创造还是创作水平,都以唐诗、宋词和元曲作为典型的时代代表,其他则一律难以进入主流视野。鲁迅就曾说过:"我以为一切好诗,到唐已被做完,此后倘非能翻出如来掌心之'齐天大圣',大可不必动手……"③与此相同的还有闻一多的看法:"我们只觉得明

---

① 吴仰贤:《小匏庵诗话》卷一。
② 屠隆:《论诗文》,万历刻本《鸿苞》卷十七。
③ 鲁迅:《致杨霁云》,《鲁迅全集》第十二册,人民文学出版社,1998年版,第612页。

清两代关于诗的那么多运动与争论,都是无谓的挣扎。每一度挣扎的失败,无非重新证实一遍那挣扎的徒劳无益而已。本来从西周唱到北宋,足足二千年的工夫也够长了,可能的调子都已唱完了。"①尽管这些判断只是一些个人的感觉,并未进行过认真细致的论证,但由于作者的身份与文学观念的左右,当时与后来的许多文学史研究者均受到此种看法的深刻影响,从而作为评价明代诗歌的前提与标准。

在20世纪40年代之前的学术界,关于明代诗歌价值的评估大致有三种主要观点。一种是完全否定明诗存在之价值。如吴烈《中国韵文演变史》、陆侃如和冯沅君《中国诗史》,都是叙述完唐代诗歌之后只涉及宋词与元明散曲,用《中国诗史》中的话说便是:"宋亡以后,在诗史上主要的作品是散曲,其次是小曲与歌谣等。"②这当然不是说宋元明清四朝主要的作家都已去从事散曲、小曲与歌谣的创作,而是从价值判断上讲那些浩瀚的诗歌作家作品已没有价值,因而可以略去不讲。既然连苏轼、黄庭坚、元好问这样的大诗人都可以尽付阙如,则明代诗歌当然也就毫无价值可言了。还有一种变通的做法,就是论明代诗文并不从创作成就着眼,而是在论述文学流派、理论批评和文学思想时,以当时诗文作为论证的材料。如刘大杰出版于20世纪40年代的《中国文学发展史》下卷,其第二十四章便以"明代的文学思想"为题,将明代诗文流派均列入此章论述。这便形成现代学术史上一种奇特的现象,即文学史、文学批评史介绍明代的文学理论批评时有许多话可说,但却对他们的创作业绩或略而不讲,或语焉

---

① 闻一多:《文学的历史动向》,《闻一多全集》,开明书店,1948年版,第203页。

② 陆侃如、冯沅君:《中国诗史》,百花文艺出版社,1999年版,第584页。

不详。其实,从根本上讲他们还是对明代的诗文创作成就持否定的态度。

第二种是虽然对明代诗歌部分承认其存在价值,但基本将其置于中国诗歌史上最低的位置。如赵景深说:"明代以小说、传奇为文学特点,诗文均逊;文章家出了一个归有光,诗家也不过出了一个高青丘。因为明代作诗文的人过于模仿,泯灭了性灵,不是拟秦、汉,便是仿盛唐,不是学苏轼,便是学香山,所以诗文难得有进步。"①刘麟生也说:"明代的诗文,不是没有好的,也不是可以一笔抹煞。但是缺乏创作的风格,总不能居于最上乘,这是读史者引为遗憾的。"②这种判断,基本上未出沈德潜"明诗其复古也"的范围。最能代表此种观点的是李维,他在20世纪20年代末出版了大陆第一部《中国诗史》。在该书中,作者共用45章论述中国诗歌的发展演变过程,而明诗则占有4章篇幅。有意思的是,其4章内容共用了"明诗再降与复古声中各派之起伏"一个题目。这其中包含了两项重要内容:一为明诗在价值上是相对比较差的,二是明诗的基本倾向是复古的。这有他自己的话为证:"明诗扰攘于门户之争,以模拟为能事,各奉其师规,以相诋毁,当时作者固甚众,然无一人能脱卸唐人之羁绊者,诗之流弊,至此可谓极矣。"③较之李维走得更远的是龙榆生,他用最差的评价论定明诗说:"明诗专尚模拟,鲜能自立。一代文人之才力,趋新者争向散曲方面发展;守旧者则互相标榜,高谈复古以自鸣高;转致汩没性灵,束缚才思;末流竞相剽窃,丧其自我。明诗喜言盛唐,

---

① 赵景深:《中国文学小史》,光华书局,1928年版,第178页。
② 刘麟生:《中国文学史》,世界书局,1933年版,第364页。
③ 李维:《中国诗史》,江苏文艺出版社,2008年版,第214页。

仍不免化神奇为腐朽;又多立门户,以相攻击;作者虽多,要为诗歌史上之一大厄运而已!"①正是由于有如此的判断,他将明代视为诗歌史上最差之时代。李维已用了"明诗再降"与"清诗极衰"来表达对明清二代诗歌之认识,而龙榆生则用"明诗之衰敝"与"清诗之复盛"来体现二者之差异。其实,二人虽在具体判断上略有出入,但总体认识都是建立在唐以后无诗的基本观念之上的。李维曾在其《中国诗史》中卷第十二章末尾说:

> 诗至晚唐,其势已尽,此后承袭诗统者,在词而不在诗,词再传为曲。故五代两宋之词,金元之曲,在其当时之风尚,一如有唐之诗,灿然为一代之花,至同时之所谓诗者,竟莫与焉。此后之诗,均属唐人之旁枝别派,纯由作者之天才与好尚,得其大者为大家,得其小者为小家,即其高者,亦不过摹仿汉魏六朝,故历宋、金、元、明、清,未有能出汉、魏、六朝、唐人之外者。诗学之高下,全恃作者技术之优劣,非有所谓自然之势也。其敝也,分门立户,各有师法,日以摹拟古人为能事,而诗学遂不可复问矣。②

读了这样的话,可以看出他与鲁迅、闻一多的看法何其相似。这当然不是说李维一定是直接受二人的影响,而是说那一时期许多学者已形成大体一致的学术判断。然而意味深长的是,"唐以后无诗"本是明代复古派最为鲜明的口号之一,却被现代学者拿来用之以判断复古派,这是复古派有先见之明,还是现代学术尚未走出古人的阴影?

第三种是对明代诗歌采取基本肯定的态度。在20世纪30年

---

① 龙榆生:《中国韵文史》,上海古籍出版社,2002年版,第59—60页。
② 李维:《中国诗史》,江苏文艺出版社,2008年版,第155页。

代,曾出版过宋佩韦与钱基博分别编写的两部明代文学断代史,可以说对明代文学研究具有筚路蓝缕之功。宋佩韦的总体判断依然未脱当时之流行观念,认为明代"至于韵文方面,只有一高启可当一代大家,其他也不过就一章一体以论其短长而已"[1]。这基本上是自清人赵翼以来对明诗的基本判断。在当时最有别于时论的是钱基博的观点,他在《明代文学》的自序中说:

> 自来论文章者,多侈谈汉魏唐宋,而罕及明代!独会稽李慈铭极言明人诗文,超绝宋、元恒蹊,而未有勘发。自我观之:中国文学之有明,其如欧洲中世纪之有文艺复兴乎?明太祖开基江淮,以逐胡元,还我河山,用夏变夷,右文稽古,士大夫争自濯磨。而文则奥博排奡,力追秦汉,以矫欧苏曾王之平熟;而宋濂刘基骅骝开道,以著何李王李之先鞭。诗则雄迈高亮,出入汉魏盛唐,以救宋诗之粗硬,革元风之纤秾;而高启李东阳后先继轨,以为何李王李开山。曲则明太祖导扬高则诚《琵琶》一记,尽洗胡元古鲁兀剌之风,而易之以南词之缠绵顿挫。至八股文,则利禄之途,俗称时文者也。然唐顺之归有光纵横轶荡,则以古文为时文,力求返虚入浑,积健为雄;虽与诗古文体气不同,而反本修古一也!然则明文学者,实宋元文学之极生而厌,而汉魏盛唐之拔戟复振,弹古调以洗俗响,厌庸肤而求奥衍,体制尽别,归趣无殊。此则仆师心自得,而《明史》序《文苑传》者之所未及知也![2]

无论是作者的理直气壮的口气还是序文的实际内容,均表现出其迥

---

[1] 宋佩韦:《明代文学》,《中国大文学史》,上海书店2001年版,第670页。
[2] 钱基博:《明代文学》,商务印书馆,1934年版,第1页。

别于时流的独到眼界。尤其是他将明代文学的整体特点与欧洲中世纪的文艺复兴相提并论,更是深深影响了后来学者对明代文学的认识。然而,尽管作者兴奋地表示,他的这种见解超越了《明史》作者的眼光,但如果仔细体味,他的看法依然未脱以复古论明代文学的传统套路,只是他未将复古视为负面要素而已。这当然得力于其西学的知识以及较为深厚的国学素养。从明朝整体论,当其取蒙元而代之另立新朝之时,的确有恢复汉唐传统的文化诉求,因而言其有文艺复兴的性质确有其道理。但是,将明代的复古均视为正面的因素,甚至将八股文也说成是"返虚入浑,积健为雄"的"反本修古",显然是有失公允的偏颇之见。

此一时期,由于受到清人传统评价与流行观念的双重影响,因而对明代诗歌的整体估价显然与历史事实还有相当的距离。然而,此时的学术环境相对还比较宽松,因此学者们的见解或许存在一些偏差甚至稚嫩,但是基本上体现了这一时期学者各自的学术判断,而较少违心之论。

自20世纪初至80年代始,与学术界其他领域一样,对明代诗歌的评价也受到政治环境与意识形态的深刻影响。其中最具有代表性的是北京大学中文系55级集体编写的《中国文学史》的观点,它将明代的诗文基本定位在复古的形式主义的层面,从而基本采取了全面否定的态度,即所谓:"而明清的文人诗文却是每况愈下,到了水浅塘涸的地步,基本上陷入了形式主义的泥潭,一般地远离了人民大众的生活,不能反映现实,不能战斗,所以没有什么价值。"[①]在此对

[①] 北京大学中文系文学专门化1955级集体编著:《中国文学史》(下册),人民文学出版社,1958年版,第513页。

复古有了新的解释：一是它属于形式主义的文学观念，二是它不能反映现实生活。这显然是当时文学社会学观念的集中体现。用此一标准来衡量，明代的诗文则基本上被全面否定，即使是面对具有明显反复古倾向的公安派，也会得出如下结论："公安派的运动并没有真正跳出形式主义的范围。他们虽然提出了许多进步的文学主张，但是关于内容的革新上却提的很少，更没有明确规定出反映社会现实，反映人民生活的任务来。所以，他们和人民大众的距离还是很遥远的。这点，也就把这个运动限定在形式的革新上。"①这些看法在表述上尽管过于生硬简单，但却流行了大约30年的时间。20世纪60年代又出版了中国科学院文学研究所与游国恩等人分别主编的两部文学史，其立论更为公允，其表述更为周延，学术水准也大有提升，颇有后出转精之优长。但就其基本观念与批评标准而言，并未超出55级《中国文学史》的范畴。比如文学研究所编《中国文学史》在论述明初诗文时说："在明初诗文作家中，比较有成就的是一部分经历过元末社会大动乱的作家。在他们早期的作品里，有一些具有社会意义的作品，并且他们还企图创造一种新的风格来挽回元代诗文创作上的纤弱的文风。"②此处用"社会意义"代替了"反映人民生活"，而且还提出了"创造一种新的风格来挽回元代诗文创作上的纤弱的文风"这种更具有文学本体内涵的问题来，显示了文学史编写的逐渐成熟。但无论如何，"社会意义"依然是强调对现实生活的反映，与50年代的观念具有学理上的一致性。尤其是对公安派的评价，就更

---

① 北京大学中文系文学专门化1955级集体编著：《中国文学史》（下册），人民文学出版社，1958年版，第527页。
② 中国科学院文学研究所中国文学史编写组：《中国文学史》，人民文学出版社，1984年版，第830页。

凸显了此种观念的延续性:"他们的作品大都缺乏深厚的社会内容,局限于描写自然景物与身边琐事,抒发'文人雅士'的情怀,表现地主阶级文人的闲情逸致。"①此种单一的文学社会学的观念,严重影响了对明代诗歌价值的判断,并长期作为一种主流意识形态被学者所接受,从而成为学者理解明代诗歌的基本思路。当然,同时也应该看到,相对于20世纪50年代之前的文学史编写,此时期还是有了明显的改变,即已经基本没有人完全忽视明代诗歌的存在价值。尽管此时依然将明清的戏曲小说作为叙述的主体,但一般都要列出专章或专节介绍诗文状况。最明显的是刘大杰的《中国文学发展史》,其初版以"明代的文学思想"一章论述明代诗文,下共设3节:"正统文学的衰微""拟古主义的极盛""公安、竟陵的新文学运动"。基本上是对文学流派与文学批评的介绍。而在20世纪60年代的修订本中,该章题目改为"明代的社会环境与文学思想",下设七个小节:"叙说""旧体文学的衰微""明初的诗文""拟古主义的兴起和发展""唐宋派与归有光""公安派与反拟古主义的文学运动""晚明的散文与诗歌"。其中所增加的内容,大都是对诗文创作的论述,并注意到明代诗文发展过程的完整性。而且在具体论述中,无论是对创作状况的介绍还是举出的具体诗歌作品,都较前者大有增加。由此可知,在总体评价尚未改变的情况下,对明代诗歌的关注程度已经较之以前有了明显的提升。

进入20世纪80年代之后,对于明诗的评价有了巨大的转变,而此一转变乃是渐次展开的。该时期最早对明代诗歌作出整体评价的

---

① 中国科学院文学研究所中国文学史编写组:《中国文学史》,人民文学出版社,1984年版,第934页。

是邓绍基,他在《略谈明代文学》中同意传统的说法,即明代是"俗文学"(小说、戏曲)昌盛而"正统文学"(散文、诗词)衰微的时代。但他同时又指出:"但这并不意味着明代诗文没有他们本身的特点。"① 同时他具体指出了复古派研究中应关注的两个方面:"一、前后七子的文学主张和他们的创作实践是否有不一致或者在客观上表现了不一致之处。这样就可避免论说作品只是为了验证主张之弊。二、前后七子主张有差异,有的人(如王世贞)前后有变化。这种差异和变化是否都未能跳出'拟古'大框框,还是有的实际上已不能用'拟古'来解释。"此种论述可视为一种学术的过渡,即整体上未能突破传统的框架,但在具体问题的理解上已有新的进展。比如复古的问题是明代诗歌研究在80年代之前论述的核心,指出复古研究中的这两个问题的确具有指导性意义。只是仅关注复古问题仍难以概括明诗的整体特征,因而在时隔10年之后邓绍基又一次论述明诗时,依然未有大的突破。他在《元明清诗歌概述》中总结明诗的特点是流派众多与理论主张丰富,其缺点则是不能到现实生活中寻找诗情:"明代诗歌在反映现实生活方面的广度和深度方面,既不如唐诗,又逊于宋诗。主要是诗人创作指导思想存在偏颇。前后七子的模拟成风,公安派的诗意浅露,竟陵派的诗境狭小,都是诗人不能深刻认识生活的重要性而结出的苦果。"②这样的看法自然不能说没有道理,但却很鲜明的带有60年代文学社会学中反映论的痕迹,以致在整体上仍停留于前一阶段的论说系统。

关于此一阶段对明代诗歌的总体评价,则有王英志的《元明诗

---

① 邓绍基:《略谈明代文学》,《文史知识》1984年第3期。
② 邓绍基、尹恭弘:《元明清诗歌概述》,《江西社会科学》1993年第1期。

概说》,他认为:"元、明诗置于整个中国诗歌史中考察,处于低谷时期,以复古为主;至清代则呈现复兴格局,又耸起一个创作高峰。"具体到明诗本身,他指出:"明代诗歌虽然有严重的复古倾向,可与李杜、苏黄并称的大诗人几乎难以列举;但其成就亦不可小视,至少可超越辽金元诗。因此那种'明无诗'或'瞎盛唐诗'的观点显然是片面而不公正的。"①说明诗超越了元诗,这当然没有太大问题,但是否清诗又耸起一座高峰,则或还可商量。但作为一位长期研究清诗的学者,具有这样的偏爱也是可以理解的。此一时期出现了几种明诗的选本,如黄瑞云《明诗选注》(1988)、袁行云等《明诗选》(1988)、羊春秋《明诗三百首》(1994)、金性尧《明诗三百首》(1995)、朱安群《明诗三百首详注》(1997)等。在这些选本的序言中,大都发表了与王英志相近的看法。黄瑞云说:"明诗的成就,固远不如唐,也不如宋,但超过了元人,同后来的清诗也差可媲美。"②袁行云说:"明诗实胜于元。"③金性尧说:"明人是看不起宋诗的,但明诗之不及宋诗,也是众所公认的……不管怎么样,三百年天下中,毕竟还有大批诗人在努力着,当国家多故之际,又以士人的天职抒其忧患之情,而明代诗学论争之纷纭,也是前所未有的。"④这些选本的出现本身便是对明代诗歌的推介与认可,尽管由于整体研究尚缺乏深度而对明诗的评价依然流于泛泛而谈,但是将明代诗歌作为中国诗歌史的一个重要阶段来看待则已是学界之共识。

---

① 王英志:《元明诗概说》,《苏州大学学报》1997年第4期。
② 黄瑞云:《明诗简论——〈明诗选注〉前言》,《湖北师范学院学报》1988年第3期。
③ 袁行云、高尚贤:《明诗选》,春秋出版社,1988年版,第6页。
④ 金性尧:《明诗三百首》,上海古籍出版社,1995年版,第9页。

在该时期对明诗做出最高评价的是羊春秋,他认为:"纵观有明垂三百年的诗史,诗杰迭出,流派踵兴,各有其面貌,各有其精神,各有其艺术上的戛戛独造。特别是它那探索诗美的执着精神,贴近生活的现实题材,开拓有清一代诗风的光辉业绩,足以陵宋跞元而驾清,绝不是'复古''模拟'一类的贬语所能抹煞得了的。"①在此,"足以陵宋跞元而驾清"的评价是否能够被学界普遍接受暂可不论,但说明诗"诗杰迭出,流派踵兴,各有其面貌,各有其精神,各有其艺术上的戛戛独造",除了"流派踵兴"是明人的独特之处外,其他评语都只具备热爱明诗的情感倾向,恐怕很难一一落到实处。就其所提出的三条根据看,也都还一定程度地存在模糊疑问之处。其一,"明诗探索诗美的执着精神,只有三唐可以与之先后相辉映"。明人对诗美的探索当然是执着并且有成就的,但在创作上却断难与唐人媲美,在此将诗学研究与诗歌创作混为一谈,显然不具备应有的学理性。其二,"明诗中贴近生活的现实题材,亦只有三唐的诗歌可与媲美"。20世纪60年代时批评明诗是复古的形式主义,其主要根据便是其不能反映社会现实与人民生活,如今反过来说它具有"贴近生活的现实题材",形似作翻案文章,其实是同一学术思路。更何况到底何朝何代更接近现实,也是一个见仁见智的问题,很难有共同的结论。其三,"开有清一代诗风的,是以顾炎武为代表的明代遗民诗人,而不是由明入清、领袖当时文坛的钱谦益和吴伟业,更不是'范水模山,批风抹月'的王士禛"。这种说法就更莫名其妙。首先无论是遗民诗人顾炎武还是贰臣诗人钱谦益和吴伟业,都是明末的重要诗人,不会因为其政治立场而被抬高或降低其诗学成就与地位;其次无论

---

① 羊春秋:《明诗三百首》,岳麓书社,1994年版,第1页。

顾炎武对"开有清一代诗风"有多大贡献,都毕竟是诗学影响而不是诗歌创作本身,以此来论定明诗的成就也就颇显迂远。因此,作者的这些看法只能表达其对明诗的喜爱从而起到纠偏的作用,却很难说是证据充分、思理缜密的学术结论。

就20世纪对明代诗歌价值评估的整体进程看,显示了两种明显的趋势。一是从基本否定的评价向基本肯定的评价转换,具有评价越来越高的趋势。但是尚未真正对明诗的历史地位作出合乎历史事实的学术判断。二是从原来各种外在的社会政治评价向着诗学自身的评价转换,从"复古"到"反映现实"再到"探索诗美",显示了评价标准的转变。如有人曾将明清的诗歌创作与理论纷争概括为四大特征:对诗歌创作范式的总结、对诗歌性情的体认、对诗歌新变的追求、对诗歌才气的称许[①]。便可视为本时期内对明清诗学价值的总结。但明代诗歌到底在诗体创造与审美趣味上有何独到之处,恐怕尚需进行全面深入的研究,才能最终为其做出公允的评价。

二、20世纪对明代诗歌整体格局与历史进程的把握

在明代诗歌研究中,对其整体格局的把握是一个重要的方面。这其中有三种主要因素起着互为因果的作用:一是对明诗的主要特性的认识,二是对主要线索的梳理,三是对发展过程的阶段划分。

最早对明代诗文进行概括的是《明史·文苑传》:

> 明初,文学之士承元季虞、柳、黄、吴之后,师友讲贯,学有本原。宋濂、王祎、方孝孺以文雄,高、杨、张、徐、刘基、袁凯以诗

[①] 吴光正:《明清诗歌创作和理论纷争的四大特征》,《海南大学学报》1997年第3期。

著。其他胜代遗逸,风流标映,不可指数,盖蔚然称盛已。永、宣以还,作者递兴,皆冲融演迤,不事钩棘,而气体渐弱。弘、正之间,李东阳出入宋元,溯流唐代,擅声馆阁。而李梦阳、何景明倡言复古,文自西京,诗自中唐而下,一切吐弃,操觚谈艺之士翕然宗之。明之诗文,于斯一变。迨嘉靖时,王慎中、唐顺之辈,文宗欧、曾,诗仿初唐。李攀龙、王世贞辈,文主秦、汉,诗规盛唐。王、李之持论,大率与梦阳、景明相倡和也。归有光颇后出,以司马、欧阳自命,力排李、何、王、李,而徐渭、汤显祖、袁宏道、钟惺之属,亦各争鸣一时,于是宗李、何、王、李者稍衰。至启、祯时,钱谦益、艾南英准北宋之矩矱,张溥、陈子龙撷东汉之芳华,又一变矣。有明一代,文士卓卓表见者,其源流大抵如此。[1]

此种表述的主要目的自然是表彰优异文士,但同时也将明代诗文之主要流派与阶段特征一并叙述了出来。此种叙述是清人的看法,不一定完全合乎文坛实情,但其影响却相当深远。现代学术史上论明诗者,多据此而立论。由于各自的立场不同,对其论述便多有加减更易。在20世纪20年代至40年代,那些将明诗主流视为复古的学者,便以复古派为主线设计论述框架。篇幅较小的文学史著作便仅以复古派诗文作为代表而立章节,如刘麟生《中国文学史》论明代文学仅列"戏曲""小说"与"复古派之诗文"三章,其立论宗旨颇为鲜明。更有代表性的是李维的《中国诗史》,他用四章篇幅论明代诗歌,题目却全都是"明诗再降与复古声中各派之起伏",尽管在叙述过程中也兼顾了其他作家作品,但其以复古作为主线来概括明诗的意图甚明。

---

[1] 张廷玉:《明史》,第24册,中华书局,1974年版,第7307—7308页。

在以复古为主线的整体框架设计中,有两种因素是大多数学者都兼顾到的。一是对明初诗歌创作的重视。谢无量《中国大文学史》写明代诗文共分三章:明初文学、弘正文学与嘉靖万历文学。其突出明初文学的倾向至为明显。二是大多学者在突出复古派诗歌创作时,均会提及其对立面的公安派与竟陵派。如刘大杰《中国文学发展史》论明代文学思想,便是用"拟古主义的极盛"与"公安、竟陵的新文学运动"来概括明代诗文的总体状况的。最能体现此种思路的是出版于1934年的宋佩韦《明代文学》,因为该书专讲明代诗文,除了第六章的八股文专章外,其余五章将明代诗文分为五个时期。第一章为"明开国至永乐初",作者引述陈田《明诗纪事》的话:"明初各家,各抒心得,隽旨名篇,自在流出,无前后七子相矜相轧之习。"算是全书最高的评价了。第二章为"永乐初至成化、弘治间",主要讲台阁体。第三章为"弘治、正德之际",介绍茶陵派与前七子的复古主张。第四章为"嘉靖、万历之际",主要论述后七子的再倡复古之说与公安、竟陵对复古派的反动,其间还穿插了唐宋派的叙述。第五章为"从天启初以迄明清之交",叙述因社会动荡而导致的慷慨激昂、悲感凄婉的诗风。这样的叙述框架,既是对《明史·文苑传》的继承,又是当时学术观念的集中体现,同时也奠定了后来明代诗歌史写作的基本套路,是当时最为成熟的一种断代诗文史,尽管它对公安派与竟陵派的评价还带有清人的浓厚痕迹,有待后来学者的补充纠正。

另外,此时还有一种引起诸多学者关注的明诗研究现象,即某些作家难以纳入复古与反复古的叙述框架,因而不得不采取特殊的处理方式。其中最突出的是王守仁。顾实《中国文学史大纲》在谈完复古派之后说:"然在其间,有众人皆醉我独醒,不为时敝所误,而超然拔俗者,于文则王阳明不言学谁,而兼有学术才藻,且天分既高,故自成一家之文。次则王遵岩初欣慕古文辞,既而幡然改悟,学曾南丰焉。于是相引而作古文者,有唐荆川,一时齐名,称王唐,李王辈虽攻击之,无伤也,于当时固甚伟也。更有诗人足称者,杨慎,薛蕙,高叔嗣,华察,皇甫冲之徒。"[1]陈柱《中国散文史》采用了同样的处理方式,将陈献章与王阳明单列为"明独立派之散文"一节。在此,王守仁尚被视为在文章创作上有独立特性,而沈雁冰等《中国文学变迁史》则是诗文并举:"他的文章,实雅健有光彩,上承宋濂、方孝孺的余绪,下开王慎中、唐顺之、归有光的先声。论他的诗格,尤典正不矜奇巧,并足为一代大宗,何、李诸人,不能同他并论了。"[2]在此,既言其诗文并佳,又言其前后继承发展关系,俨然将其列为另一演变线索,只是语焉不详而已。郑振铎在其《插图本中国文学史》中将这一点说得更清楚:"王阳明的学说,不仅在哲学上,即在明代文学上,也发生了极大的影响。从李卓吾到公安派诸作家,间接直接殆皆和阳明的学说有密切的关系。……明中叶以后的文坛风尚,真想不到会导源于这位大思想家的!"[3]如果能够再往前追至陈献章,那就可以构成一条完整的线索了。具有相近做法的还有赵景深,他在《中国文学小史》中写道:"明代诗文:新派,一起于刘基等,二承于王、唐,三光大于归、茅;旧派,一起于前七子,二承于后七子,三光大于张溥——凡三起三伏,明代文学便随之波平浪静,文运以终。"[4]该书不

---

[1] 顾实:《中国文学史大纲》,商务印书馆,1926年版,第282页。
[2] 沈雁冰、刘贞晦:《中国文学变迁史》,新文化书社,1929年版,第57页。
[3] 郑振铎:《插图本中国文学史》,《郑振铎全集》第9册,花山文艺出版社,1998年版,第451—452页。
[4] 赵景深:《中国文学小史》,光华书局,1928年版,第181页。

能算是一部文学史著作的精品,但却在尝试一种明代诗文叙述的新框架,即将明代诗文分为新派与旧派两条线索进行结构,显示出其创新的思路。但遗憾的是其文字过于简略,未能涉及王守仁这样的独立特行之士。如果将沈雁冰、郑振铎与赵景深的看法结合起来,便可构成一种新的明代诗文格局。

自50年代至70年代,明代诗歌史的叙述格局逐渐趋于一致。受当时文学观念的影响,在文学史写作中强调的是反映社会现实的全面深刻,因此对于明代诗文也就依据现实主义与形式主义之间的对立而设计叙述框架。因此,当时流行的几部文学史大致会按照四大板块的模式来处理明代诗文。明初诗文作为一个独立的单元,重视其反映现实的深度与纠正元末纤弱文风的作用。明清之际作为一个叙述单元,突出其慷慨激昂的爱国主义精神。中间则是对复古与反复古的叙述。文学研究所编《中国文学史》的章节设计最为典型。其第一章"明初文学",强调诗文作品的社会意义;第四章"成化至隆庆时期文学"第二节为"诗文",下设前后七子的文学复古运动与唐宋派两小节,突出的是唐宋派对前七子的反驳。第六章"万历时期文学"第二节"诗文",下设李贽、公安派与竟陵派三小节,意在突出反复古的业绩。第十章"明末文学",其叙述中心是"社会动乱对文学发生的影响",当然也包括对诗歌发生的影响。刘大杰新版《中国文学发展史》尽管只设一章论述明代诗文,但其阶段划分与上述所言基本相同。其第三节为"明初的诗文",最后一节为"晚明的散文与诗歌",中间三节分别是"拟古主义的兴起和发展""唐宋派与归有光""公安派与反拟古主义的文学运动"。大致还是四大板块的叙述模式。游国恩等所编《中国文学史》则略有变通,仅设"明前期诗文"与"明中叶后的诗文"两章,但又在两章中各自专门设了"宋濂、刘基、高启"和"明末爱国文社和爱国作家"两节,其实还是四个板块。只有北大中文系55级所编《中国文学史》更突出了所谓的战斗性,只用"前后七子复古主义的文学思潮"与"公安派领导的反复古主义改良运动"两节来概括整个明代诗文,但这只是特例,不足以代表该时期的一般状况。

这其中比较难以处理的是王守仁。在20世纪40年代之前王阳明本来是一个被众多学者所关注的重要对象,并且被认为诗文成就相当突出。但是到了50年代之后,他却逐渐被淡化处理。刘大杰新版《中国文学发展史》也许是受到前期研究思路的影响,依然充分肯定了王守仁在明代文学发展中的重要作用:

> 首先值得我们注意的,是王阳明提倡个人良知扩展的学说,所谓"夫学贵自得之心;求之于心而非也,虽其言之出于孔子,不敢以为是也"(《传习录》),这是非常大胆的宣言。他的哲学思想虽是唯心的,但却动摇了朱熹学派在中国思想界长期的统治力量,打破了过去束缚身心的各种教条。到了后来,在当代的新兴经济和市民思想的基础上,出现了泰州学派,更能发挥这种精神,他们主张人与圣贤并无先天的差别,基本上是相同的,并且肯定人民对于饮食男女的合理要求,反对道学家所强调的禁欲主义和虚伪的礼法。由王艮、颜钧、罗汝芳到何心隐、李贽,这种思想到了高潮。[①]

王阳明——王艮——罗汝芳——李贽——公安派,这是晚明思想界发展演变的一条脉络,也是晚明文学思潮的哲学基础。刘大杰如此

---

① 刘大杰:《中国文学发展史》,上海古籍出版社,1982年版,第918—919页。

描述,是在整合相关学科研究成果的基础上提出来的,自有其学术深度。略显遗憾的是,他没有涉及王阳明的诗文创作状况,基本将其排除在了文学格局之外。与刘著文学发展史前后出版的北大中文系55级所编的文学史,尽管在整体上颇显时代局限,但依然承认"王阳明提出的'良知说',对公安派有一定的影响","这是反复古主义的思想基础"[①]。而到了游国恩等所编文学史中,却只承认李贽"受王学左派和佛学的影响"[②]。文学研究所编文学史在谈及李贽、公安派时,也仅提及"当时思想界的一股进步潮流——左派王学给了他们有力的影响"[③]。王守仁的淡出文学史叙述框架,显然与当时思想界将其定性为唯心主义哲学家有直接联系,也与他曾镇压农民起义的政治行为有关。但是,如果绕开王守仁,不仅难以说清明代诗歌发展的思想背景,更是缺乏了诗歌创作的一位重要作家和一个重要环节。从此种意义上讲,该时期过于扁平单一的明代诗歌史叙述框架,乃是前一时期研究的严重倒退。

　　进入20世纪80年代以后,随着对明诗价值的更为深入的体认,对明诗的整体格局与发展进程的描述也更加趋于多元而全面。较早为明诗分期的是两部明诗选本的序言[④],均将明诗的发展过程分为6个段落。袁行云的划分是:1.元明之际,突出高启、刘基等大诗人的

[①] 北京大学中文系文学专门化1955级集体编著:《中国文学史》(下册),人民文学出版社,1958年版,第522页。
[②] 游国恩等主编:《中国文学史》(第4册),人民文学出版社,1964年版,第987页。
[③] 中国科学院文学研究所中国文学史编写组:《中国文学史》,人民文学出版社,1984年版,第926页。
[④] 即袁行云《明诗选》与黄瑞云《明诗选注》,二书均出版于1988年。

成就;2.从永乐到成化,主要叙述台阁体与茶陵派;3.弘治、正德之间,介绍前七子复古派的诗歌创作;4.嘉靖、隆庆之间,介绍后七子复古派的创作,并兼及唐宋派;5.万历时期,主要评介李贽与公安派的反复古的理论主张与诗歌创作;6.天启、崇祯至明清易代,介绍竟陵派与明末爱国志士的诗歌创作。黄瑞云的划分与其略有出入,他将茶陵派单列一个时期,而将前后七子复古派合而论之,但依然是6个阶段。后来邓绍基的划分也是6个阶段,其与袁行云的区别在于将万历与天启的公安派与竟陵派合为一段,而将明清之际列为一个独立单元,意在集中介绍明末文社与陈子龙等爱国志士的诗歌创作。当然也有个别其他划分方式,如朱安群、王英志便是分为五个阶段[①],其变化主要是将前后七子合在一起加以介绍,从而减少了一个时间段落,其实没有本质的区别。以上这种划分方法,既是对20世纪60年代的继承,同时也有进展。最大的不同是更加关注到明诗发展的完整性,比如前此很少将台阁体作为独立单元进行划分,但此时一般都会将其列出,以展现这近百年的诗坛状况。还有一点便是对复古派的理论做了更为详细的论述,所以多数学者都会将前后七子作为两个段落进行划分,这说明学界对复古派有了更加全面的认识与公允的评价。

该时期对于明代诗歌整体格局的认识不仅体现在上述具体的阶段划分上,更重要的是有了较为深入的学理性探讨,从而深入地揭示了划分的依据与原则。乔力《明诗正变论——有关衍展进程的描述

---

① 如王英志《元明诗概说》认为"明诗发展大致可分五个时期":一、明初洪武、建文(1368—1402)是兴盛期;二、永乐至景泰(1403—1456)衰歇期;三、天顺至隆庆(1457—1572)复苏渐至鼎盛期;四、万历至天启(1573—1627)变革期;五、崇祯、南明(1628—1661)结束期。(《苏州大学学报》1997年第4期)

与文化特质之剖析》一文①,认为明诗的复古是"明三百年诗坛的主流主导,可谓'正'"。可知他以复古为主线划分明代诗歌创作的阶段,所谓:"如果考索明代诗歌纵向衍展演化的主导走势及其相关相左的各主要流派,参照正变的升降消长线索,便可能把握并重现其大略进程,由之总结出某种内涵丰厚、备载一定规范意味的理论与创作现象。"他据此将明诗发展分为五个阶段:一是元明之际,"以宗唐为这一阶段的主体趋势","是明诗之'正'的确立奠基时期"。"第二阶段自永乐中经宣德、景泰以迄成化,可以称作'正''变'交迭而以正为主流的发展时代。以雍容典雅、平正安闲为特征。""由弘治、正德至嘉靖、隆庆四朝是第三阶段,在长达百年的时间里,七子被奉为圭臬楷模,而他们的审美品格、艺术风貌与诗学理论,乃至其蕴含的深层文化特质,也确实代表着有明一代之'正'。""万历、天启至崇祯之际是结束复古之正,而取代以极'变'的第四阶段。""第五阶段从崇祯末到南明永历帝被执杀,以明亡为终结期,正声复振,变调亦存。"通过这种对正变消长过程的考察,文章得出了明代诗歌创作"体现出高扬的自觉意识、宗派排他观念及适时调节的主动性等重要特征。"并由此得出了明诗"仍旧呈现出一种相对繁盛的局面,其大量的、丰富灿烂的作品也自具有不可替代的独特价值"。为了突出复古之正,作者不仅对求变的公安、竟陵采取了较为严厉的批评态度,而且在叙述过程中省略了陈献章、王阳明与李贽这些重要的诗文作家,还淡化处理了李东阳、唐寅、杨慎与唐宋派作家。而从嘉靖八才子至唐宋派乃是明诗发展的一个重要阶段,也被百年复古的大潮覆盖了。但正变是否能够作为明诗发展的唯一主线并拥有如此的正

---

① 《天府新论》1994年第3期。

面价值,实在是一个需要继续讨论的重大问题。

沈检江《明诗拟古主潮:格调禁锢下才情的毁灭》[①]一文就对复古派的诗歌理论与创作进行了认真的检讨。尽管作者承认唐宋之后诗歌走向拟古思潮乃是必然的趋势,但其自身却存在着难以克服的两种矛盾:一是"拟古对象与标准的推衍显示了拟古诗论体系深刻的缺陷与矛盾",二是"才情的萌动和格调的压抑构成了拟古诗潮的深刻矛盾与失败结局"。而正是这样的矛盾,"宣告了拟古诗派的失败"。如果明代诗歌仅仅由复古诗派作为唯一的主线,那么其取得的成就与诗学的价值也就相当有限了。于是就有学者撰文来重构明清诗学的格局与主线:"明清时期的诗歌理论大致可以用两种诗学的对立与互补来概括,即着眼于文学结构演化的自身规律,重法尊古,重因轻创的复古派诗学和立足于张扬个性及文学演化的时代特征的革新派诗学的对立与斗争。具体而言,在明代表现为以前后七子为首的复古派和以公安、竟陵为首的革新派的对立,在清代表现为以沈德潜为首的格调说与以袁枚为首的性灵说的对立。"[②]文章仅就诗歌理论立论,而且兼及清代诗学,故而略显浮泛。但是它所提出的两条主线的看法依然具有重要的启示意义。有了这两条线索,顿时便会极大地扩张明诗的叙述空间,并彰显出新的诗学内涵与价值。但是,该文未能就这两条线索作出更为细致深入的考察,如果说复古派这条线索以前学界关注较多的话,革新诗学仅仅谈及公安与竟陵显然是远远不够的。

---

① 《学习与探索》1995 年第 1 期。
② 殷满堂、韩玺吾:《试论明清时期两种诗学的对立与互补》,《荆州师专学报》1999 年第 1 期。

即便如此,这些对于明诗格局的理论探索也未能及时被学术界所吸纳,因而在诗歌史的写作实践中依然体现了观念滞后的现象。在本时期,曾出现过4部与明代诗歌史有关的著作:郑孟彤《中国诗歌发展史略》(1981),李庆、武蓉《中国诗史漫笔》(1988),周伟民《明清诗歌史论》(1995),莫林虎《中国诗歌源流史》(2001)[1]。这些诗歌史著作,既显示出对明代诗歌整体格局的多元探索,也透露出作者们的一些疑惑彷徨。

郑孟彤对于明诗格局的认识尚停留于20世纪60年代的层面,尤其是对复古派相当轻视,所以他对明初与明末的诗坛给予了较大的篇幅,中间则对于谦与公安派做了重点论述,而作为明诗重要线索之一的茶陵派与前后七子,却只用了不足千字草草交待。该书名为《中国诗歌发展史略》,可于谦一人便占去两千余字,整个复古派不足千字,无论如何不能算是正常的做法。与此相近的是李庆等人的《中国诗史漫笔》,该书共用八千余字介绍明代诗歌,其中用了绝大多数篇幅介绍明初诗歌、于谦、唐寅、公安派、陈子龙等内容,而对声势浩大的复古诗派仅用六百余字,甚至没有涉及一首诗歌作品。莫林虎《中国诗歌源流史》更可注目,作者共用"明初及前后七子诗歌"与"中晚明江南才子诗"两节文字论述明代诗歌,这显然难以完整把握明诗三百年的格局,比如他略去竟陵派与明清之际的诗歌创作,便无法衔接起明清两代诗歌的发展线索,则其所谓源流史也就难以名实相符。但该书又有其自身的特色,比如作者提出了明代诗歌中诗人兼批评家的现象,并认为"他们的理论成就远远重要于他们的创

---

[1] 莫林虎《中国诗歌源流史》虽出版于2001年,但其写作时间显然应该早于本年,故将其列入20世纪90年代时间段内的学术成果。

作成绩"①。这的确是明诗史的重要特点之一。而在"中晚明江南才子诗"中作者重点论述了唐寅、徐渭和袁宏道三位所谓的江南才子型的诗人,并突出其不乐仕进、酷爱文艺、叛逆放荡与追求个性的特点,似乎要寻找出明诗发展的另一条线索来,但由于种种原因却又语焉不详。这些诗歌史的写作,仅就明代部分来看,都不能算是成功的文字。这说明在本时期的明诗研究中,还较少长期专门从事本领域研究的学者,在文献积累、文本阅读与整体把握上都显得学养不足,甚至不能及时吸收学界的新成果,因此尽管个别人有某些新思路,终难在整体上获得新的突破。

周伟民《明清诗歌史论》是张松如主编的"中国诗歌史论丛书"中的一卷,尽管该书将明清合而论之,其实是分的上、下二编,明清二部又是基本独立的,因而可以视为对明代诗歌的专论。全书共分六章,除了引言与第六章的"明代民歌与散曲"外,中间五章就是作者眼中明诗的五个阶段。即"吴越文化的讴歌"的明初期,"盛明诗坛的回响"的转型期,"发酵的诗坛在涌动——中明复古与反复古的对立与互补"的鼎盛期,"晚明诗歌的漫唱与创新"的夕照期,"末代悲歌"的结束期。这种叙述框架的设计与上边提到的几种似乎并没有明显的区别,但是其中也具有一些超出前人的创新之处。一是本书首次将朱元璋的诗歌创作列为专节,分析其诗风以及对明代诗坛的复杂影响。这说明作者已经从二元对立的思维回归到诗学本位的立场,这有利于其叙述贴近历史的真实。二是专列了"中明的'心学'之歌"一节,论述王守仁的诗歌创作,这也是此前没人做过的。作者评价王守仁说:"他的哲学思想,打破了理学家的僵化局面,有着蓬

---

① 莫林虎:《中国诗歌源流史》,中国社会科学出版社,2001年版,第206页。

勃生气；他所写的诗歌，是他的哲理观念的折射，显示诗歌艺术的某些纯真境界。对于明代诗歌的发展，是一种不可忽视的存在。"①在此作者不仅从正面肯定了王守仁的学说思想，而且将其与诗歌创作结合起来，由此再做提炼，有可能构成一种新的叙述框架。当然，该书在结构设计上也有一些明显的不足。一是明初的诗歌仅仅论述吴越两地的作家作品，显然是有缺陷的。作者如此处理当然并非没有依据，明人王世贞就说过："迨于明兴，虞氏多助，大约立赤帜者二家而已。才情之美，无过季迪；声气之雄，次及伯温。"②但胡应麟也说过："国初吴诗派昉高季迪，越诗派昉刘伯温，闽诗派昉林子羽，岭南诗派昉于孙蕡仲衍，江右诗派昉于刘崧子高。五家才力，咸足雄踞一方，先驱昭代。"③因此，明初五大诗派并立的局面早已是诗学史的常识，更何况闽诗派之于复古派，江右诗派之于台阁体，均有极为密切的渊源关系，不是想省略便可省略的。二是提到丘浚的诗歌创作却不提陈献章，也颇为令人费解。无论从心学影响、诗学观念还是创作水准来看，陈献章都是不可忽视的重要人物。不提此人，说明作者对明诗的另一发展线索尚未能处于自觉状态。三是第三章叙述复古与反复古容量过大，容易给人线索不清的印象。其中将唐宋派置于第三节而将王守仁置于第六节，更是严重错乱了先后次序。

经过20世纪众多学者的探索，对于明诗整体特征的认识尚有以下问题需要加以思考：从主要线索上，是坚持传统的以复古派与反复古派的消长演变为主线，还是可以发掘出足以与复古派相并列的双

---

① 周伟民：《明清诗歌史论》，吉林教育出版社，1995年版，第235页。
② 王世贞：《艺苑卮言》卷五，中华书局，1997年版，第1023页。
③ 胡应麟：《诗薮》，北京图书馆出版社"中国诗话珍本丛书"第11册，2004年版，第530页。

重发展线索？从阶段划分上，前后七子的跨度过大，而且其理论主张与创作特色也有明显的差异，到底是分开好还是合二为一好？公安派与竟陵派到底是视为一个阶段的创作流派还是分属两个不同阶段？从大的格局上，是紧紧抓住主线叙述以突出中心好，还是兼顾到地域诗派的空间格局好？这些问题如不能妥善解决，势必影响明代诗歌史的有效研究。

三、20世纪明代诗歌研究的三个阶段

20世纪的明代诗歌研究按照时代之变化与学术之进展的双重尺度，可以划分为三个阶段，每一阶段自有其学术理念与研究特征。

第一阶段是20世纪20年代至40年代。此一时期是明代诗歌研究的开创期。此时最突出的特点之一是热衷于写作中国文学史、韵文史与诗歌史的学者较多，而做专题研究的较少。据本人统计，这30年的明代诗歌研究论文共约六十余篇，其中还包括了一些研究明词、散曲、民歌、文学批评以及一些人物生平的考证、随笔杂谈类的文章，真正像夏宗璞《明代复古派与唐宋文派之潮流》[1]、任维焜《袁中郎评传》[2]、郭源新《元明之际的文坛状况》[3]、彭天龙《明代之闽派诗》[4]这样的专题文章，也不过十余篇而已。由于受五四白话文学观念的影响，学术界对前后七子复古派的评价都比较低，因此专题研究的论文也极少。论文大致集中在明初诗文、于谦、唐寅、明代民歌以及明末遗民爱国诗人等几个领域，大多与当时的政治及文坛风气相

---

[1] 《学衡》1922年第9期。
[2] 《师大月刊》1932年第2期。
[3] 《文学》（上海）1934年2卷6期。
[4] 《国专月刊》1936年3卷5期。

关,真正做文学本体研究的较少。这其中李贽与公安派受到过特别的关注,其中原因主要是当时学界认为公安派与五四新文学有渊源关系,而李贽则与当时的批判封建礼教密切相关。据统计,这期间研究李贽的文章有十篇左右,研究公安派的则有二十余篇,几乎占了研究成果的一半。周作人《中国新文学的源流》一书说:

> 那一次的文学运动,和民国以来的这次文学革命运动,很有些相像的地方。两次的主张和趋势,几乎都很相同。更奇怪的是,有许多作品也都很相似。胡适之,冰心,和徐志摩的作品,很像公安派的,清新透明而味道不甚深厚。好像一个水晶球样,虽是晶莹好看,但仔细地看多时就觉得没有多少意思了。和竟陵派相似的是俞平伯和废名两人,他们的作品有时很难懂,而这难懂却正是他们的好处。同样用白话写文章,他们所写出来的,却另是一样,不像透明的水晶球,要看懂必须费些功夫才行。然而更奇怪的是俞平伯和废名并不读竟陵派的书籍,他们的相似是无意中的巧合。从此,也更可以见出明末和现今两次文学运动的趋向是怎样的相同了。①

从立意上讲,周作人主要是为新文学寻找源头,他本人并没有打算真正去研究公安派的诗歌,所以尽管他在此处所比较的作家作品包括了诗歌文体,但在全书中却没引用分析过一首公安、竟陵的诗歌,所以无论是他所概括的公安派作品特点,还是那一次文学运动的性质,都是很难经得起学理检讨的,而后来围绕小品文的论战已属当代文坛的话题,与明代诗歌研究关系不大。不过此次对公安派文学革新

---

① 周作人:《中国新文学的源流》,华东师范大学出版社,1995年版,第28页。

运动的讨论也并非毫无学术结果。首先是在1934年由林语堂和刘大杰主持重印了《袁中郎全集》,并有许多名家为之作序,扩大了袁宏道的影响,引起了学界的浓厚兴趣,所以才会产生那么多的研究文章。其次是也有一些学者始终不受时风的影响而坚持对公安派进行学术性研究,并取得了有价值的成果。比如任维焜(即任访秋),他先后写下了《袁中郎诗友考》(1931)、《袁中郎评传》(1933)、《李卓吾与袁中郎》(1936)等研究论文,并于1983年出版了《袁中郎研究》,其中包括了"论述"与"年谱"两部分,是当时研究公安派最有分量的成果。尽管作者未能对其著作的形成过程有所交待,但人们有理由相信,那是他几十年研究成果的积累。因为他在30年代中期跟随周作人学习时,论文便做的是袁宏道。但是,仅有对公安派的讨论对于明诗研究来说是远远不够的,因此该时期从专题研究看成果相当有限。

由于对明诗的专题研究不够深入,而做文学史、诗歌史者又没有时间与耐心去对明代诗歌做深入细致的研究,因而当他们触及作家作品时,就缺乏独立的判断能力而只能引述明清诗论家的现成结论,尤其是钱谦益、朱彝尊、沈德潜、四库馆臣这些具有权威性的评价。王礼培的《论明代诗派》[①]是本时期唯一一篇全面论述明诗的文章,但其见解几乎全部来自明清诗评家,如论公安、竟陵说:

> 逮夫万历,略似中唐。袁宏道兄弟竞爽,绌排王李,而效香山眉山。其诗俊利清新,当时称公安体。喜以俗语入韵调。其合者差得逸趣,而非能得逸气者。如:"一病衷小安,五载江犹淹。"尖巧复成何语?朱竹垞云:"倡浅率之调,以为浮响。造不

---

① 《船山学报》1935年第10期。

根之句,以为奇突。"是已。及其季也,竟陵钟惺、谭元春,又反之为贾岛、孟郊,幽怀侧调,么弦偏张,发为一种潜伏之音声。欲以矫弊,致伤和平。当时亦谓之竟陵体。元春尤纤艳,《岳归堂集》《子夜》、《读曲》之歌,荡人心志。不待王季重之为文妖,元气尽斫,国亦沦胥以亡矣。

如此评价,看不出当代文坛上公安派热的丝毫影响,反倒与朱彝尊、沈德潜如出一辙。就当时研究明诗最有影响的李维《中国诗史》、宋佩伟《明代文学》与钱基博《明代文学》三部著作来看,都存在着这方面的问题。李维的《中国诗史》,是在1926年归家养病的仅仅3个月内写成的,成书之仓促可见一斑。故而他非但在各派各家的叙述评价中袭用前人评语,即便是对于明诗的整体把握,也只引用了赵翼的话:"高青丘后,竟无诗人,李西涯虽雅驯清澈,而才力尚小,前后七子,风行海内,迄今优孟衣冠,笑齿已冷。"[1]难怪他会将明诗置于中国诗歌史上的最低位置,全是受了赵翼等人的影响。宋佩伟《明代文学》是专门叙述明代诗文的唯一一部著作,就其整体设置而言,已为明诗的论述奠定了基本的框架,其开创之功毋庸置疑。他在叙述明初诗歌及前后七子创作时,皆能参酌前人论述予以分析评价,尚不至距史实过远。但一涉及公安、竟陵,便被清人偏见所覆盖。如其评公安派说:"公安派承七子之弊,居然也风靡一时,然七子犹根于学问,三袁则全靠一些聪明,所以《四库全书总目提要》说:'学七子者不过赝古,学三袁者乃至矜其小慧,破律而坏度,名为救七子之弊,而弊又甚焉'。"[2]此

---

[1] 李维:《中国诗史》,江苏文艺出版社,2008年版,第214页。
[2] 宋佩伟:《明代文学》,《中国大文学史》,上海书店出版社,2001年版,第761页。

一段话，无论是引号内外，其实全是四库馆臣的话，而没有作者的丝毫见解，也就可知其学术价值如何了。

钱基博《明代文学》是对明诗评价最高的一部著作，其原因之一便是作者受到西方文艺复兴观念的影响。但是如果通读全书，会发现它依然是最接近传统中国文学观念的。比如作者不涉及当时被新文学所看重的通俗小说，而所谓的"曲"也只用了一千余字便算是交待。作者集中论述的是所谓的古文、诗歌与八股文。在这一点上钱基博与宋佩伟不同，宋佩伟曾特意声明："本书中把在中国文学史上占极重要的地位的时代的传奇和小说置之不论，是因为另有郑振铎先生的专篇叙述，为避免重复，就将这一部分删去了。"[1]无论其所言是否属实，但总算有所交待。钱基博没有这样的交待，可见在其心目中诗文依然是明代文学的主体[2]。再看他所谓的文艺复兴的内涵："大抵明文之异于宋元者，排唐宋以力追秦汉也。明诗之异于宋元者，排宋元以还之汉魏盛唐也。明曲之异于元曲者，排胡音以还我夏风也。要之反本修古，不忘其初而已矣！"[3]可知作者的文艺复兴除了"反本修古"的传统观念外，还包含着"排胡音以还我夏风"的民族情结，这便与后来所言"启蒙"的文艺复兴不是同一层面的概念。然而钱基博虽未能置身新文学运动而倡言个性解放，却也没有追随四库馆臣而痛斥公安、竟陵，他从中国诗歌历史事实与诗歌审美特征出

---

[1] 宋佩伟：《明代文学》，《中国大文学史》，上海书店出版社，2001年版，第670页。

[2] 钱基博在论完明曲时也曾说："吾友吴瞿安先生梅有专书备论之，兹不具述，而要删其指以备一格。"算是对其论曲部分过于简略的说明，但他何以未涉笔小说却没有说明，可见他依然保持着中国传统中视小说为不登大雅之堂的偏见。

[3] 钱基博：《明代文学》，商务印书馆，1934年版，第105页。

发,给予了较为公允的评价。他说袁宏道之诗"清新轻隽,时有合作"。尤其是评钟惺说:"其手近隘,其心独狠,要是著意读书人,可谓之偏枯,不得目为肤浅。其于师友骨肉存亡之间,深情苦语,令人鼻酸;则又未可以一冷字抹杀。大抵惺之诗,如橘皮橄榄汤,在醉饱后,洗涤肠胃最善;饥时却用不得。然当其时,天下文章,酒池肉林矣!那得不推为俊物也!"①这大约是那一时期对竟陵派诗歌最为中肯的理解与评价了。可见并不是只有接受了西学才能写出新的诗歌史来,关键在于具有良好的诗学修养并仔细阅读文本,方可真正感受到诗之真谛,钱基博的著作很难说是当时最好的,却是最有特色的,并为后来的研究者树立了榜样。

20世纪初至40年代末,是中国诗歌史编撰与研究较为活跃的时期,先后出版了大量的诗歌通史、诗歌断代史以及乐府诗史、词史、散曲史等等,只有元明清诗歌断代史属于空白。究其原因,当然有文献过于卷帙浩繁,一时难以措手的因素,但更重要的还是文学史观的问题,即在诗体已不再有明显创新且又面对成就辉煌的唐宋诗歌高峰时,元明清诗歌尤其是复古色彩浓厚的明代诗歌到底如何定位与把握,尚需做出认真的思考。

第二阶段是20世纪50年代至70年代。该时期最为重要的特色在于诗歌批评标准与研究方法的单一化,即用阶级分析与文学社会学的方法来研究作家作品,用现实主义与人民性来衡量诗歌创作的价值。这样的学术环境对整个中国诗歌史的研究都造成了严重的影响,因而在这30年的时间里,没有再出现一部诗歌史著作,各类研究明代文学思想与诗歌创作的论文不足50篇,而李贽一人便占了7

---

① 钱基博:《明代文学》,商务印书馆,1934年版,第100页。

篇,公安派为4篇,复古派为4篇。其中真正研究诗歌创作的仅有洪涛《郑成功的诗》[1]、缪钺《读谈迁的诗——读书札记》[2]、林青《读"明遗民诗"偶记》[3]、夏静岩《关于沈周的诗》[4]、张宗洽《黄道周夫人的诗》[5]、赵德芳《唐伯虎及其作品简介》[6]等少数几篇,而且均发表于60年代初与70年代末的非专业报刊上,所论内容除唐伯虎外全是非主流诗人,由此可见当时明诗研究的惨淡局面。尤其在"文革"期间,涉及李贽的各类文章有一百余篇,却只有4篇属于其文艺思想的研究,而且极少学术内涵。当然,此时由于各种需求也进行了明代诗文典籍的整理及基础文献的研究,如李贽、汤显祖别集的出版,刘基、宋濂、高启等生平的考证与辨析等,都为后来的相关研究打下了一定的基础。

在此种学术环境中,前一时期学界对以复古为主流的明代诗坛已颇多非议,此时则更加贬斥。比如对明代文人喜爱结社的流派特征,郭绍虞已于20世纪40年代做过系统的考察[7],尽管多有批评,态度尚较客观。而游国恩等人所著《中国文学史》则将明代中后期的诗文流派归之于拟古与反拟古的斗争,并为其定性说:"这种现象,是明中叶以后,统治阶级内部思想、政治上的分化和斗争在文学上的反映。"[8]如此概括复古与反复古的流派之争,已完全无学术性可言,更不要说诗

---

[1] 《福建日报》1961年4月18日。
[2] 《光明日报》1961年7月16日。
[3] 《新华日报》1961年11月29日。
[4] 《人民日报》1962年1月17日。
[5] 《福建日报》1962年10月11日。
[6] 《绿野》1979年第1期。
[7] 参见郭绍虞《明代的文人集团》(1948年《文艺复兴·中国文学研究号》上)。
[8] 游国恩等主编:《中国文学史》(第4册),人民文学出版社,1964年版,第979页。

学的审美与诗歌的创作了。这种研究套路不仅反映在集体编写的文学史中,同时也自觉地表现在个人研究习惯中。郑孟彤所著《中国诗歌发展史略》的明代部分,是此种情况的集中体现。这部书虽在1981年出版,其写作却是在60年代,其后记中说:"1963年秋,我就按照原定计划陆陆续续进行写作,到1966年秋,快要完成了,'文化大革命'开始,写作中断。"而到1979年春,因出版社约稿,"把这部旧稿重新整理、修改,并重写、补写了其中的一部分,终于完成了这本书。"可知其全书的确是完成于60年代与70年代,是那一时期批评标准与研究方法的体现。该书的明代部分自始至终都贯穿着现实主义与人民性的标准。刘基的诗受到好评是因其"反映生活比较深广","基本上是属于现实主义的";高启的诗"描写了农村生活,揭露了阶级矛盾","这就大大提高了诗的人民性与现实性了";于谦之所以给予较多篇幅与较高评价,是由于"一是反映人民疾苦,揭露残酷剥削","二是反对侵略,关怀国家命运",从而"使诗歌沿着真实反映现实这条道路发展";陈子龙之所以得到表彰,是因为"早期作品中有些反映了人民生活的痛苦","后期的作品中,多是感愤奸臣误国、哀悼殉国志士以及故国之思等"。对于这些作家的如此评价,给人以单一的非文学化印象,但似乎问题还不是很大。但以此标准去评价公安派,便顿时令人啼笑皆非。书中说:"公安派以清新轻隽,力矫摹拟的陋习,虽然使当时诗风为之一变,但他们只是从抽象的概念上去反对拟古,强调个人的性灵。结果走上了脱离生活的道路。没有去反映社会现实斗争,只是表现封建士大夫的生活情调及兴趣。"①公安派最主要的优势便是"不拘格套,独抒性灵",也就是真实

---

① 郑孟彤:《中国诗歌发展史略》,黑龙江人民出版社,1981年版,第255—256页。

地表达作者的自我个性与生活趣味,如果在此一层面再提出"反映现实斗争"的要求,无异于取消了此一诗派。然而,这在那一时代不仅是司空见惯的,甚至还是相对温和的。处在那样的学术环境中,没有谁能够真正超拔而出。

第三阶段是20世纪80至90年代。该时期的主要特点体现在学术观念更新,方法日趋多元,研究水平不断提高,并取得了丰硕成果。就总体情况看,前10年是过渡阶段,尽管在文学理论领域已在研究方法上进行了充分的讨论,但在明诗研究方面则稍显滞后,不少学者依然继续在现实主义与爱国主义的观念下选取研究对象并进行学术操作,因而元明之际与明清之际以及于谦仍是学界关注的重点。20世纪90年代则出现了比较大的进展,许多重要成果均产生于此一时期。从成果数量上看,经过认真统计与严格筛选,从1979至1989年共发表有关明代诗歌的研究论文一百四十余篇,而从1990至2000年则共发表三百四十余篇,后十年比前十年整整多出了两百余篇。在学术著作方面,前十年共出版相关成果12部,后十年则为28部,后者也是前者的两倍多。在博士学位论文方面,前十年的诗文研究成果仅有3篇,后十年则为28篇。当然,这后十年的成果大多是前十年研究的积累,所以总体上仍应将这20年视为一个整体比较合适。归纳起来讲,本时期明诗的研究业绩体现在以下几个方面。

首先是明代诗歌文献的整理与研究。一是原始文献的整理。1993年,上海古籍出版社影印出版了"四库明人文集丛刊",共包含重要的明人别集三百余种。尽管文渊阁四库全书的本子存在着种种不足与缺陷,但一次性地推出如此多的明人别集,还是大大方便了学者的使用。而台湾伟文图书出版有限公司影印出版的包括数十种明人别集的"明代论著丛刊",则拥有较为重要的版本价值。同时,上海古籍、中华书局等出版社也先后整理出版了高启、刘基、宋濂、方孝孺、李东阳、何景明、徐渭、袁宏道、袁宗道、袁中道、钟惺、谭元春、陈子龙等重要明代诗文作家的别集，从而使一般研究人员能够很方便地加以利用。二是作家年谱的编制。由复旦大学出版社推出的"新编明人年谱丛刊"，已出版了杨士奇、李东阳、祝允明、康海、王世贞、钟惺等数种。徐朔方的《晚明曲家年谱》中，其实也包含了徐渭、屠隆、汪道昆、汤显祖等诗人兼曲家的年谱。北京图书馆出版社影印出版的"北京图书馆藏珍本年谱丛刊"，也包含了数十种明代诗文作家年谱。这些年谱的出版，使明诗研究有了较为坚实的基础。三是明诗选本的出版。在本时期先后有黄瑞云、袁行云、金性尧、羊春秋、朱安群等编选的五种明诗选本出版。这些选本尽管难以直接运用于学术研究，但是对普及明诗知识，扩大明诗影响，还是发挥了较大的作用。但明诗文献的整理也存在一定的困难，比如由复旦大学古籍所主持的《全明诗》的编撰，早在1986年即已被古委会批准资助立项，但至今却只出版了三册，便由于种种原因而处于停滞的状态，可知大型古籍整理工作的艰难。

其次是研究格局的不断扩展。在这20年的明诗研究中，明初的高启、刘基，前后七子的复古诗派，晚明的公安派与竟陵派始终是大家关注的重点，发表的成果也最多。但是随着研究的不断进展，明诗研究界又开拓出不少新的研究领域。一是学科的交叉。诗歌史与思想史的交叉，就有马积高的《宋明理学与文学》（1989）、左东岭的《李贽与晚明文学思想》（1997）、黄卓越的《佛教与晚明文学思潮》（1997）、周群的《儒释道与晚明文学思潮》（2000）等。这些著作都以思想史与文学观念的关联性研究为中心，探讨明代文学思潮发展演变的线索与复杂内涵。由于这些著作所使用的研究文献大都是诗文别集中的材料,所以往往同时便会进行诗文方面的研究,而其研究成果又使读者加深了对明诗的理解与认识。明诗的创作与理论批评结合紧密本来就是其一大特色,这种思想史与诗歌史相结合的研究恰恰突出了此种特色,从而扩大了研究视野,推进了明诗的研究。这种学科交叉还体现在诗文创作与社会政治、经济、风俗的交叉研究。如夏咸淳《晚明士风与文学》(1994)、郑利华《明代中期文学演进与城市形态》(1995)、周明初《晚明士人心态与文学个案》(1997)等。明代是否存在资本主义萌芽的问题可能在学界仍有较大争议,但明代的城市经济、社会风气、士人心态等等,在明朝前后存在巨大差异则确属事实,并且对诗歌创作产生了巨大影响。如果不对它们之间的关系进行深入系统的研究,那么对明诗的特色及其发展演变也就难以论述清楚。这方面陈书录的《明代诗文的演变》(1996)值得关注,全书立足于理论批评与创作实践的综合考察,注重各流派、各阶段的关联性研究,注重各种社会原因对诗文创作之促动,其核心是把握诗文作家和批评家文化心态、审美心态演变的内在理路。此种研究应该说对于明代诗文发展轨迹与复杂内涵的认识是有明显提升的。

研究领域扩展的另一方面是对地域文学的研究。较早对此问题展开综合研究的是王学泰的《以地域分野的明初诗歌派别论》[①],全文依据明人胡应麟对明初诗歌五大地域流派的划分展开论述,分别考察了各流派的存在状况与特征。稍后廖可斌的《地域文人集团的兴替与元末明初文学思潮的变迁》[②]已不再停留于地域诗派的平面研究,而是通过元末吴中派、浙东派与江西派的兴替,结合当时的流

---

① 《文学遗产》1989年第5期。
② 《社会科学战线》1993第4期。

派特色与社会政治的复杂关系,来探讨文学思潮兴替的过程与原因。可以说地域诗派的研究是这20年明诗研究最为鲜明的特征之一。这种地域诗歌的研究包括两个不同的层面。一是对少数民族诗人的研究,如回族诗人金大车、金大舆,纳西族诗人木公、木增,白族诗人高桂枝、赵炳龙,彝族诗人禄洪,土家族诗人田九龄、天宗文,苗族诗人满朝荐等的研究文章,均是介绍或论述的少数民族诗人的创作。二是对地域诗歌流派与诗人的研究。如陆草的《略谈明末清初的商丘诗人群落》①、黄文宽《南明广东诗说》②、余嘉华《明代滇南地区诗歌发展概观》③、陶应昌的《略论晚明云南作家》④等等。这些都是用汉语写作的有关地域文学与诗人的文章,如果再加上用各种民族语言写作的成果,其数量将更为巨大。但一般说来这些成果显得比较零碎,构不成互有关联的学术体系。而且研究少数民族诗人的成果比较集中于20世纪80年代,随着研究的深入,明诗研究界越来越关注重要地域流派的诗歌创作状况。以博士学位论文的选题为例,这20年中先后有陈建华《明代江浙文学论稿》、陈广宏《明代福建地区城市生活与文学》、韩结根《明代新安地区的文学》、魏崇新《明代江西文学的演进》等,全是研究对明代诗歌有重要影响的地域文学,而没有一篇是研究明代少数民族文学的博士学位论文。就学术刊物上发表的论文来看,也与此情况大体一致。其中原因值得深究。

其三是研究水平的不断提高与研究深度的不断拓展。在该时期,明代诗歌在两个学术领域取得的成就最大:公安派与复古派的文

---

① 《中州今古》1986年第3期。
② 《岭南文史》1988年第1期。
③ 《云南文史丛刊》1997年第2期。
④ 《学术探索》1999年第1期。

学思想与诗歌创作。应该说20世纪80年代后的明诗研究是从公安派研究起步的。1981年,上海古籍出版社出版钱伯城的《袁宏道集笺校》,1983年出版任访秋的《袁中郎研究》,1987年华中师范大学出版社出版张国光、黄清泉主编的《晚明文学革新派公安派三袁研究》,1996江苏古籍出版社出版王恺的《公安与竟陵》,2000年中国文联出版社出版孟祥荣的《真趣与性灵》。对公安派的研究从反复古到文学革新,从"快""了""达"的风格研究到"真""趣""韵"的审美范畴探索,一步步将公安派的研究推向高潮。对于复古派的研究则是从为其正名开始,到对其进行多方面探讨而全面展开。1986年,章培恒发表了《李梦阳与晚明文学新思潮》[1],从追求抒发真情的角度,论述了李梦阳的文学观与晚明文学新思潮的学理联系,可谓颇有创意。1989年,陈国球发表了《明代复古诗论的文学史意识》[2],是对复古派如何认识中国诗歌传统所作的综合考察。前面曾提及邓绍基主张将复古派的理论主张与其创作实践区别对待,可惜语焉不详。本文则是对复古派诗论中具有文学史价值内涵的发掘。应该说将复古派研究中的文学价值与文学史价值加以区分并进行深入探讨,是学理性的突破,具有重要的学术价值。由于上述文章揭示了复古派研究的巨大空间与丰富价值,因而复古派研究在该时期呈现出繁荣的局面,先后出版了廖可斌的《明代文学复古运动研究》(1994)、陈书录的《明代前后七子研究》、陈文新的《明代诗学》(2000),另外该时期完成的相关博士学位论文有:章伟的《明七子文学思想论稿》(1990)、史小军的《明七子派及其文学复古运动研究》(1996)、孙学

---

[1] 《安徽师范大学学报》1986年第3期。
[2] 《文艺理论研究》1989年第2期。

堂的《王世贞与十六世纪文学复古思想》(2000)等。这其中最有代表性的是廖可斌的《明代文学复古运动研究》,该书可谓是对明代复古派的全面研究,既有对历史渊源的全面梳理,更有对明代复古完整过程的把握,特别是它不仅认真发掘其理论观念,更细致分析其创作特点;不仅对李梦阳、何景明、李攀龙、王世贞这些代表人物进行论述,还旁及郑善夫、汪道昆、徐孚远、张煌言这些边缘人物。最后又中肯地对复古派进行评价与定位,从而将该领域的研究提升到一个新的层面。孙学堂的《王世贞与十六世纪文学复古思想》则显示了另一种特点,即对复古派重要作家做深入细致的研究,将其理论批评与诗歌创作密切结合起来研究其文学思想,既扎实深入又全面系统,显示了文学思想史研究方面的长处。此外,该时期的明代诗歌研究还呈现出两个鲜明趋向,一是诗歌创作特征与审美形态的专题论文大大增加,已经从前代学者重理论探讨中摆脱出来;二是关注诗歌创作中的具体问题,诸如创作年代考证、语言技巧分析、风格体貌把握等等,使研究趋于细化。这些均体现了该时期明诗研究的长足进展。

本时期明诗研究的另一重要进展是对明代哲学思想与诗学关系的深入研究。在20世纪上半期,还能偶尔见到对心学家尤其是王阳明文学成就的论述,但在新中国成立后由于种种时代原因,文学研究界很少再提到心学家的诗学贡献。但是自20世纪80年代以来,这种现象正在改变。像陈献章、王阳明、王畿、王艮、焦竑等人的文学思想与诗歌创作,均已进入文学研究的视野。现选取对明代文学界影响最大的二家研究状况介绍之。

陈献章的诗学研究:陈献章至今为止还很少被文学批评史与文学史著作所提及,一些诗歌史与诗歌理论史提到他时也是将其"性理"诗的"陈庄体"作为反面对象而论述的①。但如果从明代学术史的角度和诗学史的角度来看,则陈献章又是非常重要的,黄宗羲曾说过:"有明之学,至白沙始入精微。其吃紧工夫,全在涵养。喜怒未发而非空,万感交集而不动,至阳明而后大。两先生之学,最为相似。"②可知陈献章是心学的发端,而其哲学上追求的重自我适意、重主观情感、重自然真实的倾向,都与中晚明士人的取径相一致。更何况他还有丰富的诗歌创作与诗歌理论。因此,自20世纪80年代以来,其诗学观念逐渐被人所重视,并出版发表了一些著作与论文,如陈少明《白沙的心学与诗学》③,认为其学宗自然与归于自得的理论是一种诗意的境界,并在诗作中表达了其旷达洒落的风韵情怀。张晶《陈献章:诗与哲学的融通》④,认为陈献章"以自然为宗"的落脚点在于"自得",而延伸到其诗学思想则是"率情而发""发于本真",并认为"这种观念由作为理学家的陈献章提出,更说明了理学内部裂变的必然性与文学解放思潮的密切联系"。章继先《陈白沙诗学论稿》一书是对陈献章诗学思想与诗歌创作的综合研究,诸如陈献章"学宗自然要归于自得"的学术思想与诗歌理论、诗歌创作的关系及白沙诗学在明代文化史上的地位等等,均在其论述之列,同时也论及了白沙诗学与老庄、禅宗的关系。左东岭《王学与中晚明士人心态》

---

① 如陈书录《明代诗文的演变》第四章及周伟民《明清诗歌史论》第三章均作如是处理。
② 黄宗羲:《明儒学案》,中华书局,1985年版,第78页。
③ 见宗志罡编:《明代思想与中国文化》,安徽人民出版社,1994年版,第59—71页。
④ 见张晶:《审美之思——理的审美化存在》,北京广播学院出版社,2002年版,第418—429页。

一书则从士人心态演变的角度论述白沙心学,认为"它为明代前期士人的心理疲惫提供了有效的缓解途径,它使那些被理学弄僵硬了心灵的士人寻到了恢复活力的方法,它为那些在官场被磨平了个性的士人提供了重新伸张自我的空间"①。对陈献章研究的困难在于如何评价由邵雍开创的性理诗的问题,同时还有他与阳明心学的关系也是需要认真考虑的。但可以肯定的是,陈献章是明代诗歌史上很重要的人物,这不仅体现在其本人的诗歌创作上,更重要的是还牵涉到明诗发展线索的问题。

王阳明文学思想研究:明清两代的文人尽管对阳明的学术褒贬不一,但是对其事功与诗文创作大都持肯定态度、连持论甚严的四库馆臣亦对其赞曰:"守仁勋业气节,卓然见诸施行。而为文博大昌达,诗亦秀逸有致。不独事功可称,其文章亦自足传世也。"②受此影响,在20世纪上半期,一般的文学史著作还会提及王阳明的诗文创作。20世纪50年代至80年代,一般将阳明思想作为明代文学的哲学背景加以论述,而较少涉及其诗学观念与诗歌创作。自20世纪90年代以后,逐渐有学者对阳明本人的诗歌创作与审美意识进行探讨。刘再华的《王阳明文学论略》③一文,便概括出"王阳明的诗歌主要是抒发性情",并指出其前后期创作状况的差异:"前期的他溺于辞章之学,写诗作文讲究技巧和文采。后期讲学论道,一切以表达心意为目的,信口信腕,任性而发,不太注意意象的选择、字句锤炼和篇章的结构,因此遭到一些人的诟病。"但作者认为阳明后期的一些诗

---

① 左东岭:《王学与中晚明士人心态》,人民文学出版社,2000年版,第121页。
② 《四库全书总目》,中华书局,1965年版,第1498页。
③ 《求索》1997年第6期。

能够"立象尽意,自然圆润,理学情怀与诗人性情融为一体",是难得的佳作。在此,其实已经隐含了一个阳明心学与其诗学关系的命题,可惜作者未能就此深入开掘。左东岭则更进一步,结合王阳明的诗文创作及其心学理论,探讨了王阳明的审美情趣与文学思想,认为其心学理论的"求乐"与"自得"是通向超越审美境界的关键。在《论王阳明的审美情趣与文学思想》[①]一文中,左东岭从其创作中归纳出王阳明审美情趣的三种内涵:丰富饱满的情感、对自然山水的特殊爱好与瞬间感受美并将其表现出来的能力。此外,文章通过对王阳明心物关系理论的考察与对其诗歌作品的分析,指出主观心性与情感已在其理论与创作中占据了主导地位,从而在中国古代文学发生论的感物说向性灵说的转化中起到重要作用,并深刻影响了明代中后期的本色说、童心说、性灵说、言情说等各种性灵文学理论。但由于牵涉到本书的体例,未能在诗学观念与明诗发展的关系上展开全面的论述。

在此之所以提出陈献章与王阳明的研究状况进行介绍,是由于该命题涉及了明代诗歌史发展的另一重要线索的问题。本时期已有不少学者关注到此一命题,并进行了较为深入的研究,似乎预示着明诗研究的重要突破。但由于各家的研究还比较分散,尚未提出系统的学术结论,有待后人的继续探讨。

四、余论:20世纪明代诗歌研究的经验总结与学术检讨

通过上述回顾可知,20世纪的明诗研究无论是在文献资料的整

---

① 见左东岭:《王学与中晚明士人心态》,人民文学出版社,2000年版,第181—209页。

理、观念方法的更新、研究空间的拓展与学术成果的呈现等方面,均取得了显著的业绩。当然,在此过程中也存在着种种的问题,从而制约了研究的进一步提升。我们认为,新世纪的明诗研究应在以下四方面展开思考:资料整理上亟须加强、诗学观念上有待更新、发展主线尚需重新疏理,明诗研究格局上亦可调整。

1. 资料整理的重点工作

在20世纪的明诗研究过程中,已经在文献整理方面做了大量的工作,但相对于其他朝代的诗歌文献整理,明代可能是最不能令人满意的。比如目前已经出版了《全唐诗》《全宋诗》《全元诗》,《全清诗》的工作也已有较大进展,起码已经有了李灵年、杨忠主编的《清人别集总目》和柯愈春的《清人诗文集总目提要》两部书,大致了解了清代诗文文献的家底。可是,至今为止不仅没有《全明诗》的出版,也没有明代诗文别集的目录出版,甚至不知明代究竟有多少诗文作家与诗文别集,学界目前能够使用的还是钱谦益《列朝诗集》与朱彝尊《明诗综》所记载的诗人数量。本来这种工作已有人来做,但由于种种原因而停滞下来。曾有人介绍《全明诗》的整理情况说:

> 这方面工作的初步成果是通过调查编出了两套目录,即《明诗总集草目》和《明诗总集分馆目录》。进一步的成果,则是穷十余人数年之力,编成了两套大型索引:《明诗总集人名索引》和《明诗总集诗名索引》。前一种索引不仅著录各有关总集所收明代诗人名字及所在卷次页码,而且节录其中有诗人小传的文字,因此同时也是一部辑录总集中所载诗人生平的资料集;后一种索引则不但注明总集所收每一首明诗的篇名、作者、诗体、卷次、页码,还抄录了各诗的首两句,对于辑佚及分辨同名诗

人颇见功效。此外还编了一套学术性相对较强、适用性更为广泛的《收有明诗的明清总集提要目录》。①

然而遗憾的是,这些已经基本完成的目录索引成果至今未见出版,也就难以发挥其应有的作用。因此,我们认为目前明诗文献整理最迫切的工作,首先是将已经接近完成的成果抓紧完善结项,编制出一套《明代诗文别集总目提要》,让学界能够利用它了解明诗文献的存佚及收藏状况。其次是先将搜集到的明人别集影印出版,使研究明诗的学者能够方便地看到较好的明诗文别集本子,以保证研究的质量。其三是重新组织队伍及筹集经费编辑《全明诗》,并及时出版。其四是继续有计划地点校整理著名的明代诗文作家的别集出版,让一般研究人员能够方便地使用。五是继续做明代诗文作家的年谱编制工作,并通过这种学术训练培养明诗研究人才。只有这些文献整理的工作做好了,明诗研究才会真正具有扎实的基础和良好的学风。

2. 诗学观念的再思考

在20世纪80年代之前的明诗研究中,更多的是研究诗学理论与诗学观念,而往往忽视对诗歌文本的具体解读与分析,因而也就不能真正认识明诗的真面目。到了20世纪80年代以后,对明诗的文本研究逐渐为学界所重视,大量明诗选本的出现与诸多研究创作风貌与艺术技巧的论文不断发表,正体现了此种趋势。其实,传统的唐宋诗词研究正是这样的研究套路,即以文本的分析评价为基本的诗歌史的内容。文本的概念包含了两个基本的层面:一是文本属于何

---

① 戴衍:《跨世纪的古籍整理工程——〈全明诗〉》,《中国典籍与文化》1997年第1期。

种文体,作家在写作这种文体时有无创新;二是这种文本的写作是否达到了很高的水平(其内涵既可以是对现实的深广反应,也可以是很高的审美境界)。如果这两方面都具备了,自然会在文学史上被给予重要的地位;如果二者皆无则可予以忽略。但是如果认真斟酌,这种以文本为核心的诗学观念还是有问题的,尤其是在面对明代这样复杂的诗歌创作与批评现实时就更是如此。因为研究诗歌史的目的是对过去诗歌创作经验乃至诗学活动经验进行总结。文本的创造毫无疑问是重要的诗歌史内容,选出那些有创造性与高水平的诗歌文本,既是对那些优秀作家的表彰与尊重,也使今天的读者能够分享其文学审美创造的成果。然而需要特别指出的是,文本仅仅是诗歌史描述的一个环节,尽管它是一个至关重要的环节,却并不是诗学经验的全部。今天的研究者不仅要阅读历史留下来的诗歌文本以品评其高低,还需要弄清楚当时的文本是如何产生的。衡量文学文本的重要标准是其审美的独创性,如果一位作家不能形成自己的文体风格并在技巧的运用上达到较高的造诣,那他就很难在此一环节上找到自身应有的位置。然而,自宋代以后,中国古代的诗歌创作方式发生了很大的变化,其中最明显的是从以个体创作为主扩展为个体创作与集体创作相结合的方式,而且往往结成诗社以群体的面貌出现。所有的联句、集句、和韵、分题等诗体都与文人的集体创作密不可分,这种创作方式已经从文本的写作转向了文学的活动。这些诗社当中最能体现群体特性的当然是元代末年以顾瑛为首的玉山雅集。在元明之际这个特殊的时代里,大约有五十余位诗坛名流汇聚于此,饮酒听歌,吟诗作赋。而他们作诗的方式恰恰都是采用联句、分题、和韵的集体创作。这些作品从抒情内涵上看,多表达文人享乐闲逸的情致、游山观水的雅趣,属于私人化情感的表达,当然也就不会有杜甫忧国忧民的沉郁顿挫。从艺术特征上看,这些诗作大都是分韵赋诗或者多人联句,因而缺乏精心的锤炼与鲜明的风格,往往以流畅奇巧胜而不以深沉精炼称。概括地说,此种诗歌创作方式乃是元代江南文人在失去政治前途之后,以一种旁观者心态而采取的一种游戏性的精神生活方式,文本的审美创造在此已经失去其重要性,游戏娱乐成为其目的,而逞才斗巧则是其主要手段。后来的许多明代诗人都深深赞叹这所谓的"玉山风流",正是对这些文人在沧海横流时依然能够"日夜与高人俊流置酒赋诗,觞咏唱和"的风度襟怀的羡艳,而不是对他们所创造的诗歌文本的认同。这种富于诗意的人生存在方式是综合性的文学经验,可以称之为"在场诗学"或者说"生命诗学",文人们对于诗歌创作过程的参与本身便是富于审美意味的,为后人的诗意生活提供了可供参照的历史经验。其实,不仅玉山雅集具有如此的诗学意义,后来的平江文人群体,浙东文人群体,闽中文人群体,岭南文人群体,金陵文人群体等等,均有极为丰富的诗学内涵。更进一步,不仅这些具有鲜明地域色彩的文人群体值得关注,即使那些传统意义上的文学流派,也拥有可供深入开掘的研究空间。像公安派这样的京城文学流派,他们非但以"不拘格套,独抒性灵"的创作主张与活泼自由的诗歌风格在诗坛上独树一帜,而且他们与李贽、焦竑的人生交往、哲学讨论,他们在京城中的聚会谈禅论诗,他们在漫游山水时的品评景致,都与其诗歌创作具有密切复杂的关联,从而形成一种带有鲜明的自我价值追求的审美人生境界,为后人留下了永远值得记忆的文学经验。由此看来,以前关注诗歌文本与诗学批评的研究观念实在是过于狭窄了,遗漏了多少有价值的研究对象?最近的情况已有明显的改观,有人已专门研究明代诗文发展中的文人论争①,有人则关注文人结社与文学发展的关系②。这些都为明诗研究开辟了新的学术空间。但这还远远不够,如果我们能够改变观念,将会开拓出更为广阔的研究领域。

3. 性灵诗学线索的提出

在20世纪70年代之前,王阳明还基本上是明代诗歌史研究的背景人物,学者仅仅关注其心学理论对于明代诗歌作家思想观念与人格心态的影响。80年代之后已有人将其诗歌创作与心学理念结合起来进行讨论,并进一步关注到陈献章的诗学思想。其实,我们认为明代诗歌史实际上存在着与复古诗派平行的一条线索,我们把它称为性灵诗歌观念。这种线索的划分有别于明清诗论家与现代学术史上对明代诗歌的整体判断,前人论明诗一向对性灵诗派评价不高,往往集中论述复古诗派。这主要是受到以唐诗为典范的古典诗歌审美理想的影响,重视诗体的形式要素与正宗的格调兴象。我们认为,研究明代诗歌应将性灵诗派作为重要的新兴诗派进行论述,认为自陈献章到王阳明再到公安派建立了一种新的诗歌审美理想。王阳明从其心学理论出发,形成了一种独特的诗学观念:在心与物的关系中,主体性灵占据了压倒性的优势;在诗歌创作过程中,诗人的人格性情、思想境界成为决定诗歌优劣的重要因素;在诗歌功能上,更强调愉悦性情、快适自我的作用。由此,便可以将此种诗学概括为性灵诗学观。明代性灵诗学思想由中期的陈献章和王阳明所提出,经过徐渭、李贽和汤显祖的演变过渡,到公安派与竟陵派完全成熟。其明显标志便是提出了真与趣的审美理念,袁宏道的《叙陈正甫会心

---

① 冯小禄:《明代诗文论争研究》,云南人民出版社,2006年版。
② 何宗美:《文人结社与明代文学的演进》,人民出版社,2011年版。

集》说：

> 世人所难得者唯趣。趣如山上之色，水中之味，花中之光，女中之态，虽善说者不能下一语，唯会心者知之。今之人慕趣之名，求趣之似，于是有辨说书画，涉猎骨董以为清；寄意玄虚，脱迹尘纷以为远；又其下则有如苏州之烧香煮茶者。此等皆趣之皮毛，何关神情。夫趣得之自然者深，得之学问者浅。当其为童子也，不知有趣，然无往而非趣也。面无端容，目无定睛，口喃喃而欲语，足跳跃而不定，人生之至乐，真无逾于此时者。孟子所谓不失赤子，老子所谓能婴儿，盖指此也。趣之正等正觉最上乘也。山林之人，无拘无缚，得自在度日，故虽不求趣而趣近之。愚不肖之近趣也，以无品也，品愈卑故所求愈下，或为酒肉，或为声伎，率心而行，无所忌惮，自以为绝望于世，故举世非笑之不顾也，此又一趣也。迨夫年渐长，官渐高，品渐大，有身如梏，有心如棘，毛孔骨节俱为闻见知识所缚，入理愈深，然其去趣愈远矣。[1]

公安派所言之"趣"则有着明确的理论内涵：首先，"趣"是超越了世俗功利的纯审美意识，这被袁宏道称之为摆脱了物欲与功名的"无心"状态，它与童子及醉人的天真接近，与满心功名利禄的官僚贵族无缘；其次，"趣"是作家灵心慧性所表现出来的机智与幽默感，能够充分展现作者的才气、智慧与蓬勃旺盛的生命力；再次，"趣"是自然流畅的表达与意态天然的艺术效果，表现在创作方法上就是冲口信手和不假雕饰。这种审美形态与前后七子所追求的格调大不相同。

---

[1] 《袁宏道集笺校》，上海古籍出版社，1981年版，第463页。

欣赏性灵诗派的作品,你不能看它是否具有情景交融的深远意境,不能看它是否对仗工整,不能看它是否比兴婉转,而是要看它是否真率自然,是否个性突出,是否灵心飞动,是否趣味盎然,是否诙谐幽默。因此,性灵诗学思想便可概括为:以主观心灵作为诗歌的第一发生要素,以抒写诗人的主体性灵、人生境界与人生情趣为主要内涵,以自然表现、自由流畅为审美特色,以情趣盎然、幽默生动为艺术效果,从而构成与复古诗歌流派相平行的另一条诗歌发展线索。研究明代诗歌,在不忽视复古诗歌流派研究的同时,理应加强对性灵诗歌流派的研究,这既是对明代诗歌真实历史状况的还原,也是对于传统研究格局的突破。

4. 主流诗坛与地域流派关系的思考

自20世纪80年代以来,明代诗歌的地域流派研究成为一个明显的学术增长点。但在实际研究中还存在一些问题。比如各地方流派(包括少数民族的诗歌创作),往往会形成两种情况:一是与主流诗坛没关联,仅仅是地方特色的描述;一种是与主流诗坛曾发生关联,并构成一种互动的关系。应该说这二者在明诗研究中的学术分量是不同的,与主流诗坛具有互动关系的显然会对明诗的发展产生更大的作用。研究地域诗歌创作当然也有价值,因为我们可以考察不同地区的文化特点与文学创作的水平。需要注意的是,许多学者在研究地域诗派与诗人时,往往存在着人为拔高的情况,以致得不出与事实相符的学术结论来。我们认为研究地域诗歌创作与诗学活动,应该坚持两个原则:在搜集文献时力求其全,应该竭泽而渔而不使其遗漏;在分析评价其创作水平时应坚持与主流诗坛相同的标准,从而作出实事求是的评论。不过凡是有志于明诗整体研究的学者,更应关注创作水平较高、地方特色鲜明,并曾经与主流诗坛发生关联的那些诗派与诗人。更重要的是,在研究中亦应坚持两个基本原则:一是在突出其地域特色的同时,考察其与主流诗坛的互动关系,从而判定其在明代诗歌发展史上所起的作用与所占据的地位。二是重点考察各地域流派之间的交互影响,以展现明代诗歌史的复杂多彩的局面。之所以要坚持上述二点,是因为认识明代诗歌的整体性与多层次性的需要。比如说,明代诗歌发展的基本动力便是地域诗坛与京城主流诗坛之间的互动,因此学者们在研究时就必须注意到二者的关联性。只顾及地方特色的把握,有可能忽视诗坛主线索的梳理;只注意主流诗坛的研究,则会忽视明代诗坛的多层次性。在浩如烟海的明代诗歌作家与作品中,突出主线与把握整体依然是目前所应坚持的原则,那么何人能够进入诗歌史的标准就应建立在上述原则上。如果随意抓取一些边缘诗人与细枝末节的诗坛琐事,便会使研究流于平庸化与碎片化,也就严重影响了研究的水平与价值。在明清诗歌的研究领域,由于诗人众多与文献浩繁,选择有代表性的研究对象就成为保证研究质量的必要环节。

以上是我们在总结 20 世纪明代诗歌史研究时的一些感想与研究明代诗歌中的一些体会,提出来以供学界参考。但从根本上说,要提高明代诗歌的研究层次而使其成为显学,需要更多的高水平学者积极的参与和艰苦的探索。这就又要求高等院校与研究机构能够及时培养出一大批基础扎实、思维敏锐的青年学者,组成一支实力雄厚的学术队伍。以如此之梯队,又能坚持不懈地在此领域耕耘五至十年,明诗研究之盛时或可期待矣!

第一章　高启与吴中诗派研究

第一节　民国时期的高启及吴中诗派研究

在明代诗歌研究中,元明之际的诗坛历来为研究者所重视,有不少人尽管以明初或明前期作为划分时段的名称,但其侧重点依然在元明之际。明代诗歌在现代学术史的研究中,一开始并未能及时建立其新的评价体系,尤其是具体到作家作品时,大都会受到明清诗论家传统看法的影响。比如明人胡应麟将元明之际的诗坛分为吴派、浙派、江西派、闽中派与岭南派,而各种文学史与诗歌史的写作也都是以如此方法作为叙述的格局,只是更简略的叙述会省去其他三家而集中笔墨介绍吴派与浙派两家而已。

高启作为明初的大诗人,几乎受到了现代学者的一致好评。如刘麟生说:"明初的诗,高启不但是这时候的大诗人,且为明代惟一的大诗人。"[①]杨荫深也说:"在明代只有高启可称为一大家。"[②]其中原因当然是由高启诗歌创作成就的巨大而决定的,但是如果认真检验各家所论,则无论是对其成就的判定还是诗风的概括,均受到前人评价的深刻影响。其中有三家的评论尤其值得重视:

---

① 刘麟生:《中国文学史》,世界书局,1933年版,第366页。
② 杨荫深:《中国文学史大纲》,商务印书馆,1947年版,第390页。

> 季迪之诗,隽逸而清丽。如秋空飞隼,盘旋百折,招之不肯下;又如碧水芙蕖,不假雕饰,翛然尘外,有君子之风焉。(王祎《缶鸣集序》)①

> 启天才高逸,实据明一代诗人之上。其于诗,拟汉魏似汉魏,拟六朝似六朝,拟唐似唐,拟宋似宋,凡古人之所长,无不兼之。振元末纤秾缛丽之习,而返之于古,启实为有力。然行世太早,殒折太速,未能熔铸变化自为一家,故备有古人之格,而反不能名启为何格,此则天实限之,非启过也。特其模仿古调之中,自有精神意象存乎其间,譬之褚临禊帖,究非硬黄双钩者比,故终不与北地、信阳、太仓、历下同为后人诟病焉。(《四库全书总目》高启评语)②

> 惟高青丘才气超迈,音节响亮,宗派唐人,而自出新意,一涉笔即有博大昌明气象,亦关有明一代文运,论者推为开国诗人第一,信不虚也。(赵翼评语)③

这三家的评语在明清两代具有相当大的权威性是没有问题的,所以也就理所当然地被现代学者作为评价高启的重要参考。然而,问题的关键是,上述三家评语无论是否准确,都是建立在自我阅读经验基础之上,并有自己的诠释立场。而民国时期的大多数学者却并没有

---

① 金檀辑注,徐澄宇、沈北宗校点:《高青丘集》,上海古籍出版社,1985年版,第980页。
② 永瑢:《四库全书总目》,中华书局,1965年版,第1471—1472页。
③ 赵翼:《瓯北诗话》,人民文学出版社,1963年版,第124页。

从容的时间去研读高启的集子,而是用前人的评语以为自己的结论,并尽量将其纳入自身的叙述框架,其不能完全表达自我的判断便在情理之中。比如李维《中国诗史》在引述了王祎与四库馆臣的话后,便得出了"是启又复古派之先导也"的结论。这是有意将高启归入其明诗复古的叙述主线,当然不能再引述赵翼"自出新意"的评价。更多的学者甚至连自己的叙述框架也难以建立起来,所以干脆不表达自己的见解,或直接引用,或概括撮合四库馆臣的评语作为自己的结论,如谢无量《中国大文学史》、钱基博《明代文学》等。也有学者看重高启诗歌之创造性与独特诗风,如顾实认为:"彼乃天成之诗人也,故诗之当为何者,及诗人当为何者,均能自觉。"于是,他把高启的模拟视为诗学之修炼,并认为其能够"投之所向,无不如意,亦几于成功矣"[1]。所以他引用了赵翼拿高启比李白的话以突出高启的诗人性情与诗歌风格。但顾实最终仍未能摆脱四库提要的影响,他引用了"行世太早,殒折太速,未能熔铸变化自为一家"的话,对这位大诗人表示了深深的惋惜。由此可见四库提要的威力。

在所有的文学史与诗学史著作中,对高启的研究最有深度与评价公允者,莫过于宋佩韦。他也引证明清诗论家言论,但又能作出自我的判断,从而得出较为公允的结论。他也引用四库提要的评语,认为高启"天才高逸,实据明一代诗人之上"。但又说:"高启的诗,其长处就在用古人的调子而说自己的话,所以硬派他某诗体近汉、魏,某诗直追唐、宋,未免滑稽而多事。"最后得出结论说:"总之,高启的诗,是高启自己的诗,既没有元末纤秾之习,又不像后来前后七子的

---

[1] 顾实:《中国文学史大纲》,商务印书馆,1926年版,第274—275页。

模拟古人，饾饤成篇。所以清汪端说：'青丘诗众长咸备，学无常师。才气豪健而不剑拔弩张，辞句秀逸而不字雕句绘。俊亮之节，醇雅之旨，施于山林、江湖、台阁、边塞，无所不宜。'"①这样的评价已经比较接近事实了。但作者并不以此为满足，他接着又引证了沈德潜相反的评价，并再次引用汪端的话予以批驳，从而显得全面而公允。宋佩韦之所以能够取得如此结论有三个原因：一是能够把握时代大势，他认为："明初的韵文作家，大都能矫元末纤秾之弊，各抒心得，自然流露，没有什么倾轧与标榜，为这个时期的特色。"尽管他没有进一步探讨此种特色形成之原因，但概括还是颇为准确的。二是他能够将自己的评价建立在作品分析的基础上。此时的文学史写作，许多作者都是仓促出手，又要在短时期内撰写通史，因而很少能够细致阅读作家的别集，所以才会听信前人批语而缺乏判断力。宋佩韦引述了10首诗作进行分析，所以能够真正体味到高启诗的好处。三是他采用了比较的方法，不仅将高启的诗作与前人比，还和同时代的刘基、后代的王士禛比，从而使自己的结论更为可靠。看来，仅仅借用西方的文学史叙述框架来研究中国古代作家作品是远远不够的，更重要的是要有良好的文学素养，并对研究对象的作品进行认真细致的解读，才能对其进行有效的论述与评价。

　　宋佩韦的高启研究还有两点值得关注。一是关于高启的死因。此时的多数文学史都未能深入考察此一问题，而是参考历史传说，将高启死因归结为写宫体诗讥讽明初宫廷丑事，明太祖借魏观修府第时高启为其撰《上梁文》而腰斩之。宋佩韦经过认真辨析，认为"因

---

① 宋佩韦：《明代文学》，《中国大文学史》，上海书店2001年版，第679—681页。

诗得祸之说,未为可靠"。并认为他为了一篇《上梁文》而遭腰斩酷刑,其间必有原因。由此他指出怀念旧朝与狂士的人格是高启惨遭不测的另外两个重要因素。这样的研究在当时已经算是颇为深入的了。从此一侧面也可显示出作者认真的研究态度。二是宋佩韦不仅较为详细地介绍了高启,还全面地评介了杨基、徐贲、张羽、王行、高逊志、唐肃、宋克、吕敏、陈则等吴中四杰及北郭十子等其他人物,是当时介绍明初诗人创作最为全面详细的学者。

宋佩韦的高启研究也存有明显的不足:一是他分析高启的诗作时缺乏诗体的意识。高启诗歌创作最鲜明的特色之一是诸体兼备且均有上乘之作,这在赵翼的《瓯北诗话》中已论之甚详,而宋作则对此略而不提,显然是明显的不足。二是他虽然对吴中诗派的主要作家进行了全面的介绍,却又没有从总体上概括该诗派的共同特征及发展演变过程,因而其叙述依然显得散漫无归。

民国时期的高启研究虽然大都充分肯定其成就与地位,但是应该说尚未充分展开。其中重要原因之一就是缺乏深入的专题研究。就现存的成果看,几乎所有的高启研究都存在于通史或断代史著作中,而相关的专题研究则未见一篇,这自然大大限制了研究的深度与广度。1935年发表于《船山学报》第10期的王培礼《论明代诗派》一文,是如此评介高启的:"永乐成化之间,刘伯温、高季迪、袁景文、贝清江诸人,以清真雅正,尽反元代秾丽纤艳之习。季迪为正声之魁,虽格律句调,未及高浑,要其冲和雅淡,微婉芊绵,蔚然盛世之音。"将高启归为永乐成化之间的诗人,说明了历史知识的贫乏。而对高启诗风的概括,更是似是而非,莫名其妙。这一切都说明,民国时期缺乏真正的学养深厚、深入细致的研究高启的专家。

第二节　新中国成立至"文革"时的高启与吴中诗派研究

20世纪50年代至70年代,是高启研究的低谷期。由于长期受到突出通俗文学的观念影响,明清时代的戏曲小说一直作为新中国成立后文学史写作的叙述主线,而诗文创作则处于附带提及的陪衬地位。比如,北京大学中文系1955级集体编写的《中国文学史》,在"明清诗文"一章里,便只写复古与反复古的内容,至于明初的诗文则全部付之阙如。从专题研究来看,这30年的时间居然没有一篇有关高启的学术论文。而当时颇为流行的其他几部文学史,其判断也大致未能超出明清诗论家所论范畴。如游国恩等所编文学史说:"他的诗歌,众体兼长。模拟取法,不限于一代一家。虽然因为死于壮年,未能熔铸洗练,自成一家,内容也不够广阔深厚。但才华横溢,清新超拔,不愧为明代成就最高的诗人之一。"[①]在此段文字中,除了"内容也不够广阔深厚"属于新增看法外,其他基本是《四库全书总目》内容的复述。而与其并行的另一种文学史则说:"高启的诗众长兼备,才气豪健而不剑拔弩张,辞句秀逸而不字雕句绘,在当时和后世都很为人重视,尝被推为明代首屈一指的诗人。"[②]此处对高启诗歌特征的概括,一眼即可看出是借用清人汪端的话。而刘大杰新版文学发展史则干脆直接引用四库提要的原文,并补充说:"这里有褒

---

① 游国恩等主编:《中国文学史》(四),人民文学出版社,1964年版,第898页。
② 中国科学院文学研究所中国文学史编写组:《中国文学史》,人民文学出版社,1984年版,第834页。

有贬,还比较公允。"①从这些叙述中,尽管对高启的评价相当高,却看不出比民国时期的研究有什么明显的进展。

该时期的高启研究尽管在研究深度与广度难有新的创获,但其文学史叙述也显示了一些新的特色。首先是各家文学史的评价尺度逐渐趋于一致,即均以反映生活之真实与否来作为评价高启诗歌创作的重要标准之一。有时看似观点对立,但所持尺度却是一个。比如文研所编文学史尽管肯定了高启一部分诗作反映了农民生活的困苦,但又批评他对农民生活观察和体会不够深入,"对统治阶级恨得不深,对农民同情不够,就使高启反映现实的诗形成了这种'怨而不怒'的含蓄格调"②。而刘大杰的看法恰恰相反:"高启的诗虽存在着拟古的倾向,但由于他才情富健,对于现实又深感不满,诗中颇多寄托,在明代诗人中是较为优秀的。"③此处的"对于现实又深感不满"和上述的"对统治阶级恨得不深"形成了理解高启诗歌的巨大差异,但二者又均受当时所流行的现实主义观念的深刻影响,其诠释立场则是一致的。这显示了20世纪高启研究的学理化的一面,即不再将高启孤立地进行研究,而是将其置于中国文学史发展的主线中,用现实主义的观念去加以衡量。也许后人很难同意他们的观点和做法,但如果历史地看,这依然是一种学理性的进展。

其次是对于高启诗歌创作研究的细化。尽管各家文学史在叙述高启时都采取了惜墨如金的简略化处理,但与民国时的几部文学史相比,对高启诗作几乎都采用了分体分类处理的原则。刘大杰说:

---

① 刘大杰:《中国文学发展史》,上海古籍出版社,1982年版,第896页。
② 中国科学院文学研究所中国文学史编写组:《中国文学史》,人民文学出版社,1984年版,第835页。
③ 刘大杰:《中国文学发展史》,上海古籍出版社,1982年版,第895页。

"乐府中颇多佳篇,七古如《送卿东还》《忆昨行寄吴中诸友人》诸作,抒写怀抱,跌宕淋漓。宫词富于讽刺,颇有特色。"①这已经有了明显分体叙述的倾向。游国恩等所编文学史则将高启的诗作分为乐府诗、七言古诗与七言律诗,并分别举出代表作品加以分析。由于篇幅过简,这些文学史著作只能采取以点带面的方式进行简介,所举诗体既不全面,分析作品也不够深入,但对于诗人创作成就的研究,必须落实到诗体的层面,才能具有明显的论证效果。这相对于民国时期的做法,无疑是明显的推进。

在吴中诗派的研究方面,此时具有明显的退化。由于篇幅过少,一般文学史均不再涉及高启之外的其他吴中诗人,只有游国恩等所编文学史在叙述高启之后说:"高启和他同时的诗人杨基、张羽、徐贲,号称'四杰'。"其中既无作品介绍,又没有作家生平字号的交代,更不要说其流派特征了。

第三节 新时期的高启与吴中诗派研究

自20世纪80年代至20世纪结束,高启及吴中诗派研究逐渐呈高潮趋势。其主要特点是:专题研究全面展开,而文学通史中关于高启的部分多吸收专题研究的成果;专题研究中所涉及的论题较为复杂多元,文献、生平、思想、风格及诗歌理论主张均有成果发表;综合研究逐渐增多,以高启为中心的吴中诗派研究成为学界关注的重点。

---

① 刘大杰:《中国文学发展史》,上海古籍出版社,1982年版,第895页。

一、文献与生平研究

1985年,上海古籍出版社出版了清人金檀辑注,徐澄宇、沈北宗校点的《高青丘集》,这可以视为新时期高启研究的真正起步,因为在这20年中尽管共发表了三十余篇高启的研究论文,但在1985年之前仅有1篇,其他所有论文均发表于该书出版之后。该书是高启别集中搜罗作品最全的本子,而且书后附录了高启本传、年谱,以及高启同时人的哀诔、祭文、悼诗和后人对他的诗评、杂记等等,可以说为高启研究提供了基本的文献,对高启研究的推动作出了较大贡献。在《高青丘集》出版的次年,就发表了两篇介绍高启别集版本的文章。陈杏珍的《高启、谢肃、王璲文集的三种初刻本》①,文中详细介绍了藏于国家图书馆的几种高启诗文早期刻本,尤其是景泰刻本《高太史大全集》十八卷本,是现存高启诗集收诗较多的早期刻本,具有重要的研究价值。作者对比了国图收藏的三种大全集本,确定了先后次序,并推断了原书的完整内容,对高启诗文集的版本源流研究具有重要参考价值。张春山《高启诗文版本源流小考》②一文,对高启的诗文集进行了较为全面的介绍,该文将高启传世的诗文集分为三种:徐庸编辑的《高太史大全集》、金檀编辑的《青丘高季迪先生诗集》和日人近藤元粹评订的《增补辑注高青丘全集》,并对三种版本各自的特点优劣进行了较为细致的介绍,有利于研究者对高启诗文文献的选择把握。

在高启生平研究方面,最值得关注的是钱伯城为《中国历代著名文学家评传》③所写的"高启"词条。这不仅是因为其发表时间较

---

① 《文献》1986年第2期。
② 《运城师专学报》1986年第3期。
③ 山东大学文史哲研究所主编:《中国历代著名文学家评传》,山东教育出版社,1985年版。

早，而且作者作为上海古籍出版社的编辑，有条件较为方便地阅读使用金檀编辑的《青丘高季迪先生诗集》等相关材料，具有较扎实的文献基础。全文近3万字，共分四个部分介绍高启的生平、思想及人格：1.一个青年诗人的成长。2.张士诚统治下的十年。3.从史官到户部侍郎。4.诗人之死。对高启早年从勇于进取到对现实失望而醉心诗歌创作的经历、与张士诚的复杂关系以及此时的诗学主张、在京师修史的状况及辞官的过程与心理、高启退职后的生活状况及其获罪腰斩的原因等等，皆有认真辨析与详细叙述，是一篇用力甚勤的扎实之作。后来还有几篇有关高启生平思想的文章，如徐永端《论青丘子其人其诗》[1]、房瑞《高启生平思想研究》[2]和李晓刚《高启的悲剧人生与思想性格》[3]等，虽在某些方面有所深入与细化，但在总体框架与基本内容上皆未能超越钱伯城之作。

关于高启的生平及文献考证方面，有4篇文章值得一提。一是有关《青丘子歌》的创作时间的争论。在金檀《高青丘集》后所附《年谱》中，该诗被系于至正十八年之下，多数学者也多信从此说。傅彪强于1998年发表《高启〈青丘子歌〉作年辨证》[4]一文，通过考证高启号槎轩之时间与何时有闲暇及条件写作诗歌等，提出该诗作于洪武三年的新说法。房锐于2000年撰写《高启〈青丘子歌〉作于何年》[5]一文，对傅文予以驳正，认为高启只有在元末才有创作《青丘子歌》的氛围与心境，并且指出傅文所言高启因辞官所得"赐金"而有条件

---

[1] 《苏州大学学报》1991年第3期。
[2] 《四川师范大学学报》1996年第4期。
[3] 《重庆师院学报》1998年第4期。
[4] 《苏州大学学报》1998年第3期。
[5] 《四川师范大学学报》2000年第5期。

写诗的说法,与当时情形完全不符,因为高启仅得"白金一锭",而谢徽亦获"内帑白金",但未出都门便已全部用尽。"可见这点'赐金'只够暂时之需,无法维持今后的生活,更不能说有了这点白金,高启就能够'闲居无事,终日苦吟'了。"最后还结合高启的人生态度的整体状况对傅文提出了批评。该文证据充分,言之成理,且未见傅先生再次予以回应,可见对房文已从善如流地予以认可。其实,高启之侄周立在为其作序时即说:"天资颖悟,志行卓越,当元季,挈家累侍吾先祖仲达父隐居吴淞江上,闭户读书,混迹于耕夫钓叟之间;而与吾父思敬,诸父思齐、思义、思恭、思忠日相亲好,酬畅歌咏,以适其趣,所赋《江馆》《青丘》等集,皆在是也。独《凤台》一集,入我圣朝洪武初为史官时作也。"①既然元末隐居时所作已有《青丘》集之名,则已间接证明《青丘子歌》实为元末之作无疑,因而后来学者也多从传统说法,未见有引述作于洪武年间之新说者。

傅彪强《高启〈青丘子歌〉作年辨证》一文虽意在创新而终难获认可,而其《高启生平二考》②一文却对高启生平之研究有所推进。该文通过认真细读高启相关诗文,对"高启与张士诚政权的关系"与"高启吴越之游"两个问题提出新说,认为高启曾任张氏政权之"记室"之职,他的吴越之游乃是"随张士诚一方的代表去与方国珍一方谈判的"。尽管高启作为饶介的"记室"是否为实职尚须进一步探讨,而且吴越之游是否为了与方国珍谈判也需要更直接的文献作为证据,但这两个问题的确是存在的,而且本文也提供了许多有价值的

---

① 金檀辑注,徐澄宇、沈北宗校点:《高青丘集》,中华书局,1985年版,第983—984页。

② 《苏州大学学报》1993年第1期。

文献与线索,是一篇立得住的文章。

还有孙小力《论高启的睡欲和诗癖》[①]也在高启生平研究方面值得关注。该文的目的在于"探讨高启不断重复的睡觉动机,进而分析元代文士的隐逸行乐思潮,以及高启作品中因此而出现的相关思想内容"。文章的主旨当然是为了探索高启吟诗与睡梦的关系,但客观上却显示了另一种学术思路。以前高启的生平研究一般侧重于其元末对现实的关注与明初与朝廷的不合作而带来的"腰斩"之祸,很少有人注意到他在元末养成的懒散习性与行乐观念,而在其背后又有元代文人被政治边缘化的深层原因。正是有了这样的性情人格,高启在明初才不适应朝廷的繁重劳务而渴望退隐。以前人们总是将高启归隐的原因定位于朝廷政治的严酷,这虽有道理却不免单一,而孙小力的文章提供了高启退隐的另一种原因,为高启生平思想的研究开拓了新的空间。

二、诗歌创作主张与艺术风格研究

对于高启诗歌创作成就的评价,该时期大都继承了前人的看法,认为高启是明代最有成就的诗人,袁行霈所编文学史称其为明初"最有成就的诗人",并引述了四库提要"天才高逸,实据明一代诗人之上"[②]的话。章培恒等所编文学史则称其为"元明两代最著名的诗人之一"[③]。但是高启评价中最大的问题是关于模拟的主张与四库提要对其未形成一家的评价,如果这两点不能突破,高启所谓的一流

---

① 《广西师院学报》1990年第1期。
② 袁行霈:《中国文学史》第4卷,高等教育出版社,1999年版,第63页。
③ 章培恒、骆玉明:《中国文学史》(下),复旦大学出版社,1996年版,第216页。

诗人的许诺依然会流于虚泛。

关于第一点,本时期有两篇研究高启诗论的文章需要提及。鄢传恕《评高启的诗论》[1]主要便是为了纠正此种模拟说法而作的,他认为"高启强调'随事摹拟',在于遵循古代各种诗体的典范规格,而不是诗的内容摹仿"。说高启强调模拟的目的在于尊体,当然是符合其思想的,但文中亦有误解之处,如说"高启所说'趣',指诗的雅正",就是一种莫名其妙的说法,完全与高启所言不符。赵海岭《拊缶而歌自快其意——简论高启的诗歌理论》[2]一文,也主要是对高启《独庵集序》的释读评价,但较之前文有两点进展。一是对原文释读更为准确,作者认为:"'格'是诗的形式,'意'是诗的思想感情。而'趣'则是通过形象表现出来的一种韵致,是能够体现诗歌内在本质的特殊的审美特征。"如此解释已大致接近作者原意。二是作者由序文总结出了高启独特的诗歌理论:

> 师古是高启诗论中求得好诗的必经之路,但他也并不一味片面强调师古。他认为,要创作出独具特色的诗歌,必须把师古与师心结合起来,把古人诗歌艺术形式上的优点与诗人内心真实的思想情感结合起来,这样创作出来的诗才是诗人自己的诗,也才可能是好诗。上述所谓的"兼师众家,不事拘狭",从某种意义上说,正是师心与师古结合的产物。

这种表述也许有些过于现代,但其基本意思是与高启所要表达的相一致的。而且结合高启的其他表述与实际创作,是能够概括出这样

---

[1] 《荆州师专学报》1992年第6期。
[2] 《青岛大学师范学院学报》2000年第2期。

的结论的。更为重要的是,解决了高启诗歌理论上的这些问题,会有助于对其诗歌作品的分析研究。

该时期最早对高启诗歌创作进行综合研究的是张春山《高启诗歌初探》①一文,文章继承了传统的套路,分为生平、思想与艺术特色三个部分。思想内容部分概括为三点:一是反映了元末天下大乱、民不聊生的社会现实;二是对元代政治的黑暗进行了鞭挞;三是对朱元璋统一天下的丰功伟绩给予热情洋溢的歌颂。这些论述还带有鲜明的现实主义的观念,未能全面反映高启诗歌的内容。而尤振中《高启诗简论》②则将高启诗的内容概括为:一是真实反映了元末明初的社会现实;二是对当代农民苦难生活的描写;三是明显的地方特色和浓郁的乡土风味;四是表现家人骨肉之情;五是题书吟画、听歌赏乐、吊古咏史和应制酬赠。所概括的内容已相当全面,可以看出古代文学研究的长足进展。其实,高启是一位追求自我情趣的诗人,他最突出的特点是对自我感情的表达以及对于友人情谊的抒发,但是由于时代的原因,这些恰恰被学者所忽视了。重视诗歌对现实的反映,还影响到对高启诗歌艺术特点的分析,比如钱伯城对高启诗歌艺术的介绍,共分为乐府、写景、怀古与叙事四大类,将诗体与题材及表现手法混为一谈,显得毫无章法可言,我想其主要原因还是为了要照顾到对现实生活的反映这些内容要素,从而影响了作者的学术判断,以至得出高启"没有纯粹的抒情诗"的结论。

对高启诗歌艺术风格的研究,难题在于如何解决主导风格与"随事摹拟"的多样化的矛盾,自从四库提要提出其"拟汉魏似汉魏,

---

① 《运城师专学报》1984 年第 2 期。
② 《苏州大学学报》1989 年第 1 期。

拟六朝似六朝,拟唐似唐,拟宋似宋,凡古人之所长,无不兼之",却又"未能熔铸变化自为一家,故备有古人之格,而反不能名启为何格"之后,这就成为一个绕不开的话题。有人曾试图用高启本人的诗歌理论来概括其诗作的风格。徐耀中、曹乃玲《略谈高启和他的诗歌》①一文,就以《独庵集序》中所提出的格、意、趣为线索来分析其诗歌特色,将其概括为格律严整高超、情感真实而寓意分明、用词用典巧妙而超俗不凡。以作者自身理论观念来说明自身创作特色,理论上似乎不存在问题,但仅用其一篇序文很难包容其所有创作特征。该文将《独庵集序》中的"意"说成是讽刺之寓意,将"趣"说成是"讲究用辞用典的巧妙",已属过度诠释的主观引申。而且即使如此,也难以全面说明高启的诗歌创作特色,可见其行文方法之局限。张春山《高启诗歌初探》认为高启的诗歌艺术风格以李白式的豪迈刚建为主流,却又强调其清新委婉与纯朴自然,同时还突出其讽喻微旨与激越豪迈,以至弄得捉襟见肘。尤振中《高启诗简论》则意在强调其风格之多样性:

> 高启诗在形式上兼备众体。几种乐府古诗、近体律诗的各种体制,无不具备。艺术风格多样,乐府及拟古诗,有的高逸,有的奇峭;律诗有的"典切瑰丽""壮丽和平",有的"神韵天然,不可凑泊"。他"工于摹古",故"凡古人之所长,无不兼之",诗作具有多种多样的风格。

说高启诗风格多样当然是对的,以诗体作为其风格的依托更是论诗的正确途径。但是,此处的论述尚有两点不足:一是既然以体论诗,

---

① 《苏州教育学院学刊》1986年第3期。

便须照顾全面。作者只将高启诗作分为乐府与近体而漏掉五言古诗与七言歌行,显然是不能容忍的,因为在多数研究者眼中,高启的七言歌行毕竟是相当出色的。更何况此处所言"拟古诗",更是难与其他诗体并列。也有兼顾到主导风格与多样风格之统合者,杜臣权《高启诗歌的艺术风格》[1]一文说:"高启的诗歌具有多种风格,他善于以各种不同的体裁和风格来表现不同的生活内容,或典雅蕴藉,或精炼严谨,或朴实自然,但其主导风格则是刚健清新;他的诗歌众体兼备,佳作甚多,但最能体现其主导风格的则是歌行体。"这样的看法已经接近高启诗歌创作的实际了,其中有两点值得重视:一是研究高启的诗歌,必须依托诗体,分别深入体味分析高启在各体中所尊何种诗体并有何自我创造;二是在所有诗体中何者为其主导风格。当然,提出这样的看法固然是重要的,但真正在各体诗作中全面细致地展开对高启诗作的研究,依然是任重而道远的课题。

另外,该时期关于高启诗歌艺术的研究有趋于细化的倾向。如尹戴忠《高启诗歌用韵研究》[2]通过对高启乐府诗和古体诗进行穷尽式的分析研究,得出了"高诗的用韵是实际语音的反映,而不是迁就旧韵书的结果"。孙家政《论刘基和高启的词创作》[3]通过二人词作的对比,得出了"词人咏物用事,不乏伤时失意之志;言情怀人,自有缠绵悱恻之思"的共同特征。汪渊之《高启诗与"吴中四才子"诗之比较》[4]一文,通过高启与明中叶唐寅、祝允明、文徵明等四才子的不同时代氛围及创作实践的对比,得出了高启"诗风爽朗、明净、清新"

---

[1] 《盐城师专学报》1985年第4期。
[2] 《娄底师专学报》2000年第1期。
[3] 《南京大学报》1998年第2期。
[4] 《苏州大学学报》1999年第3期。

而四才子诗"自由灵动、率真"的风格差异。这些成果,都显示了高启诗词艺术研究空间的拓展与深化。

三、吴中诗派研究

在20世纪80年代之前,尽管文学史写作中也会时常出现"吴中四杰""北郭十友"这样的称谓,但很少有人对此做过深究,只是在叙述完高启后顺带提及而已。廖可斌的《论元末明初的吴中派》①是第一篇系统论述吴中派的论文。文章分为三个部分:第一部分"吴中派与张士诚集团"论吴中派的产生;第二部分"吴中派的文学主张和创作风格"从正面概括其主要特色;第三部分"朱元璋集团——明王朝对吴中派的打击"叙述了吴中派主要成员在明初的不幸命运及其原因。该文涉及吴中派从产生到衰落的历史、政治、地理等复杂原因,尤其是指出了以高启为首的吴中四杰是该派的核心,其基本创作特色是:"较少受理学思想的束缚,大都侧重于抒发个人的情思,描写文人日常生活,如饮酒、作画、写字、烹茶、游园、听曲、夜话、送别、赏花、观雪等等,一般都很讲究诗歌的技巧与文采。"在此,不仅较为准确地概括出该派的主要特征,而且也将高启的研究从反映现实转向了文人生活与情趣的表达与抒发,体现出高启与吴中派研究相互促动的良好态势,也使吴中派研究一起步便达到较高的水平。其实,在两年之前,王学泰在《以地域分野的明初诗歌派别论》②一文中,引用明人胡应麟的提法,将明初诗坛分为越派、吴派、江西派、闽派和粤派,并对各派进行了简要的描述。在论及吴派时,他指出高启"论诗

---

① 《苏州大学学报》1991年第4期。
② 《文学遗产》1989年第5期。

偏重于创作论,注重个人情感的抒发,社会意识比较淡薄"。并概括出吴中诗人"作品具有浪漫色彩,富于才情,注重辞藻,许多人诸体兼善"。可以说已经勾勒出吴中派的基本轮廓。只是因其为综论文章,来不及对吴中派作出更细致的论述而已。廖文可谓踵事增华,后来居上。当然,吴中派的兴衰演变有更为复杂的因素,比如它与顾瑛玉山雅集的关系,它与元代文人政治边缘化的关系等等,都还有待于深入探究。

在此之前,还有一篇文章值得重视,这就是陈建华的《明初政治与吴中诗歌的感伤情调》[①],文章主要是对明初吴中诗坛整体状况的综合研究,作者指出,在明初朝廷对吴中地区的政治高压下,"在明初的诗坛上,吴中诗人们表现得更多的是他们自身的感受";"这是被摧残的一代从记忆中追唤那消逝的年代,实即悲悼自己失却的自由与惨遭戕戮的美好情感"。文章也在表述吴中诗人痛苦与压抑的共同心理特征的同时,进一步分析了对痛苦与压抑的不同类型的反映方式。文中涉及了顾瑛、陈汝言、申屠衡、高启、王彝、徐贲、张羽、杨基、王行、卢熊、王蒙、贝琼、袁凯、姚广孝等人的不幸遭遇与诗歌创作。本文尽管未标明是吴中诗派研究,但其内容已具备相当的深度,为后来的吴中派研究提供了重要的借鉴。

王文田《元末吴中诗派的诗歌精神》[②]一文,是对吴中派早期状况的研究,也可以视为是廖可斌吴中派研究的延伸性成果。作者通过对杨维桢、高启、杨基、张羽、郯九成、徐贲、倪云林、袁凯、邵亨贞、谢应芳、王逢等人诗作的研究,认为:"一方面是表现为外射的、狂荡

---

① 《复旦学报》1989 年第 1 期。
② 《信阳师范学院学报》1992 年第 1 期。

的、充满生命和欲望的个性追求,一方面是压抑的、内向的、充满着无可奈何之情的苦闷抒发。这二者殊途同归,都表现着元末诗坛追求自我实现的诗歌精神,体现着吴中诗人诗歌的情调。"并指出这种吴中诗歌精神,"和元代盛行的道教及元代末期东南沿海形成和发展着的那种重利欲、重个性、富于乐观和开拓的文化精神,有着十分密切的关系"。这是对元末明初吴中派研究的深化,弥补了前人同类研究的简略,尤其是对吴中派的分阶段研究作出了一定的贡献。但是本文也存在一些问题,杨维桢铁崖体与吴中派是何关系,元末的吴中是否可以不分阶段地笼统论之,将吴中诗歌精神仅仅归之于宗教与经济而忽略了政治等因素是否过于简单等等,都是需要认真考虑的。张春丽、王忠阁的《元末吴中诗派的历史地位》[①]一文,则是从纵向上探讨吴中派影响的。作者认为:"杨维桢为首的吴中诗派在继承传统诗歌的基础上,又以吟咏性情、强调个性的诗歌精神,改变着有元以来的雅正之音,开辟了诗歌发展史上崭新的局面。"此尚不失为有得之言。但在论及吴中派对明代诗坛的影响时,该文设计了三条线索:一是吴中派——"吴中四杰"——李贽、公安派;二是吴中诗派——浙东派——前后七子;三是吴中诗派——闽中派——唐宋派。但此种影响线索的划分不仅粗疏,且多牵强。论吴中派之自身影响跳过明中叶的唐寅等"吴中四才子"而直达李贽、公安派,已属粗疏之举;作为同时存在的诗派,在元末时两派的确互有影响,但入明后两派即分道扬镳,且浙东派对吴中派多有批驳,因此在其影响链条上加上浙东派纯属多余;第三条线索更是牵强,仅仅靠两派都对"李翰林天才纵逸"的一致认可,便断定吴中派对闽派诗人存有影响,也实

---

① 《信阳师范学院学报》1992年第3期。

在是少见的大胆之论。明初诗坛状况错综复杂,互有交错影响自是难免。但必须认真阅读原始文献,悉心梳理相关线索,方可渐趋明朗,而切不可主观臆断,凭空立论。

辛一江《论元末明初越派与吴派的文学思想》[①]一文,不再从相互影响的角度立论,而是通过对两派文学思想的比较来揭示二者之间的思想张力与文坛走向。文章认为:

> 吴派作家主张文学远离政治,强调发乎性情的自由创作。这一思想既表现了对文学本体的关注,又反映出身乱世的知识分子逃避现实、独善其身的生活态度。而越派作家则与之相反,主张文学为社会政治服务,强调文学的社会功用。这一思想既反映了元末明初知识分子希望恢复儒家文学传统、重建士人形象、积极参与社会政治的普遍要求,同时也是对宋元以来的文学思想作了一次全面的总结。但文学与政治的联姻又使得越派的文学思想出现了他们自己也无法控制的理论倾斜与实践危害。如果说吴派作家的悲剧命运宣告了文学自由主义的破产,那么,越派作家对社会政治的关注又最终失去了文学自身的价值。这种文学思想史上的悖论恰好构成了元末明初文学递嬗的特色。

该文无论是对吴派与越派文学思想特征的概括,还是对于二者文学思想价值的阐发与其所构成的思想悖论的揭示,应该说都大致符合当时的实际,因而也具有较大的启示作用。这样的研究比那些牵强比附的所谓影响研究要更有价值且更合乎学理,同时也显示了吴中派研究的一种新思路。如果以后的学者能够将元明之际的各派文学

---

① 《昆明师范高等专科学校学报》1999年第3期。

创作与文学思想进行全面的对比研究,必将会大大推动该时期文学研究的进展。然而,该文也存有些许遗憾。这主要表现在作者阅读文献有限,从而将许多问题作了简单化的处理。从文章内容可以看出,吴派的文学思想主要用了高启一人的材料,而越派则以宋濂一人的文学看法为代表。既然是作为一个派别进行研究,就首先需要界定研究对象,然后全面阅读相关文献,并进行概括归纳,构成一个严密的整体。每个文学流派的文学思想与文学创作,都会有一致的地方,也会有许多差异和矛盾。一个人永远不可能完全代表一个流派,尤其是元末明初的文学流派,他们其实都是很松散的文人群体,缺乏统一的理论主张,更具有差异很大的创作体貌,因而不宜作简单化的处理。比如说"吴派作家主张文学远离政治,强调发乎性情的自由创作",放在杨维桢身上就是不准确的。杨维桢早年有强烈的功名心,中过进士,做过朝廷官员,一再谋求复官。只不过在复官无望时,才放浪形骸,追求享乐。文章用高启的人生观来代表杨维桢的人生观,就是一种相当危险的做法。这不仅牵涉到吴中派的研究,同时也牵涉到其他文学流派的研究。而该文显然在这方面还存在较明显的问题。

第二章　刘基与浙东诗派研究

浙东文人群体大都是具有事功追求,并具有较为浓厚的理学意识的士人,所以他们大多以文章作为创作的重心,而诗则在其次。据有人统计,活跃于元明之际的浙东著名文人大约有50人[1],其中像宋濂、戴良、王祎、胡翰等人,均以文章创作而驰名于文坛。但他们的诗歌创作也自有其鲜明的地域特征,因而文学史上也多以诗派称之。王世贞曾评宋濂、王祎说:"二君名雄虎观,价重鸡林,黼黻皇猷,明昌治藻,一时文字之显,未睹厥敌。初不以诗名,然亦严整妥切,文实不太过之。"[2]当然,浙东诗派作家在诗歌创作成就方面自然也有成就高低的差异,其中刘基、方孝孺的成就和特色最为突出,而宋濂则在诗学观念上影响更大。不过,在现代学术史上,一般的更看重浙东文人的理学、事功和散文创作,而在诗歌研究上相对于吴中诗派来说显然要薄弱一些。比如在民国时期,学者们很少涉及浙东文人的诗歌创作,像朱健和《刘伯温的词》[3]这样的文章可谓凤毛麟角,但也基本上是简略的介绍,缺乏必要的深度,更不要说上升到流派的总体研

---

[1]　见徐永明:《元代至明初婺州作家群研究》,中国社会科学出版社,2005年版,第6—9页。本书将婺州文人群体分为三代,其第三代相当于元明之际的作家群体,共得49人,大致囊括了当时浙东的主要诗文作家。

[2]　王世贞:《明诗评》,《丛书集成初编》,商务印书馆,1937年版,第59—60页。

[3]　朱健和:《刘伯温的词》,《国闻周报》1928年3月25日。

究了。对于浙东派的诗歌创作研究,实际上是在20世纪80年代之后才真正起步的。

第一节 20世纪的刘基诗歌创作研究

民国年间的刘基研究成果相当有限,而且多集中在其散文领域,多种文学通史多罕言刘基。顾实《中国文学史大纲》谈及其诗歌时,仅引沈德潜《明诗别裁》以作评价,龙榆生《中国韵文史》也仅用了"为诗独标高格,极见抱负,而尤工乐府"①的十几字以作交代。民国时期出版的两部明代文学断代史虽均涉及刘基之诗文创作,宋佩韦《明代文学》在介绍明初文学时,除引用虞集、王世贞、汪端等人的话作为依据外,其本人的判断是:"大抵基诗纯以高古见长,论其才华,远逊高启。"②对刘基诗评价最高的是钱基博,其《明代文学》撮合明清诸家评语说:"惟刘基锐意摹古,独标高格,力追杜韩,而出以沉郁顿挫,遂开明三百年风气。而乐府高于古诗,古诗高于近体,五言近体又高于七言。元诗态浓而语纤;刘基干之以风力,辞意非常,骨气奇高,感慨同刘越石,险峻出韩退之,错综震荡。"③将刘基诗作分体论之,而且概括出骨气奇高、沉郁顿挫的体貌特征,应该说都是态度认真且合乎事实的,但仅仅将刘基之创作概括为"锐意摹古"应该说是不准确的,论述也过于简略,更重要的是他的学术判断并没有超出明清诗论家的范围与深度,显示不出特别的学术创造性。

---

① 龙榆生:《中国韵文史》,商务印书馆,2010年版,第83页。
② 宋佩韦:《明代文学》,《中国大文学史》,上海书店出版社,2001年版,第682页。
③ 钱基博:《明代文学》,商务印书馆,1934年版,第76页。

20世纪出版的几部文学史除了增加了对刘基现实主义的评价外,基本格局未出40年代的整体范围,比如刘大杰用"描述事实,真实动人;抒写怀抱,苍凉感慨"①16字概括其诗作特征。游国恩等《中国文学史》重点介绍了刘基的《二鬼》诗,并言其有浪漫主义色彩;同时说他的乐府诗"或表示对时事的忧虑,或讽刺政令苛繁,重敛伤民,具有一定现实意义,语言亦质朴通俗"②。中国科学院文学研究所文学史在"刘基的诗以古朴、雄放见长,古体诗较好"的总体判断之下,介绍了他的乐府诗及《二鬼》《古戍》等诗作,以说明其浪漫、真实与深沉等特征,同时也指出其"宣扬封建思想、封建道德的作品",以及"模拟古人的倾向,更给后来复古主义诗歌开了前导"③。这些有关刘基的叙述文字,加强了对作品内容的关注,采用了现实主义与浪漫主义的叙述模式,但从诗歌艺术的角度看,实在没有增添多少新的内涵。刘基研究的真正起步,还要等到20世纪80年代之后。

一、刘基生平及文献研究

关于刘基的研究论文,自20世纪80年代初至90年代末的20年时间里,曾有一百多篇;各种著作二十余部。但大多为史学、政治、哲学等文章,著作则大多为通俗读物。真正牵涉到刘基本人的诗歌创作及诗学观念的研究,主要集中于其生平、文献及诗歌思想艺术诸方面。

---

① 刘大杰:《中国文学发展史》,上海古籍出版社,1982年版,第894页。
② 游国恩等主编:《中国文学史》(三),人民文学出版社,1964年版,第898页。
③ 中国科学院文学研究所:《中国文学史》,人民文学出版社,1984年版,第833页。

第二章 刘基与浙东诗派研究

有关刘基生平的研究,早在民国年间就曾出版了王馨一的《刘伯温年谱》(1936)与刘耀东的《刘文成公年谱》(1937)这两部著作,为刘基的生平研究奠定了基本框架。限于当时的条件,二位研究者手中所掌握的刘基文献还明显不足,因此也留下了不少有待纠正与填补的空间。至20世纪90年代初期,郝兆矩出版了《增订刘伯温年谱》①,在王馨一、刘耀东著作的基础上进行了新的增订,纠正了王著中一些明显的失误。作者还在撰述该书的过程中发表了《刘基生平史料辨析》②一文,对刘基之出生地、中进士后授官时间、寓居杭州之时间与隐居作《郁离子》之时间等等,均依据相关史料进行了新的订正。但由于作者对刘基著作版本未能掌握全面,以及对某些史料的认识尚存有一定局限,因而也还存在叙述模糊与失误之处。后来吕立汉即撰《刘基诗文系年质疑》③一文,对郝谱提出了16条质疑,其中对郝谱将刘基《寄宋景濂四首》《青萝山房歌寄宋景濂》《潜溪图歌为宋景濂赋》等诗作系于至正十八年提出质疑,理由便是这三首诗均见于刘基明初刻本《犁眉公集》中,所以只能是明初作品而不可能作于元末,可谓证据充分而无可反驳。又比如郝谱将刘基归隐青田之时间定于至正十八年十二月之后,应该说基本没有大的失误,只是语焉不详。而之所以难以说清,是作者所依据的材料出了问题。在刘基生平研究中,被许多学者视为最重要的文献之一的是黄伯生的《故诚意伯刘公行状》和《明史·刘基传》,但据有人考证,《行状》乃有人托名黄伯生所撰写,其中充满了有意的编造与诸多失误,而《明

---

① 郝兆矩:《增订刘伯温年谱》,中州古籍出版社,1990年版。
② 《杭州师院学报》1984年第1期。
③ 《温州师范学院学报》2000年第10期。

史》本传又是依据行状敷衍而成,则其基本已失去研究刘基生平的文献价值[1]。如许久《刘基归隐青田著书时间辩证》[2],即根据《元史·顺帝纪》与《元史·石抹宜孙传》及《续资治通鉴》的相关记载,将时间定为至正十九年春至二十年春之间,而杨讷则进一步确定为至正十九年春夏间。其结论已近于历史真实。可见,要进行刘基的生平研究,必须在文献方面注意两个问题:一是注意对当时历史文献的细致发掘,二是利用好刘基诗文作品的内证。只有将二者结合起来,才能得出较为可靠的结论。

在刘基生平研究中,还涉及两个重要方面:一是关于其神化色彩的问题,二是关于其弃元投明的问题。陈文新《论对刘基的理解与误解》[3]一文,概括出了对刘基两方面的误解:"刘基在朱元璋的文官集团中的地位被拔高了","过分强化了刘基身上的神秘色彩"。文章并探讨了其中的原因。其实,早在20世纪90年代初,周群即在其《刘基评传》中对刘基生平中的"西湖看云""鄱阳湖更舟""筑城之谶""石室得书"的神化过程及其原因进行了辨析,而且对刘基生平进行了全面细致的论述,具有重要的学术价值[4]。关于刘基弃元投明问题,先后发表的论文有:刘孔伏、潘良炽《刘基撤座之说发生时间考误》[5]、王正平《刘基从忠元转向投明析》[6]、黄月林《也谈刘基接

---

[1] 杨讷:《〈诚意伯刘公行状〉的撰写时间与作者》,《刘基事迹考述》,北京图书馆出版社,2004年版,第169—179页。
[2] 《重庆师范大学学报》1986年第4期。
[3] 《贵州文史丛刊》2000年第5期。
[4] 周群:《刘基评传》,南京大学出版社,1995年版,第353—368页。
[5] 《南都学坛》1989年第3期。
[6] 《杭州大学学报》1991年第4期。

受朱元璋聘用的思想动机》[1]、王馨一《刘基立身处世刍议》[2]、毕英春《刘基反元透析》[3]等,分别从刘基的政治理想、人生追求、人生遭遇、与元朝廷的关系、对朱明政权的认识等方面展开了研讨,对此一问题的深化有所推动。但是由于黄伯生的《故诚意伯刘公行状》和《明史·刘基传》这些记载刘基生平的基本文献存在严重失误,从而使上述问题的研究受到了较大的影响。因此,从刘基本人著作入手来深入细致地进行辨析便成为必然的举措。在此便牵涉到刘基文献的梳理与考辩。

在此一时期,对刘基文献介绍最为详细的是吕立汉的《刘基文集叙录甲编》上、中、下三篇文章,作者将过眼的所有刘基文集均详细加以介绍,对人们了解刘基文献颇有帮助。但正如作者所说:"本文所述诸版本之特征侧重于该版本之自身特点,至于版本之间的关系,虽有所涉及却语焉不详。"[4]其实,早在1993年,周群便撰文对刘基文集的诸种版本进行了梳理介绍,文章分为"分集""总集"与"辑评本"进行介绍,对了解刘基诗文集的早期结集状况、总集编撰体例颇为有用[5]。但是由于篇幅所限,本文漏掉了一些重要的总集,则是其缺憾。后来,吕立汉又撰写《刘基文集版本源流考述》[6]一文,既弥补了自己原来的遗憾,也补充了周文的简略之处。关于该文的贡献,其内容提要已做了明确的交代:

---

[1] 《浙江师大学报》1995年第6期。
[2] 《丽水师专学报》1996年第1期。
[3] 《丽水师专学报》1996年第4期。
[4] 吕立汉:《刘基文集叙录甲编》(下),《丽水师专学报》1999年第4期。
[5] 周群:《刘基文集版本考述》,《南京大学学报》1993年第2期。
[6] 《文学遗产》2000年第2期。

刘基的《写情集》洪武刊本直至民国年间尚在,且有影印本传世;《春秋明经》并非成年以后的作品,而是早年科举习作;成化本未必是总集最早之刊本;四库全书之底本即今藏北京图书馆的成化本;雍正本十一至十八卷之底本即今藏北师大图书馆的隆庆本;刘基总集明刊本今存六种而非四种。美国国会图书馆藏本是嘉靖七年本而非正德本;中国科学院图书馆藏本:明崇祯丁丑朱葵刻本,是一部已沉埋三百余年的刘基文集类编本。

尽管上述看法未必皆作者之原创,如其本人便承认郝兆矩之《增订刘伯温年谱》中即已提出"《春秋明经》乃早年著作"。但其学术贡献依然毋庸置疑。比如该文认定"四库全书之底本即今藏北京图书馆的成化本"便颇有学术价值。因为在学术界一般认为四库本存在妄删妄改之弊端,难以作为善本而使用,而四部丛刊本则多取早期善本而影印,应为学术研究之首选。但刘基之版本却并非如此,四部丛刊本乌程许氏藏明刊本,是一个分类而编的总集,则其作品之时间顺序已荡然无存。四库本则不同,它依据的是刘基总集最早的成化本,是刘基各种文集初次汇编,依然保留了原书的面貌,则其时间顺序一目了然。所以吕立汉说:"成化本毕竟是现存最早的合集本,早期单行诸集的原始面貌因之赖以保存,并与正德、四库本有着直接的渊源关系,在刘基文集版本史上有极为重要的地位。"但是,这种重要性并非所有人都能认识到,比如林家骊所整理出版的《刘基集》,便是以四部丛刊影印本为底本,尽管该书的出版方便了学术界的研究之需,但毕竟不如成化本更能反映刘基著作的早期面貌。版本的整理毕竟是为理论与创作的研究提供基础,从此一角度看,认识到四库本的特点及其与成化本的关系,的确是相当重要的。

关于刘基文献的真伪与创作时间的考辨也是学者们探索的领域

之一。周群《署名刘基的几部著作考辨》①一文,对署名刘基的《火龙神器阵法》《神机致理兵法心要》《百战奇略》等著作进行了认真辨析,认为均系他人托名伪作。其实托名刘基的著作很多,有的一看即知为伪作,有的则在疑似之间,因而需要学界对此进一步做辨伪的工作。关于其重要作品《郁离子》,学界一般认为作于刘基元末隐居青田之时,而程念祺《〈郁离子〉成书当在明初》②一文则根据几则有涉明初思想及时间的内容,认为"刘基写作《郁离子》的时间至少持续到明洪武四年(1371),而非完成于元末"。但是明初时刘基思想认识有可能延续元末的一些观念也完全合乎常情。如果没有扎实的文献证据,此论恐难成为定论。关于《二鬼》诗的创作时间历来也有诸多争议。周群认为当作于1353年招降方国珍后③,其根据是此诗不见于作于明初的《犁眉公集》中。郝兆矩《增订刘伯温年谱》认为作于洪武六年。由此,学界遂形成作于元末与作于明初的两种看法,至今相持不下,难有定论。但是持作于明初看法的学者明显占据多数,只是具体时间尚有较多出入。

关于刘基的生平研究,还有几篇综合性的研究论文值得一提。如鲍昌的《论刘基》④、吕立汉的《刘基论》⑤、魏青的《刘基和宋濂》⑥等文章,都对刘基的生平及其与宋濂的关系进行了论述,尽管新意不多,但对一般研究者了解刘基还是起到了很大作用的。

---

① 《中国典籍与文化》2000年第4期。
② 《文献》1993年第1期。
③ 周群:《刘基评传》,南京大学出版社,2011年版,第304页。
④ 《唐山教育学院学报》1985年第1期。
⑤ 《文学评论》1999年第5期。
⑥ 《殷都学刊》2000年第4期。

刘基生平与文献的研究乃是其诗歌研究的最为基础的工作,至今仍然有很大学术空间需要填补。诸如刘基全集之校注、具体篇目之作年、著作真伪之辨析等等。

二、刘基诗学观念与诗歌风格研究

在浙东派作家中,真正能够以诗歌创作为主且取得较大成就者当然首推刘基。而刘基能够在诗歌创作上取得成功的重要原因之一,是他拥有独特的诗学观念。在元明之际的文坛上,诗文创作大致被分为山林与台阁两大领域。在一般的文学史与文学批评史叙述中,山林诗文观念主要以高启作为代表,台阁诗文观念则主要推重宋濂。至于刘基便往往被忽略。但是,自20世纪90年代以后,刘基的诗文观逐渐被学界所重视。袁震宇等人所著《明代文学批评史》已经注意将刘基与宋濂的文学观念区别开来,更重视其"美刺讽谏"的思想,认为若与宋濂相比,"刘基提倡诗歌的讽刺作用便显得可贵了"[①]。陈书录也特意指出:"刘基高扬'变风变雅'的旗帜而偏重于伤时愤世、美刺风戒的群体精神。"[②]周群不仅强调了刘基"讽戒裨世"的美刺精神,更重视其"情发于中而形于言"的真情显现追求,使得刘基的诗学观念进一步得以真实呈现。

至20世纪90年代末,已经有探讨刘基文学思想的专题论文发表。吕立汉《从〈苏平仲文集序〉看刘基的文学思想》[③]一文,从刘基的一篇序文概括出其理明气昌、"文之盛衰关乎时之否泰"、文辞须

[①] 袁震宇、刘明今:《明代文学批评史》,上海古籍出版社,1991年版,第52—53页。
[②] 陈书录:《明代诗文的演变》,江苏教育出版社,1996年版,第87页。
[③] 《丽水师专学报》1998年第3期。

"尚质黜华"三种基本倾向。这当然是浙东派的突出特征,但由于使用材料有限,便不能突出刘基本人的思想特色以及鲜明的诗学观念。也许是其本人感到未能充分表达自己的全面看法,故而次年又发表了《试论刘基的文学思想》①一文,将刘基的文学思想概括为诗主讽喻、理气并重和文之盛衰系乎时这三种主要倾向,并认为"其经世致用的文学思想对于扫荡元季文坛纤弱之风,为明初新一代文风之振起,在理论上起了骈骝开道之作用"。应该说较之前文已经更为全面与丰满。同年,郝兆矩也发表了《浅论刘基的文学思想与诗文》②一文,将刘基的文学思想概括为:"文学作品离不开时代,离不开作者对客观事物的具体感受;强调吟诗作文首先注重思想内容;主张文学作品要对社会有益。"这样的概括显然并未超出其他文章的范围。但该文的好处在于作者还对刘基的诗文进行了全面的概括叙述,一定程度上弥补了文学思想部分论述的单薄。在该时期,刘基的文学思想尽管已经有不少成果发表,但也存在明显的不足。一是缺乏对其诗学观念的独立探讨。因为在中国古代思想体系中,尽管往往诗文并称,但从辨体的角度来看,诗与文毕竟存在着较大差异,如果仅限于诗文混而言之,便会忽略其独特内涵。二是往往从逻辑的层面纵论刘基的文学思想,而未能将其发展演变的过程描述清楚,从而影响了对其思想内涵的认识。

20世纪前期对刘基诗歌的认识,主要集中在其反映现实的批判精神。80年代之后也最先由此入手进行研究,较早的成果是王馨一的《试论刘伯温的诗词》③,该文引用沈德潜《明诗别裁集》的"文成

---

① 《浙江社会科学》1999年第6期。
② 《明史研究》第六辑,1999年版。
③ 《教学与研究》1981年第1期。

独标高格,时欲追逐杜韩"的评语作为论述的依据,并引刘基数首诗作以为佐证,强调了刘基诗歌关注时政、讽喻现实、抒写愤懑的特征,并认为宋濂不如刘基的豪放雄健,高启不如刘基之诗有血有肉。尽管作者对刘基诗作评价颇高,但是因过于简略而未能概括刘基的全部诗歌创作,比如明初之哀惋低沉即未能纳入视野。杨忠贵的《刚健雄浑　古直悲凉——刘基言志、感时诗作艺术风格刍议》[①]一文,抓住刘基气壮的言志诗与悲凉的感时诗进行深入分析,认为:"刘基以其才雄气盛而发诸诗端,则以刚健雄浑为其主要特色;但刘基入明以后诗作甚少,大量诗作写在元末多事之秋,诗人为官几经沉浮,乃至弃官归里,因之所作大量诗篇,以其哀怨悲凉为主要特色。"注意到刘基诗风与其人生经历之密切关联,不忽视其主要体貌之外的哀怨悲凉特色,均显示出作者实事求是的态度,但依然忽略刘基后期诗风的转变则是其不足。吕立汉《论刘基以诗议政的创作倾向》[②]一文,也主要关注刘基诗作对现实政治的关注,作者论述了其以诗议政的内涵与特征,并认为其好处在于情理结合,形成了"文理清俊、思想深邃、剖析深刻"的风格。重视刘基诗歌的政治内涵及刚健雄浑的主体风格当然合乎其创作的实际情形,这也与其讽喻美刺的诗学观念颇为一致。但作为一位明初的诗歌大家,其丰富的内涵与多样的诗风同样需要得到足够的观照。

其实,在20世纪90年代中期,便已有人注意到刘基诗风的前后变化与诗风的多重性。周群《刘基评传》一书的第十三章,便将其前期《覆瓿集》的"为救斯民涂炭忧"的感怀之制,与后期《犁眉公集》

[①] 《丽水师专学报》1988年第3—4期。
[②] 《丽水师范专科学校学报》2000年第2期。

咨嗟幽忧的遣兴之作明确地区分开来。如此区分当然不是作者首创,因为在钱谦益的《列朝诗集》中便已对此做过明确的论述,从而成为诗学史上的常识。但周群又由此出发,重点论述了刘基沉郁凝重与雄健奇崛的摇曳多姿的诗歌风格,并探讨了其追杜慕韩的传统选择,就是一种相当系统的诗学研究了。尽管作者未能将刘基诗作进行分体研究,从而显得稍有粗略,但已经是那一时期最好的成果之一了。无独有偶,稍后出版的《明代诗文的演变》一书,也用奇崛雄健与沉郁顿挫来概括刘基的主要诗风,同时还指出其兼有委婉曲折、意旨微茫等忧怨之美的多样化审美风格[1]。尽管限于本书的体例而未能展开论述,但的确已经注意到了对刘基诗风的全面把握。吕立汉《刘基论》[2]一文显然在这方面又有所推进,他提出要把握刘基诗风须注意三点:一是"就创作历程而言,刘诗明显以至正二十年为界分前、后两个阶段,因其前、后处境不同从而导致风格的显著差异";二是"诗人对诗歌艺术的不断探索,因转益多师而呈现多样化的风格特征";三是"刘诗虽兼备众体,然最常用的是乐府古题、五古和七律"。依此思路,他将刘基的诗风归纳为:"既有沉郁悲怆的一面,又具奇崛豪放的特征,后期诗作则归于哀婉悲凉。"尽管在能否以至正二十年作为其前后期区分的标志和分体论诗上尚有商量的余地,但无论是理解的思路还是诗风的概括,应该说该文已经相当全面并接近于刘基诗歌创作的实际面貌了,显示了20世纪后20年刘基诗歌创作研究的长足进展。

在20世纪刘基诗歌创作研究的基础上,如何从诗歌风格的研究

---

[1] 陈书录:《明代诗文的演变》,江苏教育出版社,1996年版,第91—92页。
[2] 《文学评论》1999年第5期。

向更深处开掘,显然是一个重要的课题。吕立汉的《论刘基诗歌的生命观念》[①]一文透露出一些信息。该文以生命咏叹作为探讨刘基诗歌主题的重要角度,认为:"刘基于元季仕途屡屡受挫,其间曾一度倾慕道家因循自然的生命价值取向,但积极入世、重实行的儒家生命观念无疑是主基调。入明次后,因奸佞构陷、君主猜疑,社会政治环境的险恶,确使刘基的生命观念有了很大的转变,然就其真实的生命体验而言,仍然是一种颇具悲剧色彩的既痛苦又无奈的抉择。"就论文本身看,其实写得并不是十分深入周延,比如对于刘基心理状态的把握与入明后叹老嗟悲原因的探讨等方面,都还显得较为浅表粗疏。但该文还是提供了一种新的视野,即从政治与风格的层面转向了人生价值与人格心态的研究,从而开掘出更为广阔的学术空间。因为这预示着,刘基诗歌的研究可以向着更深的心理层面与更普泛的人性层面进行提升,并结合复杂的历史语境以总结诗学的经验与梳理文学思潮的发展脉络。也就是说,可以将研究推进到文化诗学或者说生命诗学的领域。

三、刘基词研究

刘基被视为明初词坛第一,其词集名"写情",共收词242首,是明代词家中数量比较多的。据叶蕃的序并综合考察刘基词作,"写情"之名似具有区别文体的意义:"其经济之大,则垂诸《郁离子》;其诗文之盛,则播为《覆瓿集》;风流文彩英余,阳春白雪雅调,则发泄于长短句也。或愤其言之不听,或郁乎志之弗舒,感四时景物,托风月情怀,皆所以写其忧世拯民之心,故名之曰《写情集》,厘为四卷。

---

① 《丽水师范专科学校学报》2000年第6期。

其词藻绚烂,慷慨激烈,盎然而春温,肃然而秋清,靡不得其性情之正焉。"①(《写情集序》)从叶蕃的语气看,词集名可能是刘基本人所定。在此,他既指出了刘基坚持词"别是一家"的文体意识,又强调"写其忧世拯民之心"的深意寄托,的确抓住了刘基词的主要特征,从而成为后人研究刘基词的重要参考文献。也许是明代词坛过于冷落,因此具有较高水准的刘基词便格外被学者们所看重,民国年间就曾有人作过介绍,进入20世纪80年代之后,便又重新被学界所关注。

20世纪80年代初,王馨一在其《试论刘伯温的诗词》②一文中,认为刘基主要"借词来表达他的沈雄苍凉的胸怀","但也不无'小桥流水'之篇",并引用王世贞"纤秾有致,去宋尚隔一尘",以及《柳塘诗话》的"妙丽入神"之语作为对刘基词的评价,但本人并未作出直接的评判。至90年代中期,周群在《刘基评传》中,已对其词作进行了较为系统的研究。他引叶蕃的那段话作为统领,对刘基词进行了分类评述,认为"刘基词作中对个人不幸遭遇的感喟,常常即是欲求济世的理想受到压抑而产生的抱负难遂的苦闷。因此,这些抒写个人情感的词,也与闲适文人们抒写逸致闲情的作品不同,其中常常蕴含着一股抑郁不平之气"。此类作品往往"沉郁而不颓唐"。"刘基词作中也有抒写一己之幽情、哀叹人生、咏叹爱情、离别伤怀的作品。其风格一般旖旎温婉、情思缱绻,带有纤艳柔脆的情调,意义不大。"此外,还指出了刘词中后期反映艰危政治环境与寓意深刻的咏物词

---

① 叶蕃:《写情集序》,见林家骊《刘基集》附录,浙江古籍出版社,1999年版,第675页。
② 《教学与研究》1981年第1期。

这两个类别①。应该说,将刘基词的主要内容与风格均已概括出来。至于对其柔媚词的评价,虽难说能够被学界所广泛接受,但作为一家之说固无不可。后来作者将这些文字整理出来单独发表,内容基本没有增减,则可存而不论②。

1998年,孙家政发表《论刘基和高启的词创作》③一文,将刘基与高启词作合而论之,意在突显明初词作之地位,以纠正传统词论对明词"缛艳庸下"的偏见。尽管作者也承认《写情集》中存在着"一些歌咏隐逸生活的词",但他还是不能同意王世贞等人的评价,他认为:

> 刘基作为明初文坛"执牛耳"人物,其词虽比不上宋代杰出词人苏轼、辛弃疾,但能洗去粉泽,摒除雕饰,以情兴经纬其间,"虽豪宕震激而不失于粗,缠绵轻婉而不入于靡",在精神上颇能继承宋元词余绪。从某种程度上说,刘词的"忧时拯世",正是其诗文同样内容的有力拓展与补充。

尽管该文对刘基词的论述依然是在豪宕与轻婉这两种风格之间的权衡折中,从而没有超出前人论刘基词的范围,但作者能够从词学发展史的宏观视野中为刘词定位,已显示出敏锐的学术眼光。更重要的是,他能够将刘基的词作与其诗文联系起来进行思考,更体现了一种新的学术路径。研究刘基的创作乃至明代其他文人的创作,既要关注他们不同文体的差异性,因为明人特重辨体,不仅强调诗与文的差别,也在诗歌文体内严分界线。但另一方面,文体与文体之间又有紧

---

① 周群:《刘基评传》,第327—334页。
② 周群:《刘基词论》,见《首都师范大学学报》2000年第1期。
③ 《南京师大学报》1998年第2期。

密的关联性,只有找出这些关联性,也才能更有效地论述其差异性。当然,本文并没有在这方面展开详细论述,但其所呈现的学术思路依然有较大的启发性。

吕立汉《榛芜原野的一朵奇葩——论刘基的词》①一文,是本时期论述刘基词最为全面的论文。该文将刘基词之内容分为:1.忧世之不治。2.郁志之弗舒。3.愤言之不听。4.状山水之秀丽。又将刘词之艺术特征概括为:1.表现手法长于托物寄兴。2.行文长于铺叙。3.写法上擅长用典。4.摹景状物秀丽入神。最后得出结论说:"刘词的主体风格属清婉秀丽。……然亦时见悲凉慷慨之作。"该文可谓踵事增华之作,作者总结了本时期刘基词作研究的成果,并在此基础上进行归纳,论述更为系统,分析更为细致,内容更为全面。但如果仔细体味,其结论并未超出前辈时贤之所言,反不如孙家政之文更能显示新的学术思路。即如其学术结论,虽有异于当今众人,却又回到了明清诗评家的看法。但是,学术研究一般都是在踵事增华的全面与自开堂奥的偏至这两个方面进行选择。这些只说明学术性格的不同,难以进行优劣的比较。

第二节　浙东诗派研究

论浙东派大都是诗文并举且连带学术,但论其诗者较少。在20世纪80年代之后由于明代文学研究的全面展开,宋濂、方孝孺乃至戴良之诗歌创作均已有人予以关注,而纵论浙东派的文章也有多篇问世,展示了此方面的研究成果。

---

① 《杭州师范学院学报》2000年第3期。

一、宋濂等浙东派作家研究

宋濂是浙东派在元明之际最为重要的代表人物,也是文学史叙述中难以避免的作家,但一般均关注其学术与散文创作,即使涉及其诗文批评,也多偏于散文理论。所以尽管 20 世纪的最后 20 年发表了近百篇有关宋濂的各类文章,但专门研究其诗论与诗歌创作的其实很少。其他浙东派作家也只有方孝孺与戴良略有涉及。

对宋濂生平的研究较早起步的是钱伯城的《宋濂》[1],该文缀合相关明清文献,将宋濂一生分为"艰苦的求学时代""潜心著述,待时而动""与朱元璋的遇合""宋濂的结局"等四个时期,对其政治活动与文学创作进行了较为详细的介绍,并对其诗文创作进行了简要的评价。本文引证资料比较丰富,叙述亦有条理,在学界影响较大。至1994 年,陈葛满先后发表了《宋濂简谱》和《宋濂简谱(续)》[2],对宋濂生平做了更细致的叙述,并对部分诗文作品进行了编年,对宋濂的生平研究有所推进。1998 年出版了王春南、赵映林的《宋濂、方孝孺评传》[3],对这两位浙东派主要代表人物进行了更为详细全面的论述,尤其是对于以前研究成果不太丰富的方孝孺的叙述,更是填补了这方面的缺陷。全书对方孝孺的家世生平、政治思想、法制思想、经济思想、理学思想、文学主张及成就风格等进行了分类论述,可谓全面系统。在专著与年谱之外,还有一些单篇论文也对浙东派作家生平某些侧面进行了论述,如王世华《"读书种子"方孝孺》[4]、廖可斌

---

[1] 吕慧娟等编:《中国历代著名文学家评传》第四卷,山东教育出版社,1985年版,第 141—168 页。
[2] 分别见于《浙江师大学报》1994 年第 2 期与第 5 期。
[3] 王春南、赵映林:《宋濂、方孝孺评传》,南京大学出版社,1998 年版。
[4] 《文史知识》1986 年第 12 期。

《论宋濂前后期思想的变化及其他》①、郭预衡《朱元璋之为君与宋濂之为文》②、陈寒鸣与贾志刚《方孝孺与明初金华朱学的终结》③、魏青《刘基和宋濂》④等,均对宋濂生平研究有所推进。

当然,这期间的宋濂生平研究也并非不存在问题。比如,有人曾撰文对钱伯城《宋濂》一文的失误予以补正,认为钱文中说:宋濂被"押解至茂州(今四川省夔县)居住,加以管制。第二年,洪武十四年(1381)五月二十日,宋濂就在管制地死了,终年七十二岁"。其中失误有二:一是夔当时为府,并非茂州属县;二是宋濂并未到达茂州,而是病逝于流放途中⑤。这当然是明显的失误,纠正是完全有必要的。问题是这种失误本来不应该出现,因为已经有较好的前人相关成果,只是未能加以利用才出现此种遗憾。早在1916年,就出版过清人朱兴悌、戴殿江编,今人孙铿增补的《宋文宪公年谱》,其中在洪武十四年条下曰:"五月卒于夔州。先生行至夔州,寓僧寺。卧病不食者三旬。二十日晨起,书《观化帖》,端坐而逝。"⑥此处已明确说是"行至夔州",如能见到此谱,便不易出现上述失误。而且更重要的,不仅钱伯城先生撰写《宋濂》时未能过目,后来的陈葛满的《宋濂简谱》和王春南、赵映林的《宋濂、方孝孺评传》也均未见提及此书,乃至进入21世纪的宋濂生平研究的成果依然未见将其列为参考文献,可知学

---

① 《中国文学研究》1995年第3期。
② 《北京师范大学学报》1996年第3期。
③ 《沧州师范专科学校学报》1999年第3期。
④ 《殷都学刊》2000年第4期。
⑤ 郭福义:《对钱伯城〈宋濂〉之补正》,《西南民族学院学报》1994年第2期。
⑥ 《宋文宪公年谱》卷下,"北京图书馆珍藏本年谱丛刊"第37册,北京图书馆出版社,1999年版,第126页。

术的传承何等重要。这种对于前人成果与原始文献的忽视,大大影响了宋濂生平的研究。比如有人曾撰有《宋濂之死》[①]一文,认为宋濂的死因并非是由长孙宋慎获罪而受牵连。文章引用陆容《菽园杂记》中宋濂与僧人的一段对话,说是因为宋濂曾任元朝廷的"编修"一职而被朱元璋所不满。宋濂听完此话后"自经死"。宋濂的死因有许多不同说法,当然应该进行深入的探讨。但是只要稍稍翻一下宋濂的年谱,就该知道宋濂在元末辞去朝廷征召而入山为道士的经历,也就是说他从未任过元朝任何官职,不存在这方面的任何心理包袱。用野史笔记的传说来反驳《明史》的记载,本来已属不该,又未能了解宋濂的基本情况,则所谓纠偏也就毫无学术价值可言。其实,在明清及近代,学者们在编写浙东文人年谱方面已做了许多工作,撰写过《刘文成公年谱稿》《戴九灵先生年谱》《方正学先生年谱》等,现代学者应该充分加以利用,以取事半功倍之效并少犯常识性错误。

关于浙东派作家的文集,研究整理得最充分的便是宋濂。自明代嘉靖三十年浦阳书院汇刻的《宋学士全集》产生以来,人们又做了大量的辑佚补充工作,产生了大量的宋濂别集版本。进入20世纪80年代后,这种工作在继续展开。其中龚剑锋等人曾从各种文献中钩稽出40余篇诗文作品,分别发表在1994年《文献》杂志的第1、2、3、4期上,经过多年的努力,终于在1999年出版了由罗月霞主编的《宋濂全集》。该书没有选择以文体为分卷原则的浦阳书院刊本(后为四库本所依据)为底本,而是以洪武初年所刻的《潜溪前集》《潜溪后集》和明正德九年张缙所刻《宋学士文集》为底本,尽量向早期以时代为编撰体例的原貌靠近。同时又增补作品近百篇,还附录了大

[①] 盛翼昌:《宋濂之死》,《学术月刊》1989年第11期。

量的相关研究材料,可以说较之以前有了很大的提高。但是,根据学界反映,依然有许多宋濂作品被遗漏,而且在印刷中也存在不少错讹之处,已经有人在整理新的宋濂别集并交出版社出版,相信较之以前又有新的补充。在宋濂文集版本研究中,则有王兆鹏的《宋濂文集版本源流考》[1]一文。该文介绍了8种单行本,5种选本和4种汇刻本,使读者得以了解宋濂文集的基本版本存佚状况。但该文亦有进一步完善之处,如作者指出:"在今通行易得之宋濂文集诸本中,以《四部丛刊》本为最早,而以《四部备要》本收录最为完备。"其实,该文在介绍汇刻本时,第一个本子便是天顺五年的黄谞刻本,这才是现存最早的刻本而不是四部丛刊所依据的正德九年张缙刻本。更重要的是,四部丛刊本是分集排列,诗文作品大致以创作时间的先后为序。而四库全书本和四部备要本皆分体编排分卷,已将早期单行本拆散重排。学者了解这些差别,才能在研究中作出不同的选择以便于利用不同版本。因此,宋濂文集的版本依然有许多工作要做。

关于宋濂的诗学理论与诗学思想,学界的研究成果还比较单薄。多数文学批评史与文学理论史大都介绍其文论,而较少涉及其诗歌理论。比如汪树清的《养气与明道——宋濂文学观之剖析》[2]、马成生的《简说宋濂的文论》[3]等,均仅就其一般文学观念立论,未涉及诗文之文体问题,更不要说是诗歌理论。相同情况还有尹恭弘《方孝

---

[1] 中共浙江浦江县委宣传部、浙江省文学学会合编:《宋濂暨"江南第一家"研究》,杭州大学出版社,1995年版,第174—185页。
[2] 《曲靖师专学报》1993年第4期。
[3] 中共浙江浦江县委宣传部、浙江省文学学会合编:《宋濂暨"江南第一家"研究》,杭州大学出版社,1995年版,第79—89页。

濂的文学思想及其散文艺术》[1]，尽管作者在行文中也经常以"写诗作文"并提，但其偏重散文的倾向一望可知。最可注目的是刘宇《评宋濂、高棅的诗文理论》[2]一文，将宋濂与高棅并列而论，却在论述宋濂部分用了"坚持文道合一"与"提出宗经师古"两个标题概括宋濂理论，虽然文中指出："宋濂提出作诗当自成一家，要求变化、创新，要变至无迹而臻于神。"但主体部分为文论则无疑。真正从正面论述宋濂诗论的，是张涤云的《论宋濂的诗学理论》[3]。作者从四个方面展开论述："明道、征圣、宗经——论诗的总纲"；"诗本乎心，本乎性情——诗学本质论"；"五美云备，可以言诗——诗歌创作论"；"随人著形，气充言雄——诗歌风格论"。最后得出结论说："这些论述对于纠正元末浮靡、纤弱、怪诞等不良诗风，对于倡导同开国兴邦宏大气象相适应的阳刚美的风格，确是有积极意义的。"该文优点是全面系统，条理清晰；不足是未能结合宋濂之诗歌创作，更深入地探求其诗学观念。但在当时的学术发展阶段，此文已算是凤毛麟角之作了。

对于宋濂等浙东派作家的诗歌创作，就更少有人撰专文予以研究。张学忠的《论宋濂诗中的人物形象》[4]一文可能是当时唯一一篇专题论文，作者主要探讨了宋濂诗歌擅长刻画人物的特征，指出其五古诗体"古朴奔放，跌宕雄奇，音调激越，节奏紧凑"的诗风，以及其形象刻画上的"个性突出，充满情感，描写具体细腻，语言质朴流畅，其中波澜曲折，往往出人意料"的长处。但对宋濂诗歌缺乏整体研

---

[1] 《古典文学知识》1993年第3期。
[2] 《新东方》1997年第1期。
[3] 《华中师范大学学报》1997年第5期。
[4] 《宋濂暨"江南第一家"研究》，第169—173页。

究与判断。钱伯城是较早对宋濂诗歌进行全面评价的学者,他认为宋濂的诗长篇居多,具有"气魄豪放,精神充足,浩瀚流转,有长河奔腾转折不可遏止的态势"。他同意清人陈田对宋濂诗的总体评价:"集中小诗,犹是元习;长篇大作,往往规模退之,时亦失之冗沓,盖兼才为难。"[1]只是论述依然比较笼统而已。王春南、赵映林的《宋濂、方孝孺评传》对宋濂诗歌创作的评述要更为细致,作者将其诗作进行了"清逸可读""亲切感人""风格雄浑""沉郁悲凉"的分类介绍,也指出了其某些作品"不够简洁、紧凑"的缺憾。其优点是引证作品分析具体,缺点是浅显而不深入系统。此种情况也体现在方孝孺的诗歌创作的论述中,作者对方诗的诸多方面进行了论述,诸如咏史诗的寓意深刻,反映民生疾苦诗作的朴实真实,抒写个人情致诗作的情意真切,咏物写景诗的情韵天然等等,应该说对读者了解方孝孺的诗作具有较大帮助。但是作者对其诗学贡献与审美形态显然缺乏研究,既对作者的诗歌创作历程缺乏追踪,也对其各体之创作风格之异同没能系统论述,更没有上升至流派特征之概括。因此,对于浙东派诗歌创作的研究,需要更多经过专业训练的学者予以介入,方能提升到一个新的层面。

至于另一位浙东派作家戴良,学界的关注就更少一些。刘昌润《戴良及其〈九灵山房集〉》[2],简单介绍了戴良生平及《九灵山房集》的版本状况,对后来的研究有开启之功。查洪德、李艳的《金华之学的衍变与戴良的诗文成就》[3]一文是第一篇综合研究戴良的思想与

---

[1] 吕慧娟等编:《中国历代著名文学家评传》第四卷,山东教育出版社,1985年版,第164页。
[2] 《文史》第17辑,中华书局,1983年版。
[3] 《杭州师范学院学报》2000年第5期。

创作的论文,在论述其诗歌创作成就时,对其评价不高,只认可了其反映战乱、抒写孤独心境的部分作品。但明清诗论家则对其评价颇高,如四库提要说:"良诗风骨高秀,迥出一时。眷怀宗国,慷慨激烈。发为吟咏,多磊落抑塞之音。"①古今评价的巨大差异隐含着评价标准的转移,则必然存在着复杂的历史原因。戴良作为元末之际的遗民诗人,与刘基、宋濂的情况都大不一样,需要做出更为深入系统的研究。

二、浙东诗派的整体研究

较早将浙东文人群体作为流派的研究者是陈建华,他在1987年所提交的《明代江浙文学论稿》的博士学位论文中,虽然将整个吴中与浙东作为其研究对象,但在"浙东儒学与明初文学"一章,集中讨论了浙东文学的整体特征,这便是所谓的"文道合一"的理论,并总结出浙东文学在明初的双重性:

> 金华儒学体系具有两重性,拘执于道德、伦理,以及对封建政治的依附性,是儒学的固有局限。宋、王等人强化"道"对"文"的绝对地位,被明初统治者所利用,为取消文学的独立性提供了理论依据,造成不良影响。另一方面,他们处于元末江浙地区的具体环境中,在时代发展趋势的推动下,体现出某些世俗的、个性的要求。②

尽管此处的论述稍显粗疏,而且没有落实到具体的诗歌创作层面,但

---

① 永瑢:《四库全书总目》,中华书局,1965年版,第1458页。
② 陈建华:《明代江浙文学论稿》,复旦大学博士研究生论文,第137页。

对于浙东诗派的整体研究而言,已经表现出明显的自觉意识。王学泰则从地域诗派的角度,对所谓的"越派"进行了整体的概括:"越派诗人的共同特点是善于用抒情方式表达自己对政治问题的感受、撰写自己的报国之志。其中除刘基兼善诸体外,大多以五言古体见长。其五古质朴平淡,但感情激越。诗风受宋诗影响很大。"①虽然因论文篇幅的限制而未能展开详细的论述,但对该诗派的共同特征概括得还是相当准确的。可以说陈、王两位学者为浙东诗派的研究开了一个好头。对浙东派进行整体研究的还有王琦珍的《论明初文坛的浙江文派》②,但论述重点乃是其文论与散文创作,因此文章将宋濂、王祎和方孝孺作为论述对象,所以在此便略而不谈了。

廖可斌的《论浙东派》③一文是第一篇综论浙东派的专题论文。该文从三方面展开论述:"浙东派形成的历史条件及其理学渊源""浙东派的文学主张与创作风格""浙东派与元末明初文学思潮的变迁"。可以说已经将该流派最主要的几个侧面都照顾到了,尤其是对浙东派创作特征的概括更为精炼:"总的来看,浙东派作家在作品中所体现的,还是一种对现实积极参与的态度。在艺术风格上,从宋濂、刘基、王祎到方孝孺,为文都很重视气势,讲究开合纵横之法。"此处虽未能专就诗歌创作立论,但无疑是包括了诗歌文体的。该文的另一特点是表现出较为宏阔的比较视野,论文结尾处说:"浙东派与吴中派本来都兴起于元末,入明之后,受到打击迫害的时间也相距不远。其区别在于:第一,元代末年,吴中派依靠吴中的经济条件和

---

① 王学泰:《以地域分野的明初诗歌派别论》,《文学遗产》1989年第5期。
② 《江西师范大学学报》1993年第1期。
③ 《浙江学刊》1992年第2期。

张士诚的礼遇,已经非常兴盛,而浙东派则显得相对平静;第二,吴中派自至正二十七年(1367)张士诚集团被消灭后就恹恹不振。洪武初,虽许多成员尚存,但或隐或徙已经不成气候。浙东文人则在此时云集朝廷,声势达到高潮;第三,吴中派消歇后,吴中文化元气大伤,至成化、弘治间才逐渐复原,吴中派的风格才有了继承者。浙东派衰落后,其文学思想却继续被奉为正统,为紧接着兴起的江西派所继承。"此处的结论很难说完全合乎史实,许多环节尚需进一步求证,比如吴中派在明初的消歇时间、浙东派与江西派的异同等。但作者在此所显示的学术思路却应引起重视。元明之际的流派研究,有两个向度相当重要:一是元明二朝不同的命运与发展演变,必须认真梳理其具体过程,而不能做平面的归纳概括;二是必须关注地域流派与主流文坛以及其他地域流派的复杂关联,才能真正弄清其内涵及其对当时文坛的贡献。我们认为不仅研究浙东派应如此立意,研究其他诗派亦可作为重要借鉴。受廖文影响,辛一江在1999年发表了《论元末明初越派与吴派的文学思想》[①]一文,作者在比较的视野中论述了两个文学流派,并结合其各自的创作概括其文学思想。最后作者从总结文学价值的角度说:"如果说吴派作家的悲剧命运宣告了文学自由主义的破产,那么,越派作家对社会政治的关注又最终失去了文学自身的价值。这种文学思想上的悖论恰好构成了元末明初文学递嬗的特色。"这种结论当然具有一定新意,但带有较强的主观性而缺乏应有的历史深度。

---

① 《昆明师范高等专科学校学报》1999年第3期。

第三章　闽中诗派与岭南诗派研究

闽中诗派与岭南诗派是元明之际的两个南方诗派,他们都曾与主流诗坛产生过一定的互动影响,又均有鲜明的地域色彩,又都在20世纪后半期成为明代诗歌研究的重要领域,因此放在一起进行介绍。

第一节　20世纪的闽中诗派研究

一、民国时期的闽中诗派研究

《明史·文苑传二》在林鸿传中说:

> 林鸿,字子羽,福清人。洪武初,以人才荐,授将乐县训导,历礼部精膳司员外郎。性脱落,不善仕,年未四十自免归。闽中善诗者,称十才子,鸿为之冠。十才子者,闽郑定,侯官王褒、唐泰,长乐高棅、王恭、陈亮,永福王偁及鸿弟子周玄、黄玄,时人目为二玄者也。鸿论诗,大指谓汉、魏骨气虽雄,而菁华不足。晋祖玄虚,宋尚条畅,齐、梁以下但务春华,少秋实。惟唐作者可谓大成。然贞观尚习故陋,神龙渐变常调,开元、天宝间声律大备,学者当以是为楷式。闽人言诗者率本于鸿。[①]

[①] 张廷玉:《明史》,中华书局,1974年版,第7335—7336页。

这便是文学史上广为流传的所谓闽中十子,也是闽中诗派的核心成员。但严格说来,闽中十子乃是指明初洪武、永乐二朝活跃于闽中诗坛的十位知名诗人。因为像活跃于洪武年间的林鸿与活跃于永乐的王偁,基本不是同一代人。真正将闽中十子成员确定并以流派相称的,当是万历四年两位福州人袁表、马荧编选的《闽中十子诗》。他们不仅选出10位乡里先贤的1594首各体诗作,还在总集前列出了10人的小传,从而使人们对"十子"的情况有了更多的了解。清初撰写《明史》时,正是取的这10位作家。到乾隆年间撰写四库提要时,又对此予以重新确认说:"明初闽中善诗者有长乐陈亮、高廷礼,闽县王恭、唐泰、郑定、王褒、周元,永福王偁,侯官黄元,而鸿为之冠,号十才子。其论诗惟主唐音,所作以格调胜,是为晋安诗派之祖。"①由于《明史》与《四库全书总目》的巨大影响,闽中十子的提法遂固定下来,成为文学史上的常识。

民国时期属于明代诗歌研究的开创期,一般的文学史与诗歌史谈及明初诗人时,大都仅以高启、刘基和袁凯为代表而忽略其他诗人,更不要说介绍闽中诗派了。李维《中国诗史》将《明史》的那段话缩略至不足百字,并引了林鸿一首诗作,算是有了交待。谢无量《中国大文学史》几乎照录了《明史》那段文字,并引用了李东阳《怀麓堂诗话》的一段论述作为评价,很难说有自己的什么学术见解。

真正对闽中诗派作出介绍的是两部明代文学断代史。钱基博《明代文学》除了过录《明史》及《怀麓堂诗话》的文字外,并评价说:"闽派讲格调,其诗派祢三唐而祧宋元。""宗法唐人,绳趋尺步,而无

---

① 文渊阁四库全书本《鸣盛集》卷首,台北商务印书馆影印,第1231册,第1页。

鹰扬虎视之致。"[1]宋佩韦《明代文学》是介绍闽中诗派最为详细的文学史著作。本书不仅介绍了林鸿、王恭、王偁、高棅、陈亮等主要作家的生平及创作情况,而且评价也渐趋稳妥,如既指出林鸿诗作中有"摹拟"之蹊径,但亦有"得唐人神理"的"舂容大雅"之作。更可贵的是,他还追溯了闽中诗派的前期人物张以宁及蓝仁、蓝智的创作情况。称张以宁"诗格兼唐、宋诸体,一洗元末纤缛之习"。"他实在是闽诗派的先驱者。"说二蓝"盖十子之先,闽中诗派,实其昆友倡之。"[2]这便把闽中诗派的格局大致勾画出来了。民国年间出版的几部文学批评史大都会论及高棅的诗论著作《唐诗品汇》,如朱东润《中国文学批评史大纲》、方孝岳《中国文学批评》等,均列专节以介绍高棅之论诗观念,其中只有郭绍虞《中国文学批评史》在论述高棅之《唐诗品汇》时,与闽中诗派相联系说:"当时,闽中诗派以林鸿为领袖……时称十才子。所以高氏论诗亦主盛唐。其所选《唐诗品汇》一书,尤为后来主格调或神韵说之所宗。"[3]尽管未加深论,但毕竟已有将诗论与流派合而论之的倾向。当时普遍的情况是,文学史与诗歌史论闽中诗派多不涉及高棅诗论,而批评史论高棅又多避谈闽中诗派。这种情况说明此时的闽中诗派研究尚未达到成熟阶段。

然而,从诗歌流派研究的角度看,闽中诗派要比其他文学流派更早有人从整体上加以关注。这是因为民国年间有两位学者曾专门撰文介绍过闽中诗派。其中一位是彭天龙,他的文章题为《明代之闽派诗》[4]。从题目看,已经是典型的流派研究专论。从内容看,已经

---

[1] 钱基博:《明代文学》,商务印书馆,1934年版,第80—81页。
[2] 《中国大文学史》下册,上海书店出版社,2001年版,第685—688页。
[3] 郭绍虞:《中国文学批评史》下册,商务印书馆,1934年版,第169页。
[4] 《国专月刊》1936年第5期。

有流派的源流追踪。比如:"闽诗萌芽于唐,名家于宋,成派于明。"而且他一一将闽中十子的生平、别集及前人评语全部罗列,不再是举例式的以点带面了。最后做出总评说:

> 惟袁表等所编闽中十子诗三十卷,采撷菁华,存其梗概,犹可见一时之风气焉。厥后辗转流传,渐成窠臼。起初已有唐摹晋帖之评,其后遂至有诗必律,有律必七言。而晋安一派,乃至为后世所诟厉。论闽中诗者,尝深病之。要其滥觞之始,不至是也。《闽中录》云,十子为一时之彦,继而起者有后十子。《福建通志》所列十名,与袁不同。要当以袁氏为定。至于十子之先又有崇安蓝氏兄弟。……闽中诗派,明一代皆祖十子,而不知仁兄弟为之开先。

虽然作者当时掌握材料有限,因而所论也较为简单,如介绍"十子"情况多抄录袁表、马荧《闽中十子诗》之作者小传,而评语又多引用四库提要内容。但他毕竟从流派形成过程、主要成员生平创作情况、相关文献史料,以及流派名称来源等方面进行了全面的论述,为后来的闽中诗派研究划定了基本轮廓。唯一遗憾的是文中没有提到闽中诗派前辈张以宁。

专门论述闽中诗派的另一位学者是张锡祜,他的著作题为《明代福建文学概论和作家评传》[①]。该文在前边概论部分论明初闽中诗派说:"闽中诗派虽是林子羽做台柱,其实在他们以前的张以宁和蓝氏兄弟(仁、智)等,都算他们的先驱。文学的进展,是渐进的,并不是凭空突起的。所以开先的前辈,必定要提及,况且他们又是闽中

---

① 《福建文化》第 4 卷 25、26 期,1937 年 6、11 月。

诗人的佼佼者!?后来王偁、唐泰、陈亮、王褒、郑定、王恭、高棅、周玄、黄玄等,跟着子羽并称为闽中十才子。当然啦,这些才子是闽中诗派的重要分子。他们论诗的立场,是以子羽的论调为根据。子羽以为……一时名望极大,至于林瀚、周瑛、傅汝舟等,也是学子羽的。"在此,较彭文除了多出张以宁之外,还增加了林瀚、周瑛、傅汝舟等羽翼诗人,闽中诗派的内涵就更为丰满了。该文的后边是所谓的作家评传,由于要将有明一代的重要作家均纳入此文,所以他只选了张以宁、蓝仁、蓝智、林鸿、高棅、周瑛、林瀚、傅汝舟8人,中间还加上了重要台阁作家杨荣。从闽中诗派成员的总数上看该文固然赶不上《明代之闽派诗》,但是在叙述具体作家情况时,要更为细致,引用文献也更多。比如在介绍高棅时,既叙述了他的生平经历与诗歌创作特点,介绍了他的《唐诗品汇》《唐诗正声》等诗学批评著作,而且特别强调说:"高棅亦是闽中十才子的一个,所以特别提起的是因为他那本《唐诗品汇》对于当时文坛发生很大影响,不能不说是它的特殊贡献。"由此,便将高棅在闽中十子中的地位特意突显出来。后来的闽中诗派研究表明,该文的确使学界对高棅倾注了更多关注。应该说,闽中诗派的研究在现代学术史上起步要相对早一些。

二、20世纪后30年的闽中诗派研究

自20世纪50年代初至70年代末,闽中诗派研究几乎完全陷于停顿状态。几部文学史在介绍明代诗文时,完全不提此一诗派。只有刘大杰新编《中国文学发展史》简单提及了林鸿与高棅的《唐诗品汇》,但内容未超出民国年间的范围,且完全持否定之态度。这30年中唯一一篇研究该派的论文是马茂元的《从严羽的〈沧浪诗话〉到高棅的〈唐诗品汇〉》①。文章分析了《唐诗品汇》的编选体例,并认为"闽中十子以林鸿为首,而这一诗派的诗歌理论则具体地体现在高棅的《唐诗品汇》里"。最后总结其价值说:"我以为《唐诗品汇》不仅是研究唐诗的重要选本之一,而且这种编选的方式方法,在今天也还有值得借鉴和吸取之处。"可知作者撰写此文的目的原不在闽中诗派的研究。

闽中诗派研究的真正重新起步是在进入20世纪80年代之后。就目前统计,这30年研究闽中诗派的学术论文近三十篇,但真正作为流派研究的则不足二十篇。像关于《唐诗品汇》的研究,大多都是就其诗论及唐诗批评进行研究的。比如朱易安的《明人选唐三部曲——从〈唐诗品汇〉〈唐诗选〉〈唐诗归〉看明人的崇唐文化心态》②、方一的《高棅〈唐诗拾遗〉一误》③、黄炳辉的《高棅〈唐诗品汇〉述评》④、陈国球的《简论唐诗选本与明代复古诗说》⑤、刘宇的《评宋濂、高棅的诗文理论》⑥、周兴陆的《高棅〈唐诗品汇〉为何列杜甫为"大家"?》⑦等论文,都不是集中讨论高棅诗歌理论批评与闽中诗派关系的,也就很难算是严格意义上的流派研究。该时期有两篇文章颇能说明加强闽中诗派研究的必要。一篇是黄瑞云的《明诗简论》⑧,作者在论及林鸿时说:"林鸿的五七言律浑厚冲融,确有盛唐

---

① 《文艺报》1961年第12期。
② 《上海师范大学学报》1990年第2期。
③ 《西北大学学报》1992年第4期。
④ 《厦门大学学报》1992年第4期。
⑤ 《文学评论》1993年第2期。
⑥ 《新东方》1997年第1期。
⑦ 《古典文学知识》1998年第2期。
⑧ 《湖北师范学院学报》1988年第3期。

格调。可惜的是唐味太浓,林鸿味反而不突出了。具有台阁先声的刘嵩对他大加赞赏,有异于台阁体的李东阳则极力贬斥。两者都有失偏颇。……闽中诗人中不属于林鸿诗派的蓝仁、蓝智兄弟,他们的诗自然简淡,象他们的家乡武夷山下的溪流一样清莹秀澈。"作者在此将刘嵩与李东阳作为对立的双方已属不伦,因为他们均有台阁大臣的身份而又都非典型的台阁体作家,而又将闽中诗派前辈作家"二蓝"拉来作比就是对闽中诗派之形成茫然无知。另一篇是蔡镇楚的《论明代诗话》①,其中谈到闽中诗派作用时说:

> 自南宋严羽《沧浪诗话》倡言"以盛唐为法",元人遂转向唐音;元明之交,杨维桢及其门人论诗亦主唐音,至要林鸿为首的"闽中诗派"崛起,以盛唐相号召,而开明初尊唐之风。然而,明初以"三杨"(杨士奇、杨荣、杨溥)为代表的一批台阁重臣,赋诗应制,倡为"台阁体",以歌功颂德,点缀升平,文网恢恢,诗道旁落,中国数千年的传统文学处在严重的危机之中。面对这种"空洞无物""雍容典雅"的浮靡诗风,明初诗人挺身而出,规摹唐音,以捍卫诗道,这也是历史赋予的重任。所以,"林子羽《鸣盛集》专学唐"(《怀麓堂诗话》),"闽中十才子"之一的高棅编选《唐诗品汇》九十卷,在唐诗分期、分类和风格流派研究方面,具有首创之功,对明初诗话的尊唐之风起了推波助澜作用,开明代七子"文必秦汉,诗必盛唐"复古运动之先河。

该文对高棅《唐诗品汇》的叙述是准确的,显示了作者作为诗话研究者的优势。然而,他对于闽中诗派的情况以及明前期的诗坛走向却

---

① 《社会科学战线》1994年第5期。

模糊不清。因为"三杨"的台阁体虽可笼统地说流行于明前期,但具体时间却是在永乐之后,而无论是活跃于洪武时期的林鸿,还是于永乐初期进入朝廷的高棅,都完全没有可能去面对"三杨"台阁体所产生的"空洞无物""雍容典雅"的浮靡诗风,就更不要说生活于元末的杨维桢了,他们丝毫没有可能去从事这种"历史赋予的重活"。因此,要对闽中诗派进行有效的研究,就必须对其诗学理论与文学创作以及相关的历史语境展开整体的考察,方能对其流派的产生原因、具体内涵及历史影响具有清晰的认识。

该时期对闽中诗派的学术探讨还是从其诗论起步的。洪峻峰的《明初"闽中诗派"诗论评说》①一文,集中论述了林鸿与高棅的诗论。作者认为林鸿的师古主张为学诗者树立了"独师"盛唐的楷式与轨则,而高棅为进一步解决师古的具体方式,提出了一整套诗学理论并据此选编唐诗。文章总结了高棅识别唐诗的三个步骤:"观诗以求其人";"因人以知其时";"因时以辨其文章之高下,词气之盛衰"。作者认为:"闽中诗派的诗学主张,即师法盛唐和由识入悟的师古方式的提高,在当日诗坛具有纠偏除弊的现实意义。"而且文章还对比了闽中诗派与前后七子在师古上的两点不同:一是前后七子主张"诗之格以代降"的倒退观,而闽中诗派则对古代诗歌的各个阶段进行具体的分析和比较,从而认为唐诗超过前代诗歌;二是闽中诗派能够结合时代的变迁分析唐诗的演变,体现了历史的、发展的观点。该文的观点是否完全能被学界所接受当然可以继续评估,但这的确是一篇结合当时诗坛的整体格局研究闽中诗派核心诗论的学术论文,开启了20世纪80年代之后的闽中诗派研究。此时另一篇重要的论

---

① 《福建论坛》1986年第2期。

文是王学泰的《以地域分野的明初诗歌派别论》①,该文不仅追述了闽中诗派的前辈张以宁,还指出了该派由以林鸿和高棅为首的两个核心诗人群体构成,并指出了该派对明朝一代诗坛的影响。更重要的是,该文概括了闽中诗派在创作上形成的三大特征:内容贫乏的"鸣盛","吐言清拔,不染俗尘"的清逸诗风和专事模拟的创作手段。应该说这在创作特征上对闽中诗派进行了总结。当然,该派成员因时代、遭遇和性情的不同,在诗风上也存在着比较大的差异,而该文对此则尚未涉及。第三篇在整体上论述闽中诗派的论文是蔡一鹏的《论闽中诗派》②。该文探讨了闽中诗派形成的原因,总结了该派创作上的得失以及对明代诗学的深远影响。特别是在以下两个方面具有自己的新意:一是认为闽中诗派在创作上虽有模拟的弊端,但也表现了作家某些深切的生活感受;二是指出该派对盛唐诗风的肯定与模仿,是对其声律等美学传统的继承,这为明代以乐教为基础的诗歌美学体系创造了良好的开端。通过这些文章的探索,闽中诗派的整体特征及其诗学价值便逐渐地呈现出来。至于杨起予的《闽中诗派与闽中十子》③,特点是较为全面地介绍了该派的概况,其中包括闽中诗派的诗学理论,闽中十子的成员及相关诗人,闽中诗派主要成员的创作特点,以及对闽中诗派的评价等等,可以说均已有所论述。但由于属于普及型文章,其学术创新性显得较弱。

除此之外,该时期还有从各个不同角度探讨闽中诗派的文章,从

---

① 《文学遗产》1989年第5期。
② 《文史哲》1991年第2期。
③ 《文史知识》1995年第4期。

而使该领域的研究视野更为广阔。陈庆元《明初闽中十子诗派兴起之考察》①一文,主要梳理该派兴起之过程。作者从闽中十子得名之由来,认为"所以闽中十才子,闽中诗派,严格上说是福州十才子,福州诗派"。文章还重点考察了元明之际闽中诗坛的状况,特别是张以宁、二蓝和林弼与闽中诗派的关系,以及闽中地区宗唐诗学主张的悠久传统。该文对闽中诗派形成初期的研究应该说是有推进的。蔡一鹏的《闽中诗派的诗歌创作与明初社会、文化背景》②一文,将闽中诗派置于明初特定历史时期的政治、文化背景加以考察,认为明初随着汉族政权的建立,复兴民族文化传统成为新王朝借以巩固政权的必要措施。当时诗坛上有许多诗人与流派均表现出不同程度的复古倾向,闽中诗派本来便有尊崇盛唐诗歌的传统,此时乘时而起,鲜明地提出宗唐的理论口号。但同时明初的政治文化环境又颇为严酷,在当时的阴森恐怖的气氛中,闽中诗派作家不敢干预现实生活,只能表达山水隐逸的情怀。因此,他们虽然为明代诗歌的复古风气与审美特性奠定了基础,却没有在创作上取得较大的成就。最后文章得出结论说:"就象明太祖只能在衣冠、发式上恢复唐制一样,闽中诗派所能恢复的,也只是属于诗歌形式外观的音声之美。随着朱明王朝的极权专制主义逐次展开狰狞的面目,闽中诗派的审美理想也终于化为泡影。"结合明初的政治文化来探讨闽中诗派的产生原因、创作特征与历史命运,应该说这弥补了该诗派研究的一个重要侧面。闽中诗派本来就是与主流诗坛关系相当密切的,也对明代的诗学发展产生过较大影响,如果不结合当时历史语境,便很难真正弄清其来

---

① 《扬州师院学报》1995 年第 4 期。
② 《福建论坛》1999 年第 3 期。

龙去脉与价值所在。此外,作者的另一篇论文《林鸿的生平及其诗风的演变》[1],也是结合明初的历史来论述林鸿诗歌创作的过程,可以作为其上文的补充。刘耘的《明初闽诗人张以宁、林鸿论略》[2]也对闽中诗派两个重要代表人物张以宁与林鸿的创作进行了论述,认为张以宁高雅俊逸的诗风实为闽诗派之开先,而林鸿以格调取胜的创作为该派的发展奠定了基础。如果从论文写作的角度,该文对二人之论述有所深入与细化,但考虑到1996年已出版了陈庆元的《福建文学发展史》对其创作已有更具体的叙述,则本文的学术贡献也就相当有限了。

还有一些研究成果,是以福建地方文学作为研究对象的,但其中也涉及闽中诗派的研究,有的还相当深入,也值得在此一提。如陈庆元《福建古代地方文学鸟瞰》[3],简述了福建自西晋至近代的文学发展状况,其中在"元明:福建地方文学的复古、转变时期"部分,重点介绍了元明之际闽中诗派的概况。何绵山的《明代福建文学述论》[4],介绍了张以宁、蓝智和林鸿的诗歌创作与高棅的文学批评,但属于概论性质,缺乏理论深度。陈庆元自20世纪90年代初期至中期,用六年左右的时间撰写成《福建文学发展史》,其中用了"张以宁蓝仁蓝智和元明之际的闽诗风""'十才子'的产生及其宗唐理论的提出"和"'十才子'诗歌创作实践之考察"三节文字,对闽中诗派进

---

[1] 《漳州师院学报》1992年第2期。
[2] 《福州师专学报》1999年第5期。作者还有《闽诗一代开先 明初两颗璀星》一文发表在《南昌教育学院学报》1999年第3期上,经对比与本文为相同内容,兹不赘述。
[3] 《福建学刊》1991年第2期。
[4] 《辽宁广播电视大学学报》1998年第4期。

行了叙述,是当时对闽中诗派论述最为全面细致的成果。比如一般研究闽中十子的文章,主要以林鸿、高棅为代表,至多再加上一位王偁,其他便一笔带过。该书则将"十子"及其诗歌创作与文学成就一一予以评介,从而使读者能够了解其全貌。作者在总结本书的写作经验时,曾举闽中诗派的例子说:

> 《明史·文苑传》有一个林鸿"十才子"的名单,我认为这个名单源于万历间袁表、马荧编的《闽中十子诗》,实际上洪、永之世并没有"十才子"之目,林志所作《漫士高先生墓铭》只称"诗人五人"。成化间邵铜作《鸣盛集后序》首提"十子",但名单所列只有七人,且林伯璟、林敏不在《明史·文苑传》"十才子"之列。弘治《八闽通志》卷六十二"林鸿"条列举郑孟宣等6人从游林鸿,名单同《后序》;同卷"唐泰"条又有"闽南十才子"的提法,唐泰也是《明史》"十才子"之一,但又出了一个黄济。万历间成书的《闽书》,并设有认可袁表、马荧的名单,而去陈亮、黄玄、周玄3人,易以陈郊、陈仲完和唐震。结合以上诸说,洪、永之世可称"才子"的有16人之多。本书还考订了虽未入"才子"之流,但属于林鸿诗派的诗人十余人,从而得出洪、永之世林鸿一派诗人至少在30人以上、未预《明史》"十才子"之列者成就未必不高的结论。①

由此可知本书作为地域文学研究的优势,既更为具体,更为细致,同时也更为准确。但最重要的是作者在撰写地域文学史的过程中,还

---

① 陈庆元:《我的区域文学史研究——〈福建文学发展史〉撰写心得》,《古典文学知识》1997年第6期。

提出了一些重要的经验与原则。比如在本书出版之前作者便发表了《区域文学史建构刍议》[①]一文,提出"区域文学史的建构,非常强调它的地域特殊性",但同时"也必须将其置于整个中国文学发展史的进程中来进行"。这其实牵涉到地域诗派与主流诗坛的关系问题,是研究地域诗歌流派时必须注意的重要学术原则。从此一角度看,本书的学术价值又不限于具体的学术结论,还有一定的理论方法的启示。

在闽中诗派研究中,还有陈广宏的《明代福建地区城市生活与文学》一文值得注意。作者在该文中有两个观察的视角颇为新颖:一是从元末发达的城市经济所导致的文人结社吟诗以及由此形成的享乐放任精神,所谓"文人借城市交通声气之便利,正走向集团性的活动方向发展",其结果是形成各种诗派群体。二是元末明初的闽中文人借倡导诗宗盛唐而抗衡理学的强大传统。"林鸿为首的'闽中十子'诗派,以盛唐诗歌为旗帜对宋之理学进行反拨,实质上就是通过对丰润流动的情绪自由表现的审美要求,表达对传统道德力量高度的抗拒,它不仅给文学的独立发展带来了根本转机,而且在追求个性解放上也为其后以李梦阳为代表的文学复古运动开了风气之先。"[②]而后来闽中诗派的衰落,也主要是明初的严酷政治与理学钳制的结果。由于是对整个明代的福建地域文学所做的综合研究,因而不可能对闽中诗派展开详细讨论,而且鉴于当时的整体学术状况,也未能在文献与理论上进行更深的开掘。但该文却的确既有探索历史本真的倾向,亦有开文化诗学风气之先的探索。比如说以前大多学者只将注意力集中在林鸿诗宗盛唐的理论主张上,而对他的任侠、

---

① 《江海学刊》1994年第4期。
② 复旦大学中文系博士学位论文,1990年,第53页。

风流与隐逸情结常常有所忽略,而该文在解释林鸿的"性脱落不善仕"时,就认为这主要是由于他不愿丧失自我,而且"林鸿身上这种纵逸的气质,在不同程度上为这个集团的成员所共有"。其实,学界已有人对此做了初步的研究,蔡一鹏《林鸿、张红桥事迹考》[①]一文,认为这位女子张红桥与林鸿诗中出现的另一位朱姓女子实乃同一人。朱氏女为青楼中人,而张红桥的形象则是根据朱氏原型改编而成的文学形象。正是由于这种风流经历,形成了林鸿诗作的另一种体貌,即具有元末香奁体的香艳特征。此种研究也许仅仅揭开了林鸿以及闽中文人丰富生活经历的冰山一角,他们在元末的都市生活与饮酒赋诗的聚会中,到底有多少丰富的内涵,以及如何影响了他们的诗风,看来还有巨大的学术空间可供拓展。这需要对地方文献做更为细致的清理,需要对研究视角与研究方法做及时的调整,更需要对诸种复杂的历史关联进行更深入的思辨。而这些有价值的学术思考,就包含在这篇较早完成的博士学位论文中。

第二节　20世纪的岭南诗派研究

　　岭南诗派是元明之际五大诗派中最具地方特色之一派,因而也最容易被文学史家所忽略。在20世纪80年代之前,不仅没有专题的研究论文,甚至诗歌史、文学史与批评史中也很少提及。李维《中国诗史》用不足百字介绍了孙蕡,以凑足明初诗歌五派之数。郭绍虞《明代的文人集团》[②]一文,撮合《明史·孙蕡传》及《四库全书总

[①]　《中州学刊》1997年第6期。
[②]　原载于1948年《文艺复兴·中国文学研究号(上)》,亦收录于《照隅室古典文学论集》上编,上海古籍出版社,2009年版,第535页。

目》相关材料,简介了所谓的"南园社"。宋佩韦《明代文学》是唯一全面介绍南园诗派的著作,它以生平加作品举例的方式对孙蕡、黄哲、王佐、李德、赵介一一予以评介,而评语多引明清人诗话,算不上真正的研究。因此,20世纪的南园诗派研究实起步于80年代之后。

一、关于南园诗社结社情况的研究

较早对南园诗社作出考述的是梁俨然的《广州诗社略考》①,其中谈及南园诗社时说:"元朝末年,南海人孙蕡、王佐,番禺人李德、赵介、黄哲5人,结伴唱和于白云山,成立了南园诗社,合称南园五子。这是广州的第一诗社。"不仅文字简略,而且未交代文献依据,说不上是严格的考证文章。真正对南园诗社的结社情况与得名由来作出考察的是汪廷奎的《关于孙蕡、王佐等结社南园的时间》②一文。作者综合《元史》《明史》《广东通志》《西庵集》等相关文献,从考证孙蕡、赵介等人的生卒年入手,得出如下结论:

> 孙蕡、王佐、黄哲、李德四先生与其他一些名士约于元末至正十一年至十四年(1352—1354,这是最大的时间跨度,只能更短,不可能更长),结南园诗社于广州,因兵火之故而散,散后未再重开南园诗社。赵介始终未曾加入过该诗社,因其在元末最后几年及明初与孙、王、黄、李四先生齐名,故与孙、王等并称"五先生"。……至于称五先生为"南园五先生",就更不妥当了。元末明初五先生齐名于岭南文坛,且皆在广州,故正确的提法是"广州五先生"。

---

① 《开放时代》1988年第5期。
② 《广东社会科学》1997年第6期。

应该说该文对南园结社的时间及活动内容的考辨是较为清楚准确的,对于岭南诗派的研究作出了自己的贡献。但同时也留下了一些问题,比如关于赵介与南园五先生的关系问题,似乎不是那么简单。郭绍虞《明代的文人集团》中已指出,明嘉靖时谈恺刻"五先生"诗,便失去了赵介,只好用明初在广东任职的汪广洋来凑足五人之数。直到崇祯间葛征遑重刻《南园五先生集》时,才又加上赵介成为"南园五先生"。可知其中情况比较复杂,需要进一步深入研究。况且,所谓"南园五先生"已成为文学史上熟知的称谓,如径直改为"广州五先生"恐亦不大妥当。

谭赤子的《南园诗社——岭南诗坛的第一个交响乐章》[1],主要从南园五先生的诗歌创作内容的角度论述该诗派的特色。作者认为南园结社的原因是"源于有共同的兴趣爱好和政治追求"。又评价其地位与价值说:"他们的群体意识和丰富的诗歌活动,代表了岭南诗派的成熟和发展。他们的诗歌,集中地反映了当时岭南特别是珠三角地区多姿多彩的社会现实和具有南国特色的市井生活,亦表现出岭南风格的文化品位。"突出岭南诗派的地域特色与文化内涵,这当然是非常重要且符合该诗派的实际情况的,但不足之处是没能涉及岭南诗派与当时主流诗坛的关系,从而对其地位的认定当然也就还有引申的余地。此外,还有一些综合介绍明清广东诗社的文章,如袁仲仁《明朝广州的诗社:兼述岭南诗派的起源》[2]、陈永正《岭南诗派略论》[3]、李绪柏《明清广东的诗社》[4]等文章,也都对元明之际的

---

[1] 《广东农工商管理干部学院学报》2000年第1期。
[2] 《广州日报》1992年11月13日。
[3] 《岭南文史》1999年第3期。
[4] 《广东社会科学》2000年第3期。

南园诗社进行过一般的论述,但其主要目的不是进行问题的考辨,因此在此也就略而不谈了。

论及南园诗社或岭南诗派,其领袖人物孙蕡当然是绕不开的内容,尤其是他的生卒年月,牵涉到结社的时间与诗派活动的情况,自然会成为一个重要的话题。此时期较早对孙蕡卒年进行考证的是官大梁的《孙蕡的卒年》[①]。作者认为《中国历史人物生卒年表》所说的孙蕡卒于洪武二十二年(1389)有误,他根据《明通鉴》《玉堂丛话》及《明诗别裁集》等文献说孙蕡"为蓝玉题画坐诛",认为其卒年应为洪武二十六年(1393)。此文征引文献有限,论述也较为简单,但却说明孙蕡卒年是存在不同说法的,需要进行重新考察。何冠彪《孙蕡生卒年考辨》[②]一文不同意孙蕡死于蓝玉党案的说法,但依然将其卒年定在洪武二十六年。汪廷奎《孙蕡之死考辨》[③]一文进行了更为细致的辨析。作者除使用了常见文献外,还对《明兴杂记》《秋坡先生诗集》等重要文献进行了考辨,认为"孙蕡是于洪武二十三年因胡惟庸案灭梅义之家时株连而死的"。同时又根据孙蕡的《乙卯除夕》"四十今已过二年,明日又复岁华迁"的诗句,推算出其生年应为元顺帝元统二年。如此则孙蕡之生卒年为元统二年(1334)至洪武二十三年(1390)。该文材料可靠,论证细密,已被学界多数人所认可。尽管孙蕡的生卒年已有基本可靠的结论,但其他4人的生卒年依然需要弄清,则此方面的考据工作尚有许多留待后人去做。

---

① 《学术研究》1982年第3期。
② 《中华文史论丛》第46辑,上海古籍出版社,1990年。
③ 《广东史志》1996年第2期。

二、岭南诗派诗歌创作研究

在岭南诗派的研究中,其实也存在着地域特色与诗坛影响的关系问题,因此在探索其诗风与成就时,就会常常涉及此一方面。

宁祥的《南园五先生》[1]一文对南园五先生的诗歌创作进行了总体上的论述。作者除了对5人的诗作进行了分析,认为他们的创作在明初具有开创风气、扭转元末柔靡诗风的作用。同时还对其未达一流诗人的原因进行了概括:一是"旧传统的束缚太深";二是"政治对文学家的干预太多,太惨";三是"'宫廷诗人'身份的局限性"。该文的不足是未能对岭南诗派的总体诗风进行有效的概括,因而也就未能突出其地域特色。王学泰的《以地域分野的明初诗歌派别论》[2]尽管并非专论岭南一派,但却对其地域风格进行了集中概括:"南园五子均长于七言歌行,他们学习初唐卢照邻、骆宾王之豪纵流丽的诗风,用富于才藻的诗章描写经过长期战乱、经济恢复后城市的繁荣和他们家乡的风物。"这当然不能包容五子所有诗作的特色,但却将岭南诗派主要的诗风突显出来了,其学术贡献也毋庸置疑。

梁守中的《试论南园前五先生的诗》[3]一文则与王学泰恰好相反,其优点在于对"五先生"的诗作进行了较为细致的解读,不仅引证诗作很多,且评价也较到位,如论孙蕡诗:"古体胜于近体,在古体中,七言歌行又比五言古诗写得出色。他的五古远师汉魏,甚多模仿乐府民歌之作,其中《拟古诗十九首》及《杂诗五首》,写相思、离别、客愁以及感慨人生等题材,摹拟之迹最为明显。他的七古则笔力雄

---

[1] 《佛山大学佛山师专学报》1988年第5期。
[2] 《文学遗产》1989年第5期。
[3] 《中山大学学报》1992年第1期。

健,意态横肆,题材多样,各具情韵。""孙蕡作诗,讲究音韵之美,大多琅琅可诵;下笔灵动多变,不死拘一格,时有新意跃出。"此类评语均非泛泛而谈,而是有着丰富的阅读经验作为支撑,显示了作者文学史研究的扎实基础。但在论文结尾,仅以"南园五先生诗以古体为多,近体为少"收束,颇有散漫无归之感。

上述论文都是综合研究南园五先生的诗歌创作,而陈永正的《韩愈诗对岭南诗派的影响》[①]一文,则是探讨岭南诗派与传统诗歌关系的。该文所言岭南诗派当然是广义的,其内涵包括了宋元明清几个朝代,不过作者还是重点论述了南园五先生诗作所受韩愈诗风的影响。作者认为元诗多丽缛轻薄之病,而元末明初的南园五先生却能够力矫元诗之病以追三唐,其重要原因之一便是多受杜甫、韩愈的影响。比如孙蕡的《下瞿塘》《次归州》等诗作,"明显地看到摹仿韩愈《贞女峡》等南迁舟行诗的痕迹。南园诗社其余诸子,如王佐的'雄俊丰丽',李德的'雕镂肺肝',黄哲的'造晋唐门域',赵介的'刻厉奇崛',皆或多或少地受到韩诗的影响"。南园五先生所受传统诗歌的影响当然不会只限于韩愈,但通过本文的探讨起码说明了一个基本事实,那便是岭南诗派尽管偏居一隅,但却并不是完全封闭的。相对独立的自然人文环境固然便于形成其地域特色,但与传统的密切关系,与主流诗坛的有效交往,也会对其创作产生积极而深远的影响。比如孙蕡进入朝廷后声誉的迅速提升,比如南园诸子台阁诗的创作,都离不开其进入朝廷的仕宦经历以及与主流诗坛的互动。在这方面,似乎还较少有人关注,应该有较大的学术空间可供拓展。

岭南诗派的研究目前还存在着一些缺陷。首先是往往综论多而

---

① 《中山大学学报》1993年第2期。

个案研究少,不仅像王佐、黄哲、李德、赵介这些作家未能被深入细致研究,即使其主要代表人物孙蕡也缺乏足够的个案探讨。但是,如果不进行透彻的个案研究,整体研究也难以取得更大的进展。其次是文献研究也尚不充分,比如相关生平文献搜集、版本源流梳理、作家年谱编制等等,都有待全面展开。其三就是上面所说的与主流文坛的互动关系,也需要进一步加强。

第四章　江西诗派与台阁体研究

明初的江西诗派是指以刘崧为代表的地域流派,而台阁体是指以三杨(杨士奇、杨荣、杨溥)为首的明前期的主流诗派。这两个诗歌流派本属于不同时期、不同性质的文学群体,但由于台阁体首领杨士奇籍贯为江西,并深受该地域的诗风影响,因而在研究台阁体时便往往追溯至江西诗派,故而本章将此二流派的状况放在一起进行介绍。

第一节　刘崧与江右诗派研究

在早期的明代诗歌研究中,江右诗派还往往被视为一个地域诗派,而较少与台阁体发生联系。李维《中国诗史》介绍刘崧说:"善为诗,其佳者,似大历十才子,豫章人宗之为西江派。"[1]而完全不提其与台阁体的关系。陈田《明诗纪事》共收明初江西诗人五十余人,较著名的诗人有刘崧、陈谟、梁兰、刘绍、刘炳、周德等,但真正进入20世纪学界研究视野的主要还是刘崧,其他诗人往往作为背景人物予以介绍。后来将江西诗派与台阁体联系起来进行考察时,也常常关注到过渡人物吴伯宗与解缙,那已是扩大了的江西诗派研究。

---

[1] 李维:《中国诗史》,江苏文艺出版社,2008年版,第205页。

一、刘崧研究

在明清两代,有三种说法对后来的刘崧研究影响深远。一是胡应麟的明初诗分五派的看法,使后人常常提到刘崧。二是钱谦益的看法:"国初诗派,西江则刘泰和,闽中则张古田。泰和以雅正标宗,古田以雄丽树帜。江西之派,中降而归东里,步趋台阁,其流也卑冗而不振;闽中之派,旁出而宗膳部,归摹唐音,其流也肤弱而无理。"① 三是《四库全书总目》的说法:"江右诗派,则昉于崧。史亦称崧善为诗,豫章人宗之,为西江派。大抵以清和婉约之音,提导后进。迨杨士奇等嗣起,复变为台阁博大之体。久之遂浸成冗漫。"② 在明清诗评家的眼中,刘崧的价值一是作为江西诗派之开端人物,二是作为台阁体的前期代表,都是从流派的角度被叙述的,至于其本人的创作特色与成就,反倒成了次要的因素。这一点对后来的研究起到了不可忽略的规范作用。

在20世纪80年代之前,由于对台阁体诗评价较低,刘崧也很少引起学界关注。其中较早提及刘崧的是宋佩韦《明代文学》,说"江右诗派亦称西江派,其开山祖为刘崧",但没有对其流派特征有任何表述,即使对刘崧本人的评价,也是引清人汪端的话说:"妍静疏爽,如新篁摇风,幽花挹露;又如空山听雨,曲硐鸣泉。盖取材中唐、南宋,而不流于佻浅。洵一时雅宗也。"然后引《姑苏曲》一首为证,并言其"凄艳颇似温飞卿"③。如对刘崧别集未能过目,这样的介绍恐难以让读者留下什么具体印象。20世纪60年代出版的几部文学

---

① 钱谦益:《列朝诗集小传》,上海古籍出版社,1983年版,第89页。
② 永瑢:《四库全书总目》,中华书局,1965年版,第1467页。
③ 《中国大文学史》,上海书店出版社,2001年版,第690页。

史,几乎都没有提及刘崧与江右诗派。他之重新被提起最早是在文学批评的研究论文中,齐治平在论及唐宋诗之争时,有一节谈"明初诗派皆主唐音",便引用了钱谦益的上边那段话,其证据则是叶盛的"若刘子高不取宋诗,而浦阳黄容极非之",而支撑其看法的便是黄容《江雨轩诗序》所言:"近世有刘崧者,以一言断绝宋代,曰宋绝无诗。"①至于黄容的话是否有根据,便没有继续追究②。但由此却形成了刘崧否定宋诗的观点,直到2000年,又有人旧话重提,认为刘崧"视唐诗为正体,宋诗为变调"。而所用材料,依然与齐治平之文几乎完全相同③。刘海燕《明初江西诗歌的崇唐抑宋倾向简论》④一文,尽管作者引用刘崧《鸣盛集序》中"宋则不足征矣"的话,但依然相信刘崧"宋无诗"的说法,论据还是黄容的《江雨轩诗序》。弄得后来有人还要专门撰文对此予以纠正⑤。在如此重要的论诗主张中,居然不去核对作者本人的材料,而是根据文人笔记中的转述之语便做定论,这一方面固然是学术规范不够严谨所致,但同时也说明学界对刘崧本人的诗学理论、诗学观念与诗歌创作还缺乏基本的研究,而是仅仅根据明清人的批评判断以及笔记中的只言片语即匆忙立论。由此可知,如果不对个案的文学创作及整体状况作出细致深入的考察,则其在诗学史的作用与地位也很难真正弄清楚。

---

① 叶盛:《水东日记》,中华书局,1980年版,第257页。
② 齐治平:《中国文学批评史上唐宋诗之争(二)》,《北京师院学报》1981年第2期。
③ 邱美琼、胡建次:《明代诗学批评中的唐宋之论》,《江西教育学院学报》2000年第2期。
④ 《江西社会科学》2000年第7期。
⑤ 冯小禄撰《刘崧"宋绝无诗"说考论》(《中国韵文学刊》2006年第1期),认为所谓的"宋绝无诗论"其实并不存在,而只有相似的"宋不足征"的说法。

就目前所看到的研究成果而言,最早对刘崧与江右诗派作出系统论述的是王学泰《以地域分野的明初诗歌派别论》[①]一文。本文在三个方面对江右诗派进行了论述:一是对刘崧的诗歌创作予以较具体的分析,言其"善于以七言歌行叙事,平易畅达,很少辞藻,但却富于感染力,在他所描写的世界中充满了悲哀与血泪。他的近体和抒情作品则较差,诗味寡淡"。二是对江西诗派其他重要作家如刘炳、周德、刘绍、梁兰的创作也进行了简述,并概括出江右诗派的共同诗风:"明初江西诗人一般较长于叙事作品,擅长七言歌行,也有的长于五古……风格平易自然也是他们的共同特点。"三是指出了江右诗派与后来台阁体的渊源关系:"江西派的直接产物就是永乐、宣德之间的台阁体。台阁体创始者杨士奇,他是江西泰和人,陈谟之外甥,少时曾从梁兰学习诗文。刘崧作为其乡先贤,对杨士奇也有很大影响。"尽管该文的论述还较为简略,一些观点明显是对明清诗评家观点的继承与发挥,而且也不一定完全准确,但这毕竟是首次对刘崧与江右诗派的系统论述,其创获之功不容低估。然而,该文发表后似乎并没有引起学界的及时关注,如周伟民的《明清诗歌史论》是极少的明清诗歌史著作,但其在叙述明初诗歌的地域流派时,却只承认越诗派、吴诗派与闽诗派这三派,既未见其吸收王学泰之成果,甚至连胡应麟等明清诗论家的看法也未加留意。只有陈书录在其《明代诗文的演变》一书中,专门用一小节文字论述了刘崧的诗论与创作。作者不仅引述了《鸣盛集序》尊崇盛唐的主张,而且对其诗歌创作进行分析,概括出其感伤凄婉的诗风,以及"描写的景物往往侧重于静态,抒写的性情偏向于幽静"的意境。最后作者得出结论说:"在诗

[①] 《文学遗产》1989年第5期。

歌批评中标举盛唐之音的刘崧,却在诗歌创作中受到了大历和晚唐诗人、南宋后期的永嘉四灵以及元末的虞集、萨都剌等人的影响,在一定程度上造成了诗歌批评与诗歌创作的异步。"[1]由于全书综论明代诗文的性质,故无法对某位作家展开细致的论述,但此处却显示了一种新的思路,即刘崧的诗论与诗作有不一致的地方,而要全面地认识其诗学观念,就必须将二者结合起来进行考察。这不仅是对刘崧本人研究的推进,也是研究方式的一种尝试。

真正对刘崧作出专门考察的是饶龙隼,他在《刘崧与西江派》[2]一文中,对刘崧之生平与主要创作风格进行了历时性叙述,概括出"雅正是刘崧诗歌的创作风貌,也是他自觉的审美追求。""在元季衰世,以雅正作为诗歌审美理想、提倡师古以复雅道者,唯刘崧一人。"然后文章又探讨了影响刘崧诗风的两个重要因素:历史上文天祥的道德精神与江西文人崇尚道德的群体意识。最后还考察了入明之后江右文风的变化:"由服膺文天祥进而服膺欧阳修,使江右雅正的文风又植入雍容平和的新质。"作者的意图相当明显,就是要在明初纷繁复杂的诗坛格局中梳理出一条发展的主线,以便与后来的文坛主流台阁体有效衔接。这种意图在其后来的论文《明初诗文的走向》[3]中得到进一步的明朗化:"惟江右文人如刘崧等,以其纯厚廉慎的素质,深得朱元璋的喜爱,在政治上表现出强有力的后劲,加上其典正和平的文学特质契合了明初盛国气象的需要,后继数帝亦对江右文人恩宠有加。君臣相契相得,推波助澜,使典正和平的文风代表了这

---

[1] 陈书录:《明代诗文的演变》,江苏教育出版社,1996年版,第111页。
[2] 《西南师范大学学报》1997年第4期。
[3] 《江西师范大学学报》2001年第2期。

个时代,进而发展成笼盖文坛的馆阁文学。"我们认为这大致是符合历史事实的,但用雅正与道德是否能够涵盖刘崧的全部诗作依然存有疑问,更不要说江右诗派的其他作家了。更何况,明初的台阁体主要作家乃是宋濂、刘基等浙东文人群体,江右籍的危素与刘崧还不具有主导的位置。如果不发生后来的"靖难之役"而令浙东诗派几乎全军覆没,则江右文人是否能够居于台阁中心位置实在难以断言。

魏崇新《刘崧的诗学思想与诗歌创作》[①]一文,便没有用"雅正"来概括刘崧的诗学思想,而是说"论诗主性情,强调诗歌要抒发真情实感,表现人的天才"。但他又过于强调刘崧反对宋诗的复古意识,而且所有材料依然是《水东日记》中转引的黄容《江雨轩诗序》。关于刘崧的诗歌创作,该文突出了其内涵的丰富性,所谓"表现了他心中自由与功名、仕与隐的矛盾,又反映了元末动乱的社会现实及其带给人们的灾难和痛苦"。"从艺术表现方法上看,刘崧的这类诗歌继承了杜甫、白居易等诗人的写实传统与表现手法,反映现实以写人叙事为主,多采用乐府诗体及五七言歌行的形式,即事名篇,一篇叙一事,叙述简洁,主题鲜明,作者的爱憎感情通过人物和事件的叙述自然而然地流露出来。"这种概括显然与饶文存在不小差异。而且的确符合刘崧诗作的实际情况。这当然不是说魏文一定胜于饶文,而是说刘崧的诗学观念与诗歌创作具有很丰富的内涵,拥有较大的阐释空间,为后来的研究留下了广阔的发挥余地。

二、江右诗派的综合研究

在传统的江右诗派研究中,一般都把主要精力放在刘崧身上,而

---

① 《东南大学学报》2000 年第 3 期。

对其他作家采取点到为止的方式。较早对江右诗派做综合研究的是廖可斌,其《论台阁体》[①]的"江西派与台阁体"一节即集中探讨江右诗派崛起的多重原因。作者认为,首先是江西较早被朱明政权所占据,故而江右文人与朱元璋关系比较密切;其次是江右文人有长于科举的传统,所以进入朝廷的文人较多,像吴伯宗、解缙等人都是科名非常靠前的才子。此外,江右文人还有两点值得注意:一是江右具有浓厚的理学氛围,其文学观以"明义理切实用"为标准,解缙是突出的代表;其次是江右拥有追求平淡自然文风的悠久传统,像诗人陶渊明、散文家欧阳修都拥有如此的诗文体貌,而其代表作家刘崧正是此种诗风的倡导者与实践者,同时,江右文人中的危素、陈谟、梁兰、曾鲁、练高、王沂、朱善、揭轨等,诗风也大都与刘崧相同。尽管该文的论述目的主要是强调台阁体与江右诗派的渊源关系,因此可能突显了他们之间相同的一面,而对不合乎这些特点的诗文可能有所省略,但所有的研究都会对自己所关注的内容进行有意无意的集中表达甚至有所放大,故该文还是一篇相当有分量的学术力作。与该文相比,发表于10年之后的刘海燕《明初江西诗歌的崇唐抑宋倾向简论》一文,其创新性就要小一些。其论刘崧崇尚德性与平正典雅诗风的内涵已见于3年前发表的饶龙隼之文,对于江右其他诗人其论述尽管对廖文有所补充,却也依然有限。当然,其论述主旨已发生改变,主要强调了"崇唐抑宋"的诗学观念,从论文写作的角度看是有新意的。但也留下了难以弥补的裂痕,因为强调道德精神与典雅体貌都与江右的理学氛围密切相关,而有了这样的内涵,又如何能够做到真正的"崇唐抑宋"呢?可见江右诗派的实际状况要比论文写作复杂很多。

[①] 《中华文史论丛》第46辑,上海古籍出版社,1990年。

另一篇综合研究江右诗派的重要文章,是魏崇新的博士学位论文《明代江西文学的演进》[1]。作者用了"元末明初江西文学的多元取向"与"台阁文学盛江西"两章来论述相关内容,是当时最为细致系统的江右诗派研究。从研究路径看,用"多元取向"应该更符合江右诗派的实际状况,任何历史都不可能有预设的指向与单一明快的主题。从所论内容看,像危素、周是修、张羽、刘彦昺等以前作为背景提及的诗人,也都得到了较为具体的论述。比如对周是修,作者用了"道德人格与自我价值的冲突"来概括其人格及创作风格,意在展现其崇尚道德节义的实用主义的文学观与表现自我快适的情感追求之间的矛盾特征,所论就颇为令人信服。该文当然存在一些遗憾,比如本来是通论有明一代的江西文学,但结果却仅仅完成了前两章内容,而且即使在现有的内容里,也省略了不少环节。别的不说,像江右诗派重要的过渡性代表人物解缙与最具领袖地位的杨士奇,居然也一并省略,就给人有些草率仓促的感觉了。但此种非预设性的研究套路,既是其不足,也是其优长。因为稍显松散的结构带给我们的是更贴近历史真实的论述效果。

尽管魏崇新的学位论文省略了对解缙的论述,但他将其作为"江西台阁主要作家论"一节中与杨士奇并列的代表作家,说明他已认识到这位才子在江西台阁作家中的重要地位与价值。不过学界要普遍认识到此一点还并非一蹴而就之事,比如耿实柯《解缙与〈永乐大典〉》[2]、彭国远《江南才子解缙》[3]、刘光亮《试论解缙的悲剧结局》[4]

---

[1] 复旦大学博士学位论文,1997年。
[2] 《江西社会科学》1981年第4期。
[3] 《文史知识》1988年第9期。
[4] 《吉安师专学报》1998年第1期。

等文章,虽对其生平遭遇做了各有侧重的介绍,却没人将其与江右诗派或台阁体联系起来。较早关注解缙与江右诗派关系的是廖可斌的《论台阁体》,作者认为"在人们的印象中,解缙是一个恣纵放逸、不拘礼法的才子,实际上这至多只是他的一个侧面"。在本文中,更强调的则是其"正统的家学渊源和系统的理学家文学观",以便与后来的杨士奇在明道、征圣、宗经上求得一致。强调江右派作家的共同理学渊源当然可以理解,但在其不同作家、不同历史阶段存在着一定的差异也是事实。从元明之际的江右诗派到永乐之后的台阁体,毕竟有一个发展演变的过程。在梳理此一过程时,就更应该揭示其不同阶段的差异性。在元明之际到永乐后期之间,其实存在着一个过渡阶段,显示的是理学之纯与气势之盛的诗风,那时的作家并不缺乏个性,甚或有些狂放。这种特点不仅解缙具备,而且像同为江右诗人的吴伯宗、周是修,乃至浙东诗派的后劲方孝孺,也都拥有此种特点。在江右诗派研究的此一环节,还保留着很大的学术空间。

江右诗派研究还存在着两个薄弱环节:一是文献的整理与研究明显不足。不仅应有的作家年谱与诗文编年这些基础性的工作很少有人去做,甚至该派作家的别集与相关文献也相当缺乏。二是个案研究不够充分。除了刘崧、杨士奇等少数代表人物之外,许多有地位、有影响的江右诗人尚未引起学界重视。比如在永乐初首次入阁的七人中,除了杨荣是福建人和黄淮是浙江人外,其他五人解缙、胡广、胡俨、杨士奇与金幼孜,全都是江西人。可只有杨士奇被较多关注过,后来解缙也偶尔有人论及。至于其他三人则一律阙如。但如果要深入探讨江右诗人与台阁体的关系,这些人怕是绕不过去的。

第二节 台阁体研究

一、民国时期的台阁体研究

在明清两代对台阁体的评论中,有许多不同的看法,但影响最大者无疑是四库馆臣的如下一段评语:"荣当明全盛之日,历事四朝,恩礼始终无间,儒生遭遇可谓至荣,故发为文章,具有富贵福泽之气,应制诸作汎汎雅音。其他诗文亦皆雍容平易,肖其为人。虽无深湛幽渺之思,纵横驰骤之才,足以震耀一世,而透迤有度,醇实无疵,台阁之文所由与山林枯槁者异也。"①此处,从杨荣之政治际遇与诗文风格之关系入手,论述了台阁体的特征,基本持的是肯定态度且亦大致能够说明台阁体的文风,因而对后世影响颇大。民国年间的文学史与诗歌史,大都由此敷衍而来。如谢无量说:"三杨之文,虽无深湛幽渺之思,纵横驰骤之才,足以震耀一世,而透迤有度,醇实无疵,台阁之文所由与山林枯槁者异也。"②基本照抄四库馆臣评语,则可知那时许多学者的台阁体研究尚未有新的学术视角。而较为激进的学者,则基本对台阁体持否定的态度,就更不能平心静气地深入研究了。赵景深说:"继高、袁而起的是台阁体的诗,这派诗创于三个杨老头子——杨士奇、杨荣、杨溥——全是些阿谀奉容替帝王歌功颂德的玩意儿,无须详述。"③不仅内容简略,甚至充满了调侃的语气,也就难说是真正的学术评判了。

---

① 文渊阁四库全书本《文敏集》卷首,台北商务印书馆影印,第1240册,第1页。
② 谢无量:《中国大文学史》卷9,中华书局,1940年版,第40—41页。
③ 赵景深:《中国文学小史》,光华书局,1928年版,第180页。

第四章　江西诗派与台阁体研究

本时期对台阁体用力较多的还是两部明代文学的断代史。钱基博大概是当时为台阁体说好话最多的学者了,而且他也的确认真阅读过一些台阁体作家的诗文,而不像其他学者那样或承袭旧说,或简单否定,而遂成隔靴搔痒之论。他总论台阁体说:

> 太祖之世,运当开国,多峭健雄博之文。成祖而后,太平日久,为台阁雍容之作。作者递兴,皆冲融演迤,不矜才气;而泰和杨士奇名寓(以字行),建安杨荣字勉仁,石首杨溥字弘济,并世当国,历相仁宗、宣宗、英宗三朝,黼黻承平;中外翕然称三杨;推士奇文章特优,一时制诰碑版,出其手者为多!仁宗雅好欧阳修文。士奇文平正纡徐,时论称其仿佛。后来馆阁著作,沿为流派,所谓台阁体是也。①

此处,对比了洪武与永乐后的不同文风,概括了杨士奇的文章体貌,并与后来成为流派的台阁体区别开来。应该说是清晰而符合事实的。然后,作者引录了杨士奇的《沈学士墓碑》,并与欧阳修的文章对比分析说:"遗言措意,切近的当;然遽以拟欧阳修,亦似少过!欧阳修气逸韵流,意态无穷。士奇言尽而意止,趣味不长。只是纡徐委备,无艰难劳苦之态,所以得欧阳之仿佛;然亦启冗弱之病!欧阳意有余于词,故耐咀味,士奇词或饶于意,不免芜弱也!"②此种分析,较为细致具体,令读者有所把握,算是较能落在实处的论述了。而且,作者除强调台阁体的共同性之外,还有意指出他们之间的不同。如引了杨溥的《承恩堂记》后说:"取材结体,摹诰范颂,有意矜练,又是

---

① 钱基博:《明代文学》,商务印书馆,1934年版,第13页。
② 钱基博:《明代文学》,商务印书馆,1934年版,第15页。

一格；而与士奇、荣之汗漫演迤者不同。虽出以平实雅淡，而矜持少变化，光焰不长；然何、李之前轨也。"①如果没有扎实的古文修养和阅读三杨诗文的经验，论述评价很难如此到位。唯一遗憾的是，钱基博将三杨置于明代散文的章节进行论述，故仅言其文而罕论其诗，从台阁体的研究角度而言，应该说是有缺陷的。不过由于作者见解通达，分析具体，故而对一般的台阁体研究亦多有启发。

宋佩韦的《明代文学》对台阁体论述的主要特点是全面，他不仅介绍了代表作家三杨，还一一介绍了金幼孜、黄淮、王直、夏原吉、李时勉、倪谦、韩雍、柯潜等重要的台阁体作家，并适当引述诗歌作品以为佐证，使读者对台阁的主要成员与创作风格有较为全面的了解。但他的评价相对比较浮泛，不像是自己经过深思熟虑后的有得之言。比如说："三杨台阁之体，平正纤余，缺少了深湛幽渺的思想，纵横驰骤的气度，所以平正有余而精劲不足。流弊所及，几于万喙一音。后来李梦阳等复古派崛起，对于台阁体诗文，攻击不遗余力，而三杨遂为众矢之的。"②然后又引了一段长长的四库提要的评语以为佐证。其实，他本人的那段话尽管没有说是引证，只要读过四库提要的人，就会发现也是由四库馆臣的评语改造而来。宋佩韦并没有超出当时一般学者承袭明清人学术判断的模式，只是他比别人看了更多的台阁体作家的别集而已。该书另一个值得注意的地方是，作者专设了"台阁体以外的诗人"一节，介绍了解缙、陈琏、梁潜等人。其优点是让读者了解到当时更多的诗风各异的诗人，展示了诗坛的真实状况。但同时也说明，他把台阁体理解得过于狭窄，如果像解缙这样

---

① 钱基博：《明代文学》，商务印书馆，1934年版，第18页。
② 《中国大文学史》下册，上海书店出版社，2001年版，第704—705页。

地位的诗人都不算是台阁体作家,那就更不要说刘崧、宋濂这些洪武年间的作家了。可如果将台阁体理解为一个由产生到高潮再到衰落的过程的话,也许还有更多的诗人能够进入此一诗体的研究。当然,这是从后来的学术发展趋势看的,如果从民国年间台阁体的研究状况看,钱基博与宋佩韦二人已经属于凤毛麟角的台阁体研究专家了。

20世纪60年代的几部文学史,对台阁体均予以全面否定,游国恩等《中国文学史》用这样几句话对台阁体做了交代:"所作诗歌都是歌功颂德,粉饰太平的作品。他们以太平宰相的地位,除撰写朝廷诏令奏议之外,大量写作应制、颂圣或应酬、题赠的诗歌。号称词气安闲,雍容典雅,其实陈陈相因,极度平庸乏味。"[1]既然文学史以如此态度对待台阁体,则学界就更不会有人去从事专门的研究了。因此,台阁体研究的起步要等到20世纪80年代之后。

二、20世纪80年代以后的台阁体研究

此前的台阁体研究之所以比较沉寂,主要原因乃是对其文学价值难以认可。因为自现代学术体系建立以来,抒发自我性情与真实反映生活成为衡量文学创造价值的两把尺子,而台阁体既缺乏应有的感情力度,又偏于歌功颂德,当然被视为没有价值的文学观念与平庸乏味的诗文作品。

自20世纪80年代以后,文学研究呈现多元化的趋势,由于角度、立场与方法的不同,就会发现台阁体这一特殊文学现象所蕴含的

---

[1] 游国恩等主编:《中国文学史》(四),人民文学出版社,1964年版,第900页。

价值会得到许多新的阐释。比如马积高从考察理学与文学关系的角度,不同意仅仅用"粉饰现实、歌功颂德"来概括所有的台阁体作家的创作,他认为追求"雅正"是其主要特征,而形成此种特征的原因,则是"从明初以来形成的占统治地位的文道结合和重风教的传统"①。之所以如此论证,是要梳理从明初宋濂的文道合一到台阁体的崇尚雅正再到后来的性理诗的发展线索,以显示明代前期文学与理学的离合关系。廖可斌将此一点说得更清楚:"无论从考察明代文学思潮演变过程的角度看,还是从总结中国古典文学发展的历史经验、探讨文学兴衰的客观规律、为现代文学事业提供借鉴的角度来看,台阁体都是一个不容忽视的历史现象。"②这显然已不是从台阁体作品有无价值立论,而是从总结文学思潮演变的历史经验出发来进行研究。到了黄卓越撰写《明永乐至嘉靖初诗文观研究》一书时,便不再纠缠于文学价值之高低与文学观念之优劣,而是提出"观念史"的研究范式,以及达到次一目的的"文化境域"的视角③。无论其研究结论是否真正揭示了历史的真实,这种研究套路说明作者已经从原来的价值评判转向了知识考古的历史研究。学界的这种转向或许是不自觉的,但确实已经发生并带来了研究视角与方法的更新,当然也会得出许多新的学术结论。

本时期台阁体研究的特点之一是对基本历史事实的探知。比如廖可斌《论台阁体》一文,便用"台阁与台阁体"一节专门探讨台阁体作家的身份构成与职责范围,认为该诗体来源于明代内阁"供奉文

---

① 马积高:《宋明理学与文学》,湖南师范大学出版社,1989年版,第148页。
② 廖可斌:《论台阁体》,《中华文史论丛》第46辑,1990年。
③ 黄卓越:《明永乐至嘉靖初诗文观研究》,北京师范大学出版社,2001年版。

字"的职能:"明前期的内阁大臣们一直把'供奉文字'作为自己的本职,经常应制唱和,咏讽著述不辍。于是明前期的'宰辅'——内阁大臣们,乃能与历代的宰相不同,在参与政务之外,共同创作了不少诗文,以致形成一种特定的文体——台阁体。""台阁体的创立和倡导者是内阁大臣,而主要队伍则在翰林院。"尽管内阁制度与职能是明代最为独特的历史特征之一,但以前在论述台阁体时却很少有人涉及。黄卓越《明永乐至嘉靖初诗文观研究》则做了更为系统的考察,其第一章"明代的台阁体及其早期思想基础的形成"共设三节:"职分、体式与权归台阁""身份、文统与文风之关系""颂世模式与儒家政治理念"。可知其论述更为系统与细致。当然,关于内阁之体制与职能,史学界已有人做过专门研究,如谭天星于1996年即出版《明代内阁政治研究》一书,对此做过详细论述。但是,将此种体制、身份与文风结合起来考察,依然显示出该领域研究的新推进。

本时期台阁体的研究特点之二是对其形成原因与衰落过程的探讨。廖可斌的《论台阁体》是一篇全面研究台阁体的力作,其中在渊源追溯上则重点考察其与江右诗派的关系,在生成原因上则侧重于明初政治文化环境的观察。作者认为,传统上"把台阁体的形成与流行,归因于当时社会的安定与台阁文人生活的优裕,这就还是停留在表面观照所得出的结论"。"恰恰相反,它主要是明初以来的高压政治、特别是高压知识分子政策和文化政策的结果。"此种看法,的确较之前人更深入一层。陈书录《明代诗文的演变》一书认为台阁体在文坛上获得主导地位有两个近因:一是内阁的权重位尊"为台阁体文学流派的形成并且有较长时间的发展奠定了人事上的基础";二是朱学独尊"为台阁体的形成与发展奠定了思想基础,创造了一种相对稳定的文化氛围"①。这便对廖文做了有效的补充。魏崇新的《台阁体作家的创作风格及其成因》②一文,带有综合的性质,他认为台阁体的成因颇为复杂,既与王朝政治稳定、朱学思维独尊、地域文学影响、帝王推奖鼓励有关,也与作家个体才情有关,在此他特别提到了李白与杜甫的诗风影响问题。即像解缙、胡广等才气放逸、性格狂傲的台阁作家,就容易学习李白的诗风。"同样,'三杨'等人的推尊杜甫,也与他们温柔敦厚的性情与中庸谨慎的性格有一定的联系。"作者将解缙等狂放诗风的作家也纳入台阁体的研究范畴,是一种别致的思路,但可惜未能结合其人生遭遇加以深入讨论。左东岭《王学与中晚明士人心态》一书中有"仁、宣士风与台阁体"一节,从此时皇帝与文官集团的关系来深入探讨当时的士人心态。作者认为:"仁、宣时士人与帝王之间的亲和力大大加强,从而达到一种虽则短暂却颇为融洽的程度,换言之即皇权与文官集团之间达成一种相对的平衡状态。"③由此士人养成一种"清慎"的心态,台阁体的诗风正是此种"清慎"心态的外在显现。廖可斌《论明代景泰至弘治中期的文学思潮》④一文则探讨了台阁体衰落的过程与原因。作者从土木堡前后的政治变化、翰林院学风的变化以及审美趣味的变化等方面,说明了台阁体衰落的历史进程。前人论台阁体仅限于对其文风的评判,很少关注其衰落过程,本文可谓填补了此一空白。从上述成果可以看出,对台阁体成因与衰落的探讨是从简单到复杂、从外在向内在的不断深入与拓展。而在此过程中,则发掘出了台阁体

---

① 陈书录:《明代诗文的演变》,江苏教育出版社,1996年版,第118—120页。
② 《复旦学报》1999年第2期。
③ 左东岭:《王学与中晚明士人心态》,人民文学出版社,2000年版,第21页。
④ 《杭州大学学报》1991年第3期。

越来越多的文化内涵与思想价值。

本时期台阁体的研究特点之三是对其诗歌创作与文学观念的探讨更具立体感与多样性。传统的台阁体研究之所以会基本持全盘否定的态度,除了时代的原因外,也与研究者未能认真细致阅读台阁体作家的文本而大多承袭明清人的观点有直接关联。而此时不少学者能够平心静气地细致阅读相关文献,从而得出较为圆融的学术判断。陈书录说:"台阁体作家一方面在诗歌整体上追求雍容典雅,另一方面又侧重在艺术手法上追求自然流利之美。"[1]然后举出许多诗歌作品进行分析,认为"在他们超出台阁生活的诗文创作中,往往有情感真挚与风格自然相交融的作品",这样的作品也是具有审美价值的。还有人针对台阁体的平实诗风本身提出了不同见解:"台阁派文学抒情状物都能适可而止,晓畅明白,读起来毫无佶屈聱牙之苦。""仅就台阁派所开创的这种平实的文风而言,台阁派文学也不应该一概否定。"[2]可以看出,此种评价已趋于理性因而也显得较为公允。这便是研究态度转变所导致的必然结果,以前人们在进入研究过程之前,已认定台阁体是毫无价值的文学,于是便处处看它不顺眼。而此时的不少研究者能够抱着先弄清事实然后再得出结论的态度,所以能够从不同角度作出评价。比如魏崇新在概括台阁文学的主要创作特征时,共列有三个标题:"理学化的载道文学观""以道德为中心的创作思维模式""江西台阁体的诗文宗尚"[3]。正是由于从文学观、创作思维与传统选择三个不同方面进行了考察,才会得出如下结论:

---

[1] 陈书录:《明代诗文的演变》,江苏教育出版社,1996年版,第128页。
[2] 纪明:《明初台阁派文学的再认识》,《聊城师范学院学报》2001年第2期。
[3] 魏崇新:《明代江西文学的演进》第二章第二节,复旦大学1997年博士学位论文。

"台阁体作家的诗文创作,文章宗法宋代的欧阳修、曾巩,文风平易简切,舒徐委婉,诗歌创作则追步盛唐,诗风典雅清丽,具体而言又分为学杜与崇李两派,从而形成两种不同的诗歌风格。"①此处的结论很难说已毫无商量的余地,比如学杜与崇李很难说能囊括所有的台阁作家的诗风,因为其中还有平淡的五古创作,则又有汉魏诗风的影响。更何况学杜与崇李亦并非同时呈现的诗风,而是有永乐初与宣德之间的前后差异。但此种结论又的确显示了研究的成熟与公允,从而将台阁体研究推向一个新的阶段。

但本时期的台阁体研究也还存在一些亟须纠正的问题。首先是史学界与文学界研究的交叉问题。从该时期对台阁体的研究看,史学的研究采取了更多的肯定态度,而且起步要比文学研究界早得多,如江涛《论三杨执政与社会局势的安定——读〈明史〉札记》②,赵永春、徐建祥《明代贤相杨士奇》③,陈文、胡彤《简评"三杨"与明内阁》④,赵中男《明宣宗的政治核心集团及其形成》⑤,江心力《明朝内阁官僚群体形成因素析论》⑥,赵毅、刘国辉《略论明初"三杨"权势与"仁宣之治"》⑦等,几乎众口一词地予以正面的评价,以致需要有人提出全面评价的呼吁⑧。但政治的业绩不一定带来文学的成就,而

---

① 魏崇新:《台阁体作家的创作风格及其成因》,《复旦学报》1999年第2期。
② 《杭州师范学院学报》1981年第2期。
③ 《松辽学刊》1988年第2期。
④ 《上饶师专学报》1988年第1期。
⑤ 《北方论丛》1996年第1期。
⑥ 《史学集刊》1996年第3期。
⑦ 《东北师大学报》1997年第1期。
⑧ 见李凤飞、暴鸿昌:《对杨士奇应做全面评价——兼谈三杨在正统初政中的失误》,《北方论丛》1996年第2期。

有的史学论文则有爱屋及乌的倾向,如杨志华《试论杨士奇对明初社会政治的贡献》[①]在论述过其政治贡献后,连带论及其诗文,认为"台阁体诗文毕竟有可取之处",其证据便是引证了四库提要的杨士奇评语,而未加任何其他论证。暂且不论其评价是否恰当,关键是作者很可能不具备此种文献鉴赏与评判能力,只好引述他人评语敷衍了事。当然,文学界的研究也不能因台阁体的种种缺陷而否定其作者在政治中的作用与功绩,因为他们也可能不具备史学方面的修养。更重要的是,这其中还隐含着一个重要命题,即政治不必一定与文学具有同步的效应,政治稳定的时代不一定是文学繁荣的时代,一位优秀的政治家也不一定是优秀的文学家。由此也许我们能够从台阁体研究中受到更有价值的历史启示。其次是对台阁体要有更清晰的定位。陈书录曾说台阁体创作所展示的台阁政治与阁臣心态可以弥补正史之不足,从而"具有一定的历史价值与认识价值"[②],这是从认识价值着眼。但台阁体毕竟是文学创作,所以还必须在文学上为其定位。当然不排除台阁体作家有一些具有审美属性的诗作,但不能为了追求所谓评价的公允而拔高其文学地位。文学价值与文学史价值永远不是同一个层面的问题。李白有文学价值,其诗作可以选入《唐诗三百首》供后世反复阅读。他也有文学史价值,因为他体现了盛唐诗歌的风貌。台阁体可以是明代文学思想史、诗歌史发展的一环,是明代前期的主流文学形态,是当时政治、文化与士人心态的形象反映,这是其文学史价值。但他们的确没有多少作品能够进入当今的选本以供阅读,因为在今天它们已不具备文学价值。了解此一

---

① 《江西师范大学学报》1998年第4期。
② 陈书录:《明代诗文的演变》,江苏教育出版社,1996年版,第131页。

点很重要,否则在台阁体研究中便可能迷失方向。比如有人认为杨士奇藏书很多,惜书又用书,还编了一套《文渊阁书目》,这对文化甚至文学当然是有贡献的。可由此就说:"他的文笔也很好,游记自然流畅,诗文意境深远,序跋严谨周密,杂著议论深刻,碑铭考据有力,家书情深意切,推为一代作手。"[1]若果真如此,杨士奇岂不要跻身于唐宋八大家之列。其实,文化价值不等于文学价值,杨士奇只是永、宣作手,难言一流作手。其三是台阁体与地域流派关系的研究仍需加强。本时期对江右诗派与台阁体关系的研究已比较深入,而对与其他地域流派的关系研究还明显不足。比如闽中诗派与江右诗派的作家都是在永乐初期大量进入朝廷的,但他们之间关系如何?该时期只有陈庆元《杨荣与闽籍台阁体诗人》[2]一文简单介绍了杨荣、柯潜、彭韶与黄仲昭等人,其实杨荣在闽中诗派基本没什么影响,而高棅、王偁这些重要的闽中诗派台阁作家均未涉及,也就难以弄清其中情形。还有前期朝廷中是浙东诗派作家占据主流位置,他们又与江右诗派作家有何关联,也需要进一步弄清楚。总之,台阁体与地域流派的研究还有巨大的学术空间可供拓展。

第三节 明代前期其他诗人研究

在"三杨"台阁体之后,亦有"景泰十子"等诗歌流派及众多诗人,可是在现代学术史上他们都很少受到关注。但有两位诗人却成为学界研究的重点。他们一位是爱国诗人于谦,另一位是白沙诗学

---

[1] 徐苏:《杨士奇及其藏书楼》,《中国典籍与文化》1999年第3期。
[2] 《南平师专学报》1995年第3期。

的代表陈献章。

一、于谦及其诗歌研究

于谦是现代学术史上最受关注的明代诗人之一,他的知名度大约仅次于一流诗人高启。在20世纪曾有三次研究于谦的高潮:第一次是抗日战争时期,为宣传其抵御外侮的爱国精神。宋佩韦《明代文学》在介绍台阁体之外的作家时,曾如此评价说:"其诗风格遒上,兴象深远,虽志存开济,未尝于吟咏求工,而品格乃转出文士之上。"①几乎完全抄录四库提要而没有任何自我的判断。第二次是60年代前后,将于谦作为民族英雄进行研究。此不仅未能深化对于谦的研究,最终还演变成一次文化批判,从而成为政治斗争的工具。此时唯一的文学研究成果可能就是林寒、王季选注的《于谦诗选》②。第三次是80年代之后,将其作为著名诗人与文化名人进行研究。为此,1998年还在杭州成立了于谦研究会,出版了会议论文集《于谦研究》。关于于谦的诗歌研究,则要等到80年代之后才真正提升至学术的层面。

在于谦的文献研究方面,项文惠、钱国莲的《于谦作品版本考略》③一文,介绍了于谦诗文集的10个版本,其中重点考察了两个主要版本。一是四库全书本《忠肃集》,主要依据天启元年孙昌裔刊本,收诗418首。二是河南大梁书院本《于肃愍公集》,明嘉靖六年王定斋辑,钱塘丁氏光绪二十五年重刊,收诗622首。学界以前研究

---

① 《中国大文学史》下册,上海书店出版社,2001年版,第708页。
② 本书于1958年由浙江人民出版社出版。后王季病逝,再由林寒重新修订,于1982年由原出版社再版。
③ 于谦研究会选编:《于谦研究》,中国文史出版社,1998年版。

于谦多依据容易见到的四库全书本,而此文则让读者了解到大梁书院本的重要价值。2000年,中国文史出版社出版了由于谦研究会编辑、魏得良点校的《于谦集》。此书即依据河南大梁书院刊本,同时又将四库全书本《忠肃集》附录中于谦之相关文献辑入作为该书之附录二,从而使读者有了一个于谦作品搜集相对完备的本子,这对推进其研究具有重要的作用。在于谦作品真伪考辨方面,则有阎崇年的《于谦〈石灰吟〉考疑》[1]一文。作者指出,在目前能够见到的明代于谦的诗文集中,没有一部诗文集的正文中载录《石灰吟》一诗。"《石灰吟》为于谦所作,现能见到其最早的出处是,明人孙高亮的《于少保萃忠全传》。"因此,作者认为该诗之作者应为孙高亮本人。不过,阎崇年并没有否认该诗的价值与影响。尽管目前还难以坐实孙高亮一定是该诗之作者,但此诗作者存有疑问则是可以肯定的。

在于谦的诗歌创作研究上,多数是对其少数名作的鉴赏性介绍而非学理性研究。且不说多数诗歌鉴赏词典均会选取其《咏煤炭》以及存疑诗作《石灰吟》,其单独发表的文章便有:史石然《于谦与〈咏煤炭〉诗》[2]、刘光前《甘于奉献的心声——于谦〈咏煤炭〉品读》[3]、晓雪《于寄托处显风骨——咏煤炭诗话之三》[4]、王宇鸿《〈石灰吟〉简析》[5]、张运辅《"要留清白在人间"——读于谦的〈石灰吟〉》[6]、陈裕

---

[1] 于谦研究会选编:《于谦研究》第二辑,中国文史出版社,2001年版。
[2] 《当代矿工》1999年第1期。
[3] 《写作》1999年第3期。
[4] 《当代矿工》1997年第3期。
[5] 《语文教学通讯》1982年第11期。
[6] 《石油政工研究》2001年第5期。

鸿《〈石灰吟〉与咏物诗》①等等。此类文章作为普及读物当然有不容忽视的价值与意义,但对于谦研究意义不大。另有一类文章虽有学术价值,但却并非真正的诗学研究。如吕立琢《从自作诗看于谦高风亮节》②、李沛儒《于谦的廉洁诗》③、周少汉《夜读于谦爱民诗》④等,尽管都以于谦诗歌创作作为研究对象,但其立意均为颂赞于谦人品境界,而不在其诗作之艺术水准与诗歌史之地位价值,故而从诗歌研究的角度亦可略而不论。与此类情况相近的还有对其诗歌创作的思想性的研究成果,这主要是受 20 世纪 60 年代研究套路的影响所致。如游国恩等《中国文学史》将于谦作为较重要的诗人予以介绍,主要是突出其"爱国忧民的情怀""反映现实的诗篇"和"反对侵略的爱国主义诗篇"⑤的进步内容。延续此种思路的文章,则有张克、陈曼平的《试论于谦的思想及其诗歌的现实主义精神》⑥。该文分类概括了于谦诗歌的内容:反映百姓苦难与抒发忧国忧民情怀,揭露痛斥贪官污吏鱼肉百姓、贪赃枉法的罪行,表现作者"仁政""爱民"的思想,并由此得出于谦诗歌具有重要价值的结论。与该文内容相近的还有田雨泽的《试论于谦诗歌的人民性》⑦一文,该文认为于谦诗歌

---

① 《语文教学与研究》1983 年第 11 期。
② 《江苏广播电视大学学报》1995 年第 4 期。
③ 《中华魂》1995 年第 5 期。
④ 《中州今古》1997 年第 2 期。
⑤ 游国恩等主编:《中国文学史》,人民文学出版社,1964 年版,第 901—902 页。
⑥ 《辽宁大学学报》1988 年第 2 期。此外,署名怡民的《略论于谦诗作的现实主义精神》一文发表在《绥化师专学报》1988 年第 1 期上,经核对等于内容相同之作,故不再重复列出。
⑦ 《十堰大学学报》1990 年第 2 期。

的人民性主要由爱民与反对异族侵略两大主题构成,从而拥有巨大的认识价值。从于谦研究看,此类文章自有其不可替代的贡献;但从诗学研究看,则显然尚未转入新的研究范式。

进入20世纪90年代之后,对于于谦的诗歌艺术特征与诗歌史地位的探讨逐渐被学界所重视。田雨泽的《于谦诗歌艺术性管窥》[①]一文,从于谦诗歌创作题材的典型性、细节描写、对比手法、侧面描写、奇特想象、奇特夸张、情景交融、明白晓畅等方面,论述了其艺术上的特征。尽管该文多从技术性层面讨论诗歌艺术技巧,未能作更为深入的讨论,但却是一个明显的标志,既是其本人研究从人民性到艺术性转折的标志,也是学界从思想内容研究到艺术特征研究转折的标志。李月英的《于谦和他的诗》[②]一文或许过于简略,但其思路可取。作者先概括了于谦诗歌的三类内容:抒写自我怀抱、反映民生疾苦和反对侵略战争。这还是沿袭传统套路。但作者能将于谦诗作与台阁体相对照,说他"继承并发展了明初刘基开创的风格,但意态自然,不求工巧,不加雕饰。他的诗为了披露胸襟,创作个性很突出,有独特的风格,在当时诗坛上呈放异彩"。此处所论失于笼统,但能在诗歌史发展过程中观照于谦诗作,是一个有效的研究角度。周伟民《明清诗歌史论》用一节的篇幅叙述于谦诗作,也得出近似的结论:"于谦诗,风格朴实劲健,沉郁苍劲,不事雕琢,于台阁体诗风披靡之时,这些忧国忧民、抒发个人襟怀的真诗尤其显得赤诚可贵了。"[③]孙正文的《于谦边塞诗论》[④]一文则将该领域研究引向细化。

---

① 《十堰大学学报》1992年第1期。
② 《文科教学》1994年第2期。
③ 周伟民:《明清诗歌史论》,吉林教育出版社,1995年版,第119—120页。
④ 《学术论丛》1995年第2期。

作者详细探讨了于谦边塞诗所包含的丰富复杂的内涵,同时也仔细分析了其边塞诗的种种艺术表现以及所构成的艺术境界。此种细致的论析对于谦诗歌研究是明显的推进。钱国莲、项文惠的《论于谦的诗歌》[1]一文如此评价于谦诗作:"他关注现实,自觉追求诗歌内容的真实性,而较少注重诗歌的创作技巧,其诗呈现出一种清新朴素的天然本色,在当时'台阁体'盛行一时的情况下,以一种全新的面貌在明朝前期诗坛上独放异彩。"该文之好处在于分析更为细致系统,而且能联系明前期诗坛整体立论,显示出较为开阔的学术视野。王其煌的《诗坛寂寞自长吟——试论于谦诗在明诗中的地位》[2]认为,于谦"作为明'台阁体'诗风向前后七子的'复古派'诗风转变期中一位颇有成就的关键诗人,应该说是正确的,勿容置疑的"。这也是着眼于于谦的诗学史的转折作用。说于谦诗与台阁体有明显区别虽无异议,但若说其"已开了前后七子创作倾向的先河",恐怕依然需要深入讨论。因为不能因为个别作品的类似便推断创作风格的接近,这本是诗歌史研究的常理。周少雄的《于谦诗歌的历史地位与作用新探——兼论明代浙江文学的时代先导品性》[3]一文,在整体学术判断上也许稍嫌笼统,如说于谦"沉着地推动明代文学沿着通向晚明个性解放思想大潮的历史方向顽强前行。他为后来的举复古之旗、行改革之实的'前后七子'登上时代舞台,预先做了坚实的铺垫"。

---

[1] 《江苏社会科学》1998年第2期。二人在《浙江广播电视高等专科学校学报》1999年第2期发表的《于谦诗论》一文,经对勘与该文内容基本相同,只是略有删减而已,故不再重复列出。

[2] 于谦研究会选编:《于谦研究》,中国文史出版社,1998年版,第182页。

[3] 于谦研究会选编:《于谦研究》第二辑,中国文史出版社,2001年版,第229页。

暂不说其判断是否属实,起码在如此大的时间跨度上来确认其历史关联性,便有难以落到实处的风险。但该文将于谦与浙江地区尤其是浙东的文化传统与地域特色联系起来,依然显示了新的学术思路:"于谦是浙江区域文化中的志士型文人。其文化思想,若梳溯源流,他上继的事实上是宋濂、刘基等浙东大儒所倡导、实践的宋元儒学。"关注现实,奉行实行,并保持士人的节操与品格,这的确是浙东文人的特异之处,自方孝孺死后,浙东文人群体遭受到毁灭性的挫折,但是否像姚广孝所说的"读书种子绝矣"?于谦也许是一个具体的答案。但以前很少有人触及此一命题,该文在这方面可谓是一种新的探索,并为以后的研究开拓出了广阔的学术空间。

于谦研究由于长期被政治、文化领域所关注,同时又由于他不属于某体某派的人物,所以在诗学研究方面就颇受影响。其实,还有相当多的学术增长点被忽视,还有某些传统的误区亟须纠正。比如说大多研究者均把其表达高洁境界、反映民生疾苦作为其诗作的可贵之处,然而完全忽视了他大量表达私人化情感与感叹人生命运的作品,从而低估了其诗的写实内涵;又如许多研究者说于谦作诗无意于工拙而只注重内容的表达,却无视他何以会写下100首的七律咏梅诗,难道是为表现其高洁品格就必须写满100首吗?还是要在重复创作中显示其自我的诗才?还有于谦与主流诗坛及地域诗派的关系问题,也需要有人投入更多的精力。

二、陈献章诗学思想与诗歌创作研究

陈献章至今为止还很少被文学批评史与文学史著作提及,一些诗歌史与诗歌理论史提到他时也是将其"性理"诗的"陈庄体"作为反面对象而论述的①。但如果从明代学术史的角度和文学思想史的角度,则陈献章又是非常重要的,黄宗羲曾说过:"有明之学,至白沙始入精微。其吃紧工夫,全在涵养。喜怒未发而非空,万感交集而不动,至阳明而后大。两先生之学,最为相似。"②可知陈献章是心学的发端,而其哲学上追求的重自我适意、重主观情感、重自然真实的倾向,都与中晚明士人的取径相一致。更何况他还有丰富的诗歌创作与诗歌理论。因此,自20世纪80年代以来,其诗学思想逐渐被学界所重视,并出版发表了一些著作与论文,如陈少明《白沙的心学与诗学——兼论意义的本体结构》③,认为其学宗自然与归于自得的理论是一种诗意的境界,并在诗作中表达了其旷达洒落的风韵情怀。张晶《陈献章:诗与哲学的融通》④,认为陈献章"以自然为宗"的落脚点在于"自得",而延伸到其诗学思想则是"率情而发""发于本真",并认为"这种观念由作为理学家的陈献章提出,更说明了理学内部裂变的必然性与文学解放思潮的密切联系"。章继光《陈白沙诗学论稿》一书是对陈献章诗学思想与诗歌创作的综合研究,诸如陈献章"学宗自然要归于自得"的学术思想与诗歌理论、诗歌创作的关系及白沙诗学在明代文化史上的地位等等,均在其论述之列,同时也论及了白沙诗学与老庄、禅宗的关系⑤。他在《陈献章诗论探微》⑥一文中

---

① 如陈书录《明代诗文的演变》第四章及周伟民《明清诗歌史论》第三章均作如此处理。
② 黄宗羲:《明儒学案》,中华书局,1985年版,第78页。
③ 宗志罡主编:《明代思想与中国文化》,安徽人民出版社,1994年版,第59—71页。
④ 《华南师范大学学报》1994年第1期。
⑤ 章继光:《陈白沙诗学论稿》,岳麓书社,1999年版。
⑥ 《船山学报》1997年第2期。

说："其诗论的核心乃在突出诗歌创作的内在追求与诗人的自我意识，重视诗人本体价值的作用。"其实，这也就是重视"心"的作用。李旭的《诗与本体之心——陈白沙美学思想发凡》①一文集中探讨了白沙"吾心"与"天心"合一的观念，而"人之诗不过是'此心'发乎天和、一真自如的表现，诗人养得此心醇细、胸次澄澈，'自然成就得大'"。刘兴邦的《论陈白沙"自然之乐"的境界论》②一文认为："'自然之乐'是陈白沙心学境界论的体现，它是儒家道德境界论和道家审美境界论的综合和发展，同时实现了儒、道境界论的统一。"此文虽不是专门的诗论研究，但人生境界无疑与其诗学境界是相通的。左东岭《王学与中晚明士人心态》一书则从士人心态演变的角度论述白沙心学，认为"它为明代前期士人的心理疲惫提供了有效的缓解途径，它使那些被理学弄僵硬了心灵的士人寻到了恢复活力的方法，它为那些在官场被磨平了个性的士人提供了重新伸张自我的空间"③。白沙所提倡的人生本身便是审美的人生、诗意的人生，因此他的心学理论也就是一种诗学的理论。同时他还认为"白沙是明代倡言主体性灵说的第一人"④。对陈献章诗学理论研究的困难在于如何评价由邵雍开创的性理诗的问题，同时还有他与阳明心学的关系也是需要认真考虑的。

如果说在20世纪后期陈献章的诗论得到了较充分讨论的话，对

---

① 《华中师范大学学报》1997年第5期。
② 《五邑大学学报》2000年第4期。
③ 左东岭：《王学与中晚明士人心态》，人民文学出版社，2000年版，第121页。
④ 左东岭：《内在超越与江门心学的价值取向》，《南昌大学学报》2000年第1期。

第四章 江西诗派与台阁体研究

其诗歌创作的研究便显得相对薄弱。尽管在论述其诗论时也往往会涉及其诗歌作品,但那不过是作为其诗论的佐证而已。如黄明同《白沙诗中"两"与"半"的启示》[1],从题目上看似乎是诗作分析,但实际上是将其视为"打开白沙思想大厦的一把钥匙"。又如章继光《超逸绝尘 穆如清风——白沙诗的人格风采》[2]一文,从宽泛处讲当然算是陈献章的诗歌创作研究,也能体现出白沙诗重视表现自我的性情与境界的特征,但其目的依然是探讨白沙诗如何展现了其特有的人格风采。作者的另一篇文章《陈白沙之诗与酒》[3],好像是要探讨诗与酒的关系,有类于陶诗的研究。其实该文的研究对象为饮酒诗,其内容为"抒发自得的浓兴逸情;表现诚挚、融洽的友情;陶然忘机的诗酒之乐",而其目的则在"表白高洁、自由的人格"。最终又回到了借诗歌以突显白沙人格的套路。诗歌研究当然应该有关于诗人品格、境界与风度的观照,以彰显传统文论知人论世的理解方式,但如果只有此种理路,则不免显得狭窄而单薄。

对陈献章诗歌创作从正面展开论述的,本时期有两位学者。一位是黄明同,另一位是陈永正。黄明同在其《陈献章评传》[4]中专设"诗论、诗风与诗教"一章论述白沙之诗,她认为白沙的诗风有两个主要特征:一是"以道为诗",或者说"以诗载道""以理入诗";二是"平易浅显、不着意修饰"。由于其非文学专业研究人员的身份,可能对"风格"内涵不太清楚,所以将"以道为诗"也作为风格看待似乎不妥。但这两点是白沙诗的特点是没有问题的。不过这在明清诗论

---

[1] 《五邑大学学报》1988年第3期。
[2] 《五邑大学学报》1998年第2期。
[3] 《五邑大学学报》1999年版,第2期。
[4] 黄明同:《陈献章评传》,南京大学出版社,1998年版,215—244页。

家那里早有定评,而且更有"自然""高妙""化境""风韵""天真"等等之评。黄著由于并非专门研究诗学之作,所以对陈献章诗歌的论述就不免简单了些。陈永正《岭南文学史》①作为一部广东地域文学史,当然绕不开对陈献章诗歌的叙述。作者设有"陈献章"一节,并总论其诗说:"风格超妙冲淡,清新秀美,富于韵味,迥异于宋代理学家邵雍等人头巾气十足的道学诗。"接着分析了他的七绝与古体诗的不同风格,并探讨了其所受陶潜诗风的影响。最后评价说:"献章诗比朱熹还要高出一筹,可以说,古往今来,哲学家中的诗人,陈献章是最杰出的一位。"由总论至分体,再由诗学渊源到文学成就,已经是典型的诗歌史研究套路了。可惜的是作为一部描述岭南文学的通史性著作,陈献章所占篇幅实在有限,以致在诸多方面未能展开充分的论述。

关于陈献章诗歌的地位,有两篇论文曾予以讨论。孙立《"广东第一人"——陈献章与明清岭南诗论初探》②一文从广东地域文学着眼,认为"他对写诗要'率吾情盎然出之'的强调,对'自得'与'风韵'的重视,以及由此引发的岭南诗派切近自然,不受成法束缚的诗风,就带有更多的岭南文化的特征"。并对岭南诗风造成了很大的影响。我认为此一点不仅合乎事实,而且相当重要,因为由此可以联结南园五先生与后期岭南诗风的发展。王忠阁《陈庄体及其在明代诗坛的历史地位》③一文,对陈庄体之特征与地位有如此界定:

明初的"陈庄体"诗,崇尚理性,追求理趣,是宋诗之余裔。

---

① 陈永正:《岭南文学史》,广东高等教育出版社,1993年版,第172—175页。
② 《广东社会科学》1993年第2期。
③ 《河南师范大学学报》2001年第5期。

其祖邵雍《击壤》,评诗作诗,以是否合道适理为主要标准。其造语平淡,境界自然,是宋诗以比兴之体,发义理之秘,借景物以吟咏性情,于意象探天人之理诗风的延续。陈庄体脱胎于宋诗但又力图破宋诗之藩篱,虽重理趣但极少发议论,虽重性理但又把性情作为诗有无风韵的前提。其"自得"理论,把宋诗对自然规律的谐适之理转为对个性自我的张扬,表现出古代诗歌由重理趣向重个人情趣的重大转变。其对"格调"的重视,打破宋人主理不主调的格套,影响了其后的前后七子。其力主自然性情、崇尚自然之诗思,对明代后期重个性的诗歌思潮又有一定的开启作用。

这是从明诗主潮发展的角度来论陈庄体,评价不可谓不高,在学理性上也极有启示意义。但这只能是理论上的,其实无论是白沙心学还是白沙诗学,就对明代主流文坛的影响看,都是很有限的。倒是后来的阳明心学与诗学对文坛造成了广泛深刻的影响。这既可能与白沙偏于隐逸的人生取向有关,也与偏居岭南的地域特征有关。再说,陈献章与庄㫤的诗学观念与诗歌创作有很大的区别,笼统地说陈庄体从大的方面看似无问题,但从白沙诗学的角度看就需要做出许多重要的说明。

从本时期的研究状况看,陈献章的诗歌创作研究本身依然有待加强。因为无论是论白沙的诗学成就还是其诗歌史地位,都必须最终落实到他的诗歌创作。一种诗学理论是否拥有价值,当然不能仅在提出者本人的创作里得到验证,还要视其对诗坛的推动力量,但倡导者本人的创作水平毕竟是最有说服力的。这其实不仅是陈献章的问题,而且是明代诗歌史研究的普遍问题。以前学界关注的大都是其理论主张,而对其创作多有忽视,因而对其价值的认定也就比较抽象笼统。另外一点是白沙诗学的定性问题,也需要进一步研究。比如孙立认为其诗作代表了岭南诗风,具有鲜明地域色彩;王忠阁认为他虽与宋代理学诗有明显区别,但依然未出性理诗之范畴;而章继光则认为在与台阁体相比较的层面上,他可以被称为"山林诗"。其实将其称为隐逸诗亦无不可。但从其与明代诗歌主流的关系看,我们宁愿将其视作"性灵诗"。这不仅是他讲心灵之悟,讲心之重要,而且他的心学自身便是从理向心的转变,重视的是人的主观性情与境界,再用性理诗称谓已名不副实。从明代学术发展的主线看,大都将阳明心学视为对白沙心学的继承,而阳明的良知学说与诗学观念是典型的性灵诗派的理论基础,由此前追,则应将白沙诗学视为明代性灵诗学的开端。当然,阳明的性灵诗学观与白沙诗学存有许多的相异之处,这也是需要加以认真研究的。

第五章 李东阳与杨慎研究

第一节 李东阳研究

李东阳是弘治、正德时期的宰辅大臣,在后来诗坛上影响极大,故明清时期关于其诗歌、诗学的评论很多。而新时期的李东阳研究,却是1980年以后繁荣起来的。在此之前,除了文学史和文学批评史专著对他略加介绍以外,单篇论文屈指可数。在此之后,陆续有专门之论,如刘明浩《试论明代文学家李东阳》[1]、梅季坤《明代茶陵派领袖李东阳》[2]、王英志《李东阳诗论得失评》[3]等。兹将研究中涉及的重要问题归纳如下。

一、生平、文献整理与研究

明人崔杰、清人朱景英分别撰有《李文正公年谱》,清嘉庆间,法式善等人也撰有《明李东阳年谱》,但这三种年谱都很简略,"不仅几乎没有谱主文学实绩的记载,其记录政迹,亦多所阙遗。至于谱主的家世、师承、交游,以及罢相后的生涯,更是付之阙如"[4]。钱振民所

---

[1] 《社会科学战线》1989年第4期。
[2] 《湖南日报》1985年5月25日。
[3] 《北京师范大学学报》1985年第6期。
[4] 钱振民:《李东阳年谱》,复旦大学出版社,1995年版,第2页。

撰《李东阳年谱》二十余万字,详考李东阳的家世、生平行实及交游、作品,为进一步的研究提供了扎实的基础。介绍东阳生平事迹的论著还有邓绍基、尹恭弘撰写的《李东阳》[①]等。

1984—1985年,周寅宾点校的《李东阳集》三卷本由岳麓书社陆续出版。该书以清嘉庆刊本《怀麓堂全集》为底本整理点校,约一百二十万字。但这并非李东阳的"全集"。钱振民在编撰《李东阳年谱》的过程中,发现清刊本所谓《怀麓堂全集》不含东阳致仕后的作品。他将在上海、北京、南京等地发现的正德十二年苏州刊本《怀麓堂续稿》残卷拼合复原,辑为《李东阳续集》,并"从众多明代文史资料中辑录佚诗39首、佚文71篇"[②],无疑是李东阳文献整理与研究的重大收获。他还发表了《新发现的〈怀麓堂诗文续稿〉》[③]《〈怀麓堂稿〉探考》[④]《李东阳著述考》[⑤]等论文,细致地论列了李东阳著述的种类及存佚情况。

李东阳晚年自订的《麓堂诗话》,辽阳王铎于正德初刊行于扬州,后来有知不足斋丛书刊本、文渊阁四库全书本等。丁福保将其辑入《历代诗话续编》[⑥],成为该书在20世纪最流行的刊本。

---

① 吕慧鹃等编:《中国历代著名文学家评传》续编二,山东教育出版社,1997年版。
② 钱振民:《李东阳续集》前言,岳麓书社,1997年版,第5页。
③ 《复旦学报》1987年第2期。
④ 《复旦学报》1996年第1期。
⑤ 《中国文学研究》1995年第4期。
⑥ 《历代诗话续编》有上海医学书局1916年铅印本、中华书局1983年校点本。

二、诗学理论研究

文学史、文学批评史大都谈到李东阳上承严羽与高棅、下启前七子的过渡性质,及其诗论与台阁体的复杂关系,探讨的重点不同,结论也颇有出入[①]。李东阳诗学的关键是"格调"说与重"情"说。

郭绍虞《中国文学批评史》和方孝岳《中国文学批评》对李东阳"格调"说的解读差别很大。郭氏认为,李东阳重"声"与"格"的诗论上承严羽、下启李、何,"他能注意小问题,着眼在细故末节",其论声"重在诗之抑扬抗坠之处",其论格"注意到用字,注意到起结,注意到承转,真可谓细故末节了"[②]。他在1937年发表的《神韵与格调》一文中说:"李东阳可说是格调说的先声,李梦阳可以说是格调说的中心,何景明则可以说是格调说的转变。"[③]这一看法受到日本学者铃木虎雄的影响。铃木《中国诗论史》认为,"东阳门人李梦阳、何景明出,在诗论方面和创作方面都可谓百尺竿头,更进一步,而所谓'格调'之说,也正是由李何倡导而出"[④]。铃木认为李东阳说的声调"只可神会自得,而无法传之于他人,实可谓精微奥妙之论",这一认识,与郭绍虞之强调"细故末节"则有所不同。方孝岳《中国文学批评》有一节《李东阳所谈的"格调"和前后七子所醉心的"才"》,从标题可见,他把"格调"视为李东阳诗论的核心。他也强调李东阳对声

[①] 关于这方面的评说,可参看张燕瑾、吕薇芬主编《20世纪文学研究·明代文学研究》,北京出版社,2001年版,第33—35页。

[②] 郭绍虞:《中国文学批评史》,上海古籍出版社,1979年版,第334—337页。

[③] 《燕京学报》1937年第22期。

[④] 铃木虎雄著,许总译:《中国诗论史》,广西人民出版社,1989年版,第126页。该书在日本出版于1925年,孙俍工译本题《中国古代文艺论史》,上海北新书局1929年版。据许总《译者序》介绍,书中《论格调、神韵、性灵之诗说》1911年发表于《艺文》杂志。

调的重视,但认为他着眼的并非细故末节,而是整体风格。方氏说:

> 东阳的眼光,确是很高。……看诗要由"格调"下手,"格调"就是一切声容意兴体制之"总抽象"。照他所说的这种看诗的方法,似乎是有定法而亦无定法;因此严羽所说玲珑透彻的"妙悟",我们在这里才得着很明白的解释了。①

可以说,郭绍虞认为李东阳特别重视诗歌创作的技术性问题,而方孝岳则认为李东阳特别重视整体风格。后来许多研究者把"格调"视为"才情"的枷锁,把李东阳的诗论视为"典型的格调说",都是受到郭绍虞的影响。如游国恩等主编《中国文学史》认为李东阳"谈论诗歌音调的轻重、清浊、高下、缓急,以及作诗用字的虚实、结构的起承转合,多少有一点自己的体会。他强调宗法杜甫,也更多是从音调、法度着眼"。而陈国球提出,前后七子从未以"格调"一词总结自己的论诗主张,"唯有李东阳之说最多'格调'之论,但当中却不一定有'第一义'的意味"②,则是针对郭绍虞提出的反拨性意见。

其实,在李东阳的诗论中,重视"细故末节"和追求整体风格的高妙是对立统一的两个方面。袁震宇、刘明今《明代文学批评史》说:

> 李东阳合声调格律以论诗,这便是他的格调说。其特点是在理论上从诗与乐的关系出发,以声调来辨析诗体;而在实际的批评中,又时时从句法、字法等诗律问题着眼,研析入微。就前

---

① 方孝岳:《中国文学批评》,世界书局,1934年版,第209页。
② 陈国球:《明代复古派唐诗论研究》,北京大学出版社,2007年版,第330页。

者而言,他谈得比较空灵……就后者言,一些关于句法、字法的议论,使严羽"熟参""妙悟"之说具体化了。他的格调说简明地讲即是从格律求声调,从声调来辨明诸家的体格。这样就使人们获得了一个比较具体的、容易明白的学诗途径。[①]

此一评述整合了郭绍虞、方孝岳之不同解读,更为全面中肯。

李东阳诗论中重"情"的观点受到了研究者的关注与肯定。成复旺等在《中国文学理论史》中从三个方面概括李东阳的诗论:一是"诗在六经中别是一教",二是"'格''调'与'时代格调'",三是"求其浑雅正大"。成氏认为,李东阳诗论的"基本性质"是"教化理论与审美理论的融合",强调"格调","就是着重从情感、情绪方面去考察诗的艺术风格",但李东阳关注的主要不是个人格调、诗体格调,而是"时代格调","他的最终目标,是恢复古代的'浑雅正大'之诗",既有内容之雄浑,又有内容之雅正,是盛唐之调与"三百篇"之旨的统一[②]。廖可斌的《明代文学复古运动研究》把李东阳的诗论概括为"诗文有别""批评诗的理化与俗化""主张学古"三点,认为其特质是"要把文学从理学思想的统治下解放出来,超明代台阁体以至整个宋元诗歌而上,直以汉唐为师,恢复古典诗歌的审美特征"[③]。与成复旺的看法相比,廖著更强调李东阳重情、重审美的倾向。

[①] 袁震宇、刘明今:《明代文学批评史》,上海古籍出版社,1991年版,第87—88页。

[②] 成复旺、蔡钟翔、黄保真:《中国文学理论史》(三),北京出版社,1987年版,第51—63页。

[③] 廖可斌:《明代文学复古运动研究》,上海古籍出版社,1994年版,第46页。又见其论文《茶陵派与复古派》,《求索》1991年第2期。

三、文学思想与诗歌创作研究

从陈田的《明诗纪事》到钱基博的《明代文学》，论李东阳诗者大都杂取明清人之说作简要评论，如李维说："东阳诗宗老杜，一矫台阁之习，为弘正七子之先导。"[①]钱基博评《灵寿杖歌》："纵横跌宕，能盘硬语，极意规模少陵，何必李梦阳《空同集》耶？而梦阳轻之，何也？"[②]新时期研究者关注的焦点，一是李东阳融合台阁与山林的艺术倾向，二是以《拟古乐府》及《南行稿》为重点，讨论其诗歌创作的艺术成就。

马美信注意到李东阳是"台阁体、山林体兼而作之的诗人"[③]，阮国华进一步思考他产生巨大影响和凝聚力的原因，认为除了政治地位和性格因素之外，"李东阳具有适应于成弘间特定社会的政治形态、士人心态的文学思想，而在强调文学特质、重视形式美的前提下追求台阁文学与山林文学的融合则构成其文学思想的总体特色"。作者认为，李东阳并重"台阁气"与"山林气"，意味着"在审美领域承认了士人在封建专制下精神生活两极背反的合理性，承认了士人在不同处境下以不同形式在艺术中求得自我实现的相对自由和灵活性"。阮氏还分析了李东阳的创作实践及"追求古淡高简的老境美"的意蕴，认为：

> 这种深层的审美趣向正是明代中期社会老化、思想老化所造成的一代士人心灵早衰、理想激情匮乏在审美领域的投影，它

---

① 李维：《中国诗史》，江苏文艺出版社，2008年版，第207页。
② 钱基博：《明代文学》，商务印书馆，1934年版，第82页。
③ 马美信：《李东阳在明代文学发展中占有怎样的地位》，《古典文学三百题》，上海古籍出版社，1986年版，第332页。

从一个侧面反映了在士人未大量进入市民社会之前明代最后一批标准化士大夫的心态特征。[1]

如此发掘李东阳与晚明文学思潮的联系,比单纯张扬其重"情"说的观点更具说服力。

李东阳《拟古乐府》历来评价不一。如王世贞,早年嫌其议论太多,讥为"史断";晚年则称其"奇旨创获,名语迭出"。今人对其评价不一,自在情理之中。游国恩等主编《中国文学史》以为这些诗"实际是以乐府诗体作史论,道学气味很浓。只有少数抒情诗还比较可读"。周寅宾《论李东阳的〈拟古乐府〉》[2]则分析了诗人歌颂的名贤将相、妇女英雄以及对历史上消极现象的批判,认为其内容与构思都能推陈出新,且在艺术上重点突出、对比鲜明、陪衬有力。日本学者吉川幸次郎提到,《拟古乐府》影响日本文学,"成了赖山阳的'本能寺,沟几尺'及其他《日本乐府》的原型,安政年间也有了和刻本"[3]。

《南行稿》是李东阳创作中成就较高的专辑。周寅宾《论李东阳的〈南行稿〉》[4]称赞其现实主义精神、对民歌形式的借鉴及其独创性的比兴形象,认为李东阳诗歌与台阁体的差别在真与不真。袁行霈主编《中国文学史》所举的"摆脱了台阁体的束缚,表现出更为广阔的生活视角,刻画了作者个人的真情实感"的《马船行》也出自《南行稿》。该著还指出,李东阳的题画诗、酬赠诗和吟咏书斋生活的诗,

---

[1] 阮国华:《李东阳融合台阁与山林的文学思想》,《文学遗产》1993年第4期。
[2] 《船山学报》1988年第1期。
[3] 吉川幸次郎著,李庆等译:《宋元明诗概说》,中州古籍出版社,1987年版,第252页。
[4] 《求索》1985年第1期。

"有些作品也反映了他个人的生活情况与精神状态,值得注意"①。《寄彭民望》也被视为李东阳代表作中的情真意切的作品②。

关于李东阳诗歌的艺术成就,钱谦益认为能融汇诸家,不事模拟,为明中期诗人之最。日本学者吉川幸次郎认为,李东阳的诗和他的地位相称,气度恢宏,律诗也曲尽其妙,且"他的诗有一种明诗中所少见的灵活的视野"③。刘明皓《试论明代文学家李东阳》④认为李东阳学李白、杜甫和民歌,"很少有晦涩凝滞、不堪卒读的作品","他的诗文风格不一,卓尔多姿,在明代前期啴缓嘈囋的诗文领域内,他是佼佼者"。陈书录分析李东阳如何把"浑雅正大"的审美理想付诸实践,强调其"在意气激越中追求浑雅劲健之美""在忧国忧民中追求沉郁顿挫之美""在兼采民俗中追求朴雅清新之美""在超尘脱俗中追求淡雅闲远之美",同时也强调其"难以完全摆脱台阁政治与庙堂文化的钳制","创作实绩比较有限"⑤。

四、茶陵派研究

明清两代的文学史家大都承认"西涯之派"之存在,钱谦益《列朝诗集小传》把受到李东阳赏识的门人石珤、罗玘、邵宝、顾清、鲁铎、何孟春比为"苏门六君子",陈田《明诗纪事》更明确提出了"茶陵

---

① 袁行霈主编:《中国文学史》第四卷,高等教育出版社,2003年版,第80页。
② 见魏青:《由〈寄彭民望〉到李东阳的主情说》,《徐州教育学院学报》2000年第3期。
③ 吉川幸次郎著,李庆等译:《宋元明诗概说》,中州古籍出版社,1987年版,第253页。
④ 《社会科学战线》1989年第4期。
⑤ 陈书录:《明代诗文的演变》,江苏教育出版社,1996年版,第144—152页。

诗派"的称呼。宋佩韦《明代文学》列专节谈茶陵诗派，对石、邵、顾三位"真得其衣钵者"作了简要介绍，并把杨一清、吴宽、马中锡、吴俨等人称作"为之羽翼"者。游国恩等主编《中国文学史》提到李东阳"同派的诗人"有彭民望、谢铎、张泰、陆钶以及他的门生邵宝、何孟春等人。周寅宾《明代的茶陵诗派》①认为，茶陵派成员应包括李东阳的同年进士和门生弟子两部分人，同年如谢铎、张泰、陆钶，门生则举出"六君子"及储巏、汪俊、陆深、钱福、乔宇、张邦奇、杨慎等。廖可斌《茶陵派与复古派》②对茶陵派的界定大致与周著相同，并提出茶陵派形成的上限在弘治八年左右。袁行霈主编《中国文学史》的界定是："茶陵派以李东阳为主，成员有谢铎、张泰、陆钶、邵宝、鲁铎、石瑶等人。"③

第二节　杨慎及其他诗人研究

20世纪的杨慎研究也是从80年代繁荣起来的，自世纪初至70年代研究成果很少，且以介绍性读物居多。

一、杨慎生平及文献整理与研究

关于杨慎的卒年卒地，简绍芳《升庵年谱》的记载是嘉靖三十八年七月卒于戍所，年七十二。这一记载被包括《明史》在内的多种论著所取。20世纪80年代以来，张增祺、陆复初、穆药、丰家骅等学者

---

① 《学林漫录》第10辑，1985年版。
② 《求索》1991年第2期。
③ 袁行霈主编：《中国文学史》第四卷，高等教育出版社，2010年版，第71页。

据相关资料提出新说,或谓杨慎卒于隆庆初,或谓卒于嘉靖四十年前后。后来丰家骅在《明文海》中检得游居敬为杨慎撰写的墓志,参以周复俊《七十行戍稿序》,验证了简著年谱记载的正确性①。

杨慎生平具有传奇性,20世纪出版的介绍性读物较多,如张锡禄等搜集整理的《杨升庵在云南的传说》②、中国民间文艺研究会四川分会与新都县杨升庵研究学会编《杨升庵的传说》③、欧之德《杨升庵》④、董小萍《杨慎》⑤、李义让《状元杨慎》⑥等,丰家骅《杨慎评传》⑦则具有较强的学术性。

王文才致力于杨慎文献的整理与研究,取得了丰硕的成果。首先是《杨慎学谱》⑧上编"升庵纪年录"、中编"升庵著述录"对杨慎的生平、著述做出了翔实的考订;其次是与万治光主编的"杨升庵丛书"⑨6册455万字,是迄今所见搜集最全的杨慎全集点校整理本;第三是编写了《杨慎诗选》⑩《升庵诗文》⑪等普及性选本,并辑校《杨慎

---

① 参看穆药《20世纪杨慎卒年讨论回眸》,《云南师范大学学报》2007年第4期;丰家骅《杨慎卒年卒地新证》,《南京师范大学文学院学报》2006年第2期;董运来《杨慎卒年卒地新考》,《图书馆杂志》2006年第6期。

② 四川人民出版社,1982年版。

③ 四川文艺出版社,1986年版。

④ 云南人民出版社,1991年版。

⑤ 春风文艺出版社,1999年版。

⑥ 四川人民出版社,2001年版。

⑦ 南京大学出版社,1998年版。

⑧ 上海古籍出版社,1988年版。

⑨ 天地出版社,2006年版。关于"杨升庵丛书"的整理情况,可参看杨钊《近三十年来杨慎研究述评》,《重庆文理学院学报》2010年第2期,《〈杨升庵丛书〉的学术价值》,《四川图书馆学报》2011年第4期。

⑩ 四川人民出版社,1981年版。

⑪ 四川人民出版社,2001年版。

词曲集》[1];第四是《杨慎学谱》的下编"升庵评论录"及与张锡厚合辑的《升庵著述序跋》[2],辑录了明代以来关于杨慎著述的评论和序跋文字。相关的整理本还有:

1. 诗文集,另有王云五主编《万有文库》句读本,商务印书馆1935年铅印本,与文渊阁四库全书本略同,卷首有《升庵先生年谱》及目录。

2. 诗话,有丁福保辑《历代诗话续编》本,中华书局1983年版;王仲镛《升庵诗话笺证》,上海古籍出版社1987年版;杨文生《杨慎诗话校笺》,四川人民出版社1990年版。

3. 词曲集,有任讷辑《杨升庵夫妇散曲》,商务印书馆1934年排印本;《升庵夫妇乐府》,中华书局1940年仿宋聚珍本;《杨升庵夫妇散曲三种》,江苏广陵古籍刻印社1980年版;金毅点校《杨升庵夫妇散曲》,上海古籍出版社1985年版;《杨升庵夫妇散曲》,上海古籍出版社1989年版。

4. 词曲评论,有《词品》,唐圭璋《词话从编》1934年排印本、中华书局1986年版;王幼安校点,人民文学出版社1989年版。

5. 编著,《风雅逸篇·古今风谣·古今谚》,古典文学出版社1958年版;王仲镛《绝句衍义笺注》,四川人民出版社1986年版。

台湾地区也整理印行了一些杨慎的论著,贾顺先、林庆彰编《杨慎研究资料汇编》[3]辑录了1992年之前两岸杨慎研究的论文39篇。另外杨升庵博物馆、新都杨升庵研究会1984年印行了《杨升庵研究

---

[1] 四川人民出版社,1984年版。
[2] 云南人民出版社,1985年版。
[3] 台湾中央研究院中国文哲研究所出版社,1992年版。

论文集》(内部资料)、四川大学出版社1994年出版了《杨升庵诞辰五百周年学术论文集》等。

关于杨慎著述的考据之作,另有四川省图书馆编《杨升庵著述目录草稿》[1],将杨慎著作298种分为经史子集四部分,于书名后注录不同版本和收藏地点;张锡厚的论文《杨慎诗论著述考》[2]综述了包括《升庵诗话》《千里面谭》在内的13种杨慎著、编、评的诗论专书[3]。相近的论文还有陈廷乐《简辑杨升庵著述评选书目》[4],沙铭璞、何金文《杨升庵著述现存书目版本考录》[5],王炎《杨升庵著述系年》[6]等。

二、诗歌理论批评研究

或许因为杨慎诗话内容驳杂,20世纪的文学批评史著作对他大都不予涉及。聂索《杨慎和他的〈升庵诗话〉》[7]为新时期升庵诗学研究拉开了序幕。该文认为《升庵诗话》"力主真情""力倡独胜""力促新语",看重诗歌的语新意妙。陈长义《从〈升庵诗话〉看杨慎的诗论》[8]将杨慎诗论归纳为"主张广师博采,不拘一代","主张脱胎换骨,立足创新","强调抒写真情,反对过分雕饰"。二文拣选杨慎诗论中符合当代文艺观念的成分加以肯定,体现出20世纪70、80年代

---

[1] 1961年油印本,未公开发行。
[2] 《四川师院学报》1981年第2、3期连载。
[3] 杨慎对周复俊等人诗集的批点作者未列入,恐系遗漏。
[4] 《昆明师院学报》1982年第1期。
[5] 《杨升庵研究论文集》,1984年版。
[6] 《杨升庵诞辰五百周年学术论文集》,四川大学出版社,1994年版。
[7] 《昆明师院学报》1979年第4期。
[8] 《社会科学研究》1986年第2期。

学术论文讲究"古为今用"的普遍特征。王仲镛《杨慎论李白评述》[1]、吴明贤《试论杨升庵与李白》[2]选取杨慎诗话中与李白相关的条目,高度评价其关于李白的考据和论评,讨论杨慎推崇李白的原因。吴文还从创作角度分析了李白对杨慎的影响。廖仲安《杨慎与杜诗》[3]、王仲镛《杨慎杜诗学述评》[4]指出杨慎虽然"抑杜",但其创作深受杜甫影响。王文还就杨慎在杜诗研究方面的贡献作了评述。王仲镛《杨升庵和明七子》[5]、贾顺先《论杨慎的文学思想》[6],都肯定了杨慎反对前七子复古模拟的理论与创作。

邬国平《杨慎的文学批评》[7]、黄宝华《杨升庵诗论初探》[8]在明代诗学发展的历史与逻辑进程中考察杨慎的论诗主张,表现出新一代学人的研究思路。邬文着眼于杨慎对理气诗的批评、对拟古主义的反击等主要倾向加以分析,认为杨慎对理气诗的批评比李梦阳更为严厉和广泛,且与反对宋明道学结合起来,提高了文艺批评的深度;他的"缘情"说系针对理气诗而发,以捍卫文学的正确道路;当时唐顺之等人是陈献章的推崇者,杨慎的批评具有现实针对性;杨慎强调多闻多见、来历出处,也是针对理气诗人脱离实际、师心自用的不良倾向。杨慎反对拟古,肯定六朝诗,认为"人人有诗,代代有诗",提出"同能不如独胜",追求艺术的独创,"在拟古风盛,沧海横流之

---

[1] 《四川师院学报》1983年第1期。
[2] 《四川师范大学学报》1989年第2期。
[3] 《光明日报》1983年3月22日。
[4] 《杜甫研究学刊》1982年第1期。
[5] 《光明日报》1984年9月11日。
[6] 《四川师范大学学报》1988年第1期。
[7] 《文学遗产》1985年第3期。
[8] 《上海师范大学学报》1991年第1期。

际,起到了砥柱中流的作用"。文章还评述了杨慎求美、求真等倾向,以及对杜甫"诗史"的看法,认为杨慎并不一概否定"诗史",而是否定直露而不含蓄的作品;之所以要求含蓄,又与他遭贬后的处境与避祸心态有关;杨慎热爱杜甫,之所以颇多苛求乃至错误的指责,则是出于对前七子影响下的模拟盛唐、杜诗风气的矫正。黄文指出,在前七子一片宗唐声中,杨慎提出上溯汉魏六朝,尤着意于六朝诗的承上启下,编撰各种诗歌选本,"以打破《唐音》《品汇》等的垄断局面",使学诗者跳出步趋唐律的樊篱,沿流溯源,取法乎上,矫正了七子的模拟之风,同时也表现出追求清新绮艳的审美趣尚;杨慎对李白的推崇与对杜甫"变"的不满,也应归结于他宗尚六朝的诗歌美学,"所重在比兴寄托、风人之旨,向往的是那种含蓄蕴藉、缘情绮靡的篇什,而非直陈刻露的新声"。文章还在唐宋诗之争的背景下,分析杨慎不满于七子一味排斥宋诗的态度,但从根本上仍是一个宗唐论者,只是对初、中、晚唐诗多所论列,不因其时代之先后于盛唐而掩其光辉。这两篇重要的文章实已勾稽出杨慎诗论中推崇六朝、李杜优劣、"诗史"说、主"缘情"而重才学、追求含蓄等关键诗学问题。后来的研究论文有不少还是围绕这些问题展开。1990年代关于杨慎诗学的论文不多,袁震宇、刘明今所著《明代文学批评史》把杨慎与孙绪、吾谨、李开先一并论列,定位于"不为七子派所囿,保持自己特立的见解,并对七子派的流弊作出批评者"[1]。

三、杨慎诗歌创作研究

郑振铎《插图本中国文学史》认为杨慎"独立于当时的风气之

---

[1] 上海古籍出版社,1991年版,第186页。

外,自有其深厚的造诣",论其诗说:"早年的,饶有六朝的风度;晚年的,渐见风骨嶙峋之态。"[1]钱基博《中国文学史》举其《垂柳篇》,谓"慎诗多用新事,工于设色,搜罗刻削,无出其右。而骈绘既繁,性情或尽"[2]。评价高低不同,或许是因为针对的作品不同。刘大杰《中国文学发展史》举其《锦江舟中对酒别刘充善》《李君阶过皋桥新居言将北上礼部》二诗,谓"抒写不平之鸣,甚为真挚",同时又说其一般作品瑕瑜互见。张建华《论杨慎的诗歌创作》[3]认为杨慎诗反映了他被远谪的思想和感情,独特的经历和感受使他的诗跳出宫廷生活的拘囿,在艺术上的最大特色是"含蓄蕴藉而又洒脱自如"。丰家骅《杨慎评传》侧重论述杨慎诗歌的题材内容,将其概括为"揭露帝王荒淫,反映民生疾苦""抒发怀才失志的苦闷""描绘云、贵、川的山川风光""倾诉对友人的思念"四个方面,并就其在艺术上如何学习民间歌谣及各种诗体的特色作了简要评述。贾炳棣《杨慎》[4]所论与此略同。值得注意的是,游国恩等及袁行霈主编《中国文学史》都没谈到杨慎诗,杨慎诗歌的成就尚未得到文学史家的普遍认可。

杨慎注重搜集民歌民谣,且其创作也受到民歌影响。张祖涌《杨升庵对俗文学的贡献》[5]高度评价了杨慎编纂《古今风谣》《古今谚》《俗言》等专书的贡献,并分析了杨慎"对谣谚独具慧眼的认识"。熊秉尧《杨慎与民间歌谣》[6]认为杨慎是刘禹锡以后自觉学习民间歌

---

[1] 郑振铎:《插图本中国文学史》,上海人民出版社,2005年版,第1080页。
[2] 钱基博:《中国文学史》,东方出版中心,2008年版,第915页。
[3] 见《杨升庵诞辰五百周年学术论文集》,四川大学出版社,1994年版。
[4] 《中国历代著名文学家评传》续编二,山东教育出版社,1997年版。
[5] 《文史杂志》1988年第5期。
[6] 《内江师专学报》1989年第1期。

谣并在创作上取得重要成就的杰出作家,他的创作有的化用民歌,有的仿民歌,更多的则是"具有民谣风的作品",其中《竹枝词》体现了杨慎仿民谣的最高成就。冯修齐《杨升庵对中国民间文学的贡献》[①]则从民谣、神话传说、弹词三个方面论述了杨慎在搜集整理和借鉴民间文学上的贡献。

四、关于"六朝派"的研究

在嘉靖前期的诗人中,李开先因为戏曲小说而受到研究者重视;唐顺之、王慎中因为"唐宋派散文"受到青睐,诗人如薛蕙、高叔嗣、王廷陈、陈束、华察、皇甫兄弟受关注相对较少。宋佩韦、钱基博各自于其《明代文学》中谈到高叔嗣、华察、四皇甫,郑振铎《插图本中国文学史》谈到薛蕙"轻盈自然的作风"、华察"具有渊明的恬淡自然的作风"、高叔嗣"情深意畅"、王廷陈"语多愤激",也提到四皇甫、四冯、严嵩等[②]。与杨慎一样,这些诗人在游国恩等主编本、袁行霈主编本文学史中均未涉及。

廖可斌《明代文学复古运动研究》在谈复古"余波"时,论述杨慎并列出"杨门七学士"和安磐、兰廷瑞等"追模杨慎"者,似有视之为流派的意思,并且使用了"六朝初唐派""中唐派"的概念,但另举出醉心六朝初唐之体者如王廷陈、江晖、马汝骥、罗洪先、唐顺之,及中唐派薛蕙、高叔嗣、皇甫兄弟,认为这些人师法六朝中唐"若有意若无意,妙在似与不似之间",因而不必受某种特定格调的束缚,可以在一定程度上本以性情,出之自然,"从而避免生硬模仿古人之弊",

---

① 见《杨升庵诞辰五百周年学术论文集》,四川大学出版社,1994年版。
② 上海人民出版社,2005年版,第1080—1081页。

并认为这派诗人干预生活的意识减弱,作品中的生活热情也明显减退,"往往笼罩着一层深厚的感伤情调"①。

---

① 上海古籍出版社,1994年版,第82—88页。

第六章 前七子复古派研究

第一节 李梦阳与前七子群体研究

一、李梦阳研究

以明人朱安汦《李空同先生年表》为基础,日本学者铃木虎雄撰有《李梦阳年谱略》①,王公望著有《李梦阳年谱简编》②,杨永康所著《李梦阳年谱》③更为详备。介绍李梦阳生平的论著有章培恒、陈建华《李梦阳》④,薛正昌《李梦阳评传》⑤则是以小说笔法写成。唐景绅《关于李梦阳的生卒年代》⑥针对《辞海》和几种文学史所标李梦阳生卒年不统一的情况,结合李梦阳论著,考订朱著《年表》记载可知,其生于成化八年(1473)、卒于嘉靖八年(1530)。

关于李梦阳的交游,王公望系列论文《李梦阳〈空同集〉人名笺证》⑦

---

① 《艺文》20卷1期,1929年版。
② 《甘肃社会科学》2001年辑刊。
③ 新华出版社,2001年版。
④ 吕慧鹃等编:《中国历代著名文学家评传》续编二,山东教育出版社,1997年版。
⑤ 长春出版社,1999年版。
⑥ 《社会科学》1980年第3期。
⑦ 分别见《甘肃社会科学》1993年第6期、1994年第5期、1995年第5期、1996年第5期。

考述李梦阳文集"所载之友朋交往"者51人。关于李梦阳与康海的关系及《中山狼》杂剧的作意也是研究者关注的一个热点。

关于李梦阳的著述，梁临川《李梦阳〈弘德集〉的编定年代》①考得该集编于正德四年。作者另文《李梦阳全集初刻本辨说》②考得黄省曾刻本为初刻本。王公望《李梦阳著作明代刻行述略》③梳理了李梦阳全集及单刻本在明代的刊刻情况。李梦阳全集尚无整理本。

关于李梦阳的诗论，在20世纪80年代前多侧重其重法论、"格调"说，此后则有很多论著详论其重情论、"真诗"说。

铃木虎雄《中国诗论史》提出"格调之说，至梦阳始盛"，但他并不认为李梦阳"忽视风韵"，而是说"格与调自然仅为构成其诗论整体的一部份，只不过占有尤为重要的地位而已"④。受其影响，郭绍虞《格调与神韵》认为李梦阳虽"不曾主格调而抹煞一切"，但强调其"论诗论文全以第一义为标准"，"于各种体制之中，都择其高格以为标的"，于是其主情与主格调看似不相妨碍，实则"总觉得有些格格不入"。朱东润《中国文学批评史大纲》一方面引梦阳《诗集自序》之说，谓"空同虽以复古为帜，然对于诗人本原，识之不可谓不真"，一方面又引其"学不的古，苦心无益"之说，谓"影子之讥，不为无据"⑤。其论文《何景明批评论述评》⑥对《诗集自序》评价颇高，说"近人言

---

① 《上海大学学报》1990年第2期。
② 《上海大学学报》1993年第4期。
③ 《图书与情报》1998年第3期。
④ 铃木虎雄著，许总译：《中国诗论史》，广西人民出版社，1989年版，第131—133页。
⑤ 朱东润：《中国文学批评史大纲》，上海古籍出版社，2001年版，第225页。
⑥ 《文哲季刊》1930年第3卷第3号。

一切新文学之来源出自民间,而李梦阳在四百年前,已有此论,其见解之卓绝,诚可惊叹"。

1957年出版的茅盾的《夜读偶记》呼吁充分估计前七子复古运动的"政治改革和思想解放的意义",在当时似并未产生很大影响。后来的一些文学批评史对李梦阳诗论采取了简单化处理,如游国恩等主编《中国文学史》认为李梦阳等人"抛弃了唐宋以来文学发展的既成传统,走上了盲目尊古的道路。他们的创作一味以模拟剽窃为能,成为毫无灵魂的假古董"。周勋初《中国文学批评小史》也认为李梦阳"只是模仿古人句法,这就不免降为古人奴隶了"①。复旦大学中文系古典文学教研组《中国文学批评史》将李梦阳的主张概括为"文必秦汉,诗必盛唐""严守古法,模拟形式",同时也将"情动乎遇"与"真诗乃在民间"之说视为李梦阳诗论的纲目,但不再像郭绍虞、朱东润那样将其视为难于调和的矛盾,而是认为李梦阳晚年"否定了自己的拟古主义作品,进行了自我批判"②。

章培恒《对中国古典文学研究的展望》③提出,李梦阳重真情的主张、推崇《西厢记》及民间小曲,都跟晚明文学革新思潮相通。赵建新《李梦阳诗论述评》④也表达了相近的看法。稍后,章培恒《李梦阳与晚明文学新思潮》⑤从袁宏道对李梦阳的肯定谈起,分析《诗集

---

① 周勋初:《中国文学批评小史》,《周勋初文集》第二卷,江苏古籍出版社,2000年版,第262页。
② 上海古籍出版社,1981年版,第262页。
③ 《复旦学报》1984年第5期。
④ 《兰州大学学报》1985年第3期。
⑤ 《安徽师范大学学报》1986年第3期。据文后附记,该文最初发表于日本东方书店发行的《古田教授退官纪念中国文学语学论集》。

自序》的主情说及《缶音序》对"宋人主理"的批评,认为李梦阳跟汤显祖《牡丹亭》的重情说相通;其要求真情、真人之说和李贽"童心"说相近。文章也认为李梦阳把柔淡、沉着、含蓄、典厚作为创作的最高标准是"削足适履""给感情的表现形式加上了限制",但认为这一方面在现有研究著作中被过度渲染了。文章还纠正了《诗集自序》系李梦阳"晚年悔悟"的说法,指出梦阳听到王叔武的话至迟在弘治十五年,时二十九岁。其实,郭绍虞早就看到李梦阳《诗集自序》的话"是后来公安派用以反对李、何者",但他就此认定"空同诗之非真,何待后人讥议,彼且自知之而自言之"[1],此一认识则又与"晚年悔悟"说相近。章氏之论从对批评文本的仔细解读、对研究对象的全面考察出发,根据文学思潮发展方向来探讨李梦阳在明代重情思潮发展中的贡献,体现出当代学人的新思路。

成复旺在《中国文学理论史》中高度评价了李梦阳的《诗集自序》,认为李梦阳文学思想的起点不是模拟古人,而是向往古代最优秀、最具典范意义的封建文学,"在这种向往中既包含着对古代时代格调的依恋,又包含着对真诗的追求。当他沿着对古代时代格调的依恋走下去的时候,就走到了'尺寸法古''摹临古帖';当他从对真诗的追求向前迈进的时候,就看到了'今真诗乃在民间'"。作者还指出,就实际影响而言,李梦阳复古的一面是主要的;而就历史意义说,"'今真诗乃在民间'的一面更值得重视"[2]。廖可斌《关于李梦阳的"晚年悔悟"问题——"前七子"文学理论研究之一》[3]认为李梦

---

[1] 郭绍虞:《中国文学批评史》,商务印书馆,2010年版,第193页。
[2] 成复旺:《中国文学理论史》,中国人民大学出版社,2010年版,第75—76页。
[3] 《文艺理论研究》1991年第2期。

阳《诗集自序》意在"恢复诗缘情的传统",李梦阳说自己的诗仍属"文人学子之韵语"是对自己的努力或整个复古运动的成果还不满意,并不意味着对复古的否定。前七子强调主体情感的地位与价值,"实际上是明中叶社会生活中一系列新变化在文学领域里的反映","实际上是以复古的形式,不自觉地反映了新的历史要求",只是在程朱理学倡理贬情的具体情况下才特别强调情感的地位与价值,其最高目标还是情与理的统一,因而对"理"的批判和对"情"的倡导也还不够大胆。他们强调李梦阳重情的一面,同时也看到了他的局限性。

章培恒所译吉川幸次郎《李梦阳的一个侧面——古文辞的平民性》[1]通过分析李梦阳的家世背景,认为他"处在平民性的气氛之中",形成了他文学的出发点且跟他成熟以后的文学有密切关系,即"使文学简易化","把以宋代以后的文学为背景的繁琐的知识教养索性当作有害的东西全部抛掉的主张",而其失败的原因则在于"平民性的愚直"。该文擅长思辨,视角新颖。

关于李梦阳的诗歌创作,钱基博取沈德潜等人之说,谓其"七言古及近体专仿少陵,超然蹊径之外",甚至说"学杜而智过其师,俚质生硬处正不易到",七言近体"开阖动宕,不拘故方,准之杜陵,亦几具体"[2]。宋佩韦《明代文学》则认为梦阳诗"往往句拟字摹,犯了食古不化的毛病"[3]。游国恩等主编《中国文学史》并论李、何,说"他们

---

[1] 《文艺理论研究》1982年第2期。据文后《译者附记》,该文发表于1960年的《立命馆文学》第180期。

[2] 钱基博:《中国文学史》,中华书局,1993年版,第909页。

[3] 宋佩韦:《明代文学》,《中国大文学史》,上海书店出版社,2003年版,第721页。

的创作一味以模拟剽窃为能,成为毫无灵魂的假古董",同时也承认"他们毕竟是关心现实的,因此也写了一些有现实意义的作品"。袁行霈主编《中国文学史》肯定李、何等人重视时政题材、有较为浓厚的危机感与批判意识,且注意将文学表现的视线转向较为丰富的平民生活①。从几种文学史的不同评价,可以见出近百年学界对李梦阳诗歌认识与评价的大体轨迹。

陈志明《李梦阳的为人及其文学事业述评》②认为,在李梦阳优秀的诗歌中,"社会的动荡,政治的黑暗,人民的苦难,诗人自己的不幸遭遇与悲痛的感情,都有相当形象、生动以至深刻的艺术表现","那些抒发了真情实感的诗作,在艺术上也往往是比较成功的"。文章还认为,李梦阳最推崇李白、杜甫、高适,其诗风格雄豪,时而透出飘逸的色调,而更经常伴随出现的是"抑郁苍凉之气"。徐朔方《论前七子》③则认为李梦阳主要学习汉魏诗,乐府诗成就最高,"从乐府诗和古诗看来,李梦阳不愧为明代的一位重要诗人",七言古诗次之;近体诗力学杜甫,虽然功力深厚,也有自己忧时伤国的感情在内,但不敢逾越古人的格式,不过是"复制品"。廖可斌《明代文学复古运动研究》认为李梦阳是复古运动中运用体裁最全面、涉及题材最广泛的诗人,颇有大家的气派,虽然"利钝杂陈",但还是复古运动第一次浪潮的最具代表性的作家。

---

① 袁行霈主编:《中国文学史》第4卷,高等教育出版社,1999年版,第82页。
② 《兰州大学学报》1980年第4期。
③ 《杭州大学学报》1990年第1期。

二、前七子群体研究

1949年之前几篇论及七子派的论文,有的站在自己的文学立场上是此非彼,有的借古讽今,影射当时的文坛风气。夏崇璞《明代复古派与唐宋文派之潮流》[①]说:"窃谓吾国自唐宋以来文学界有三大运动,退之之变骈俪,永叔之更西崑,及有明前后七子与唐宋派之冲突是也。"在作者看来,李梦阳僻戾凶狠,康海、王九思挟妓酗酒、自比俳优,边贡居官旷职纵酒,为文粗犷乖戾,其诗"剽夺窃取,将古人之作更易数字,据为己有"。这样的看法,显然站在推扬唐宋派的立场。郭绍虞《明代文学批评的特征》[②]认为明代文学批评颇带一些"法西斯式"的作风、泼辣辣的霸气,并举出李、何论争,王、李排挤谢榛,说他们"惟庸故妄"、空疏不学,"完全是文人狂诞之习",其意在于呼唤"文坛的民主精神"。吴重翰《明代文学复古之论战》[③]观点与郭绍虞迥异,认为明代因复古问题论者蜂起,探源讨流,求其真义,打破了文坛之沉寂局面,说"有复古之论战,然后明代文学得以自由发展",因而大呼"文学不可无论战"。

朱东润《何景明批评论述评》认为复古不同于守旧,"在动机方面尤有天渊之别",明代复古论者之进取精神,与西欧文学革命家及中国古代之陈子昂、李白,文界之欧阳修、韩愈一样。曹聚仁《明代前后七子的复古运动有着怎样的社会背景?》[④]谓前七子批评"不痛不痒"的台阁体,"诗必盛唐"的主张"就是说诗要抒写真情实事如李

[①] 《学衡》1922年第9期。
[②] 《新语》1945年第5期。
[③] 《广大学报》1949年第1卷第1号。
[④] 曹聚仁:《明代前后七子的复古运动有着怎样的社会背景》,《中国文学百题》,上海生活书店,1935年版,第382—383页。

杜那样",他们生当刘瑾的时代,身为士大夫不能与当权者相抗,只好以诗文的激昂排宕来宣泄心头的抑郁,暗伏着后来东林党所谓"士气"的消息。相比之下,他们更近于学术的、历史的态度。后来的研究,大致围绕以下问题展开。

关于前七子兴起的历史背景。陈书录《明代前后七子研究》以为政治、民族矛盾、科举八股等外部因素和陈庄体、茶陵派的负面效应导致了"'宗汉崇唐'心态的膨胀"[①]。廖可斌《明代文学复古运动研究》论及社会政治、士人心态和民风、世风、学风的变化,也谈到七子对台阁体、陈庄体尤其是宋代以来诗歌理化与俗化倾向的批评。

关于前七子"斗争"的对立面,除宋诗之外,学界还有反对台阁体、反对八股文、反对理学等说法。汤书昆《"前后七子"新论》认为程朱理学及其文学观"是高悬在'前后七子'上方的一团浓云,而'台阁体'不过是低空的一个浮影而已"[②]。郭预衡《"前七子"的"复古"与何景明的文风》[③]认为,前七子倡导"文必秦汉","虽说是反对三杨的'台阁体',其实主要是反对'八股文'"。关于这一问题,史小军《明代七子派复古运动新探》[④]有比较全面的评说。

前七子是否反对理学?马积高《明代中期学术思想的变化和诗文复古运动》认为李梦阳《论学》中"性行有不必合"的话"击中了理学家的性理哲学的要害,揭穿了它的违反人的实际的虚伪的

---

① 江苏教育出版社,1996年版,第186—189页。
② 《学术界》1989年第6期。
③ 《信阳师范学院学报》1985年第3期。
④ 《陕西师大学报》1993年第4期。

本质"①。陈建华《晚明文学的先驱——李梦阳》②认为李梦阳向"存天理,灭人欲"这一理学的根本信念挑战,提出"理欲同行"的理论,明确"欲"即"好货""好色",人欲不能克制,同天地万物一样是自然生成的。黄果泉《论李梦阳诗学思想的理学倾向》则从李梦阳的相关论述出发,认为李梦阳非但不反对理学,还对理学相当尊崇和维护,他受理学认知方式和思维模式的影响,相信宇宙间存在客观外在、不可移易的天道,尊道(追求自然之数)与尚法(崇尚复古)是不可离析的一个连体。史小军《明代七子派文学复古运动与儒学复兴》③认为七子派文学复古运动具有复兴文学和儒学的双重目的,如果说其中某些人具有了"反理学"的倾向,也只是在儒学范围内作了一些批评和修正,呈现出向孔孟原始儒学回归的迹象。

前七子与阳明心学的关系也受到研究者的关注。钱锺书《谈艺录》指出了"复古模拟"与"师心直觉""二事根本牴牾,竟能齐驱不倍"④现象。马美信《阳明心学与文学复古运动》⑤侧重论二者之对立,指出在阳明心学影响下,郑善夫、唐顺之、王慎中等人脱离了文学复古运动转而学道。廖可斌《明代文学复古运动研究》认为二者存在差异和矛盾,"但在突破程朱理学、倡导主体精神、反映当时个性解放的时代要求这种根本性质上"⑥是一致的。

关于前七子学习的对象,一般都认可《明史》"诗必盛唐"的概

---

① 《中国文学研究》1986年第2期。
② 《学术月刊》1986年第8期。
③ 《人文杂志》2001年第3期。
④ 钱锺书:《谈艺录》,中华书局,1984年版,第303页。
⑤ 《复旦学报》1993年第6期。
⑥ 廖可斌:《明代文学复古运动研究》,上海古籍出版社,1994年版,第65页。

括,赵永纪《前后七子主张"诗必盛唐"是什么意思?他们的创作有何特点?》[1]说这个口号是李梦阳提出来的,本于严羽的《沧浪诗话》。而徐朔方《论前七子》指出,推崇汉魏是前七子的立足点,李梦阳不但没有说过"诗必盛唐",反而对盛唐诗有微词,前七子论诗以汉魏为主,以盛唐为宾。

关于前七子复古的发展,石麟《李梦阳何景明诗论诗风比较谈》认为,复古运动于弘治十二年左右由李梦阳等人发起,弘治十五年何景明响应,至弘、正之交随着其他成员的加入而兴盛。廖可斌《明代文学复古运动研究》对此一问题作了更系统的论述,认为弘治六年李梦阳进士及第为其开端,至嘉靖十二年为其下限。弘治十五年前为酝酿期,尚在茶陵派卵翼之下;弘治十五年到正德六年为蓬勃高涨的阶段,在反刘瑾斗争中与茶陵派脱钩;此后为深入发展期,形成了以李梦阳为首的开封作家群、以何景明为首的信阳作家群、以康海和王九思为首的关中作家群、以顾璘为首的南京作家群等。

关于"复古"的定性。郭绍虞认为李梦阳是"于诗文方面复古。而不是于道的方面复古。易言之,即偏重在文之形式复古,而不重文之内容复古",因而"终究偏在格调一方面"[2]。这一说法影响很大,如郭预衡《"前七子"的"复古"与何景明的文风》说"独明代七子之复古,好像只复'古文'而不复'古道'"[3]。汤书昆《"前后七子"新论》[4]也认为,中唐以来的复古运动复的是"道统"及社会功利性,而

---

[1] 《古典文学三百题》,上海古籍出版社,1986年版,第335页。
[2] 郭绍虞:《神韵与格调》,《燕京学报》1937年第22期。
[3] 《信阳师范学院学报》1985年第3期。
[4] 《学术界》1989年第6期。

在明代中期,"天理"压得人喘不过气,所以七子努力的方向恰好相反,复的是秦汉、盛唐的宏大气象,强调的是文章的"格调"而不是内容上的"道"。

针对长期以来对复古派重形式、轻内容的批评,廖可斌《李、何之争:复古主张的二律背反》[1]提出,复古派绝非只重内容不重形式,在明代诗文领域,复古派创作乃是现实主义的主流,复古运动归于失败,并非复古派偏重形式之故,恰恰是因为他们忽视了艺术形式上的创新,没有着力探寻新的形式。有的论者则充分肯定七子派重形式的倾向,如陈建华《中国江浙地区十四至十七世纪社会意识与文学》认为,文学之所以有其独特价值,在于作家主观精神世界的开掘和美学形式的变革,后者"往往标志着时代审美风尚和社会心态的变革",前后七子的历史功绩正在"认为形式对于文学不仅必要,甚至强调到首要的地位",其关于形式的理论"在使文学冲破传统的桎梏、挣脱其依附于'道'或'政教'的从属地位而走上正常发展的轨道方面,具有十分重要的意义",虽然复古观的先天缺陷局限了他们对形式与情感关系的认识,"但在思想条件尚未成熟的情况下,美学形式成为反抗传统和丑恶现实的力量的转换方式,有效地起到疏隔'道'的作用。重视形式的创作实践的结果是造成一种新的美学趣尚,将'理学'逐出文学殿堂之外",并认为这是前后七子主宰一百五十年文学潮流的原因[2]。

还有一种意见强调前七子复古是为了"求真"。刘明今《对明代

---

[1] 《中国文学研究》1992年第1期。
[2] 陈建华:《中国江浙地区十四至十七世纪社会意识与文学》,学林出版社,1992年版,第277—278页。

中期复古运动的再认识》①将前七子复古运动的特点概括为"文学坛坫的下移""复古以求真""对意象比兴的重视""强烈的个性色彩"四点,论第二点时指出"重视情与真是前七子普遍的主张",论第四点时强调复古运动"蕴含有某种思想解放的意味",并将前七子与公安派比较,强调其"共同的反理学倾向""共同的追求真情的倾向""共同的反传统的倾向",从而认为公安派"思想深处与前七子有不少相通之处"。

第二节 何景明与李、何之争研究

一、何景明研究

关于何景明的生平,清人刘海涵有《何大复先生年谱》,但甚为简略。付开沛撰有《何大复年谱》②,内容更为充实,且纠正了刘谱中的部分错误,卷末附有何氏家族世系表、何氏行迹图、交往录等。草木《关于"何大复年谱"若干问题的考证》③就付谱中何景明别号"胎簪子"等问题作了补正。姚学贤、徐扬尚《关于何景明督学陕西的补正》④,姚学贤、草木《何景明出使云南杂考》⑤对付谱也提出了一些补正意见。另外,丁三省有《何景明年表》⑥、金荣权有《何景明年谱

---

① 刘明今:《对明代中期复古运动的再认识》,《明代文学研究》,江西人民出版社,1990年版。
② 《信阳师范学院学报》1982年第2、3期。
③ 《信阳师范学院学报》1991年第3期。
④ 《殷都学刊》1992年第4期。
⑤ 《河南师范大学学报》1993年第4期。
⑥ 《河南古籍整理》1986年第1期。

新编》①。衡以何景明之文学史地位,以上年谱(表)都嫌过于简略。传记类读物有姚学贤、霍朝安、金荣权合著《何景明评传》②、郭预衡《何景明》③,前者十三万言,后者一万余字。加拿大学者白润德(Daniel Bryant)著有《何景明丛考》④,印行于中国台湾。

阳青海《何景明著述版刻述略》⑤考察了何景明全集与单刻本的情况,指出现存何氏诸集版本数十种,收录较全者为万历刻本,嘉靖诸刻仅粗具规模,清代刻本则未突破明刻本纬络。李淑毅等点校的《何大复集》⑥是"何景明著作最完备的版本",然疏漏在所难免,傅瑛《关于何景明的两篇逸文》⑦即"偶然在明嘉靖《真阳县志》和嘉靖《太康县志》中辑得两篇逸文"。李淑毅等辑《何景明研究》⑧为资料汇编,上卷收录明清人评价何景明的序文和与何景明相关的诗词,下卷收录今人研究论文,书后附何景明诗文补遗及刘海涵所撰何氏年谱,全书22万字。

何景明的诗歌理论大都是与李梦阳论争时提出,故研究者也多从二人的论争来看何氏诗学观。如袁震宇、刘明今《中国文学批评通史·明代卷》在"李梦阳、何景明"一节下列四小节,前三小节的标题都取自李梦阳的诗论,只附带提及何景明,第四小节为"李、何之

---

① 《信阳师范学院学报》1995年第1期。
② 河南大学出版社,1993年版。
③ 吕慧鹃等编:《中国历代著名文学家评传》续编二,山东教育出版社,1997年版。
④ 台北学生书局,1997年版。
⑤ 《信阳师范学院学报》1985年第2期。
⑥ 中州古籍出版社,1989年版。
⑦ 《中州学刊》1997年第1期。
⑧ 中州古籍出版社,1992年版。

争",论述二人的同异。何景明的诗歌批评见于《海叟集序》《明月篇序》等文,《与李空同论诗书》中"诗弱于陶"云云也有较大影响,但涉及这些评论的研究不多。

关于《明月篇序》。朱东润《何景明批评论述评》认为,《海叟集序》立论虽"大胆",却还推崇李杜的歌行近体,至《明月篇序》"则更进一步对于杜甫的歌行加以明显的批判","独出己见,足以引起后人之惊猜"。文章还谈到何氏对王士禛之影响,谓渔洋"何郎妙悟""莫逐刀圭"之论是"一面恐其遗误后人,一面复为之出脱",并就创作言,谓何景明与徐祯卿为近,"士禛之私淑二人者,正自不少"。廖仲安《读何景明〈明月篇〉》①则认为该诗东拆西补,缺乏动人的热情和活泼的形象。文章还考察了杨慎、王士禛、叶燮、沈德潜、管世铭、潘德舆等人对何景明批评杜甫、推崇和学习初唐歌行的不同反应,所论系杜诗接受问题,作者站在维护杜诗的立场上批评何景明,说他"看不到杜甫等以七言不转韵体所开拓的局面,显然是不妥的"。范志新《何景明的诗歌理论》②认为何景明崇盛唐、重法且主风人之义,不满于杜诗博涉世故、不出于夫妇、舍筏登岸诸说,都与王渔洋相近,其差别在何景明创作实践与理论脱节、未臻化境,而渔洋诗"有浑成天然之意境";沈德潜的"格调"说更多吸收了何的理论,"贵比兴,薄直陈,认定陈事切实违反了'发乎情,止乎礼义'的诗旨,都是何景明《明月篇序》的嗣响","何景明诗论,实为沈'格调说'先驱"。

对于"诗弱于陶"诸语,朱东润以为自苏轼、黄庭坚评陶诗已有"未尽善"之意,"盖震于渊明之高名,不敢复有所贬斥耳",何景明之

---

① 《信阳师范学院学报》1985年第4期。
② 《信阳师范学院学报》1988年第3期。

直言乃是"有所激而发"。作者尤激赏"古诗之法亡于谢"之说,认为其"持语俳体俳之说分析陆谢,其语尤为精到"。范志新则认为,何景明所说的"法"源出于诗教和春秋之教,兼言诗文,不是体势、格局,而是"诗歌对重大社会事件的美刺讽谕作用,以诗辅治的功用",即"风人之义"。从此一理解出发,作者解释何景明"诗弱于陶"之论,谓陶诗多田园逸趣,少"比次褒贬之事",所以诗弱于陶;谢诗雄整、语俳似陆机,但不效法汉魏古法、得其风骨,而辟山水一派,宣传老庄哲理,违反了何所主张的诗教和春秋之教的传统,所以诗"体语俱俳"。

关于何景明的诗歌创作,宋佩韦《明代文学》说他才气"实高出梦阳","不像梦阳那样的字规句模,故词采秀逸,往往有之"。钱基博谓《明月篇》为何诗变格,其歌行之佳者如《听琴》《津市打鱼》诸篇"深得少陵之髓,特以秀色掩之耳"。

傅开沛《何景明简论》指出,何景明关心国事,关怀民生疾苦,提倡用形象思维,把"联类而比物"作为形象思维的主要内容,他的诗富有音乐美,风格秀峻。范志新《何景明诗略论》[①]分别论述了何诗中批判现实、反映民生疾苦、唱酬赠答、赠别怀人、咏史题画、山水风俗等题材类型,举出各类题材中优秀的作品,并认为大复诗重炼意、富有流自肺腑的真情。文章把何诗"俊逸"的特征概括为两个方面:"一是秀朗,发调新,修词秀,不纤艳,不繁缛;一是有风神骨韵。"作者认为何诗题材多样化、艺术特征丰富,最根本的原因乃是"善学古人"。徐朔方《论前七子》就各种诗体评论,认为何景明的乐府诗不及李梦阳,李梦阳的个性不及何景明,何景明的抒情小诗隽永有致,

---

① 《苏州大学学报》1991年第1期。

非梦阳所及。

石麟《李梦阳何景明诗论诗风比较谈》[1]用"壮美""优美"分论李、何诗,廖可斌《明代文学复古运动研究》谓李梦阳诗叙事成分较多,何景明则抒情写景成分较多;李对七律用力最深,何则写五律较多;李多用洪韵,何则多用细韵;李特别注意正插倒插开合照应参差错落等技法,何之歌行则基本都是整齐的七字句,五律多顺势写下;李梦阳往往用带点夸张的粗线条笔法勾勒大场面,何景明多用细腻的笔触刻画细节[2]。

陈书录《明代诗文的演变》从具体的诗作出发,认为何景明从"古范"中领会到的"神情",是扬善惩恶的精神、仁爱思想、忧患意识、怀才不遇之情,也不乏"超旷之趣"和"明中叶市民意识的神采飞扬的个性",但其主导还是"礼乐道德以养其心"的儒家思想。作者还认为,何景明在"追盛唐之雅丽"的前提下提倡"领会神情"的本体论和"舍筏达岸"的方法论也引出了正负效应,"或雅中有神,神秀之中可见雅正;或雅而近弱,'似俊秀而实浅俗'"[3]。

二、李、何之争研究

关于李、何论争的时间,清人刘海涵《何大复先生年谱》的记载是正德五年,与何景明信中提到梦阳"江西以后"显然不符,故今人多不从其说。付瑛《李梦阳与何景明论争时间初探》[4]以为是正德十三年以后,一是根据李梦阳书信中提到何景明"改玉改行"应系何景

---

[1] 《咸宁师专学报》1992年第1期。
[2] 上海古籍出版社,1994年版,第148、149页。
[3] 江苏教育出版社,1996年版,第234、241页。
[4] 《信阳师范学院学报》1985年第2期。

明升陕西提学副使之后，二是考李、何唱和诗自正德十三年后突然断绝。王公望《李梦阳与何景明》看法与此相近。范志新《何景明的诗歌理论》主要根据何景明书信提到随李梦阳从游"今且十余年"，认为论争发生在正德十至十三年间，也就是何景明提学陕西之前的几年。金荣权《何景明年谱新编》[①]、姚学贤等《何景明评传》认为发生在正德八年。加拿大学者白润德《何景明丛考》[②]认为发生在正德十年。

李、何之争在明清时期已成热议，有名利之争说、李粗豪而何俊逸（风格不同）说、二人分别代表南北文风说等。在各种说法中，《明史》所持的"李主模拟、何则主创造"说及《四库全书总目》所持的"模拟蹊径，二人略同"说影响最大。

朱东润《何景明批评论述评》在李、何之间对何评价更高，说他"在传统的环境中，敢为打破一切议论，对于历来认为宗主之陶、谢、杜、韩诸公，皆不恤与之启衅……其气势之壮阔，自非随声附和之辈，所能望其项背矣"，尤肯定何氏之"学古而更求变古"，谓远出李梦阳之上，在在"足以见其勇往直前之气。至云，成神圣之功，对于诗境之伟大，尤能认识真切"。郭绍虞《神韵与格调》先作调和二家之说，谓李、何之论见解不同处"实在还因于作风（风格）的关系"，因风格不同，"于是遂形成见解之相歧"。作者认为李梦阳所说的法是规矩，是标准，而何景明所说的法是格局，且认为李、何本无高下之分，即以宗唐而言，"空同只于气象方面，学唐而求其苍老，所以愈学愈离"，"大复学唐重在神情，故可运自己的才情，然由气象方面言之，

---

① 《信阳师范学院学报》1995年第1期。
② 台北学生书局，1997年版。

则愈学而离唐愈远"。但接下来,作者又认为李梦阳"由古入而仍由古出",何景明"重变化而不重拟议","由古入而不由古出",仍是肯定何景明比李梦阳高明一步。

马茂元《略谈明七子的文学思想与李、何的论争》[1]认为李、何分歧的关键在对法的内容理解不同,因而对法采取的态度不同,继而引伸出继承与创新的问题,归根结底则"进入到艺术风格的论争"。在继承与创新的问题上,作者认为何景明也并未突破"模拟的一关"。

80年代的文章为何左祖的声音更强一些。如傅开沛《何景明简论》[2]认为"何景明说,学古是手段,创新才是目的",而李梦阳的创作原则是一字一句地模拟古人。李叔毅《何景明问题初探》[3]认为李、何分歧在李独守尺寸,只重规矩,不管神化;而何不仿形迹,既重规矩,又重神化,"在这一争论上,我们以为大复是而空同非"。刘国盈《论何景明的文艺思想》[4]说:"何景明主创造,反对李梦阳的一味主模仿。"这样的说法,大都把李梦阳批评何景明的话作了简单化理解,或者说以贬低李梦阳为条件来肯定何景明。

既然认定何景明主创造,那么,是何种性质、何种程度的创造?郭绍虞认为何景明"不仿形迹"诸说"便成为后来公安派反对前后七子的话头了"。任访秋《何景明简论》[5]认为何景明所说的"法不相沿"等语"批评了李梦阳追摹古人的谬论","与后来反复古主义的公安派的看法极其相似"。那么,"相似"是否意味着前者对后者有直

---

[1] 《江海学刊》1962年第1期。
[2] 《中州学刊》1983年第6期。
[3] 《信阳师范学院学报》1984年第1期。
[4] 《信阳师范学院学报》1986年第2期。
[5] 《信阳师范学院学报》1986年第1期。

接影响？是否如后来有人所说的,何景明的主张"直接影响到公安派'独抒性灵,不拘格套'的文学创作观点"①?

成复旺在《中国文学理论史》中说,何景明主张融汇诸家,"不作某一旧古人,而作某一新古人",不失为对李梦阳复古主张的修正和补充,"事实上,后七子正是沿着何景明的方向继续前进,建立了一套以神似古人为目标的更高和完善的复古理论的"②。范志新《何景明的诗歌理论》认为,何景明《心迹篇》的思想源于陆王心学,其诗论"全都建筑在他哲学思想上,亦即陆王心学的基础之上",李梦阳从《明月篇序》读出了何景明离经叛道的倾向。

陈国球《明代复古诗论的文学史意识》③比较李、何诗论,认为李梦阳重视法之同,但也能考虑到属于个人的情、事等变化因素;何景明重视与古人之异,力求在言辞上摆脱古作的痕迹,但也注意到从古作领会、归纳诗文的不可易之法。二人争论的是如何向古代诗歌传统学习的问题,也即个人与传统的关系问题,后来杨慎、谢榛、王世贞等人对这一问题作了多方面的探索,到胡应麟、许学夷则有意识地以文学史的眼光看诗歌传统。该文由李、何论争引入,可以视为对李、何之争作为一个文学史事件的价值与意义的发掘。廖可斌《李何之争:复古主张的二律背反——前七子文学理研究之二》④认为二人论争的真正意义在于暴露了复古主张内部的二律背反,"并揭示出古典诗歌的审美特征以至古典诗歌这种艺术形式本身,已经与当时的社会生活及人们的思想感情、思维习惯相当不适应这一事实"。

---

① 杨德贵:《关于李梦阳与何景明的文学论争》,《中州学刊》1998年第6期。
② 成复旺:《中国文学理论史》,中国人民大学出版社,2010年版,第80页。
③ 《文艺理论研究》1989年第2期。
④ 《中国文学研究》1992年第1期。

第三节　徐祯卿与七子派其他诗人研究

一、徐祯卿研究

徐祯卿作为"弘正四杰"和"吴中四子"的双重身份并未使他受到更多研究者的青睐，无论是与李、何相比，还是与唐、文相比，徐祯卿研究都显得冷淡些，他大概只能算是"大家里的小家"，吕慧鹃主编的《中国历代著名文学家评传》里也没有给他一席之地。

关于徐祯卿的生平，范志新有《徐祯卿年谱》[1]，考订他的经历、交游，并将多数作品作了系年。王乙、陈红有《徐祯卿年谱简编》[2]，谱前说徐祯卿虽《明史》有传，"然以年系事尚是空白"，可知该文撰成时并未见到范谱。陈红《徐祯卿的吴中交游及诗歌创作》[3]考述了徐祯卿进士及第前与吴中人杨循吉、钱同爱等人的交游情况。

关于徐祯卿的著述，陈红《徐祯卿的撰述及其版本谈》[4]将徐氏著述十余种分为诗文集、唱和集、诗论和诗谱、子史杂著四类，分别考察了各自的内容及版本流传情况。《谈艺录》，今人多用何文焕辑《历代诗话》本，1993年范志新《谈艺录笺注》与《徐祯卿年谱》合一书出版，但流传未广。

徐祯卿虽名在七子之列，论者却多未将其诗说归入"格调说"。铃木虎雄、郭绍虞论"格调说"的论文都没有提到他，陈国球所辑

---

[1] 范志新：《徐祯卿年谱》，贵州人民出版社，1993年版。
[2] 《云南教育学院学报》1995年第4期。
[3] 《四川师范大学学报》1992年第5期。
[4] 《四川师范大学学报》1991年第1期。

《"明清格调说"研究知见目录》[1]（1922—1999）也不收徐祯卿的研究论文。这一方面因为徐祯卿的"双重身份"，另一方面也与《谈艺录》的论旨不同于"格调说"有关。关于该书作年，有人根据其复古倾向认定为徐祯卿中进士后所作，而陈建华《中国江浙地区十四至十七世纪社会意识与文学》提出《谈艺录》"原在吴中时期已写就"[2]，稍后范志新的《徐祯卿年谱》考证该书作于徐氏二十岁时，徐同林《徐祯卿〈谈艺录〉作年新探》[3]得出了相同的结论。既然该书作于徐祯卿加入七子阵营之前，不将其归入"格调说"似更合乎情理。

《谈艺录》立论很高，获得了古今论者的好评，如朱东润《中国文学批评史大纲》说"其书述诗理，语简言赅，诚为吾国文学批评中有数之杰作，固非空同、大复之论可得比拟也"。研究者论《谈艺录》多集中在两个问题上，一是对于汉魏诗的品评，二是"因情立格"的创作论。

祝峰《源流·轨度·纵横——徐祯卿〈谈艺录〉述评》[4]认为徐祯卿"复苏了对汉魏古体特有的审美意趣的追寻，也启示了部分士大夫阶层的诗人对'民间真诗'和'市井艳词'发生了兴趣"，"为人们探讨建安、晋宋以至唐以后诗歌艺术规范的衍变确立了一个别开生面的根据和参照"。说《谈艺录》启示士大夫喜好"市井艳词"，似

---

[1] 张伯伟、蒋寅主编：《中国诗学》第八辑（人民文学出版社2003年版），收入《明代复古派唐诗论研究》。
[2] 陈建华：《中国江浙地区十四至十七世纪社会意识与文学》，学林出版社，1992年版，第217页。
[3] 《苏州大学学报》1993年第4期。
[4] 《广西师院学报》1988年第3期。

显牵强。文章把徐祯卿的"创作论体系"概括为"源流""轨度""纵横"的三位一体,认为徐氏"因情立格"是对李、何"因格立情"的有力反拨,也为嘉靖七子向性灵、神韵接近开了先河。同林、利民《明代吴中诗人徐祯卿》[1]认为《谈艺录》代表了吴中诗坛的文学思想,揭示了诗歌理论的普遍原理,且与明代文学思想、美学思想的演变趋势相符,为南北文学的合流树立了范例,为文学中心的南下开辟了通途。文章把徐祯卿的美学思想概括为重情、贵实、尚异,且认为重情与明初吴中诗派一致,贵实与七子派一致,尚异与晚明公安派、竟陵派、冯梦龙、汤显祖一致,皆"相印合",以此证明徐祯卿诗歌美学的普遍性和时代性。

徐祯卿的"因情立格"说是否有复古倾向?成复旺在《中国文学理论史》中认为其论"已含由才情驾驭格法之意",且认为《谈艺录》"倡优游不迫,反慷慨发露,则似主神韵者之论调",并认为这种以格调而兼才情、神韵的倾向影响到后七子[2]。陈建华《中国江浙地区十四至十七世纪社会意识与文学》认为,徐祯卿追崇汉魏的文学观在吴中时期已经形成,接触到北方文学潮流后,更加强了这一倾向。徐祯卿与李梦阳文学观的一个区别,是他侧重整个雅诗传统,尽管他肯定"童谣发于闾巷",与李梦阳由"真诗在民间"否定"文子(人)学子"之诗歌传统是不同的。作者还指出,徐祯卿并未将"体"或"格"绝对化,"仍显示了吴中对情感与表现形式的关系的通达看法",即"因情立格",不同于李梦阳所谓"尊古者未有不先其体"的观点。作者还认为,《谈艺录》"体现了吴中文学理论形态的基本特征:激进中

---

[1] 《吴中学刊》1994年第4期。
[2] 成复旺:《中国文学理论史》,中国人民大学出版社,2010年版,第81页。

带稳健,强调情感的灵动眇眇,然未逸出雅文学的范围"[1]。

陈红《徐祯卿〈谈艺录〉论诗蠡测》[2]将《谈艺录》的理论概括为"入魏诗门户,升汉室堂奥""重情贵实,因情立格"与"推本情性,源流合一"三个层面,就第一层而言,显然认为徐祯卿是复古的,但在分析第二个层面时,作者又说徐祯卿强调文学的形式规格要为变化不同的情感服务,"从他的诗透露出的淡淡意境中,处处可以体味出诗人那纤细、灵敏而又悠远的情思"。袁震宇、刘明今《明代文学批评史》认为《谈艺录》作于入京之后,得到李梦阳的称许,大体上也是推尊汉魏,同于李、何的观点的",并将其诗论称作"以情为本的格调说",但又认为其情居第一位,格居第二位,"徐祯卿论诗的格调也主于变,不反对旁出多门"[3]。陈书录《明代诗文的演变》认为,《谈艺录》即使作于徐祯卿中进士前,也可能在自编文集时修改过,受到了李梦阳的影响,"因情立格"不同于李梦阳将情感与格调分离,"在辩证统一的高度将'情'与'格'之间融合成和谐之美",其意义在于率先将艺术辩证法引入情感论与格调说相互关系的分析中,从而在中国古代诗文理论批评史上占有一席之地[4]。

萧华荣《中国诗学思想史》认为徐祯卿诗学的理论贡献是提出"机":一是"时机";二是"心机",即"诗人在创作过程中那种几微、神妙的心理活动"[5]。张少康、刘三富《中国文学理论批评发展史》认

---

[1] 陈建华:《中国江浙地区十四至十七世纪社会意识与文学》,学林出版社,1992年版,第217—220页。
[2] 《青海民族学院学报》1994年第2期。
[3] 上海古籍出版社,1991年版,第171—172页。
[4] 江苏教育出版社,1996年版,第249页。
[5] 萧华荣:《中国诗学思想史》,华东师大出版社,1996年版,第255页。

为"因情立格"是"对复古摹拟创作思想的突破,也是对它的一个有力的批评",徐祯卿"应之杼轴……心之伏机,不可强能也"等观点"已经很接近后来王夫之对前后七子的批评"[①]。

对于徐祯卿的诗歌,文学史论著即使有所提及,也大都很简单。如李维《中国诗史》说他"为诗初喜白居易、刘禹锡,与何、李游,始改趋汉、魏、盛唐,为吴中诗人之冠"[②]。宋佩韦《明代文学》说"中原习气未深,江左风流犹在","和景明源流略同,然景明俊逸而他矜贵"[③]。这样的论述都显得很笼统。

陈红《徐祯卿诗歌风格探源》[④]以具体诗作为例,分体论述徐祯卿诗歌的艺术渊源,认为其五律学孟浩然得其神似;绝句取法多家;七律有盛唐大家之境;歌行学太白而兼得唐人之善;五古直追汉魏盛唐遗意;乐府深得汉魏之妙且更具六朝风度等。作者认为徐祯卿对汉魏、盛唐诗作了深入研索,继承其优良传统,"尤其是孟浩然、李白、王昌龄对他的艺术风格的形成影响巨大"。

以进士及第为界,徐祯卿诗可分前后两期,其后期诗风变化是学界关注的一大热点。陈红《徐祯卿的吴中交游及诗歌创作》认为其吴中诗囿于身世凄凉、命途多舛之感,多消极伤悲,气格纤弱,"但犹不妨碍他以吴中山水名胜和本人为原型,注重清新而浑然一体的感受","成功地创造出清远的意境以及与此协调的骨貌淑清的抒情主人公形象"。从艺术角度看,认为其多咀六朝精旨,采晚唐妙则。陈建华《中国江浙地区十四至十七世纪社会意识与文学》通过对《猛虎

---

① 北京大学出版社,1995年版,第175—176页。
② 江苏文艺出版社,2008年版,第208页。
③ 商务印书馆,1934年版,第725页。
④ 《青海师范大学学报》1990年第4期。

行》等诗的细致解读,认为徐祯卿中进士后诗风的变化,一是创作中出现触及时事或政治的作品,二是创作的复古意识大为增强,与早年抒写缠绵悱恻之情的作品相比,北方文学给他带来的影响是深刻的。但作者也认为,徐祯卿后期真正成功的作品并不多,虽保持"江左风流",但缺乏祝、唐那样的深刻性。

二、边贡、王廷相研究

与徐祯卿相比,边贡在明代诗史上的地位有所不及,因而研究论文更少。边贡的诗文读本,有许金榜、米寿顺《边贡诗文选》[1]。

自上世纪90年代以来,研究边贡的专题论文有十余篇。许金榜《边贡的文学成就》[2]从思想内容、艺术风格两个方面比较全面地概述了边贡的诗文创作,认为边贡的诗风以沉稳流丽为主,形成了自己的风格。纪锐利《边贡的诗学理论与创作》[3]分析了边贡"守之以正,时出其奇"的论诗观点,认为其诗歌创作不一味模仿古语、古调,主导风格为飘逸俊丽,感情深婉真挚,秀逸中不失朴质;其缺点则是气势不足。

王廷相是明代重要的哲学家,故关于其生平、学术的研究颇为丰厚,如葛荣晋《王廷相年谱》[4];哲学方面的专著有葛荣晋《王廷相生平学术编年》[5]《王廷相和明代气学》[6];其别集整理本有王孝渔点校

---

[1] 济南大学出版社,1994年版。
[2] 《济南大学学报》1993年第3期。
[3] 《东岳论丛》2001年第5期。
[4] 《文献》1987年第4期。
[5] 河南人民出版社,1987年版。
[6] 中华书局,1990年版。

《王廷相集》①;传记有高令印《王廷相评传》等②。

关于王廷相的诗歌理论,研究者主要着眼于其"意象论"。葛荣晋《王廷相的"意象论"》③分析了王廷相对诗歌意象内涵的界说、对意象和现实生活的关系的论述等问题,认为王氏"诗贵意象"的原则是在创作上效法盛唐、力倡近体诗,其意象论"对于反映劳动人民生产劳动和思想感情的民歌民谣也十分重视"。

---

① 中华书局,1989年版。
② 南京大学出版社,1998年版。
③ 《山东师大学报》1988年第5期。

第七章　明中期吴中诗人研究

第一节　沈周、文徵明与明中叶吴中诗人群体研究

一、沈周、文徵明研究

沈周、文徵明是书画领域的研究热点，诗歌方面的研究相对较少。

关于沈周的生平，陈正宏著《沈周年谱》①对其生平、交游及著述情况都作了详细的梳理，二十余万字。郑秉珊《沈石田》②、阮荣春《沈周》③等都是偏重书画鉴赏的读物。王荣民《从〈石田稿〉看沈周的交游》④以沈周诗文集为依据，论述了吴宽、徐有贞、刘珏等人与沈周的交游情况。

关于文徵明的生平，神州国光社1929年印行的珂罗版《画史汇稿·文徵明》中即有《传略》《年表》《支裔表》，段拭著有《文徵明先生年谱》⑤《文徵明先生事迹辑略》⑥，都较简略。周道振辑有《文徵

---

① 复旦大学出版社,1993年版。
② 上海人民美术出版社,1982年版。
③ 吉林美术出版社,1996年版。
④ 《文献》1999年第2期。
⑤ 《国艺月刊》1940年第4期。
⑥ 《中日文化》1942年第8期。

明年表》①《文徵明书画简表》②,而最为详备的是他和张月尊合著的80万字的《文徵明年谱》③。介绍文氏生平的读物,小说《唐祝文周才子风流演义》④流传甚广,然非信史;题为《文徵明》而侧重书画介绍的读物有张安治撰、上海人民美术出版社1959年版,刘纲纪撰、吉林美术出版社1996年版,周桥文撰、上海人民美术出版社1998年版三种。

文徵明别集的整理本以周道振辑校《文徵明集》⑤最为详备。权儒学《〈文徵明集〉佚文三篇》⑥载录了作者在《太原家谱》中发现的佚文三篇,其中两篇墓志,一篇跋文。文氏著作其他印本还有大道书局1935年印行的《文徵明全集》;中华书局1985出版的《文待诏题跋》。选本有陈书良主编的《吴中四子》,岳麓书社1998年版。

关于沈周、文徵明的诗歌,解放前个别文学史如宋佩韦《明代文学》有简单提及,后来游国恩、袁行霈等人分别主编的文学史都不加论列。由于二人的诗歌特色不像唐寅那样鲜明,故专文研究也很少。

郑振铎认为沈周诗"诗中有画","清逸之趣迫人眉目",将其与王维诗作相提并论⑦,似并未抓住沈诗的时代特征。吴敢《沈周简论》⑧侧重讨论沈周题画诗,认为这些诗比前人之作内容和情感更为丰富,"既有好友聚会时的欢乐,也有对死亡的恐惧;既有对美好景

---

① 《朵云》1982年第3期。
② 人民美术出版社,1985年版。
③ 百家出版社,1998年版。
④ 世界书局,1921年版。
⑤ 上海古籍出版社,1987年版。
⑥ 《文献》1993年第3期。
⑦ 郑振铎:《插图本中国文学史》,上海人民出版社,2005年版,第926页。
⑧ 《浙江社会科学》1999年第5期。

物的留恋,更有对百姓生活的关切",并指出中国画的题跋从他开始成为一个定例,"除了在内容上与画作相互生发外,有一些题画诗还成为画面的重要构成因素"。文章还认为,沈周的题画诗与前人相比"缺乏清高绝俗的韵致,也很少对人生超脱的哲理感悟,他的诗中更多的是对现实的关注",其以俚语入诗,对唐寅、祝允明等人产生了影响,那些"鄙而浅"的言辞"是为了提醒高高在上的官僚注意那些生活在社会下层人民的悲惨命运,从而达到讽谏的作用"。

关于文徵明的诗学倾向,陈建华《中国江浙地区十四至十七世纪社会意识与文学》[①]侧重论述其对待传统的态度,认为文徵明对旧传统比祝允明温和,他不一概反对宋诗,但对宋诗的评价"其实已改换了标准,即从诗歌是否表达人的真情出发";祝允明"上追汉魏六朝,为的是斩断与唐宋道统文学的联系",而文徵明则"取改造传统的办法","在对待唐宋传统这一点上,文徵明对文学本质的把握比祝允明或许更为合理,但从某种意义上说,这容易造成与旧传统妥协的副作用"[②]。陈书录《明代诗文的演变》认为,文徵明之缘情尚趣与祝允明、唐寅大体保持一致,但个性温文尔雅,因而"往往以比较温和的方式尊情抑理",其诗"情思娴静温柔,笔致细润灵动,韵律舒展和谐"[③]。周伟民《明清诗歌史论》认为,文徵明诗"于雅饬冲和之中,寄寓了他对无法反抗的社会的几份哀伤,对生活的愤懑和不平"[④]。

---

① 学林出版社,1992年版,第170页。
② 同上,第188页。
③ 江苏教育出版社,1996年版,第175页。
④ 吉林教育出版社,1995年版,第203页。

二、明中期吴中诗人群体研究

郑振铎《插图本中国文学史》在谈论复古派之后论述了吴中诗人,说他们不受何、李的影响,"以抒写性情为第一义,每伤绮靡,亦时杂凡俗语,却处处见出他们的天真来"①。朱维之《中国文艺思潮史略》称祝允明、唐寅诗词为"不愿转入旋涡;有以清快天真的作风称著的'才子文'"②,宋佩韦《明代文学》说他们"以书画名,诗亦各有所长,而都近于山林隐逸一流,在这个时代里算不得伟大的作家,但亦可称教外别传了"③。

或许为了突出重点、减少头绪,后来的文学史、文学批评史就很少论列明中期的吴中诗人了。20世纪90年代之后,有些文章以这一群体为研究对象,谈论他们的思想、心态、人格特征与诗歌风貌。

郑利华《明代中叶吴中文人集团及其文化特征》④最早在"文人集团"的意义上考察了吴中文人的发展阶段、结构特点和文化特征,将成化至弘治间以沈周为代表的群体视为第一阶段,弘治以后吴中四子为代表的群体视为"走向初盛"的第二阶段,正德以后"继续趋盛",至嘉靖末王世贞寓吴时期"将吴中文人集团活动推向鼎盛",认为"松散、活跃、自由的组织形式是这一阶段吴中文人集团结构上较为明显的特点","为数不小的平民文人的加入,增添了吴中文人集团几分平民化的色彩",其随意自由的聚集方式"给文人的文化活动营造出畅快与欢乐的气氛",使得他们"注重文学艺术至上的追求",

---

① 上海人民出版社,2005年版,第926页。
② 朱维之:《中国文艺思潮史略》,"民国丛书"第1编第61册,上海书店1989年版,第136页。
③ 宋佩韦:《明代文学》,《中国大文学史》,上海书店2001年版,第729页。
④ 《上海大学学报》1997年第2期。

"显示出敢于冲破时俗陋习而矫正文学发展路子的勇气"。

严迪昌《"市隐"心态与吴中明清文化世族》[①]从追问吴中"人文荟萃"之地"却未见孕育出思想、政治、军事史上卓具全国影响的伟大人物"入手,认为沈周、吴宽、文徵明等人追求"博学"以"蓄德",力求务"实",却志在"简远",以"称逸老"作为"意消"的怡乐快慰的理想境界。作者还论述了吴中"市隐"文化心态形成的背景、过程及内涵,认为自明初到明中叶,市隐心态"充分发展,稳定成地域性的文化精神",而"从理论上加以系统整理,综合出'市隐'特征的整体认识,则要到文徵明这一辈"。

陈建华《中国江浙地区十四至十七世纪社会意识与文学》较深入地论述了明中期吴中文人的文学倾向,认为他们与北方李、何的文学"在初兴阶段互相并无联系,而文学方面却有惊人的一致性"[②],"遥相呼应,成为当时两股主要文学力量",其基本方向是要求文学挣脱程朱理学的思想禁锢、表现自然、真实的人性,但在对待文学传统的态度上"普遍重视雅文学传统",与李梦阳呼吁的"真诗在民间"不同,只有唐寅诗"体现了李梦阳的主张,但对当时江浙文学未发生影响"[③]。作者认为吴中才子的"复古意识中蕴涵着表现自己的要求","学古本身即渗透着属于他们生活的文化环境的'当代意识',而不是盲目崇古";他们的学古"更直接地受到元末的影响";"学古的主动精神还部分体现为对戏曲和小说的注意和喜爱"[④];吴中文学

---

① 《苏州大学学报》1991年第1期。
② 陈建华:《中国江浙地区十四至十七世纪社会意识与文学》,学林出版社,1992年版,第191页。
③ 同上,第151—152页。
④ 同上,第161—162页。

的基调是"对自然与人生的丰富感受和浪漫热情因挣脱束缚而获得真实自我的欢忭"①。作者还比较前七子与吴中诸子理论和创作的异同说：

> 李何的创作在雄放、稚拙的艺术表现中注入更多自然的生命、新鲜的血液，那种天真和纯朴是拯救萎弱的文学机体的抗剂，使人感到文学的转机和传统的更新。吴中文学在表现自我感受的深刻性和复杂性方面，标志着文学的进步。这种精神和内容要获得理解，需要一种更为成熟的文化背景，更精致的鉴赏趣味。然而和李何的作品相比，则显得纤弱些，使人更感到压抑。②

与时下许多一味抬高吴中派、贬低七子派的观点相比，这样的评论更显持平。作者还总结"吴中诸子失落文学领导权的原因"：其一是七子少年得志、地居京师，而唐、祝、文蹭蹬科场，名位不显；其二是唐、祝、文书画造诣甚高，后来人们多重其艺术成就；其三是李、何的复古"具有反抗传统的彻底性"，而吴中文学兼容并蓄，"文学发展的延续性与稳健性削弱了对传统冲击的力量，未达到时代心理趋势的要求"③。

还有一些其他角度的论文，如汪渊之《高启诗与"吴中四才子"诗之比较——兼论明初至明中叶吴中诗风的演变》④以高启为核心和基点，比较其与明中期吴中诗风的异同，勾勒出吴中自明初到明中

---

① 陈建华：《中国江浙地区十四至十七世纪社会意识与文学》，第174页。
② 同上，第209页。
③ 同上，第209页。
④ 《苏州大学学报》1999年第3期。

期诗风变化的主要方面。

第二节 唐寅、祝允明研究

一、唐寅研究

唐寅虽然很少被文学史著作纳入叙述范围,但这并不妨碍他一直是吴中四子中的焦点,因为他是"江南第一风流才子"。关于其生平,杨静盦《明唐伯虎先生寅年谱》[1]虽出版较早,但至今仍不可替代,画家崔护于1996年所刊《唐寅年谱》无大突破。关于唐寅生平的读物很多,如范烟桥《唐伯虎故事》[2]、柳闻《唐伯虎》[3]、薛允璜《唐伯虎传》[4]、谢律华《唐寅》[5]等。

唐寅诗散佚较多,清人唐仲冕刻本收诗四百九十余首。台湾学者江兆申《关于唐寅的研究》[6]辑录集外诗111首,郑骞《唐伯虎诗辑逸笺注》[7]以此为基础辑得302首。王宁章、王毓骅《〈唐伯虎全集〉补遗之补遗》[8]辑得诗文220首(篇)。新时期唐寅著作的印本,除大道书局1925年排印《唐伯虎全集》、中国书店1985年据以影印外,另有广陵古籍刻印社木板刷印《唐伯虎杂曲》等三种,陈书良编《唐伯

---

[1] 台北商务印书馆,1980年版。
[2] 江苏人民出版社,1957年版。
[3] 江苏人民出版社,1981年版。
[4] 百花文艺出版社,1987年版。
[5] 吉林美术出版社,1996年版。
[6] 台北故宫博物院,1976年版。
[7] 台北联经出版事业公司,1982年版。
[8] 《江苏文史研究》1998年第1、2期。

虎诗文全集》①。周道振、张月尊辑校《唐伯虎全集》②是目前公认最全的整理本。诗文选本有许旭尧选注《唐伯虎三种》③、宋戈编选《唐伯虎诗选》④等。

关于弘治十二年的科场案,前人众说纷纭,今人看法其实相近:对唐寅,该案为冤案无疑。杨静盦《明唐伯虎先生寅年谱》指出当时京中先后为唐寅延誉者有梁储、程敏政、吴宽、倪岳等人,"竟遭都穆之忌,华昶之劾,罣误终生,甚可哀也"⑤。陈寒鸣《程敏政与弘治己未会试"鬻题"案探析》认为程敏政并未"鬻题",此案"充分反映了明朝上层统治集团的斗争"⑥。

关于唐寅的人生态度、思想性格。周月亮《唐寅和晚明的浪漫思潮》⑦认为,唐寅以放浪形骸的生活方式维持了自己的意志自由、感性情趣,"上接元代知识分子的隐逸风流、浪子精神,下通《儒林外史》四奇人摆脱依附、自食其力的情感方式","是一种个性解放"。作者认为唐寅的佯狂、及时行乐"毫无疑问是一种苦闷的变态","深层的潜意识是很感压抑的",但审美上"率性挥发,即是绝假存真的性灵之响",将审美关注点转向了日常世俗生活,"冲决了七子的僵化的审美规范",即使在文学史没有获得一席之地,也"痛快淋漓地抒发了自己的情怀,从而获得了渲泄的愉快。这便在否定、压抑人性

---

① 华艺出版社,1995年版。
② 中国美术学院出版社,2002年版。
③ 浙江古籍出版社,1987年版。
④ 辽宁大学出版社,1987年版。
⑤ 台北商务印书馆,1980年版,第46页。
⑥ 《中国社会科学院研究生院学报》1998年第4期。
⑦ 《读书》1987年第12期。

王文钦《唐寅思想初探》[1]则认为,唐寅在科场案之后很快振作起来,"一直坚持着自己的志向",在学术上"践履笃实、多所建树","几乎构造出一个博大精深的理论体系",成为心学的同调、"何、李等人的思想前驱"。该文还认为,唐寅"率先对'存天理灭人欲'这一封建思想核心进行了揭露和批判";其批判"接触到封建意识形态的实质了",势必导致"天赋人权,自由、平等、博爱的启蒙思潮",唐寅"把男女关系视为合乎自然的关系,把性爱提到理性的高度给予肯定",擅长写情,"褒扬真挚的爱情",形成了一种新的美学观。王乙《唐寅诗与〈列子〉享乐主义》[2]也肯定唐寅在"存天理,灭人欲"的历史文化氛围中创作的"表现个性、肯定欲望、追求享乐以及否定功名利禄的诗歌",认为封建专制从先验的、绝对的"社会"观念来看待人,彻底地否定了人的自然属性,唐寅则是从"经验的、肉体的个人出发"来看待人,由此尊重个性,肯定人的欲望,其出发点和终极目的"都是对专制理性文化吞噬了个体生命的反叛和否定",其在历史上所起过的作用不容忽视。

20世纪前期的学者多肯定唐寅诗的俚俗,如胡适在《王阳明之白话诗》中说:"明诗正传,不在七子,亦不在复社诸人,乃在唐伯虎、王阳明一派。"[3]这显然体现了作者倡扬"白话文学"的主观诉求,而唐伯虎、王阳明实非"一派"。郑振铎《插图本中国文学史》也说,唐寅诗"不经意""杂俚语"虽受人批评,却"正是他的高处"[4]。

---

[1] 《苏州大学学报》1987年第3期。
[2] 《昆明师专学报》1989年第3期。
[3] 胡适:《胡适留学日记》,商务印书馆,1936年版,第1024页。
[4] 上海人民出版社,2001年版,第927页。

至20世纪后期,研究者不再特意张扬甚至有意掩饰唐寅诗俚俗的特点。谢孝思《唐寅三绝》[①]认为其早年作品"描画美人香草、风花雪月","沉醉于个人享乐,专精于雕琢字句",无可称述;仕途绝望之后"怀着满腔愤恨不平之气","眼见当时社会由于统治阶级、朝廷内外的大小官僚荒淫奢侈","发了一些不平之鸣,揭露统治阶级的黑暗",但其诗的精华所在则是"清新健康,引人玩味"的"那些描写美丽河山,田园风物的篇章"。宋戈《论唐寅诗歌的艺术特色》[②]甚至认为,唐寅诗"低沉而悲愤地倾诉着胸中的慨叹和不平,因而形成了含蓄、深沉的艺术风格","善于选取生活中蕴含量较大的片刻",形成"蕴藉含蓄、余味无穷的艺术境界",文章也谈到唐寅诗的率意,但认为那是缺乏锤炼,对其"流于粗俗、浅谑"更持否定态度。

林坚《高情逸韵 风流千古——从题画诗看唐伯虎的思想风貌》[③]除了谈到唐寅题画诗中批判现实的主题外,还谈到其"蔑视权贵、绝不与其同流合污的傲岸精神和寄情山水、独赏幽趣的高情逸韵"和题在仕女画上,表现其"声色之好"和对爱情生活的见解的"吟咏男女风情"的诗歌,强调其"反封建"的意义。俞明仁《漫议唐伯虎》[④]将唐寅诗分为四类:述己诗、写景诗、劝世诗、艳情诗,肯定其"不仿学古人说话","不猜度别人心里的意思说话,而只说自己心中想说的话"和"大胆地将俚语和谐谑入诗"的特点,但将此定位于"学白居易"且认为"没有达到白居易的水平"。朱万曙《一个文学史不

---

① 《名作欣赏》1980年第1期。
② 《辽宁大学学报》1985年第3期。
③ 《盐城师专学报》1985年第3期。
④ 《杭州大学学报》1986年第4期。

该忘却的作家——唐伯虎文学创作试论》[1]分析了唐寅诗中怀才不遇的感慨、对自由个性的赞美、对山水景物的生动描绘等题材内容，认为唐寅"对民生疾苦的关心、对社会现实的不满可以和刘基、于谦等人相较论"，为前后七子和公安派所不及，"他对自由个性的赞美同样为他们所不及"，唐寅诗"可以与唐宋大家相媲美"。在这样的眼光看来，唐寅在诗歌史上已不是一个"另类"，而是一个"大家"。

20世纪90年代关于唐寅诗歌的专论不多，且大都侧重对唐寅艺术个性的挖掘。陈建华《中国江浙地区十四至十七世纪社会意识与文学》肯定唐寅"创作上最有成就"，认为其诗作"成功地表现了与传统士大夫道德规范相背离的个性"，"他在艺术形式方面也摆脱了传统审美规范的束缚，采用与个性形象相统一的表现手法。这种统一使他的个性表现与晚明思潮所肯定的'性情之真'最为接近"。作者还认为"来自社会和自身内心的双重压力，构成唐寅狂诞性格的另一面，表现出某种软弱和妥协"[2]。陈书录《明代诗文的演变》认为唐寅诗"最能体现吴中派缘情尚趣，追求自适与狂放的风貌"，并将其风貌概括为"愤世嫉俗之中有忧怨之美""超尘脱俗之中有飘逸之美""市井风俗之中有世情之美""纪游、题画诗中有天趣之美"。张春萍《论唐寅诗歌中的"畸人"特质》[3]强调唐寅诗"张扬自由个性与建立'及时享乐'的人生价值观"，认为其"对个体生命的执著，映现着日益觉醒的时代精神"。

关于唐寅的影响，人们除了谈到公安派、性灵说之外，还谈到对

---

[1] 《安徽大学学报》1990年第3期。
[2] 陈建华：《中国江浙地区十四至十七世纪社会意识与文学》，学林出版社，1992年版，第175、179页。
[3] 《学术交流》2000年第1期。

《红楼梦》中黛玉形象的直接影响。俞平伯《唐六如与林黛玉》[①]指出"黛玉底葬花,系受唐六如底暗示","雪芹写黛玉葬花事,系受唐六如底暗示",且"黛玉底诗,深受唐六如底影响",并举唐寅《酌酒歌》《一年歌》《桃花庵歌》与黛玉《葬花吟》和《桃花行》参较。曾其秋《曹雪芹与唐伯虎的文学姻缘:小议〈红楼梦〉的创作和传统继承》[②]将俞平伯提到的唐寅诗与曹雪芹诗作了更详细的比较,并强调《红楼梦》中多次提到唐寅的事实。雷广平《论唐寅诗风对〈红楼梦〉诗词创作的影响》[③]还将《好了歌》与唐寅的《一世歌》作了比较,强调"唐寅诗风的主旋律对曹雪芹悲剧之作的深刻影响","唐寅在曹雪芹心目中占据着重要位置"。

黄立新《红楼梦十论》[④]中《曹雪芹与唐伯虎》一章,将二人进行了全面比较,认为两人的才华、人生道路、思想倾向、性格特点、生活作风多十分相近,并认为"曹雪芹在思想、性格和生活作风诸方面都受到过唐伯虎的深刻影响",然后进一步论述了曹雪芹具有接受唐伯虎影响的环境条件,并讨论了唐伯虎文艺思想对曹雪芹小说创作的多方面的影响,以及《红楼梦》某些情节可能受到唐伯虎诗文或传说的影响。

二、祝允明研究

20世纪以来祝允明所受关注,首先在其书法与风流放诞之轶

[①] 俞平伯:《唐六如与林黛玉》,《俞平伯全集》第5卷,花山文艺出版社,1997年版,第562页。
[②] 《集萃》1983年第5期。
[③] 《社会科学战线》1996年第2期。
[④] 复旦大学出版社,1990年版。

事。通俗读物如汪少盦《祝枝山趣事》①与学术研究尚有差距。侧重书法、生平、交游综述者有葛鸿桢《祝允明》②，周晓光《"玩世自放"的才子祝允明》③，刘佐泉、吴建华《吴中才子，粤东清官：祝允明述论》④等，书法鉴赏类论著多至不可枚举。陈麦青《祝允明年谱》⑤对祝允明的生平事迹及作品系年考订最为详细。

关于祝允明的著述，杨永安《吴中四才子——祝允明之思想与史学》⑥、陈麦青《祝允明年谱》考订较详。祝允明全集迄今尚无整理本，选本有赵志凡选注的《吴中四子》⑦。这样的状况显然不能令人满意，而这不得不归因于学界长期以来对祝允明文学地位的漠视。

关于祝允明的性格、心态与思想，陈建华《中国江浙地区十四至十七世纪的社会意识与文学》分析了其人性观、理欲观，强调其与晚明李贽思想的相通之处，认为祝允明的狂放与唐寅不同，"多体现为深湛而冷隽的思致"，《祝子罪知录》"荟萃其晚年思想的结晶，把矛头针对程朱理学"，其"诗死于宋"作为"一种愤激的反应"，也是"把攻击对准宋儒的道学"，其扬李抑杜乃"尊崇李白的狂放、浪漫的诗风，也包含着对诗歌表达'流动''舒放'的情感"⑧的追求。周晓光

---

① 国光书店，1948年版，1949年第二版。
② 紫禁城出版社，1988年版。
③ 《中国典籍与文化》1995年第1期。
④ 《江苏文史研究》1999年第4期。
⑤ 复旦大学出版社，1996年版。
⑥ （香港）先锋出版社，1987年版。
⑦ 岳麓书社，1998年版。
⑧ 陈建华：《中国江浙地区十四至十七世纪的社会意识与文学》，学林出版社，1992年版，第181、164页。

《"玩世自放"的才子祝允明》①强调其"不拘礼法,玩世自放",认为他"一直到老没有改变"。该文相对忽视了祝氏进取的侧面。

关于祝允明的诗歌创作,文学史即使有所论及也都很简略,如朱维之《中国文艺思潮史》举散曲《金络索·春词》,谓其"流丽隽妙"。宋佩韦《明代文学》谓祝诗"取材颇富,造语颇妍"②,但所举《闲居秋日》诗,实难于见出此一特点。

---

① 《中国典籍与文化》1995年第1期。
② 宋佩韦:《明代文学》,《中国大文学史》,上海书店2001年版,第731页。

第八章　20世纪的明代中期性灵诗派研究

第一节　王阳明的心学思想与诗歌创作

傅璇琮先生在《日暮文库总序》中谈及20世纪80年代古典文学研究的变化时说:"80年代以来,中国古典文学研究确实进入了一个崭新的转型时期。这是本世纪前80年所未曾有过的。所谓转型,我认为最主要的,是对古代文学由单纯的价值判断向转向文学事实的清理,也就是由主观框架的设施而向客观历史的回归。"傅先生的观点对我们观察阳明心学和诗歌创作的研究很有启示。他指出回归历史这一特点,是为了强调与之前过度依赖主观价值判断(尤其是路线为本)之研究方式的区别。所谓回归客观历史,自然也包含着基于此种回归的新的价值判断。它是回归客观历史的逻辑结果,也在根本上有别于"单纯的价值判断"。就阳明心学与诗歌创作研究而言,20世纪80年代以来,打通文学与非文学,把文学还原到所属的社会背景整体中去,进而重新勾勒以晚明文学思潮为中心的逻辑构架,描绘变化流动的整体历史图像,重新体认研究对象的意义,重新评估其价值,这是阳明学研究乃至整个古典文学研究领域中最为重要的趋势之一。

在明清两代的一些评论家眼里,王阳明在心学、事功、文学等诸多方面都有很高的成就。《明诗综》引穆文熙的话说:"王公功业、学术,振耀千古,固不必论其诗,而诗亦秀拔不可掩。其殆兼举哉!"此论在《四库全书总目》中得到回应:"守仁勋业气节卓然,为文博大昌明,诗亦秀逸有致。"细细体味这些评论,我们会发现他们在心学、事功与文学成就之间还是有所轩轾的。所谓"不可掩",也正说明了王阳明的诗歌实际上已在功业、学术的光芒之下"有所掩",只不过未曾被完全掩盖住而已。王阳明一生致力于讲学,除了中进士前后那一段很短的时间外,诗歌并非他的精力所存。正如顾起纶的评论"先生经国大手,博学通达。诗非所优,然有幽思逸致",诗既非他生命之重心,成就自然不如功业、学术那么耀眼。如果再深入追索,这种看法还涵括着对阳明诗歌历史价值的评判:不可忽略但绝非一流。

在另外一些评论家看来,王阳明的诗歌创作是被分为两截看待的。王世贞认为:"新建雄略盖世,隽才逸群。诗初锐意作者,未经体裁,奇语间出,自解为多。虽谢专家之业,亦一羽翼之隽也。……暮年如武士削发,纵谈玄理,伧语错出,君子讥之。"①这是说王阳明青年时代的诗歌创作虽然没有真正登堂入室,但也表现出相当的天赋。其晚年则误入歧途,把讲学与诗歌掺杂一处,不为方家所取。同样地,陈子龙也认为:"文成才情振拔,少年颇擅风雅。自讲学后,多作学究语,遂不堪多录。"②还是说阳明的诗歌早年入路甚正而晚年则流入恶道。王世贞和陈子龙的看法较之穆文熙、顾起纶和四库馆臣更具流变的眼光,因而也更为精确地揭出阳明诗歌创作的不同阶

---

① 王世贞:《明诗评》卷四。
② 朱彝尊:《明诗综》卷三二"王守仁"条引。陈田《明诗纪事》作李舒章语。

段及其相应的特色。然而二者的评论基础,亦即对阳明诗歌成就的总看法,在本质上并没有太大区别。看来,明清两代文学史家对阳明诗歌的评价是有公论的。

上述评论都立足于如下事实:讲学与诗歌是对立的,它们的性质有着截然的不同,离则双美,合则两伤。穆文熙们的评价固然没有明确提及阳明诗歌受讲学的不良影响,但也和讲学诗歌的二元对立没有逻辑冲突。退一步讲,即便他们认为阳明诗歌未臻一流与讲学无关,也是以传统诗歌的审美标准来进行评判的(考察他们对带着讲学气息之诗如白沙诗歌的评价,讲学与诗歌的二元对立无疑是存在的)。于是我们又回到了讨论陈白沙诗歌时的纠结:讲学家的诗与诗人之诗是否真的不可调和?同样一个人的作品忽而"高妙不可思议",忽而"粗野不可向迩",二者性质对立不相沟通,甚至不存在任何中间的过渡状态?究竟应该如何认识理解由陈白沙到王阳明以至那些被贴着"性理诗""性气诗""道学诗"之类标签的诗人及其诗作?他们真正的意义和价值何在?对这些问题的回答,同样影响到对白沙、阳明以至唐宋派、李贽、公安派等诸多重要对象性质的认识和评价。沿着这些线索,我们可以在王阳明等人的相关研究成果中看到20世纪明代诗歌研究在根本思路上的重要推进。

20世纪前80年的王阳明研究,多数集中在哲学思想领域,没有脱开明清两代评论家重其功业学术而略轻其诗的基本论断。后来影响较大的几部著作如嵇文甫《左派王学》(1934)、《晚明思想史论》(1944),容肇祖《明代思想史》(1941)等等,大致都是以学术思想的发展为基础,把阳明学说及其发展当作一场"思想解放"的潮流来处理的。关于阳明生平行实的研究及文献资料的整理,基本上围绕着学术和事功展开。从20世纪初马叙伦《王阳明先生年谱校录》①、《力行要览》编辑社的《王阳明年谱》(1933年)②,到20世纪90年代方国根《王阳明评传》③、张祥浩《王守仁评传》④都是以心即理、致良知、知行合一、无善无恶等学术命题为重心,兼述其生平行迹,文学活动几乎全被忽略⑤。文献资料整理方面,也不断有新的成果出现,其中吴光、钱明等编校的《王阳明全集》是最重要的成果⑥。这些研究成果中,诗歌是探究阳明心学的证据,是哲学研究的材料。即便偶有讨论阳明诗歌的,也是旨在通过对诗歌的分析申发、疏证阳明诗歌中有关良知的义理,如梁漱溟《读阳明先生咏良知诗》。这当然应该算

---

① 《浙江图书馆报》1928年第1期。
② 此谱未曾寓目。据马相伯《一日一谈》(马相伯口述,王瑞霖笔记,王红军校注,漓江出版社2014年版,第27页。此谱乃钱德洪等所辑,非20世纪之作)。
③ 广西教育出版社,1996年版。
④ 南京大学出版社,1997年版。又,据谢巍《中国历代人物年谱考录》(中华书局,1992年版),清代以前王阳明年谱类著作有22种。20世纪以来有6种(不含日本及中国港台地区)。
⑤ 张祥浩《王守仁评传》认为阳明诗"自然、圆融、晓畅、工整,又意境高远,特别是晚年的诗,包括他的哲理诗,几达到出神入化的境界,成就决不在'何李'之下"。但没有深入展开,其评价标准也颇为混杂,故不赘论。(第11—12页)
⑥ 此类成果有薇园《王阳明集外遗文》,《国学丛刊》1942年第9期;钱明《关于新编王阳明全集的几个问题》,《贵州文史论丛》1988年第4期;叶树望《新发现的王阳明佚文六件》,《文献》1989年第4期;诸焕灿《新发现的王守仁"镇远旅邸与友人书"》,《文献》1990年第1期;吴震《王阳明逸文论考——就京都大学所藏王阳明著作而谈》,《学人》第1辑,江苏文艺出版社,1992年版;李平、路则社《有关王阳明的文献资料》,《文献》1994年第2期;陈来《关于〈遗言录〉〈稽山承语〉与王阳明语录佚文——记〈阳明先生遗言录〉〈稽山承语〉》,葛兆光主编《清华汉学研究》第一辑,清华大学出版社,1994年版;钱明《关于王阳明散佚语录诗文的几个问题》,《浙江学刊》1999年第5期;钱明《王阳明散佚诗汇编及考释》,《浙江学刊》,2002年第6期等。

作哲学而非文学研究①。有些著作如杨荫深《中国文学史大纲》虽然提及阳明之文学地位,却又因衡以学术而忽略之:"王守仁的古文也有名,不过他是一个理学家,文章是其余事,所以我们也略去了。"②是论依然缘于明清学者的基本判断。

相较之下,王阳明的文章比诗歌受到的关注要多。20 世纪关于阳明文学成就的少量成果大部分集中在散文创作方面。像顾实《中国文学史大纲》③、陈柱《中国散文史》④都比较重视阳明文章。最早对阳明文章诗文作出很高评价的是曾毅:

> 阳明之文章,郁然为一大宗者,由其始习词章,绚烂之后归于平淡也。学术既已醇,功业又已著,其发为文也,故雅健流利,有气韵,有姿态,不矜才气,不尚纨绮,上振宋方之绪,下开归唐之先。而其为诗也,亦志和音雅,不求巧,不弄奇,冲融恬淡,不堕腐烂。……然则其文于文人外放异彩,诗于诗人外见别趣。盖有以自得矣。⑤

这一段文字在民国时期的诸多文学史著作中被辗转引用,几乎成为

---

① 梁漱溟:《读阳明先生咏良知诗》,《社会科学战线》1988 年第 2 期。20 世纪关于阳明诗歌更早的研究有业辉《读阳明诗杂记》,《中央日报·中央公园副刊》1937 年 1 月 18—23、26—30 日、2 月 2—10 日,因未曾寓目,暂不置论。

② 商务印书馆,1947 年版第 395 页。按,是书初版于 1938 年。

③ "然在其间(按,指后七子复古思潮),有众人皆醉我独醒,不为时弊所误,而超然拔俗者,于文则王阳明不言谁,而兼有学术才藻,且天分既高,故自成一家之文。"商务印书馆 1929 年版,第 282 页。按,是书初版于 1926 年。

④ 商务印书馆,1937 年版。

⑤ 曾毅:《中国文学史》,上海泰东图书局,1918 年版,第 264—265 页。按,是书初版于 1915 年。后之论者多本此,甚者并其表述亦袭焉。

对王阳明文学成就的定评。如谢无量《中国大文学史》即谓:"然其文章特雅健有光采。上承宋濂方孝孺之绪而开王慎中唐顺之归有光之先声。其诗格尤典正,不矜奇巧。……然彼诗文亦自成一家足为一代之大宗矣。"①后来出版的宋佩韦《明代文学》、刘贞晦《中国文学变迁史》②也都袭用了此段评论③。

说阳明文章"雅健有光彩",比较符合事实。至于其诗歌,自谢无量而后皆谓"典正不矜奇巧",却像是未加深思、信口而发的习熟套语。早期的文学史著作都带着学科草创的特点,如论述简单,大量因袭前人(明代部分主要是《列朝诗集小传》《静志居诗话》《明史·文苑传》《四库全书总目》),极少结合具体作品,论证单线不求严密的弱点。因而这些著作多显单薄,说理不足,论断轻率,且长短参差,大凡作者曾经深思的部分多自得之见,其他部分则多人云亦云。另一方面,缺乏规范的特点也经常带来意外的精彩之论,后世读者往往能在随意的断语中见到编纂者的一现灵光。曾毅对阳明诗歌的评论——"其文于文人外放异彩,诗于诗人外见别趣",并把原因归结为"自得"——这段被现代文学史家们普遍忽视的文字,就极有可能是体现作者会心悟入处的精彩妙论。如果曾毅不是对传统所谓"性气诗"特别偏好(综观其文学史,此点似可肯定),那么"别趣"一语就

---

① 中华书局,1940年版,第48页。按,是书初版于1918年。
② 上海新文化书社,1923年版,第57页。
③ 如宋佩韦《明代文学》(上海书店《中国大文学史》2001年据商务版影印)对王阳明的评论,即与此略同:"(王守仁)勋业事功,炳烛一代。他又是一个理学大家,他的不朽并不在于诗文。然而他的散文特雅健有光彩,上承宋濂、方孝孺之绪,下开王慎中、唐顺之、归有光之先,诗格尤典正不尚奇巧。在明代文学史上,他不愧为一个卓然自立的作家。"(第727—728页)。

相当准确地道出阳明诗歌创作之特色(有别于传统诗歌而又类似于性气诗的独特之诗)。更值得我们注意的,是它能不囿于文学本身,而是综合了阳明之人生与学术之后的结论。此类综合性判断,在新文化运动以"科学"为赤帜而学科划分日渐细密的20世纪颇为少见。与此相类的还有钱基博的评论:

> 而于时有大儒出焉,曰余姚王守仁字伯安,特以致良知绍述宋儒象山陆氏之学;而发为文章,缘笔起趣,明白透快,原本苏轼;上同杨士奇李东阳之容易,而力裁其冗滥;下开唐顺之归有光之宽衍,而不强立间架。……身系风气之中,而文在风气以外,直抒胸臆,沛然有余;不斤斤于格律法度之间;而不支不蔓,称心出之,傥亦致良知之形诸文章者耶!……守仁未讲学时,先与同辈学作诗文;故讲学之后,其往来论学书及奏疏,皆纡徐委备,如晓事人语,洞彻中边;虽识见之高,学力之到;然其得力,未始不在少年时一番简练揣摩也![1]

在新文化运动及其思潮的影响下,时人率皆厌弃复古而锐意趋新,反复古而张扬个性自由者即进步、即革命、即可取,而深染复古之风的有明一代文学便不为学界重视。钱先生自言"师心自得",独谓明代文学足以媲美欧洲中世纪之文艺复兴[2]。其观点的可否暂置不论,于众口一词中能"师心自得"却实在表现出一个真正学人所必须的情怀。既欲与众不同,则其"师心自得"亦须真有深切体悟。就上引评论阳明部分而言,凡说理于前必例证于后,且能辨析年代先后以见

---

[1] 钱基博:《明代文学》,商务印书馆,1934年版,第26—29页。
[2] 参见钱基博:《明代文学·自序》。

阳明生平不同阶段文字之特色差异。钱先生评论中尤可注意者,乃在于他与曾毅一样具有沟通学术与文学之综合会通意识。"身系风气之中,而文在风气以外……傥亦致良知之形诸文章者耶","未讲学时……虽识见之高,学力之到;然其得力,未始不在少年时一番简练揣摩",此等论断中实可见出"师心自得"云云并非空言。

然而,令人遗憾的是曾毅于阳明诗歌的"别趣"未加申论,钱基博则受明清以来传统看法之影响,只论及阳明文章而将诗歌遗漏在外。既然致良知能够形诸文章,何必不能形诸诗歌呢?就此再进一步,当会对阳明诗歌有新的看法,甚而可能跳出传统诗歌评价标准之外,打开一片新天地。当然,新天地的打开,首先需要深入讨论学术与文学的相互关系问题。具体到明代,就是理学(心学)与文学的复杂互动。这关涉到对阳明心学本身研究的进展,更关涉到突破哲学与文学学科分野的研究之深入。就前者而言,除了新文化运动反封建礼教背景下、唯物唯心标准下、评法批儒影响下的研究成果之外,20实际80年代以后哲学研究的论著是令人瞩目的①。就后者而言,打破学科界域的综合性研究也有了极大进展。它们都为理学(心学)与文学之间复杂关系的深入奠定了坚实的基础。

其实,早期的其他研究者未必没有意识到这个问题。郑振铎《插图本中国文学史》:"王阳明的学说,不仅在哲学上,即在明代文学上,也发生了极大的影响。从李卓吾到公安派诸作家,间接直接始

---

① 例如侯外庐、邱汉生等人《宋明理学史》(人民出版社,上卷1984年出版,下卷1987年出版)、蒙培元《理学的演变》(福建人民出版社1984年版)和《理学范畴系统》(人民出版社1989年版)、陈来《有无之境》(人民出版社1991年版)、杨国荣《王学通论》(三联书店上海分店1990年版)、姜广辉《理学与中国文化》(上海人民出版社1994年版)等。

皆和阳明的学说有密切的关系……明中叶以后的文坛风尚,真想不到会导源于这位大思想家的!"①然而该书对阳明心学与文学之关系的关注仅仅停留在意识的层面,没有稍为深入的讨论。80年代以前关于明代文学的著述在论及阳明心学时,绝大多数是把它当作背景来处理的。阳明心学如政治、经济、社会风气等一样,是影响文学发展变化的一个因素。例如北京大学中文系文学专门化1955级集体编著的《中国文学史》,在论及阳明学对明代文学的影响时写道:

> 自正统以后,王阳明从开明地主的挽救社会危机的意愿出发,建立了自己的哲学思想体系,提出"心外无理,心外无物"的主观唯心主义的理论,四处讲学,形成学派。他强调个人良知的作用,打破了程朱理学的教条统治。由王阳明学派发展而成的王学左派,结合了市民阶层的思想,成为明代中叶以后的具有进步意义的哲学思想。……王学左派的代表人物有王艮、何心隐、李贽等。……(李贽)大胆地否定儒学,肯定市井山夫,认为他们是能认识真理的人。王学左派这种先进的哲学思想,成了公安派文学改良运动的哲学基础。②

不说将阳明心学的建立上溯至正统年间的疏漏,也暂且忽略唯心主义的性质界定,仅看对阳明心学的介绍,该书也只是着眼于基本观点的简单叙述。至于阳明心学如何衍生出王学左派,阳明心学的不同发展阶段如何对明代文学的演变产生不同的影响,由阳明心学的学术性如何联接起公安派性灵文学的文学性,这些关键的问题一概付

---

① 上海人民出版社,2005年版,第947页。
② 人民文学出版社,1958年版,第136—137页。

之阙如。即便是因为体例限制，由阳明心学而王学左派而公安派的历史路径也过于单一。在唯物唯心的根本判断原则之下，阳明心学的客观唯心主义性质自然不值得受到足够的重视，能与市民社会的革命因素相结合的王学左派就成为影响晚明文学最为重要的思想学术背景。1962年出版的中国科学院文学研究所编写的《中国文学史》、1964年游国恩等人编写的《中国文学史》，包括更早的1949年出版的刘大杰所著《中国文学发展史》，此后的多种文学史，大都如此，几无例外。在大多数以文学理论探讨为目标的批评史、理论史著作中，此种状况仍然基本没有变化。简单进化式的思路造成的结果，就是政治、经济、思想等与文学的关系很多时候都是表面的联类比附。它们看起来是因果关系中的"因"，但是因果之间的必然性，也即政治、经济、思想等与文学之间的深层联系并没有得到追究。学术思想与文学发展之间是否有更多复杂的途径？是否有曲折的变化？起点与终点之间有哪些中介？这些都是推进阳明心学与明代文学关系之研究进一步深化的关键性问题。

20世纪80年代以后的学者们在这方面取得了很大突破。马积高《宋明理学与文学》（湖南师范大学出版社1989年）、夏咸淳《晚明士风与文学》（中国社会科学出版社1994年）、韩经太《理学文化与文学思潮》（中华书局1997年）、周明初《晚明士人心态及文学个案》（东方出版社1997年）、黄卓越《佛教与晚明文学思潮》（东方出版社1997年）、许总《宋明理学与中国文学》（百花洲文艺出版社1999年）、周群《儒释道与晚明文学思潮》（上海书店出版社2000年）、左东岭《王学与中晚明士人心态》（人民文学出版社2000年）等论著是其中的代表。它们从不同角度、不同层次推进了对阳明心学与文学之关系的研究，大多能持历史的眼光把王学视为流变的脉络加以考察。例如马积高《宋明理学与文学》一书在论及阳明心学时，就是将其置入宋明理学的源流中展开的。他谈到了王学与程朱理学的异同，谈到王学"在其初产生时似乎对文学没有发生多大影响"；"王学同文学发生直接关系，是在嘉靖年间（唐宋派）"；"王学对文学发生较大的影响主要是在左派王学形成之后，特别李卓吾的学术活动开始以后"①。王学不再是大而化之的影响明代文学的因素之一，它在不同历史阶段对文学的不同影响得以比较清晰的呈现。此外，该书非常重视理论范畴、命题（如阳明心学中天理与情欲的矛盾）的内涵分析，因而常有精辟之论。但是，该书着力于外部诸因素的描述，对学术与文学的内在联系尤其是学术理论与文学理论的影响和联系关注不够，影响了整体的深度。

80年代以后的相关论著的重要价值还表现为研究者的会通意识，上举著作或多或少都有这个特点。有些学者对此特为强调。比如黄卓越在《佛教与晚明文学思潮》中就曾再三表达出对先前略显固化的"文界（文学）""文人（诗人）"等界域意识之突破的愿望。"如果再次撤除'文界'的概念界限，将他们做完整的历史复原，通过反映他们一生活动、言论的那些材料，便可看到他们相对整体的面貌，而'晚明文学思潮'这一次属分类概念也同时失去了狭隘性的规定，融入到了整个'晚明思潮'之中。"②历史人物并不是时刻谨记自己的文人身份而略无逾越，作为性格趣味皆具殊相的个体，他们曾经丰满灵动地活动着。在自己的舞台上，他们不仅仅只限于后世研究者视域中依照各自学科赋予的思想家、诗人、政治官员、经济制度维

---

① 马积高：《宋明理学与文学》，湖南师范大学出版社，第179—181页。
② 黄卓越：《佛教与晚明文学思潮》，东方出版社，1997年版，第10页。

系者等专门身份,同时也可能是少年意气的新科进士、仕途曲折的失意官员或者德高望重的硕学儒士。从人的社会性考虑,他们又是处于复杂关系网络中的具有多重角色的一分子。以单向度的视野观照复杂的对象,只能达到表面的真实性。左东岭在讨论阳明心学与审美情趣时曾提出,各种专门性研究的"有失全面","不仅会影响对其心学思想的完整了解,也不可能认识阳明本人的完整人格,更重要的是不能充分认识阳明心学对当时士人的影响途径"[1]。80年代以后相关研究产生突破的主要方向,便是对"整体性"和"历史还原"的自觉追求。

自觉追求"整体性"和"历史还原"大体有两重意义:一是对事实的清理,真相的重构;二是在此基础上的价值重估。例如左东岭的《王学与中晚明士人心态》,就是旨在"打通心学与文学思想关联的途径"[2]。作者的论述策略,是将诸如学术思想、士人心态(包括价值取向、审美理想、心理趣味等)、文学思想及创作等因素构造成以人为中心的有机体。他放弃了传统的视角,挈出"求乐意识"作为核心切入。于是良知便不再只是单纯的伦理范畴,它的完成(最高也最圆满)——乐——包含了伦理、世俗、自我成就与超功利的审美等多个层面。换句话说,"求乐意识"赋予良知审美的特性,使良知得以"形诸文章",当然也得以"形诸诗歌"。于是乎阳明由良知而知行合一而无善无恶的思想体系,其自适求乐的人生价值观念,那些"秀逸有致"的诗歌作品,都因为一系列细微却重要的事实之追寻获得了

---

[1] 左东岭:《王学与中晚明士人心态》,人民文学出版社,2000年版,第223页。

[2] 左东岭:《二十世纪以来心学与明代文学思想关系研究述评》,《文学评论》2003年第3期。

活的筋骨血肉。这既是对以往未获足够重视的事实的清理,也是对经过再审视的事实以及阳明心学体系之价值重估。

阳明心学与文学之关系方面的突破,也相应地带来了阳明诗歌研究的新气象。根据传统的研究视角,阳明诗歌是源远流长的诗歌史中并不显眼的浪花。通常的做法是对其内容分类阐述,再评论其艺术风格、语言特色。例如喻博文《简论王阳明的诗作》,将阳明诗歌分为"暴露当时社会政治黑暗,反映生民疾苦的诗歌";逆境(统治阶级内部的权力倾轧)中"抒发自己感情的诗歌";"'阐理道而裨世教'的哲理诗"三大类,认为阳明诗歌的艺术风格是"真率、自然而奔放",诗歌语言"具有流畅、精当和平易的妙处"[1]。周寅宾《王守仁诗歌得失谈》将王阳明的诗歌分为前后两个阶段:"赴谪贵州龙场驿以前……在哲学上无得而在诗歌上有得的时期。……他早期的诗,颇富才情、文采。后期是正德至嘉靖年间。……这时期是他在哲学上有得而在诗歌上有失的时期。"[2]周伟民在《明清诗歌史论》中也专门用一节的篇幅讨论阳明诗歌,认为具有多样化的风格,如沉着凝练、秀逸清丽、朴实自然等[3]。刘再华《王阳明文学论略》[4]认为阳明诗歌有两大基本主题:一是"记述仕宦生涯,抒写政治上的失意苦闷以及被贬的悲愤之情,表现出一种直道而行,不畏艰难的入世精神和乐观豁达的人生态度。二是描写旖旎奇美的山川景色,寄寓归隐林泉的幽情悠思"。他还论述了这两个主题的形成与阳明人格的关系。也有些从其他角度切入的论文,如张清河《王阳明的龙场田园诗》大致

---

[1] 喻博文:《简论王阳明的诗作》,《西北师大学报》1981年第4期。
[2] 周寅宾:《王守仁诗歌得失谈》,《光明日报》1986年9月23日。
[3] 周伟民:《明清诗歌史论》,吉林教育出版社,1995年版。
[4] 刘再华:《王阳明文学论略》,《求索》1997年第6期。

按照编年方式具体分析王阳明龙场田园诗,探讨王阳明贬谪龙场期间的生活、心态和境界[1]。梁颂成讨论了王阳明贬谪龙场驿往返经常德的13首诗歌,分析阳明此一时期的思想情怀及艺术特色[2]。张放鸣则对阳明诗歌中的"乡愁情结"进行了研究[3]。这些论文多数都对阳明诗歌进行了细致的分期分类,认识比较全面,评价也力求公允。它们是阳明诗歌研究历程中的重要阶段。然而,一旦我们采取更加严苛的标准,就会发现传统的面面俱到的描述和评价并没有显出阳明诗歌的独特性。对于大多数古代诗人来说,他们的生活环境和人生经历总体上没有太大的变化,读书、出仕、归隐的生命模式造成了他们诗歌创作主题的近似。我们也很难从"秀逸有致"式的评语中分辨出独特的"这一个"。尤其是对那些影响极大却评价不高的对象而言,越发有必要对传统的研究视角进行一番"批判"。既然阳明心学对中晚明文学产生了公认的重大影响,为何没有影响到阳明本人的创作?既然阳明心学中孕育了晚明的性灵文学思潮,为何阳明本人的诗反倒从早期的"风雅"变成了晚年的"语录"?语录体的"性理诗"和"独抒性灵,不拘格套"的性灵诗是否互不相容?王阳明及其文学创作究竟应该如何理解?如何评价其文学史地位?

在新的研究视角观照之下,"尽管王阳明并没有在文学理论上明确地提出性灵说,但在实际创作中则已显示出重主观、重心灵、重自我的鲜明倾向"[4]。阳明诗歌与性灵诗歌具有根本上的一致性,都

---

[1] 张清河:《王阳明的龙场田园诗》,《贵阳师专学报》1996年第3期。
[2] 梁颂成:《王守仁在常德的诗歌创作》,《常德师范学院学报》2001年第1期。
[3] 张放鸣:《萧萧总是故园声——谈王阳明诗中的"乡愁情结"》,《余姚市名城名贤论文集》第3辑,余姚市历史文化名城名贤研究会编,1997年版。
[4] 左东岭:《王学与中晚明士人心态》,人民文学出版社,2000年版,第248页。

不适合"用传统的意境标准加以衡量,而须代之以自然活泼的人生之趣。……在此种风格的背后有着深厚的思想背景作为支撑,它预示着一种新的文学思想潮流已经产生……在后来的文学潮流中,却日益显示出巨大的影响力。"[1]伴随着学术与文学之间路径的畅通,阳明心学对中晚明文学思潮的影响得到更加清晰的揭示,这一历史进程也不再是笼而统之的大框架,先前有些不能抹平的矛盾也获得了一种解决思路。以往的学者们通常都困惑于阳明诗歌中与其学术牵缠不清的作品,难以把它们纳入传统诗歌的评论体系中去。典型的评价如钱谦益和王世贞,《列朝诗集小传》中说:

> 先生在郎署,与李空同诸人游,刻意为词章。居夷以后,讲道有得,遂不复措意工拙,然其俊爽之气,往往涌出于行墨之间。……王元美《书王文成集后》云:"伯安之为诗,少年有意求工,而为才所使,不能深造而衷于法;晚年尽举而归之道,而尚为少年意象所牵,率不能浑融而出于自然。其自负若两得,而吾以为几于两堕也。"以世眼观之,公甫何敢望伯安;以法眼观之,伯安瞠乎后矣。[2]

可以看出,钱谦益和王世贞在评价王阳明(包括之前的陈白沙、后来的唐宋派、李贽、公安派、竟陵派等)时,都有点儿左提右挈、捉襟见肘的感觉。"涌出于行墨之间"的"俊爽之气"似乎是和"讲道"之作互相冲突的,但如追究这"俊爽之气"的来源,却要归结到"讲道"上。阳明的"俊爽之气"是以自信其心,自得洒落的良知之道为基础的。

---

[1] 左东岭:《王学与中晚明士人心态》,人民文学出版社,2000年版,第250页。

[2] 钱谦益:《列朝诗集小传》,上海古籍出版社,1983年版,第269页。

那么,"讲道"给诗歌带来的应该未必都是消极因素。王世贞的宗旨是说诗、道相妨,互如水火。则讲道之人就不应该写诗,要么诗中不许论道说理。此时他心目中之诗的内容显然过于狭隘,于情理和事实皆不相合。假如以性灵而非意境来审视,其中的扞格就不存在了。所谓"率意"和"不计工拙"的实质"则是其重心灵愉悦与心灵表现的必然结果"。甚至那些"表面上看是咏自然景色的诗,但若寻其脉络,依然是主观心灵作为全诗的主线而贯穿始终"[①]。获得如此评价的关键,在于批评标准的改变。

钱穆先生认为,持理学与诗相悖之论者,皆因过于执着表相而自划牢笼:"理学宗旨,本在陶铸性情,挖扬风雅,固不如一般所疑,其言则勃窣理窟,其人则木强枯槁,拘谨狭隘,以不近人情相讥,是为不知理学之真。"[②]理学宗旨在于陶铸性情,诗歌吟咏又何尝能弃绝性情?二者都以"人"为中心,不过各自表现的方式有所不同而已。如理学家那样过分贬低诗歌为"闲言语"固然褊狭不开,以诗言性情而弃绝"道""理"也非通人之见。人之性情相异,因而其诗各显其貌;人之境遇变幻莫测,是以其诗非独一体。诗本广大,"其为物也多姿,其为体也屡迁";"挫万物于笔端",阐理、述事、表情俱所相关,斯为得之。早期的诗歌评论(文学评论)思想在这方面似乎没有那么严密,也更为宽容。例如《文选》,就是以主题分类来编排的,并没有

[①] 左东岭:《王学与中晚明士人心态》,人民文学出版社,2000年版,第248—249页。十多年前,笔者曾向左东岭教授请教如何理解理学诗的问题。左老师告以传统法论意境、理学法论境界。此说极具启发性,也是此处讨论的来源。特做说明并致谢忱。

[②] 钱穆:《理学六家诗抄·自序》,《钱宾四先生全集》第46册,联经出版事业股份有限公司,1998年版,第3页。

拿一个诗文的现成概念把一部分作品排斥在外。《文心雕龙》和《诗品》中对有些诗人地位影响的评价,在今人看来很难认可,或许也与我们对"诗"的先入之见有关。就"理学诗"论,佐藤一郎认为:

> 一个伟大的思想家不能成为诗文的专门作家,思想性的内容本身要求有独自的表现形式。阳明的诗文中,当然也是这种意义上的个性有浓厚的表现。并且,在悟道之后,他那种可以"思想诗"之名称之的诗的主调中有着一种适切的思想形成深度与语不虚用的表现相结合而来的感动。比如《咏良知》《啾啾吟》等诗,归之于"思想诗"这一新分类是最稳妥的,不过朱彝尊也好,沈德潜也好,这个系统的诗均不采择。①

除去第一句值得怀疑的话,佐藤对"思想诗"的划分和特征描述是相当具有启发性的。如果承认诗主性情的前提,那么诗的总体中必然包括类似于"思想诗"的一类。审美的标准带着极大的主观性和个体性,从个人的角度,不喜甚或厌恶所谓"思想诗"毫无问题。但是"思想诗"既已存之久远且发生了不小的影响,我们就不能一言以蔽之地凭着一己好恶否定它。反而需要在细致谨慎的历史考察中,辨析其本来面貌,考察其演变过程,从而审得其情,予其可否。

综观20世纪的阳明心学和诗歌创作研究,我们或许对理学的判断过于先入为主,对诗歌的理解过于狭隘。更深层的原因,可能在于对科学理性之思维模式的过度迷信,习惯于以现成的概念和理论体

---

① 佐藤一郎著,赵善嘉译:《中国文章论》,上海古籍出版社,1996年版,第87页。

系去解释评价诗歌现象,忽略了历史的复杂多样性和客观性。当王阳明说"天没有我的灵明,谁去仰他高"时,他没有反过来想:不管有没有"我的灵明"去主动地"仰他高",天之样貌依然故我地在那里;我们除了仰其高,也完全可以去仰其深邃,仰其广远,从不同侧面获得更多关于"天"的知识。

第二节　徐渭的诗歌理论与创作

徐渭是明代文学史上的重要人物,在多个艺术领域都有很高的成就。他自称"书第一,诗二,文三,画四",撇开书画文章不论[①],其诗确实才气纵横,超然高妙,是李白、李贺那样天才式的诗人。在明代诗人中,徐渭能与高启、陈子龙等一流诗人相媲美。很可惜的是,他功名偃蹇,僻处越中,又与时代风潮抵牾,因而实际影响较小,名不称其才。但是站在后人的角度反思历史,我们发现,他的人格、思想、诗论以及诗歌都表里如一,在晚明那个历史时期具有很重要的意义。

与大部分文人只是在知识阶层展现名气不同,徐渭的影响力,体现在精英和世俗两个层面。30年代的宋佩韦说"到现在徐文长、金圣叹的大名,几乎三尺童子都知道的"[②]。扣除夸张的成分,徐渭之名在妇孺村夫的俗人世界中有一定名气大概可以肯定。20世纪早期,学界有关徐渭的研究很少,多数出版物的兴趣着落在作为智者、

[①] 袁宏道说假若不论书法论书神,"先生者诚八法之散圣,字林之侠客",其花鸟竹石"超逸有致",都是很贴切的评价。

[②] 宋佩韦:《明代文学》,《中国大文学史》上海书店2001年版,第756页。

绍兴师爷、恶作剧能手三位一体的徐渭形象方面①。直到20世纪80年代之前,徐渭多是以书法家和画家而为研究者们关注②。到了80年代以后,研究者们也发表了很多有关徐渭戏曲理论和创作的研究成果。有些问题例如《南词叙录》的作者,还是学界的争论热点③。此外,有些学者认为徐渭是明代四大奇书之一的《金瓶梅》的作者④。80年代之前,较重要的徐渭传记仅有徐仑的《徐文长》,之后则出现了何乐之、李德仁、夏咸淳、丁家桐等多种重要著作⑤。徐朔方的《徐渭年谱》更是徐渭乃至明代文化史研究中不可或缺的成果。此类传记多以生平和书画戏曲成就为主,偶尔会简单提及诗歌。徐渭的文集也于1983年由中华书局整理出版,"搜罗完备","虽不以全集为名,已有全集之实"⑥,为此后的研究提供了文献基础。

　　徐渭作品的艺术特征与其个性人格密切相关,而他的独特生活经历又对其人格的形成有重要作用。生活经历和环境通常是影响一位作家人格和创作的重要因素,但对徐渭的个案而言,经历和环境的

---

① 参见谢德铣等《徐文长的故事》,浙江人民出版社,1982年版;吕洪年《关于徐文长故事》,《杭州大学学报》1985年第3期;王骧《有关徐文长的生平和传说》,《民间文学》1985年第6期(未见)。

② 参阅李松:《徐渭生平与其绘画成就》,《文物》1961年第6期。

③ 这方面的研究,主要有骆玉明、董如龙《〈南词叙录〉非徐渭作》,《复旦学报》1987年第6期;徐朔方《南词叙录的作者问题》,《徐朔方文集》第一卷,浙江古籍出版社,1993年版。

④ 例如潘承玉《〈金瓶梅〉抄本考源:〈金瓶梅〉作者"徐渭"说新证之一》,《中国文学研究》1998年第4期。

⑤ 何乐之《徐渭》,人民美术出版社,1981年版;李德仁《徐渭》,吉林美术出版社,1996年版;夏咸淳《徐渭》,上海人民美术出版社,1998年版;丁家桐《东方畸人:徐文长传》,上海人民出版社,1999年版。

⑥ 徐朔方:《评〈徐渭集〉的编辑和校点》,《杭州大学学报》1989年第1期。

影响尤为重要,远超一般文人,在他的艺术风格方面反映极强烈。骆玉明等认为,徐渭的艺术特征是"颓放","在内的精神上,它表现了强烈的个性意识、自由意志,以及个性遭受压抑时所产生的充满悲愤的反抗情绪和由失望而引起的痛苦。在艺术表现上,它以传达内心的真诚感受为最高要求,反对一切虚伪矫饰的态度,绝不以世人的好恶以及各种人为的规矩法度来束缚心性的自由宣叙"①。天赋高明之人每多敏锐触觉,处在那样沉重惨然的生活环境中,徐渭难免"从自卑感中激发出过敏的自尊心,形成好猜忌而又偏执的心理,和时常与周围环境对立、反抗的性格"②。徐渭自称"矫激",既表明他的偏执,也反映出他的无奈。"畸于人而侔于天"的"畸人",形象地传达出他与世不谐而只能求达天道的深沉悲哀。学者们一度纠结于徐渭的"矫激"是否导致病狂而终究酿成惨剧。其实他到底真狂或者佯狂都属次要,重要的是他的"宣泄""抗争""自纵""入境",其本质都是人生的悲剧及其解脱途径③。作为排遣解脱的一个重要支柱,道家道教对徐渭的人生和文学创作都有重要影响。张松辉就徐渭一生中与道家道教的相关史实进行了考辨④。实际上在晚明思想多元的时代,三教合一是当时的重要思潮,徐渭与佛教的相关史实也值得整理发掘(关于徐渭思想方面的问题下文还要谈到,此处不赘

---

① 骆玉明、贺圣遂:《徐文长评传》,浙江古籍出版社,1987年版,第225页。
② 骆玉明、贺圣遂:《徐渭家世考略》,《复旦学报》1984年第2期。
③ 参见王长安:《徐渭三辨》,中国戏剧出版社,1995年版。关于徐渭是否真发狂这个问题,骆玉明等《评传》、张新建《徐渭论稿》(文化艺术出版社1990年版)都讨论过。
④ 张松辉:《谈徐渭的道士身份及其与道家道教的关系》,《古籍整理研究学刊》2000年第6期。孟泽也提及徐渭晚年的解脱与道家思想有关,参见《论徐渭的审美历程与古典精神的自足轮回》,《湘潭大学学报》1990年第4期。

述)。梅客生说徐渭"病奇于人,人奇于诗,诗奇于字,字奇于文,文奇于画",其人之"奇"是排在前列的,是徐渭研究的钥匙。徐朔方说:"他的老师王畿(表兄)和季本的王阳明学说以及《参同契》《首楞严经》《素问》《葬书》以及三教其它经典对他的影响都不能同他的悲惨经历相提并论。"①人生经历的不同阶段使徐渭艺术创作有哪些细微或是重大变化;作为一个感触远超旁人的天才式人物,他的情感世界除了愤懑和狂放之外还有哪些因素,它们在艺术方面如何展现?这些问题都还有待继续深化。

"本色论"是徐渭文学成就的主要聚焦点。关于徐渭文学理论与文学观念的研究也大多集中在此一范畴。与徐渭的思想、人格、书画、戏剧及文学理论等方面的成果相比,诗文方面的研究成果极少,与其实际成就极不相符。较早提到徐渭诗文成就的是宋佩韦,他说徐渭"大才超轶,诗文迥出伦辈……其诗往往鬼语幽坟,近乎李贺一流,文亦为金圣叹等之滥觞。然而他指斥当时复古派末流的摹拟剽窃,颇中其失……他的诗如《龛山凯歌》云……又如《望夫石》云……则所谓凄清幽眇,流于魔趣者也"②。这些评语,几乎就是四库馆臣的原话。文学史的特殊体裁也限制了其表述的深度展开。80年代以前少有的徐渭诗歌专论是徐仑的《明代抗倭战争的诗人徐文长》③,此文重点是以徐文长为中心线索,来说明抗倭战争与文学创作的关系。他是把诗文当作史料,目的不在诗文本身。80年代以

---

① 徐朔方:《论徐渭——汤显祖同时代的作家论之一》,《浙江学刊》1989年第2期。

② 宋佩韦:《明代文学》,《中国大文学史》,上海书店2001年版,第755—756页。

③ 徐仑:《明代抗倭战争的诗人徐文长》,《学术月刊》1962年第8期。

后,徐渭诗歌逐渐开始引起注意。魏际昌的《徐文长论》讨论了徐渭的诗文理论和创作[1]。骆玉明等认为徐渭诗歌大约分为两类:"一是反映他自身遭遇,以及他和封建道德传统、封建等第制度之间的冲突";"另一类是政治诗"。这个分类显然因为带着时代的印记而缺乏概括性,是把徐渭当作激愤的反抗者来看待的结果。假如单单从抗争者的形象出发,徐渭的诗歌作品"景物和景象险怪诡奇,而他诗作的意境也是阴冷、凄艳、可怖、怪异,他用这些来表现他的孤独、抑郁、焦虑、恐惧的内心世界,表现他的自我的挣扎"[2]。不过,徐渭留下了两千多首诗,阴冷怪异的抗争者绝非其完整面目,独出心裁的题画诗、议论惊人的咏史诗、天趣盎然的儿童诗,都是他诗歌成就中必不可少的部分[3]。

徐渭诗歌内容丰富,各体兼备,相应地也风格多样。骆玉明等说他的诗"以天才为资,以性灵为宗,以横放绝出气如风雨,或以妙想偶得、天趣盎然为胜。至若夹泥带沙,或丽人蓬首,则时有未免"[4]。这些说法固然限于体例没有足够具体的分析,却揭示出了徐渭诗歌的特色。吴志达《明清文学史》除了把徐渭诗风描述为"壮逸疏狂,豪放自恣"之外,还重点提到其七言绝句"语言精炼,意象奇峭,而意

---

[1] 魏际昌:《徐文长论》,《河北大学学报》1986年第2期。
[2] 周明初:《晚明士人心态及文学个案》,东方出版社,1997年版,第220页。
[3] 参见徐朔方:《论徐渭——汤显祖同时代的作家论之一》,《浙江学刊》1989年第2期。沈新林把徐渭诗分为:反映社会现实、山水旅游、题画、抒写诗人自己的遭遇四类。《鬼语秋坟韵味长:徐渭和他的文学创作》,《古典文学知识》1998年第1期。
[4] 骆玉明、贺圣遂:《徐文长评传》,上海古籍出版社,1987年版,第231—232页。

蕴丰富"①。周伟民也认为徐渭的诗"任情恣放,随意抒写……不屑于摹拟古人,诗歌不避俗语俗物,奇思突出,在日常生活之中,无物无言不可入诗"②。总体看来,徐渭的诗遵循着"本色论"的基本方向,如左东岭所说,"尽管没有创造出新形式,却雅俗不分地涉入了更多的艺术领域,并最大效用地利用了旧形式与旧方法"③。杰出的才情使他在任何诗体之间任意游走,自由展示,以奔放的意气激扬文字,把美丑、刚柔、缓急、浓淡、纤犷随手组合起来,形成出人意表的"奇"的诗风。徐朔方举了许多具体的例子,对此进行了有力的论证。

尽管如此多的学者完成了如此多的重要成果,但徐渭诗论及诗歌的研究仍然算不得充分,尤其是和他的创作实绩不相符合,一个要紧的指标就是他还是以戏曲创作而非他自己引以为豪的诗歌出现在当前各种文学史中。四库馆臣说他"才高"又说他"识僻",批评他"流入魔趣""终为别调",又说他"足以感荡心灵",是有"揆以中声"的紧箍咒在④;袁宏道和陶望龄夜读徐集"如魇得醒","灯影下读复叫,叫复读,僮仆睡者皆惊起"⑤的描述或许有文学色彩的夸张,但徐渭的诗文的确有其价值。"光芒夜半惊鬼神,既无中郎岂肯堕"⑥,并不是黄宗羲阿好乡贤的吹嘘。

---

① 吴志达:《明清文学史·明代卷》,武汉大学出版社,1991年版,第477—478页。
② 周伟民:《明清诗歌史论》,吉林教育出版社,1995年版,第211页。
③ 左东岭:《王学与中晚明士人心态》,人民文学出版社,2000年版,第471页。
④ 纪昀等:《四库全书总目》卷178《徐文长集提要》。
⑤ 袁宏道:《徐文长传》。
⑥ 黄宗羲:《青藤行》。

第九章　后七子复古派研究

第一节　李攀龙与后七子流派研究

在后七子的研究中,李攀龙所受关注、所获评价都比不上王世贞和谢榛。人们多认为他在诗学理论和创作方面建树不大。作为轰动一时的文坛领袖,他的代表性、价值及文学史意义肯定不是可以一语抹杀的,李攀龙的研究还有很长的路可走。

一、李攀龙研究

关于李攀龙的生平,黄祖良《李攀龙》[①]作了较为简单的介绍。李攀龙诗文集的整理本有包敬第标校的《沧溟先生集》[②]和李伯齐点校的《李攀龙集》[③],二者均以李攀龙九世孙、清人李献方鸠工校刻的"道光本"为底本,校以明刻诸本。诗文选本有李伯齐、宋尚斋、石玲选注《李攀龙诗文选》[④]、罗焕章选注《李攀龙诗笺注》[⑤]。

---

① 吕慧娟等主编:《中国历代著名文学家评传》,山东教育出版社,1995年版。
② 上海古籍出版社,1992年版。
③ 齐鲁书社,1993年版。
④ 济南出版社,1993年版。
⑤ 电子科技大学出版社,1993年版。

关于李攀龙的诗论。铃木虎雄《中国诗论史》认为李攀龙论诗本于李梦阳"守古法久而推移"之说,其关于"法"的意见是对李梦阳"直接的完全的继承",且其"唐无五言古诗而有其古诗"之说也来自李梦阳的《缶音序》,且认为他们对于汉魏晋宋与唐代的五古孰优的看法"是不甚明确的"①。吉川幸次郎《宋元明诗概说》认为李攀龙复古的主张比李梦阳"更为激进",其引《易·系辞》之语,意思是"只有作更厉害的模仿,才能有更自由的文学"。作者认为,这样的理论用于文学是不恰当的,"作为音乐、舞蹈等再现被给予的形式的艺术的理论,还是有用的"②。20世纪前期国内学者的论著,如朱东润《中国文学批评史大纲》、郭绍虞《中国文学批评史》,对于李攀龙诗论未予论述,郭绍虞后来修订的《中国文学批评史》认为"李攀龙虽主持诗坛,但是没有什么论诗见解"③。完成于20世纪80年代的周勋初《中国文学批评小史》也说"李攀龙无理论"④。

20世纪80年代以后,成复旺在《中国文学理论史》中说李攀龙的理论"简单零碎",认为李攀龙之于李梦阳"仅得其一端",其主要观点即"拟议以成其变化","吸收了何景明等人对文学复古理论的补充",其追求的目标是"不摹古人之作却又不变古人之法,不是古人之作又酷似古人之作",并认为"这才是真正的复古,而非拟古"⑤。

---

① 铃木虎雄著,许总译:《中国诗论史》,广西人民出版社,1989年版,第146页。
② 吉川幸次郎:《宋元明诗概说》,复旦大学出版社,2012年版,第236页。
③ 郭绍虞:《中国文学批评史》,上海古籍出版社,1979年版,第362页。
④ 周勋初:《中国文学批评小史》,《周勋初文集》第2册,江苏古籍出版社,2000年版,第261页。
⑤ 成复旺:《中国文学理论史》,北京出版社,1987年版,第112—113页。

袁震宇、刘明今《明代文学批评史》也认为"拟议成变"是李攀龙"论文的重要命题",但李攀龙所谓"变化"不过是"求当于古作者而已",并未"继承并发扬李、何文学复古运动的积极因素"如李梦阳的真情说及求真诗的见解,"却过份地以复古之论自高自缚"[1]。萧华荣《中国诗学思想史》则用"拟议变化"通论明代的文学复古理论,认为这是"七子派的中心口号","是明代诗学思想的主潮",在前七子时已经明确提出并引起论争,围绕着这个"轴心"的论争与发挥"使明代诗学思想越转越深,越转越入于精微";"拟议"指模仿古人作品,"变化"指"得其'化境'"。这样的看法,无疑是高度重视了李攀龙此一诗学命题的历史地位。萧华荣还认为,李攀龙在"诗学上的积极贡献是提出了'境地'问题",即其《与徐子书》中说的"盖诗之难,正唯境地不可至耳",认为"境地""大致是指诗歌创作时所处身、处心于富有诗意、启人灵感、令人忘俗的氛围与境界"[2]。

关于《古今诗删》,方孝岳《中国文学批评》说"名为古今诗,而居然能把宋元一笔勾销,未免太不合理。这都是李梦阳以来教人勿读唐以后书的方法了。我们要看前后七子的论诗的主张,这部《古今诗删》略可代表"[3]。周勋初《中国文学批评小史》也说该书将"唐代以下删去宋、元两代而直接明代,作风偏激武断"[4]。

---

[1] 袁震宇、刘明今:《明代文学批评史》,上海古籍出版社,1991年版,第239页。
[2] 萧华荣:《中国诗学思想史》,华东师范大学出版社,1996年版,第223—224页,第248页。
[3] 方孝岳:《中国文学批评》,三联书店,1986年版,第163页。
[4] 周勋初:《中国文学批评小史》,《周勋初文集》第2册,江苏古籍出版社,2000年版,第261页。

当代研究更侧重在"接受史"的视野中探察李攀龙选诗的特点与原因。陈国球《明代复古派唐诗论研究》注意到李攀龙《选唐诗序》的批评与《古今诗删》所选诗歌的不一致,认为李攀龙"要编集一本'唐诗'选本,而所谓'唐诗'也只是他构想中的概念",他抛弃了许多复古派认为宜于师法的作品,或者入选了他们认为不必仿习的作品①。陈书录《明代诗文的演变》认为《古今诗删》所选唐诗"大致适当",但所选明诗则"大多为前后七子小圈子中的人或李攀龙的同学、同乡之流","局限于个人经验的小天地之中"②。朱易安《明人选唐三部曲》③将《唐诗选》与高棅《唐诗正声》比较,认为李选"更重伸正黜变",一是所选五古明显减少,二是偏重初唐,三是增加了盛唐诗作而减少了大历诗,这些变化"表明格调派对唐诗'正格'的理解日趋狭隘"。

关于李攀龙所说的"唐无五言古诗",陈国球将其放在明代唐诗接受史的背景下加以考察,大量征引李攀龙前后相关批评家的诗论,凸显了李攀龙这一表述在"辨体"、鉴赏与诗史建构方面的意义④。

李攀龙《送宗子相序》中所说的"诗可以怨",文学批评史研究大都不甚重视。廖可斌《明代文学复古运动研究》认为李攀龙以此"强调文学家必须热情地关注现实、文学创作必须有用于世"⑤。

---

① 陈国球:《明代复古派唐诗论研究》,北京大学出版社,2007年版,第216页。
② 江苏教育出版社,1996年版,第304、305页。
③ 《上海师范大学学报》1990年第2期。
④ 见《明代复古派唐诗论研究》第三章《李攀龙"唐无五言古诗而有其古诗"说的意义》。
⑤ 上海古籍出版社,1994年版,第246页。

关于李攀龙的诗歌创作，宋佩韦《明代文学》以为古乐府不足道，"诸体亦亮节较多，微情差少"，且全集中用字雷同，"这一首和那一首往往意思相差不远"①。朱维之《中国文艺思潮史略》说李攀龙在"白云楼"上日夜读古书，"三楼壁上满帖古人杰作，坐卧其中，揣摩古人底格调"，"这样用心写作，所作的仍不外形式完美，音调协和而已"②。

钱锺书《谈艺录》在批评献吉、于鳞、元美之流"仿杜子美雄阔之体，不择时地……粗豪肤廓，抗而不坠，放而不敛"③的同时，称赞李攀龙《岁杪放歌》仿张谓《赠乔林》说："两诗章法、句样以至风调，无不如月之印潭、印之印泥。李戴张冠，而宽窄适首；亦步亦趋，而自由自在。虽归摹拟，了不挦撦。"并称之曰"琢磨熨贴，几于灭迹刮痕者"④，以具体诗作为例肯定了"模拟"的意义。游国恩等主编《中国文学史》批评李攀龙诗文"亦以模拟为能"，同时也说但"近体模拟盛唐，也还有一些可取的作品"⑤。李伯齐《李攀龙诗选》高度评价李攀龙的七律，认为其"虽极意规步唐人，而气骨风神自具"，并就内容分赠别、写景、悯时等加以分论，谓其创作"在许多方面已突破了复古派的见解"⑥。吴微《李攀龙诗歌艺术散论》⑦将李攀龙诗歌的艺术魅力概括为"雄浑峻洁""沉著意真""规模典范"，且认为其艺术精

---

① 宋佩韦：《明代文学》，《中国大文学史》，上海书店，2001年版，第748页。
② "民国丛书"第1编第61册，上海书店1989年影印本，第135页。
③ 中华书局，1984年版，第174页。
④ 钱锺书：《谈艺录》，中华书局，1984年版，第606页。
⑤ 人民文学出版社，2002年版，第143页。
⑥ 济南出版社，1993年版，第12页。
⑦ 《安徽师范大学学报》1999年第3期。

神"确乎高于唐宋、公安、竟陵诸派诗人",并概括为"爱国情怀""美刺精神"和"孤傲人生"。

廖可斌《明代文学复古运动研究》认为复古派诸子之所以推崇李攀龙的七言近体,是因为"七言律绝是古典诗歌中审美要求最为严格的两种体裁,李攀龙严于持格、守法的主张施于这两种体裁便具有了较多的合理性"。作者还认为,李攀龙有时述事抒情兴会淋漓,"不像登临写景时那样矜于格调"①。陈书录《明代诗文的演变》将李攀龙"视古修辞,宁失诸理"的理论与诗歌创作进行"交叉研究",认为李攀龙的诗文批评"缺乏理性上的自觉",并认为他的创作中有一定的真情实感,有的还情理兼备;分体而言,其古乐府临摹太过,五言古取境太狭,七古、五律局限于格调而寡新法,七律七绝较有特色。陈卓《试论李攀龙绝句的艺术特色》②认为李攀龙绝句广泛学习初唐及中晚唐诗人,其特色为"自然真率,语近情深""含蓄婉转,风骨内含"和"讲究句法"。

二、后七子流派研究

后七子作为流派、社团的兴衰变化。对此一问题,郭绍虞《明代文人结社年表》及《明代的文学集团》有所涉及,但较为简单。徐朔方《王世贞年谱》比较重视对后七子结社始末的梳理。廖可斌《明代文学复古运动研究》强调后七子的复古运动与反严嵩斗争有极为密切的关系,"不仅是一场文学运动,而且具有浓厚的政治色彩",并分三个阶段详细地描述了他们唱和盛衰的过程,在第一阶段强调了卢

---

① 上海古籍出版社,1994年版,第309—311页。
② 《四川师范大学学报》2000年第5期。

柟事件、七子成员任职刑部等具体"契机",在第二阶段分析了汪道昆等新加入成员的情况,在第三阶段分析了当时文坛"浪漫文学思潮"冲击下复古阵营分化的各种倾向等。李庆立《明"后七子"结社始末考》①在详细辨析史料的基础上,纠正了郭绍虞的一些错误,并论述了从嘉靖二十六年到隆庆、万历间后七子及其声应气求者的聚散离合情况。

关于后七子内部的纷争。陈书录《"宏襟宇而发其才情"——明代前后七子自赎性反思散点的聚焦》②谈到复古派内部的系列纷争,除了李攀龙与谢榛的论争外,还认为谢、李交恶之后"不久又引起了七子派中的第四次论争——李攀龙与吴国伦之争",早年的王世贞与宗臣也参与其中并成为李攀龙攻击吴国伦的左右手。作者认为这些论争是"复古意识正处于强化之中的李攀龙等人,对先后开始自赎和心灵舒展的谢榛、吴国伦的再禁锢"。李庆立《"七子派中的第四次论争——李攀龙与吴国伦之争"考辨——与陈书录同志商榷》③以坚实的材料为据,认为李攀龙对吴国伦虽有"误会、责怪和轻视",但都是在与友人的信中表露的,李攀龙去世后吴国伦才从《沧溟集》中获知,并有"辩驳、不满和批评",二人共同在世时"根本就没有展开论争"。文章还指出吴国伦与宗臣的矛盾属于"文人相轻的恶习",不涉及理论和创作的实质问题,其矛盾不能算是"论争"。作者另文《"后七子"内部分化的一桩著名公案——李、谢之争考论》④细致分析了李攀龙与谢榛矛盾逐步激化又逐渐化解的过程,反驳了历

---

① 《山东师大学报》1996年第3期。
② 《学术月刊》1989年第9期。
③ 《聊城师范学院学报》1992年第1期。
④ 《温州师范学院学报》1995年第4期。

史上关于二人矛盾原因的种种说法,认为二人矛盾的主要原因是"论诗不相下",即"诗歌创作的主张和方向不同",谢榛崇尚近体,力主"以盛唐为法",主张在继承盛唐的前提下自成一家,而李攀龙主张"回到盛唐去"。陈书录、李庆立的研究虽有"交锋",但都认为李攀龙和谢榛的分歧在文学主张方面。更早的范建明的论文《谢榛及其诗论》[1]也认为谢榛之遭摈弃主要原因在于"他与李攀龙等人论诗有异",但并未详细论说。

廖可斌《明代文学复古运动研究》以后七子成员所作《五子诗》为据,反驳钱谦益《列朝诗集小传》关于后七子初期领袖为谢榛及众人"心师其言"的说法,认为并非谢榛而是李攀龙"明确提出复古的主张并领导这场文学运动",谢榛与复古派诸子的冲突,首先是因为与李攀龙、王世贞处世态度、身份地位不同;而从谢榛的角度看,双方交恶则纯粹是对方不能接受他直率的批评。作者还谈到,谢榛被排挤后七子内部发生的"激烈的名利之争",包括吴国伦排挤宗臣、吴国伦与李攀龙的冲突、李攀龙与王世贞关系的"危机"等[2]。

陈建华《中国江浙地区十四至十七世纪社会意识与文学》[3]认为,与松散的前七子相比,后七子具有更强的"集团意识""宗派意识",其排除李先芳和谢榛,是李、王互相磋商的结果,乃"出于维护自身权威和保持团体整一性的需要",他们的宗派主义与实际功利有一定联系,在他们看来文学既"用以自愉","在某种意义上也成为获得名声,或有利可图的东西"。作者反对钱谦益的说法,认为在谢

---

[1] 《苏州大学学报》1983年第1期。
[2] 上海古籍出版社,1994年版,第212—221页。
[3] 学林出版社,1992年版,第267—268页。

榛入社时王、李已排定盟坛正、副座次,其他人唯王、李之意是从,尊谢榛为首脑"情势上无此可能",牧斋谓谢榛"执牛耳","盖于五子年齿排列及其党派性质俱有失察之故"。且王、李称诗旨要早已形成,并非"数年后茂秦论初盛唐十四家而'发之'"。作者还认为,王、李摈弃谢榛固然有私人意气成分,但另外还有两点值得重视,其一是茂秦论诗专造盛唐,由王、李诸子视之,境界偏狭;其二是李、王重倡文学复古带有对抗权贵的挑战性,其厌憎茂秦"涉及个人品格"[①]。

从整体上单论后七子诗论的论著不多。廖可斌将其归纳为"古典诗歌审美特征论""古典诗歌体裁论""古典诗歌发展史论""古典诗歌创作论"及王世贞的"晚年定论"五个层面并加以论述,认为他们在审美上追求美与善、情与理、意与象、诗与乐的统一。

第二节　王世贞与"格调"说研究

一、王世贞研究

王世贞在前后七子中学识最为渊博,著述最为丰富,故自20世纪以来研究成果也相对较多。据陈国球《"明清格调说"知见目录》统计,以王世贞为题的专文,1949年之前4篇,1950—1980年8篇(部),1981—1999年12篇,这一数量在前后七子中属于较多的。

关于王世贞的生平,清人王瑞国有《琅琊凤麟两公年谱合编》、钱大昕著有《弇州山人年谱》,前者收于"北京图书馆藏珍本年谱丛刊",后者收于《嘉定钱大昕全集》;吴晗有《〈清明上河图〉与〈金瓶

[①] 学林出版社,1991年版,第269—272页。

梅〉的故事及其演变——〈王世贞年谱〉附录之一》[1]，施乐《〈弇州山人年谱〉补注后记》[2]谈了为钱大昕谱作补注时遇到的几个主要问题，如王忬之死、王世贞与归有光等，但其《补注》迄今尚未发表。徐朔方、郑利华各自编撰的《王世贞年谱》[3]同在1993年出版，各有侧重，郑谱资料更为翔实。此外，郑志良《徐朔方先生〈王世贞年谱〉补正一则》[4]也对个别问题作了补正。

介绍王世贞生平的读物，有姜公韬《王弇州的生平和著述》[5]、黄祖良《王世贞》[6]等，后者较为简略。关于王世贞的著述及版本情况，在姜公韬之前，有黄如文的《弇州先生文学年表》[7]，之后还有台湾东海大学1991年卓福安的博士论文《王世贞诗文研究》等。

王世贞的诗文集一直未得到整理出版，今人常用的是文渊阁四库全书本和"明代论著丛刊"所影印的明刻本。散文选本有陈书录选注《王世贞文选》[8]，选入各体散文八十篇，予以题解、注释、评点。该书系钱仲联主编"明清八大家文选丛书"之一种。

关于王世贞的诗论，铃木虎雄《中国诗论史》以为"与李于鳞可谓大体相同，甚至可以视为是对于鳞不足之处的补正"，因而略而不

---

[1] 《吴晗全集》第1卷，中国人民大学出版社，2009年版。
[2] 《古籍整理研究学刊》1985年第3期。
[3] 郑谱为章培恒主编"新编明人年谱丛刊"之一种，复旦大学出版社出版；徐谱系作者《晚明曲家年谱》之一种，浙江古籍出版社出版。在郑谱出版之前，还在《明清文学研究》第1辑（江西人民出版社1990）刊发了简编的《王世贞年谱》。
[4] 《文学遗产》2000年第3期。
[5] 台湾大学出版中心，1974年版。
[6] 吕慧鹃等主编：《中国历代著名文学家评传》，山东教育出版社，1985年版。
[7] 《燕京大学文学年报》1936年第4期。
[8] 苏州大学出版社，2001年版。

谈。朱东润《中国文学批评史大纲》主要着眼于王世贞推崇盛唐和杜甫的观点及其对明代复古派诸子"深知灼见"的批评。

罗仲鼎《从〈艺苑卮言〉看王世贞的诗论》[1]高度评价王世贞对历代和当代作家广泛而深入的评论，认为其突出优点是"批判精当，剖析入微""宏观把握的概括性与审美判断的准确性""辩证分析的全面性""历史评价的客观性"。后来袁震宇、刘明今的《明代文学批评史》除详谈王世贞的格调说与"剂"的思想外，还专设王世贞"对李梦阳、何景明的批评""对唐宋派的批评""对李攀龙的批评"三小节，可见其对王世贞文学批评的重视。

陈永标、刘伟林《王世贞美学思想平议》[2]谈王世贞的"艺术美论"，认为其"诗文以变化尚实为美""艺术以使事描写为美"，其"导求艺术整体美"的意向包括"主张气、声、色、力、意俱美""奇正开合，各极其则""情真语遒，主意主气"等层面。

游国恩等《中国文学史》称："王世贞持论和李攀龙完全相同，他的拟古主义的恶劣影响是很大的。"而成复旺在《中国文学理论史》中将王世贞的持论概括为"分途策驭，默受指挥""法不累气，才不累法""师匠宜高，捃拾宜博"三个方面，认为王世贞沿着何景明"领会神情"与谢榛"夺神气"的方向继续推衍，"把明中叶的复古理论发展到了最成熟、最完善的地步"，同时也认为，王世贞在纠正复古运动弊病的同时吸收了一些相反的观点，"具有使复古思潮趋于瓦解的威胁"[3]。从相同的材料出发，罗仲鼎《从〈艺苑卮言〉看王世贞的诗

---

[1] 《文史哲》1989年第2期。
[2] 《苏州大学学报》1985年第3期。
[3] 北京出版社，1987年版，第120—131页。

论》则认为王世贞诗论的总体目标就是"以复古求变革",所谓"一师心匠"是"进行独立的构思和创造",诗歌法度最根本的美学标准也还是"妙合自然"。作者认为王世贞"合而离"的说法比严羽的"悟入"说"进了一大步","成为复古派向公安派过渡的一座桥梁"。作者另文《从〈沧浪诗话〉到〈艺苑卮言〉》[①]认为严羽的"兴趣"说和王世贞的"真情"说"都是为了维护我国古代诗歌的优良传统",他们都强调师法盛唐,但王世贞"妙合自然"说是对严羽复古理论的发展与完善,王世贞提出格调范畴与法度的理论,"把严羽比较笼统抽象的气象说具体为某些规律和法则,使人们易于领会和把握","具体指明了如何学习古人的原则和方法"。张少康、刘三富《中国文学理论批评发展史》认为王世贞说的"一师心匠"一方面表现了与李攀龙共同的复古主张,另一方面"又表现了他反对摹拟形迹,提倡神气自然,不拘泥成法,而抒写真情的思想",王世贞主张"学习古人艺术经验中适合自己创作的方面,灵活地学习运用",比何景明"又大大进了一步",他的才思格调说意味着"学习古人的格调,不可在形貌上摹拟因袭,而要在扩大自己的才思上下功夫",王世贞提倡神气自然、抒写真情的思想"是可以通向公安派的",但与后者"还是有根本性质的不同"[②]。

方孝岳举出王世贞的才、思、调、格一贯相生之说,认为李东阳提出"感发志意"是说由格调可以窥见诗人的志意,而王世贞此论"于大家所能从'格调'上看出来的,不过作者之'才气'而已。作诗文专以模仿古人的'才气'为主,又安得不失败呢?"因此认为王世贞强调

---

① 《浙江学刊》1990年第3期。
② 北京大学出版社,1995年版,第177—180页。

"才"与"纯灰三斛细涤其肠"之说一样,"是要自没其心灵,而将古人心灵装置在自己身上,姑无论为事势所不许,即便成功,也不过成了文学界的王莽罢了"①。郭绍虞《中国文学批评史》对于王世贞的才思格调说则颇为欣赏,说那是献吉、于鳞所未发,"有此探源穷本之论,那么拘泥于形貌求之,当然成为虽合而实离了",鉴于此,称之为"格调派之转变者",认为其"朦胧地逗出一些类似性灵说与神韵说的见解"②。

马茂元《王世贞的〈艺苑卮言〉》认为王世贞的才思格调说说明了两点:一是离开了才思即无所谓格调,格调因人而异,既不是不变的程式,也不是任何人都能套用的空架子;二是从才思来谈格调,"就进一步深入到艺术境界的探讨"。汪正章《王世贞文学思想论析》③认为王世贞的才思格调说乃是强调"艺术构思"的重要性,"作家的才情需通过构思而形成声律章节,乃至构成意境而体现诗格",从而认为王世贞此说"深刻揭示了诗歌意境、格调与作家才情、个性的必然联系"。袁震宇、刘明今《明代文学批评史》认为王世贞此说是"针对单纯的格调说而提出的,其目的是纠正一味从辞句上追摹古人的格调而忽视自己才思的不良倾向"。该书还强调王世贞拈出"情实"二字作为追求"格调"的补救,"提倡一种闳中秀外,情实与格调兼而有之的境界"④。孙学堂《王世贞才思格调说辨析》⑤在具体语境中逐一分析了王世贞所用才、思、调、格等概念的复杂意涵,认为

---

① 方孝岳:《中国文学批评》,三联书店,1986年版,第166页。
② 上海古籍出版社,1979年版,第370页。
③ 《广西大学学报》1995年第4期。
④ 上海古籍出版社,1991年版,第265—266页。
⑤ 《聊城师范学院学报》2000年第1期。

"才"包含狭义的才华、广义的才能二义;"思"包含情思、思力二义,也包含自然思致和苦思二义;"调"包含声调、情调二义;"格"从学习古代作品角度看是规范之意,从生成意义上看是特点之意。作者认为,这四个概念的复杂性使这一理论命题存在多种可能的解释,"应将其解为王世贞对于文学的一种认识,而不宜将其理解为一种关于文学的主张,更不宜将其理解为王世贞格调说的纲领"。

王世贞文学思想需要分期研究,《艺苑卮言》属于嘉隆时期的观点。孙学堂《王世贞前期的文学思想》[1]考察了《明诗评》的艺术追求,将其概括为"气高体正",认为其"品味很高",但王世贞仅仅"沉醉于古人雄浑博大、锻炼精纯的佳作"导致其创作成就不高;《艺苑卮言》所谓"专习凝领"诸说,都是彻头彻尾的复古主张,其"副产品"是在精读古人作品时"对古代诗文的分析越来越细致了"。文章还谈到王世贞早年文学思想也包含一些"反格调的质素",即强调"材"之丰富和风格多样、注重"心思"与"刀锯"的统一、能够欣赏意境清远、韵味悠长的诗歌等。

关于王世贞晚年的文学观,钱谦益拈出的"晚年定论"之说,受到研究者的较多关注。钱锺书《谈艺录》发现钱谦益将王世贞《归太仆像赞》"久而始伤"改为"久而自伤",谓其"窜改弇州语",目的是"自坚其弇州'晚年定论'之说",并胪列涉及此一问题的多条文献互相比照,谓"一字之差,词气迥异",实则"弇州晚岁虚愀气退,于震川能识异量之美,而非降心相从"[2]。廖可斌《明代文学复古运动研究》也认为王世贞晚年文学思想继续发生变化,对某些作家的评论不再

---

[1] 《聊城师范学院学报》2001年第2期。
[2] 中华书局,1984年版,第386页。

偏激,"但最终没有放弃和否定复古主张","只是前期思想的延伸,并没有发生根本性的转变"①。陈建华《中国江浙地区十四至十七世纪社会意识与文学》也认为王世贞的文学复古观"前后颇为一贯,其基本立场晚年并未'转变'","主张尊奉格调而超乎格调,原是复古观的二层意思,晚年较强调后者,于前者也并未放松",晚年"多属私人道德上的'自悔',如对文徵明与归有光,乃弥补其有伤同乡先达之过失②。孙学堂《〈读书后〉与弇州晚年定论》③认为钱谦益之说未把王世贞晚年的变化说清,王世贞晚年并未放弃复古主张和格调说,其转变乃是"对与之不尽相同的倾向采取了包容态度","批评态度的变化,实质是审美视角的转变:由早年关注诗文外在的艺术风貌,转向更多关注作品之外的人品学识和章句之外的旨趣风味"。

也有论者认为钱谦益之说可以成立。朱东润《中国文学批评史大纲》设"归有光及'弇州晚年定论'"专节,显系认同钱谦益之说。刘大杰《中国文学发展史》也认为钱谦益的话"颇得知人论世之旨"④。

关于王世贞"剂"的观点。赵永纪《王世贞的文学批评》⑤把"剂"视为王世贞"比较全面的批评标准",认为"剂"的意思"是要把构成作品的各种因素都安排好,正确地处理各种因素之间的关系,使它们都能恰如其分,恰到好处,而不致互相损害"。袁震宇、刘明今《明代文学批评史》认为"剂"的意义在于"对不同的甚至对立的概

---

① 上海古籍出版社,1994年版,第320页。
② 学林出版社,1992年版,第277页。
③ 《南开学报》2000年第2期。
④ 上海古籍出版社,1982年版,第909页。
⑤ 《苏州大学学报》1984年第4期。

念,如才与格、意与法、变与恒、意与象等"持兼"剂"态度,有益于调和不同的文学倾向,并推进法、格调、意象等理论问题的探讨,且使王世贞融合各家之说,在理论上自我修正,"适应时代思潮的推进"①。

关于王世贞的诗歌创作,李维《中国诗史》谓其"诗效盛唐,而藻饰过甚,朱彝尊至谓其千篇一律,晚年渐就平淡"。龙榆生《中国韵文史》也谓"主诗必盛唐,而藻饰太甚,攻者四起"②。宋佩韦《明代文学》则取朱彝尊"名为七子,实则一雄"之说,对王世贞的《乐府变》评价颇高。游国恩等主编《中国文学史》指出王世贞诗"自《诗经》而下,至汉魏晋南北朝乐府、李杜诗,无不模拟,连篇累牍,令人生厌",又谓"他往往用古词、古调写时事,比李攀龙的作品略有活气。他的《乐府变》更学杜甫的'即事而命题'",但还是下一转语,谓"他始终不忘模拟,大堆的陈词滥词,不免淹没了它们的现实内容"③。

施乐《弇州山人诗歌整理札记》④注重王诗中"厌世、抗世,以古讥今的情绪""清新犀利"的作品,以及"山水风物,形象生动,色调明快语言清新,颇有晚唐风格"的诗作。徐朔方《论王世贞》⑤首先在与汤显祖和苏轼的对比中论定"王世贞的作品缺少文学性",且认为"王世贞对严嵩的抗争以及他作品中对严嵩和当代种种政治黑暗面的深刻批判是他在当代享有盛名的真实原因",王世贞的诗歌前期成就高过后期,"前期的诗,以至他的全部创作都可以《乐府变》二十二首作为代表",而《太保歌》和《袁江流》则代表《乐府变》以至王世

---

① 上海古籍出版社,1991年版,第271页。
② 上海古籍出版社,2002年版,第61页。
③ 人民文学出版社,2002年版,第144页。
④ 《古籍整理研究学刊》1987年第1期。
⑤ 《浙江学刊》1988年第1期。

贞所有诗作的艺术水平。袁行霈主编《中国文学史》认为王世贞虽然拟古习气较重,但与李攀龙相比"一些拟古之作更显得锻炼精纯、气味雄厚,或时寓变化,神情四溢,乐府及古体诗更是如此",且"绝句体裁的短诗中也有一些清新隽永之作"①。

二、"格调"说及其转变研究

今人习惯于把明代前后七子的诗论称作"格调说",大概都受到郭绍虞的影响。而郭氏之说则兼采清人翁方纲之说,又受日本学者铃木虎雄影响。陈国球《"格调"的发现与建构》②通过学术史的回顾,指出"前后七子固然有谈论格调的话语,但从未以'格调'一词总结自己的论诗主张。'复古'与'格调'的思辨范围实有相差极远的宽狭之别。以'格调'概括明代的复古运动,只是清人的言论需要"。其《言"格调"而不失"神韵"》一文回顾了1950—1990年间港台地区关于前后七子、沈德潜及明清"格调说"的相关研究,让我们看到包括作者本人在内,一些学者都怀疑"'格调派'的成立是否有其不可置疑的理据"。

在中国内地,同样有许多论著讨论"格调"范畴及"格调说",侧重理论层面者如汪涌豪《范畴论》,便把"格调"视为明清时期"人们对于文学创作的基本看法",称之为"基于以'体'为主的文学观"、代替宋人"平淡"的"一个核心范畴"③。其他论文还有李旭《论"格调"》④、

---

① 高等教育出版社,1999年版,第85页。
② 见《明代复古派唐诗论研究》附录,北京大学出版社,2007年版,第321—331页。
③ 复旦大学出版社,1999年版,第146页。
④ 《求索》2000年第4期。

李剑波《格调说的文化底蕴》[1]等。但更多论文都是围绕具体研究对象如李东阳、李梦阳或前后七子等人展开,除李东阳的研究外,研究者探讨的实际就是他们的"复古"理论。今择取围绕"格调说"发展变化的一些论著简要概述。

郭绍虞《神韵与格调》[2]把格调说上溯至严羽,认为"盖明人所谓格调是合沧浪所谓第一义之悟与气象之说体会得来。重在第一义,所以只宗汉、魏、盛唐,重在气象,所以又于汉、魏、盛唐中看出他的格调",并且说"李东阳可以说是格调说的先声,李梦阳可以说是格调说的中心,何景明可以说是格调说的转变。所以后来到王世贞便很有一些近于性灵神韵的见解"。袁震宇、刘明今《明代文学批评史》继承并发展了郭氏之说,在绪论中作者指出"明代诗歌艺术批评的发展主要表现为格调说及后期为矫格调说之弊而向神韵说的转化",并把明代格调说分为三个阶段,一是白高棅至李东阳"明辨体制,推崇盛唐的创始期",二是李、何代表的"以高古为尚,追摹汉魏的兴盛期",三是王世贞、胡应麟代表的"融合诸说,会通修正的综合期",认为王世贞"把才思引进格调说,因此其晚年的诗论便带有性灵说的倾向;胡应麟则在格调之外兼重兴象风神,从而在其格调说中融合了神韵说的见解"[3]。在论及具体人物时,作者强调了各自的特征,如称李梦阳为"以情为本的格调说",纠正了郭绍虞之论的偏颇。成复旺等在《中国文学理论史》中说"整个明代中叶文学复古思潮自我修正的过程,就是逐渐离开格调而接近神韵的过程:何景明已不像

---

[1] 《河南师范大学学报》2001年第5期。
[2] 《燕京学报》1937年第22期。
[3] 上海古籍出版社,1991年版,第18—24页。

李梦阳那样强调格调,后七子主要已经不是强调格调"①,此论也深受郭绍虞之影响。

史小军《试论明代七子派的诗歌格调理论》②也持相近的看法,如认为徐祯卿、边贡等七子派成员"在提倡格调的同时,已经具有了神韵的倾向","七子派的格调理论在李攀龙的创作实践中得到了强化",谢榛重"兴"、重情景的诗论"标志着七子派已经突破了以格调为中心的理论思维模式而转向对'意境'的探讨";王世贞"把七子派的格调论从学习古人格调提升到发抒自我真情实感的新高度,具有了性灵论的气息"等。作者另文《论"末五子"对"前后七子"格调理论的发展与突破》③认为末五子"在七子派阵营内部弹响了格调理论的变奏曲",有些人"突破了格调理论的束缚而迈入了神韵论和性灵论的门槛",称胡应麟对格调理论作了"全面的发展和总结";李维桢与王世贞一样既坚持格调论立场又放弃了"格古调逸"的原则和"伸正绌变"的观念;屠隆"实实在在迈入了性灵论的门槛";王世懋"还必须做挣脱格调论的努力",弹响了"独抒性灵,不拘格套"的公安派性灵论的前奏。

查清华《明代七子派对才情与格调关系的思考》④从才情与格调关系的角度,认为王世贞要求摆正人我关系,强调才赋在调和情与格的矛盾中所起的作用并以"剂"为协调办法,其后胡应麟主张才格两全而又因才就格;屠隆提出弥合才与格分歧的办法是"凝神",并且将格调与性情予以会通;李维桢则以"适"来调和格调与才情的矛

---

① 北京出版社,1987年版,第142页。
② 《陕西师范大学学报》1999年第2期。
③ 《学术研究》1998年第11期。
④ 《学术月刊》2000年第9期。

盾，他对才情的重视程度和理解深度超过了以前的格调论者，也预示着格调论已经面临空前危机。

廖可斌在《明代文学复古运动研究》中对前七子之"重格调"提出了自己的看法，认为"格调"可以概括"古典诗歌的审美特征"，复古派强调格调有两层意思，"一是注重对中国古典诗歌一般审美特征的体认，二是注重考察中国古典诗歌审美特征发展变迁的轨迹"①。陈文新《从格调到神韵》②认为"格调说从本性上是一种关于风格的理论"，于是以王孟诗风之被接受与否为标志，认为七子派倡格调说，意在重现盛唐的时代风格，但李、何将盛唐气象局限于李、杜诗风，其外延不免狭窄，即使是胡应麟的标举神韵，其"神韵仍从属于格调"，只有"当王、孟诗风以及其他风格相继进入诗论家的视野时，格调中理所当然有了神韵的一席之地"。作者另文《明代格调派的演变历程及其对意图说的否定》③又强调："作为注重风格的审美诗学，格调说的一个重要见解是不赞成言志派的过分重视命意。"

第三节　谢榛与明代山人研究

一、谢榛研究

在谢榛生平、著述及文献整理方面，李庆立成果丰硕。1987年齐鲁书社出版了他和孙慎之合撰的《诗家直说笺注》，书后附"谢榛论诗诗、评明诗"及"序、跋、提要、传略、散评"。在此之前可用的主

---

① 上海古籍出版社，1994年版，第115页。
② 《文艺研究》2001年第6期。
③ 《武汉大学学报》2001年第2期。

要是宛平点校的《四溟诗话》(与《薑斋诗话》合刊,人民文学出版社1961年版)和丁福保辑《历代诗话续编》(中华书局1983年版)两种白文本。1990年北京古籍出版社刊印了李庆立校注的《谢榛诗集校注》,该书以万历三十六年赵府重修本《四溟山人全集》为底本,汇取三十余种书籍详加校勘,为诗作注,并辑佚诗144首、曲1阕、散句7则,全书70万字。1993年,齐鲁书社又出版了他的论文集《谢榛研究》,中收谢榛生卒考、别号考、家族与亲属考、寓居安阳的原因及时间考、行踪考、拯卢柟于狱考、诗作考述、《诗家直说》考述及关于谢榛诗学的论文十余篇。

谢榛诗文集的整理本还有朱其铠、王恒展、王少华编校《谢榛全集》(齐鲁书社2000年版)。该书似为"速成"之作,出版后李庆立陆续发表了《〈谢榛全集〉讹误举要》[1]等商榷文章。在文献研究方面的论文还有王季欣《〈四溟诗话〉校补》[2]、赵伯陶《〈四溟诗话〉考补》[3]、陈增杰《〈四溟诗话〉校订二则》[4]等。

关于谢榛的诗论,游国恩等主编《中国文学史》认为"他不主张盲目地拟古,而是要汲取盛唐诸家的创作经验来创造自己的诗,比之李、何是要高明一些的",但也认为他没有看到现实生活对诗歌创作所起的决定作用,"只强调从格调声律上去揣摩盛唐诸家诗,不知它们也正是'世变'的产物,因而不免依然是一种拟古主义或形式主义的理论"[5]。这种评价很有代表性。中国科学院文学研究所中国文

---

[1] 《聊城师范学院学报》2001年第2期。
[2] 《文学评论丛刊》第三辑,1979年第7期。
[3] 《古籍整理研究学刊》1987年第2期。
[4] 《古籍整理研究学刊》1994年第4期。
[5] 人民文学出版社,2002年版,第144页。

学史编写组《中国文学史》认为"他和王世贞都主张多方取法,不必拘于一家。他们并非反对摹拟,而是主张'摹拟之妙'"①。成复旺等在《中国文学理论史》中评论谢榛诗话说:

> "夺神气"跳出了格调,进入了诗的境界。"酿蜜法"摒弃了"摹临古帖",强调了自己的构思。"十四家又添一家"也高于步某一家的后尘。几乎可以说,谢榛在理论上全面超过了前七子。但是这种超过并没有使他脱离复古思潮,而是使他更深地陷入了复古思潮,或者说更深地落实了前七子的复古主张。②

与这种观点不同,也有人认为谢榛诗话中具备了性灵说的倾向。范建明《谢榛及其诗论》③从谢榛诗论中抽绎出"三变"之说:一是"文随世变"说,使他学古而不迷信古;二是"提出奇正参伍之法,以自成一家为目的";三是其格调论中带有浓重的"性灵说"因素。陈朝慧《论谢榛的美学思想》④基于谢榛重"兴"和不主张立意的观点,认为"诗势自然、情感自由是谢榛最核心的美学思想",着眼于"诗歌本质观和他的主体心理建构思想",认为谢榛"注意到了诗主体的自由自觉意识"。朱恩彬《谢榛及其〈四溟诗话〉》⑤认为谢榛忽视了作家的"气"与社会生活的关系,摆脱不了前七子"格调"说的影响,但提出"直写性情""文随世变"的理论,"给复古主义的屋顶上开了个天

---

① 人民文学出版社,1962年版,第881页。
② 黄保真、成复旺、蔡钟翔:《中国文学理论史》,北京出版社,1987年版,第120页。
③ 《苏州大学学报》1983年第1期。
④ 《云南师范大学学报》1986年第2期。
⑤ 《山东社会科学》1987年第3期。

窗",从而认为《四溟诗话》"不失为一部有历史价值的文艺论著"。张晶、刘洁《谢榛诗学对严羽的超越及其时代意义》[1]认为谢榛"拈悟入格、倡养以悟、定悟为兴,从悟的本体意义、实现途径、表现形式等方面,改造了格调之说,超越了妙悟之论","他的诗学几乎是那个时代的颠峰。他第一个完整地认识到格调说的大弊病,并作出最有力的修正,使得格调说开始慢慢转向,性灵说、神韵说的端倪已经在谢榛诗学中萌芽了"。孙学堂《论谢榛诗学》[2]则认为,谢榛谈"天机"与"兴"实际是指思维活跃的状态,并不强调由真情实感引导创作,有为创作而创作的意味,且最终都要通过修改落实在起承转合的思维模式之下,与徐渭、李贽的表现真情说相去甚远。文章还认为谢榛的情景论"是一种审美鉴赏理论,而不是重情的创作表现理论",他"刻意吟咏",充分摆脱了理学和传统儒家诗学观的束缚,以感性的眼光审视古代诗歌,在谈论诗歌的审美特征和评论古代作家作品方面作出了突出贡献。

李庆立《谢榛美学思想探索》[3]从对于艺术传统的继承、艺术形象的审美理想、艺术创作的技巧三个方面对谢榛崇尚"中正"的美学思想作出了全面的评说,认为"集众长""适度""谐调"是谢榛所尚的"中正"美的三大特征,而其所崇尚的"中正"之美实为儒、道、禅之"中和说"交相融汇的综合体,自有独到之处。作者另文《谢榛的诗歌批评论》[4]强调谢榛重视"气格",较多地扬弃了艺术形式最外在的具体因素,重视诗人精神面貌和创作个性的体现,重视诗歌的"讽

---

[1] 《思想战线》2000年第6期。
[2] 《华侨大学学报》2000年第3期。
[3] 《文史哲》1992年第4期。
[4] 《东岳论丛》1985年第1期。

谏"作用、诗人的思想品格和"性情之真"。文章还论述了谢榛对待批评的态度和方法,概括为"不迷信古人、不屈于权势""善服""抨击不正之风"等特色。作者另文《再论谢榛"以盛唐为法"》①认为"以盛唐为法"就谢榛而言是师法李、杜的"较为活泛的说法",其内涵包括:1."夺盛唐律髓",在这方面侧重师法杜甫;2.倡言以"兴"为诗,在这方面偏向师法李白;3.追求"格高气畅",这是盛唐特定的时代风格。作者认为,谢榛打出复古的旗号旨在矫正时弊,试与李杜等"盛唐诸公"比肩并立、独自成家。作者还认为,对于盛唐诗"格高气畅"的时代风格,谢榛仅仅从直接体悟中把握,还缺乏对这一风格赖以生存的时代的探讨,更不知当时过境迁,"盛唐"一去永不复返时,那种时代风格也就不会再现了。

谢榛诗论研究还有另一种思路,注重挖掘并强调其在古代文论发展中的价值。蔡诗意《〈四溟诗话〉论意境和意境的创造》②认为"关于意境和意境创造的思想"是谢榛诗话"最有价值的部分",谢榛是范晞文之后"第一个集中论述情景交融问题的诗论家",他把"情景交融论"上升为明确的"意境论"。作者还从"意境内部的情感结构""意境呈现的外在形态""意境体现的艺术风格"等角度分析了谢榛的诗论,并把谢榛对意境审美特征的要求概括为"真率自然"和"含蓄蕴藉"。作者把"悟"解释为"一种审美的情感体验",把"顿悟"与"兴"等同,并认为谢榛"尤为重视意境的独创性问题",且"大大突破了他自己的'模拟复古'论的局限",所论犹可商榷。萧华荣《中国诗学思想史》认为谢榛《四溟诗话》"有精到高明的见解,是明

---

① 《中国文学研究》1996年第2期。
② 《民族艺术研究》1988年第1期。

代最好的几部诗话之一","是继《谈艺录》之后,诗学思想进向精微的又一标志"①。陈良运《中国诗学批评史》认为"谢榛对中国诗学的独特贡献,在于他对'情'与'景'的关系有超于前人的精辟论述。"②这些论著,可以说是从现代文艺学学科视角来解读谢榛诗论的。

关于谢榛诗论与佛教的关系,陈书录《"宏襟宇而发其才情"——明代前后七子自赎性反思散点的聚焦》③认为后期的谢榛、王世贞、吴国伦都受到禅宗意识的巨大影响,他们借助佛学典籍,"在以'盛唐之音'为'理想范本'中突破了表层结构,开始深入到初盛唐时期包括宗教意识在内的文化心理的深层结构","将禅宗范畴的忏悔意识化合为审美范畴的自赎性反思的意识",其内涵主要有两个方面,其一是"在对拟古主义的方法进行自赎性的反思中,借鉴'般若智慧'即禅宗思维的开放性与容纳性",其二是"在对其拟古主义'理想范本'的本体进行自赎性的反思中,借鉴'无情世界的情感'的变异性"。作者认为经过这样的"自赎性反思",他们"就可能将正在觉醒中的自我意识汇聚成涓涓细流,奔向那'自有一段脱洒处'的李贽等人具有个性解放色彩的文艺启蒙思潮",并"在'宏襟'中孕育出审美情感论、意象论和神韵说以及审美解悟说"。李庆立的论文《从诗和禅联姻的流变解读谢榛的禅悟说》④认为,谢榛是"一位纯粹的诗人和诗歌理论家",他所津津乐道的"悟"也都是直指"诗艺"的,他对"悟"的探讨大约有四个方面,即认为通过"悟","可以切入诗之妙境""可以灵活把握诗法诗体""可以超脱种种束缚,使诗精纯",且

---

① 华东师范大学出版社,1996年版,第255、260页。
② 江西人民出版社,1995年版,第437页。
③ 《学术月刊》1989年第9期。
④ 《苏州大学学报》1997年第1期。

"把'悟'作为诗歌批评的重要标准"。作者认为谢榛论诗嗜好禅悟有多种原因,但最主要的还是他基于对盛唐诗歌的直接理解、把握而生发的崇拜之情;谢榛与严羽一样"对佛学同样没有深刻独到的研究和认识,更没有真正吃透禅宗'顿悟'的玄妙",且其禅学还掺杂了道家、玄学乃至儒家的观念,其内涵和外延均缺乏明确的规定性,"只是剽窃一些'佛禅'用语来阐发他从实践中直接体悟的艺术思维的奥妙"。

关于谢榛的诗歌创作。李维《中国诗史》称"其诗词气高逸,在七子中,阶称独步"①。宋佩韦《明代文学》引汪端"本色自存,究非叫嚣痴重,随人作计者比"之言,谓谢榛诗"近乎前七子中徐祯卿一流"②。龙榆生《中国韵文史》称谢榛诗"特以五言近体,独步于'后七子'间"③,这些新中国成立前的文学史都强调了谢榛诗与后七子一派的差别。

后来的研究论著,对谢榛诗作评价也比较高。石麟《谢榛七绝初探》④概括谢榛七绝的三大特点是:"表达浓厚而真挚的情意,给人以真切感";"通过看似平淡无奇的言辞,追求一种淳厚深长的诗'味'";"于平顺之中见其豪迈的气势"。廖可斌《明代文学复古运动研究》认为"谢榛最注意的是句稳字响,在安排诗歌的句式音节方面确有过人之处。他早年写乐府闻名,晚年写的竹枝词也能入乐歌唱。他的作品大都音韵和谐,节奏流畅,读来琅琅上口"⑤。

---

① 江苏文艺出版社,2008年版,第212页。
② 《中国大文学史》,上海书店,2001年版,第750页。
③ 上海古籍出版社,2002年版,第61页。
④ 《湖北师范学院学报》1989年第1期。
⑤ 上海古籍出版社,1994年版,第316页。

李庆立《谢榛诗歌创作四题》①以嘉靖三十九年赵康王去世为界,将谢诗大体分为前后两期,前期南客大梁,北游京师,"其诗多爽朗、昂奋,蕴含着某种期待和追求",后期生活和事业失去了靠山,"其诗时露凄怆、清苦、婉曲、工细,气格大不如以前高畅了"。文章还详细分析了谢榛每一种诗体的创作情况,认为其绝句有真情,擅长从眼前景、身边事、常人情中发掘诗美,且声调流畅,有音乐美;七律应酬赠答者较多,且"多矜重生涩者";五律是其"看家之作"。作者认为谢榛作诗"始终追求意境",并将其对意境的探索概括为"情景交融""蒙太奇手法""不隔"三个方面。作者还分析了谢榛诗之所以异文较多的原因,并比较了李攀龙、王世贞修改谢榛诗所表现出的倾向性差异。孙学堂《论谢榛诗学》认为谢榛学盛唐诗学得很像,但却殊难见出他自己的情性,"他不是在呼吸着时代的空气,而是要努力寻找与唐人一样的感觉"②。

二、明代山人诗研究

山人是明代中后期文坛的特殊群体,甚至对晚明政局产生了重要影响。但在20世纪的诗歌史研究中,这一群体所受关注不多。由于自称"山人"者身份复杂,故哪些人应划归这一群体,界定也比较混乱。牛建强《明代山人群的生成所透射出的社会意义》③讨论了明代山人之定义、山人生成之背景及山人活动之内容,认为山人是指那些依托达官贵人"以文墨糊口四方"的诸生阶层,黄省曾、王世贞等

---

① 《谢榛研究》,齐鲁书社,1993年版,第280—317页。
② 《华侨大学学报》2000年第3期。
③ 《史学月刊》1994年第2期。

人自称山人是"为标赏雅致起见",不属这一行列;嘉靖以后的山人大都系浙东、西所产,受到市镇文化氛围如逐利意识、奢靡消费、增广见闻等因素的影响,其活动主要是诗词、文章、词曲。文章认为,山人现象的实质是"在社会变革的氛围中,不能摆脱商品货币经济的强力对他们的异化和冲击"。赵轶峰《山人与晚明社会》[①]认为山人构成了晚明社会"一个非主流的知识分子阶层",他们因挫折或厌倦而脱离科举入仕的道路,转以文人才艺游食仕宦权贵富室之间,"成为一个寄生的社会成分",这个阶层生长的条件,从精神的角度说,一是中国传统隐逸思想在明后期的涌动;二是心学影响下知识分子任情适性和交游的风气;三是佛道等出世宗教的导引。从社会角度说,则在于知识分子入仕出路狭窄,政治黑暗,和知识分子对"清雅"文化生活的追求。文章认为,山人"实际上构成了一个新的职业文学创作者阶层。其作品因其特异的背景地位而呈轻灵飘逸的风格。晚明以及清代文学创作主体较前更转至社会的下层,和晚明山人现象有一定的关联"。

[①] 《东北师大学报》2001年第1期。

第十章　明代后期性灵诗派研究

第一节　明后期性灵派诗歌前驱的研究

一、李贽的童心说与诗歌创作

从20世纪的总体状况来看,李贽研究可谓当之无愧的显学,从反封建的先驱,到评法批儒的斗士,再到回归本相的"人",李贽的面貌逐渐在各个层面得以讨论,变得更加确定,更加清晰。

20世纪初的李贽研究,是伴随着清末民初的反封建思潮兴起的。作为封建时代的"异端"及其"邪说",在近代革命者的眼里,李贽是一位叛逆者和斗士。衰微落后的国势,列强环伺的绝境,使得专制制度成为众矢之的,于是凡叛逆者皆是,而其对立面自然全非。1907年,刘师培以"不公仇"之名在《天义报》发表《李卓吾先生学说》,为上世纪李贽研究之始①。1916年吴虞的《明李卓吾别传》发表于《进步》第9卷第3期,认为之所以"吾国学术人才之萎靡衰颓,江河日下",儒教之攻伐异端乃"执其咎者"。他在文中力辩李贽生平行事之情实,批驳历来污蔑之词,更重要的是要追究国运不振的原因,也就是封建制度包括封建礼教。这一时期的李贽研究,深深地带

---

①　《天义报》1907年6月10日。

着当时政治局势、社会制度、社会风气以及学术思想的重大变化之印记。由于重在新思想的宣传,此时的有些成果难免疏漏。如黄云眉指出吴虞所传"仅就各家记载本文,割凑成文,非精心钩稽",虽然大致"无甚出入",但"其中尚多谬误"。因而,黄云眉就李贽"在官削发""讲学会男女""遨游四方以干权贵""与耿定向交恶"四个方面加以辨正,为李贽研究提供了可靠的文献。此外,乌以风《李卓吾著述考》也可资参考①。

李贽文学研究方面,郭绍虞和朱维之的论著较为可观。前者以《童心说》为中心,指出李贽与阳明心学的继承关系,并对李贽的基本思想进行了分析。后者着眼于李贽的影响,一一辨析其与公安派之间的关系,比较全面地论述了李贽在晚明时代的意义。此外,朱维之还支持周作人晚明文学运动与新文学运动性质相似的看法②。他们为20世纪末李贽研究的展开和深入构筑了基本框架。

新中国成立后至"文革"前的李贽文学研究,也出现过一些值得关注的成果。黄海章认为李贽的童心说是唯心主义的"唯情论";童心说所谓的"真实情感","是抽象的,超阶级的"。一般论者都注重童心说"真"的内核,在真伪之间,真当然是更值得肯定的。但如进一步追问:所有的"真"都是可肯定的吗? 如果不是,那么什么样的"真"才值得肯定? 李贽所谓"真"与"善"或"美"有没有关系? 其理论源流究竟如何? 黄海章没有停留在仅仅指出李贽童心说的抽象、超阶级本质,他沿着上述方向继续追问道:

---

① 乌以风:《李卓吾著述考》,《国立中山大学文史研究所辑刊》1932年第2期。
② 郭绍虞:《中国文学批评史》,商务印书馆,1947年版。朱维之:《李卓吾与新文学》,《福建文化》1935年第18期。

(资产阶级的文学作家)的思想感情,也是真实的,难道可以说,这也是"天下之至文"吗?……李贽的"天下之至文无不出于童心"的主张,既然是属于"唯情论"的范畴,我们便不能因为他在当时反复古主义方面曾起过积极的、进步的、战斗的作用,便认为今天还可以照样把它继承下来。①

在李贽那里,"真"是绝对的,善恶是次一级的价值范畴,从属于"真"。因而,童心说并不包含额外的规定性。它只论真不真,不管善不善。黄海章的追问,自然是以善恶为根本的价值标准,并未真正触及李贽童心说性地"真空"的禅宗渊源。其中原因,恐怕仍然要归结到高悬着的"善恶"观念。(在新时期,同样发出追问却很可惜地没能更进一步触及童心说之根本性质的研究,还有周勋初《中国文学批评小史》②。)20世纪末的推进,此一追问正是其中最为关键的方向。

本时期影响重大的文学史,都肯定李贽在晚明思潮和文学发展中的作用。如文学所编撰的《中国文学史》认为在王学左派这种进步思想基础的影响下形成的童心说,有力打击了复古派的不良影响,对公安三袁有重大影响③。游国恩等《中国文学史》也肯定了李贽的进步性,认为其叛逆和战斗的思想代表了市民的要求,"从根本上否定了封建统治的等级制度,以及维护封建的特权思想和宿命论思想"。该书肯定李贽的散文具有"深刻的思想性和强烈的战斗性"。

---

① 黄海章:《评李贽〈童心说〉》,《中山大学学报》1965年第3期。
② 周勋初:《中国文学批评小史》,长江文艺出版社,1981年版,第159页。
③ 中国科学院文学所编撰:《中国文学史》,人民文学出版社,1962年版,第929页。

对普遍认为不及散文的李贽诗歌,该书也以"战斗精神"的原因略加表彰①。无论散文还是诗歌,此一时期研究者几乎唯一的最终评价标准都是思想性。于是便顺理成章地产生了一个问题:既然同样具备可观的思想性,何以李贽诗歌不为世人所重?到底应该如何理解其诗歌?此一问题,仍需长久的积淀才会浮出水面。

尽管本时期研究的质量尚有可议,然而由于李贽极受瞩目,有关的文献整理方面成果丰硕。中华书局整理出版了李贽的主要著作《焚书》《续焚书》《藏书》等。1957年,容肇祖著成《李贽年谱》。在学界纠缠于崇法反儒的"文革"期间,泉州市文管会发现的李贽家族资料、厦门大学历史系编辑的三期《李贽研究参考资料》等成果,是寥若晨星的亮点。

改革开放以后,李贽研究呈现出新的面貌。在多元价值观念的考量中,李贽的形象逐渐开始从各个侧面得到揭示,我们所获得的李贽形象也越来越多样,越来越丰满。

首先是文献资料和李贽生平研究的重要进展。李贽的名气很大,以他的名字撰著的书很多,而这其中有不少如《四书评》《史纲评要》等都是伪书②。刘建国在前辈学人研究的基础上,对李贽的生平资料、著作流传、著作真伪、主要著作史料分布、著作版本等情况进行了比较全面的整理研究,有较大参考价值③。张建业《李贽评传》、林

---

① 游国恩等主编:《中国文学史》,人民文学出版社,1964年版,第987—988页。
② "文革"时期,因李贽研究牵涉政治,《史纲评要》的真伪无法得到客观的结论,甚至导致著名学者王重民的人生悲剧,令人唏嘘。参见崔文印《〈史纲评要〉和王重民先生之死》,《人物》1981年第4期。
③ 刘建国:《中国哲学史史料学概要》,吉林人民出版社,1983年版,第505—522页。

海权《李贽年谱考略》也是比较重要的成果①。周祖譔《李贽下狱事探微》是李贽生平研究的重要成果。李贽之死,通常都被作为封建统治者迫害进步思想斗士的罪证。此种说法固有道理,但远非全部真相。周文在详尽考订的基础上提出:李贽下狱是当时政治斗争的发端,不同廷臣对李贽的弹劾动机也不尽相同。因此,"李贽之被逮也,出于沈一贯之借此为发端,欲达到排挤沈鲤入朝之目的,其主因不在李贽之进步思想不容于封建统治者已也"②。文章考订精详,甚可重视。

新时期的李贽研究,逐渐远离了单一价值标准绝对化的思路而转向在历史演变的大背景中搜求事实真相。比如,李贽其人其说对晚明性灵文学思想解放和追求自适之人生价值的作用巨大,"童心说"也为"独抒性灵"的文学主张奠定了理论基础。在这方面有过不少的研究成果。此外,以个性表现为核心的文学思想不仅体现在李贽的理论阐述、作品评点中,也贯彻在他的诗文创作中。学界以往的眼光多集中在李贽文学思想(理论)的解释评价(重要的如敏泽《中国文学理论批评史》、蔡钟翔等《中国文学理论批评史》、袁震宇等《明代文学批评史》、孙昌武《从童心到性灵》等),但对其诗歌创作突破复古派的格调说,不为任何既定法度约束,自然挥洒的特征却缺乏关注。另外,如上文所提到的那样,李贽的哲学思想、文学见解、文学创作之间的具体途径是如何构筑起来的?为何他的诗歌未曾达到与散文一样的高度?这些都是需要回答的问题。对此,左东岭《李贽

---

① 张建业《李贽评传》,福建人民出版社,1981年版,1992年又有修订版;林海权《李贽年谱考略》,福建人民出版社,1992年版。
② 周祖譔:《李贽下狱事探微》,《苏州大学学报》1982年第1期。

与晚明文学思想》以童心说为纽带,以个性精神为指向,全面梳理了李贽的哲学思想、文学见解和文学创作之间的一致性。他认为李贽的文学思想构架如下:文学的目的是"自适",作者本人是文学创作的首要因素,作品应当是作者的自然表现(化工),而真与趣则是最终的审美追求。表现在诗歌创作方面,李贽"作诗大多都不在声律对仗上费心思,亦不拘于某体某格,往往信笔挥洒,达意而止"[1]。由于作者旨在全面讨论李贽的文学思想,对其诗歌创作特色仅仅指出重点,未曾细论。张迎胜等《回族古代文学史》也概括地谈到李贽诗歌特征是"多不受格律形式的限制,很少用典故,常常以口语入诗,显得通俗易懂,明白如话"[2]。陈曼平通过对李贽诗歌的分析,补充了李贽形象的另一面:重视夫妻之情、朋友之情,好读书,恪守儒家教义,蔑视富贵名利,关心现实(倭患)[3]。周伟民认为李贽的诗"慷慨悲壮,不饰雕琢,以他的真情实感,痛快淋漓地揭露时代的弱点,抒写惨淡的人生"[4]。王玫的《混世不妨狂作态,绝弦肯与俗为名——李贽诗歌刍论》似乎是20世纪唯一一篇李贽诗歌专论。她认为,李贽诗歌的价值在"正统诗观之外",其数量题材并不特别,却以"奇"呈现出来。这表现在:其诗歌所塑造的抒情主人公之"奇";在语言声律方面不受束缚,打破传统的格套清规;诗歌语言变典雅为俚俗;以趣胜不以韵长。王玫还指出李贽诗歌的不足在于因通俗而缺乏锤

---

[1] 左东岭:《李贽与晚明文学思想》,天津人民出版社,1997年版,第221页。
[2] 张迎胜、丁俊生主编:《回族古代文学史》,宁夏人民出版社,1988年版,第168页。
[3] 陈曼平:《一代奇杰——明代文化名人李贽研究》,黑龙江人民出版社,1989年版,第56—70页。
[4] 周伟民:《明清诗歌史论》,吉林教育出版社,1995年版,第242页。

炼,格调低俗;过于求新求变使得破之有余,立之不足①。李贽诗歌的基本特点大致如此,再进一步的研究大概只能是根据其思想变化的不同阶段讨论其诗风的变化,或者需要在评价标准方面有新的思路。

几乎所有的论者都认可李贽在晚明文学思潮中的重大影响,也肯定他在散文创作上的成就,但对他的诗则评价要低得多。正如前引王玫文章的结论:李贽的诗旨在自我表现,破格无法,俚俗有趣,但问题也正在于因为缺乏格调,它的文学史价值要大于文学价值。于是我们再次回到文学研究的一个基本难题:文学是有独特价值的吗?它的历史价值和艺术价值乃至其它方面的价值是可以分割开来的吗?或者我们当前用来评价李贽的个性自由等价值标准,也像前人所用的"反封建斗士""叛逆者"一样值得质疑吗?

二、汤显祖的情至论与诗歌创作

由于20世纪以来新文化运动注重大众的、通俗文学的主流意识,以及广为流传的戏曲家形象深入人心,汤显祖的诗学思想和诗歌创作不太为研究者们重视。各种版本的文学史都把他当作一流的戏曲家:"诗文均在第二流,少可称述"②,"诗文成就远不如戏剧,缺少独特的艺术风格"③,"比之戏曲,汤显祖的诗文的成就和影响都要小得多"④。主流评价如此,整体的研究状况也就不难想见。1949年以

---

① 王玫:《混世不妨狂作态,绝弦肯与俗为名——李贽诗歌刍论》,张建业主编《李贽学术国际研讨会论文集》,首都师范大学出版社,1994年版。

② 宋佩韦:《明代文学》,《中国大文学史》,上海书店,2001年版,第756页。

③ 中国科学院文学所编撰:《中国文学史》,人民文学出版社,1962年版,第962页。

④ 游国恩等:《中国文学史》,人民文学出版社,1964年版,第926—927页。

前,关于汤显祖研究的论著数量不多,其影响力主要表现在《牡丹亭》的不断刊刻①。40年代以后,汤显祖逐渐受到学界重视。建国后汤显祖研究有三次高潮:一是1957年前后(汤显祖逝世340周年);二是60年代前期(由侯外庐几篇论文引起,这几篇文章发表于1961—1962年,1962年结集为《论汤显祖剧作四种》,中国戏剧出版社出版,有王季思、徐朔方等大家参与争鸣);三是1982年(汤显祖逝世366周年,延续至1986年汤显祖逝世370周年)②。现在看来,还可以加上2000年汤显祖诞辰450周年前后的纪念高潮。四次高潮,全部都以戏曲为绝对重头,诗歌包括文章都很少进入学者们的视野。

汤显祖的思想中,"情"之一字乃是关键。对"情"字如何解释,尽管诸多论者意见纷然,但以《牡丹亭》为最重要的文本依据的思路却基本一致。李长之以诗人的激情将汤显祖的"情"解释为"超时空""超生死"的绝对之物,"情感是一切""情感是永恒",是"生命价值之极端肯定"。他认为汤显祖与王阳明、李贽等人同属中国十六世纪的"狂飙运动"的主要代表。李长之的论述固然因为过于疏离具体事实而比较抽象,但主要思路及性质认定没有大的偏差③。相比之下,稍后的吴重翰把牡丹亭的主旨归纳为"描写才色双全,哀其

---

① 直到20世纪90年代以前,汤显祖著作的刊印一直比较频繁。可参阅余悦《汤显祖研究资料索引》,收入《汤显祖研究论文集》,江西省文学艺术研究所编,中国戏剧出版社,1984年版。
② 王永健:《汤显祖研究与"汤学"》,《东吴教学》1988年第2期。
③ 李长之:《十六世纪末的中国之"狂飙运动"——汤显祖及其〈牡丹亭〉》,商务印书馆,1945年版。类似的讨论还有新时期以来文艺学、美学式的成果,如姚文放《呼唤真情的理想之歌——论汤显祖的美学思想》,《文史哲》1988年第5期。

才色,而不得其偶的女子。写出了他的郁悒恚愤,悲伤感叹",就略显深度不足①。侯外庐把"情"界定为汤显祖"晦以待明"的"伟大的理想",是对现实历史的痛加鞭挞,是对空想的乐土的追寻②。应当说,这个判断除了稍显空泛之外没有太大问题,可惜作者的论证中有些过度引申,因而招致王季思"徒劳"的批评③。李泽厚则从社会思潮演变史的角度,把以情反理的汤显祖纳入晚明的"浪漫洪流"④。另有一种意见是把范围缩小,从人自身来探讨"情"之内涵。钱英郁把"情"理解为相对于理的"人性"⑤。楼宇烈同样认为汤显祖的"情"重在"崇尚人的自然本性,崇尚人心的自然流露"⑥。赖大仁也认同"情""是一种宽泛朴素的人性论观念",它"与生俱来","有善恶之分","没有超出'发乎情,止乎礼义'的范围"⑦。龚重谟在考察汤显祖思想渊源的基础上提出,"'情'的含意可以用一个'欲'字来概括"⑧。把"情"界定为人性、自然本性、欲望等,自然要比"伟大的理想"的说法有了更为具体的内在规定性。但从汤显祖思想的总体情况看,应以两者结合更为恰当:"情"是人的自然本性,也是以它为

---

① 吴重翰:《汤显祖与还魂记》,《文理学报》1946年第2期。
② 侯外庐:《汤显祖〈牡丹亭还魂记〉外传》,《人民日报》1961年5月3日。
③ 例如他把《牡丹亭》的思想渊源上溯到杜甫、柳宗元的观点。参见王季思《怎样探索汤显祖的曲意——和侯外庐同志论〈牡丹亭〉》,《文学评论》1963年第3期。
④ 参见李泽厚:《美的历程》,文物出版社,1981年版,第199—200页。
⑤ 钱英郁:《汤显祖的创作道路》,江西省文学艺术研究所编《汤显祖研究论文集》,中国戏剧出版社1984年版。
⑥ 楼宇烈:《汤显祖哲学思想初探》,江西省文学艺术研究所编《汤显祖研究论文集》,中国戏剧出版社1984年版。
⑦ 赖大仁:《论汤显祖的情与梦》,《争鸣》1990年第4期。
⑧ 龚重谟:《也谈汤显祖的"情"》,《海南师院学报》1993年第3期。

基础的社会制度之理想状态——"有情之世界"。所谓"有情之世界",并非片面地突出感情或者性情以及情欲,而是"情以为田,礼为之耜,而义为之种"(《南昌学田记》),是一个和谐有序的总体制度。因而,单从思想史斗争的思路揭示汤显祖之"情"是对理学传统的反抗,是有片面性的[1]。程芸对汤显祖"师讲性,某讲情"之著名传闻的文献可靠性进行质疑,也认为不当过分强调"情""理"对峙,而应注意其思想的矛盾性[2]。在众多论者当中,杨忠的说法比较稳妥:"汤显祖并不笼统地反对'理',只是反对封建礼教与封建道德中过分违反人情的东西。……他其实主张遂情存理,认为情与理是应该而且可以和合协调、互倚互补的,他的理想是建立一个法治与教化并举、封建秩序协调而稳定的社会。而情理兼顾、存理遂欲的人性伦理观点正是他的法治和教化并举的社会改革主张的理论基础。"[3]汤显祖以"情"为核心构筑起来的思想世界,确实包含着相当多的头绪和矛盾因素。

那么汤显祖的"情"哲学如何通向其文学思想和文学创作?"世总为情,情生诗歌,而行于神"(《耳伯麻姑游诗序》),汤显祖思想中

---

[1] 如黄南珊:《以情抗理,以情役律——论汤显祖的情感美学观》,《吉林大学社会科学学报》1999年第1期。

[2] 程芸:《论汤显祖"师讲性,某讲情"传闻之不可信》,《殷都学刊》1999年第1期。其论证多凭情理,且作者对当时情理的分析颇有不惬之处。如以为"今人一般不将'吾师'指认为张位",即不合实情。至少作为国子监的师生,"终日共讲学"是理所应当之事,而非如作者所言的没有可能。

[3] 杨忠:《汤显祖心目中的情与理——汤氏"以情抗理"说辨证》,《中国典籍与文化》1993年第3期。早在1929年,张友鸾已对汤显祖的"情"及其源头有所探讨,但他不曾进行明确的概括。参见张友鸾:《汤显祖及其牡丹亭》,上海光华书局,1929年版。

"情"的核心地位是毫无疑问的。黄天骥以为,汤显祖的文学思想以情为核心,包括意(思想感情)、趣(生动性)、神(艺术概括和艺术真实)、色(形式)[1]。这种解释带着思想内容、艺术形式二分的痕迹,是特定时期文艺学理论在古典文学研究领域的产物。周育德则把汤显祖的文艺思想概括为言情、尚真、务奇、通变[2]。邹自振也认为汤显祖的诗歌理论核心是"真情、卓识、灵性的统一"[3]。类似的文章还有邬国平《汤显祖的诗文理论》、俞为民《简评汤显祖的诗文理论与诗文创作》、饶龙隼《论汤显祖的灵性说》等[4]。这些文章从不同层面显示出汤显祖文学思想的理论结构,揭示了它作为晚明性灵文学一个重要表现的性质。在左东岭看来,汤显祖的"情"理论表现在:情是创作的第一原动力,是文艺情感功能和社会功能的发生基础,当然也是艺术价值判断最重要的标准[5]。如此,汤显祖的文学思想与其哲学思想之间重"情"的根本特征才能统一起来,他的社会政治理想所包含的"情"的意味才能得到恰当的阐释。也只有如此,他思想中理、情、欲的不同成分才能协调起来,理因情而温暖,欲因情而自然。这也正是前述汤氏之情乃"生生之仁"的意义所在,是理解汤显祖生命世界的关键。

关于汤显祖的文学思想,研究者们的指向比较统一,基本上没有

---

[1] 黄天骥:《汤显祖的文学思想——意、趣、神、色》,《中山大学学报》1963年第1期。
[2] 周育德:《汤显祖文艺思想初探》,《江西师院学报》1982年第1期。
[3] 邹自振:《汤显祖综论》,巴蜀书社,2001年版,第238页。
[4] 邬国平文见《复旦学报》1985年第1期;俞为民文见《江西社会科学》1986年第4期;饶龙隼文见《抚州师专学报》1992年第2期。
[5] 左东岭:《阳明心学与汤显祖的言情说》,《文艺研究》2000年第3期。

太大分歧,但对他文学创作的看法就比较复杂了。在现代学者们的眼里,作为晚明性灵文学重要代表的汤显祖,其文学成就表现在戏曲方面,或者至多再加上尺牍之类小品文,他的两千余首诗的价值几乎被无视。这些诗真的价值低劣在"第二流"? 抑或与其性灵文学思想有冲突? 如果它们也是汤显祖性灵文学思想的产物,应该如何解释其间的矛盾? 它们在性灵诗歌的序列中处于什么位置? 应该得到怎样的评价?

20 世纪 30 年代的宋佩韦只对汤显祖于举世复古之时不为所动表示赞赏。到了 60 年代两部文学史,都认为汤显祖诗歌成就较低。一者说汤显祖早期诗歌"反映的生活范围狭窄,语言典丽、晦涩",他中年以后有些"关心民生疾苦和不满现实的诗",晚年之作"反映了他消极思想的一面"[1]。另一者说汤显祖的诗歌"出于友朋酬答的过多,反映现实内容的较少;长篇每多累句,小诗较有情致,又未免出之轻易"[2]。当时的评价标准都是反映论及其所涵盖的战斗性、进步性等价值观,似李白之类自我表达特点较明显的诗人评价都不高。而汤显祖之诗作以发抒性灵为宗旨,正是"情"动于中的产物,不被重视是可以想见的。后者的观点尤似未经详考。它的源头应是沈际飞的评论:"(汤集)全诗赠送酬答居多……有时率意率笔,以示确然,未能神来情来,亦非鄙体野体,徒见魇劣"(《玉茗堂诗集题词》)。对此,彭德伟、钱贵成提出不同意见,认为汤显祖的赠答诗"自然不乏真情"。但二人认为汤显祖诗歌成就较高的还是写景抒情之作[3]。

---

[1] 中国科学院文学所编撰:《中国文学史》,人民文学出版社,1962 年版,第 962—963 页。
[2] 游国恩等主编:《中国文学史》,人民文学出版社,1963 年版,第 927 页。
[3] 彭德伟、钱贵成:《简述汤显祖诗歌艺术》,《江西社会科学》1983 年第 4 期。

俞为民把汤显祖诗歌分为关注现实的诗、纪游写景诗、赠别酬答三大类,认为其总体特色"可以用'自然'二字来概括"。但他仅就汤显祖而论汤显祖,缺乏对汤显祖诗歌历史地位的考察,因而所谓"(汤显祖的)诗文作品也取得了卓著的成就"之论断缺乏根基[①]。在笔者看来,汤显祖的送别酬答诗以观政时期及南京礼部时比较集中,几乎当时所有遭贬谪者,显祖都有寄赠之作。单论友情,自然不能说全部都深厚;然而考查其心态,显然是有自身的沉浮感慨以及对世态人生的领悟在其中的,所以此类作品多数不应看成普通意义上的赠送酬答之作。名为酬答他人,实际乃是浇自己胸中垒块,正是性灵诗歌的典型表现。沈际飞所谓"率意率笔"是对的,而"未能神来情来""徒见魔劣"之说,恐显祖所不受也。邹自振的看法和文学所编撰的文学史基本相同,但对汤显祖诗风"自然"的艺术风格概括又加以丰富:明快俊俏、清新娟瘦、萧然洒脱,以及不逐藻饰,俗语入诗的特点[②]。对于一位以才华见长的诗人而言,风格多样是必然的,即便是为了符合不同诗歌体裁的特点也会有这样的结果,更不要说在人生的不同阶段不同的心态下创作成果呈现出的不同风格。邹氏的问题即在于未能将其概括具体化,显得较为浮泛。对汤显祖诗歌分析最为细致妥帖的是徐朔方。汤显祖娴习《文选》,一生的创作或多或少都带着六朝诗的印记,尤以早期为著。表面上看,这也是向古人学习的"复古"。但他的复古却是为了求异于前后七子的刻意不同,因而不仅是复古取径不同,更重在反复古立场的区别。所以,徐先生评价显祖

[①] 俞为民:《简评汤显祖的诗文理论与诗文创作》,《江西社会科学》1986年第4期。

[②] 邹自振:《汤显祖综论·汤显祖的诗歌理论与创作》,巴蜀书社,2001年版,第246页。

诗说:"有的也在典雅中见出功力,但不是前后七子那样的假古董。不像公安派诗人那样明白如话,但也不像他们那样有时流于油滑。时有独创的声调,却不像竟陵派诗人那样幽僻险厌。在当时诗坛上,他确是能够独树一帜的。特别是他的一些七言绝句如……等都是清新可诵的作品。……使人觉得不足的是艺术上有特色的往往是一些小诗,而比较有社会意义的作品,如在万历十六年写的关于灾疫的诗,在艺术上却显得比较草率。七言律诗不乏警拔的好句,而通体完美的却不多。"①应该说,这样的艺术分析总体上是合乎汤显祖创作实际的。在我们看来,如果抛却艺术价值的高低,汤显祖的独树一帜也表现在那些艺术上"显得比较草率"的"比较有社会意义的作品"中。作为非常重视"情"之感染力的诗人,那些粗率拙朴的白描之作,恰恰是其性灵诗歌流脉的重要体现,也是其诗歌史意义之所在。

汤显祖诗歌在明清两代的评价比较复杂。有否定的意见:如《明史》本传于其诗歌不置一词;朱彝尊亦谓"诗终牵率,非其所长";沈际飞还提供了汤显祖诗不好的证据"全诗赠送酬答居多……有时率意率笔,以示确然,未能神来情来,亦非鄙体野体,徒见魔劣"(《玉茗堂诗集题词》)。肯定的意见也很有力:钱谦益说汤显祖在复古之风盛行时"力为解驳……变而之香山、眉山,自言'诗三变而力穷'。其通怀嗜学,不自以为能事如此。"王夫之《明诗评选》选显祖诸体诗达34首,且多有赞美之词。哪些看法更合乎汤显祖诗歌创作的实际情况?以20世纪的研究成果而论,似乎不足以定谳。1981年时,罗传奇认为以前的研究忽视了汤显祖的诗文;1988年,王永健仍然认

---

① 徐朔方:《汤显祖集》,中华书局,1962年版,第12—13页。

为学界对汤显祖"极有艺术个性和社会意义的诗文,缺乏足够的重视"[①]。综观20世纪的研究,对汤显祖诗歌的评价似乎主要取决于判断标准的变化,取决于研究视角的变化,以后研究的推进大概也要依靠这方面的突破。

第二节　公安派诗歌研究

一、公安派及袁宏道性灵诗学研究

公安派是20世纪学术研究的一个热点。它受到诸多关注与现代社会文化史上的两次解放思潮有关。第一次是20、30年代新文化运动的自由民主潮流,第二次是改革开放以后的思想解放潮流。前者始于胡适、周作人、林语堂及其追随者们为新文学寻求本土根源的活动,后者则牵涉到新时期以来学界以个性解放、创新等观念为宗尚的基本理念。相应地,20世纪的公安派研究也大略可以分为两个阶段。

20世纪初期的周作人等着眼点在于新文学,多是在新文学和晚明性灵文学之间略做勾连。他们的议论和推广(大量刊印晚明著作),令性灵文学风靡一时。陈子展批评当时的性灵热时描述说:

> 书架上不摆部把公安竟陵派的东西,书架好像就没有面子;文章里不说到公安竟陵,不抄点儿明人尺牍,文章好像就不够精彩;嘴巴边不吐出袁中郎金圣叹的名字,不读点小品散文之类,

---

① 罗传奇《对汤显祖研究中若干问题的看法》,《江西社会科学》1981年第1期;王永健《汤显祖研究与"汤学"》,《东吴教学》1988年第2期。

嘴巴好像无法吐属风流①。

这股性灵文学热潮还引发了声势颇大的论战，波及到鲁迅、阿英等现代文化史上诸多重要人物。对公安竟陵的深入研究并不是他们的本意，相隔300年的晚明与民国性灵思潮背后，都有着观念的分歧，也都有政治、人事、感情等诸多因素掺杂其间②。尽管如此，民国时对晚明的重温，还是令学者们触及公安派的方方面面，比如袁宏道的人格形象（如风流才子与方巾气），有些成果如任访秋的系列研究，也比较深入③。刘大杰《袁中郎的诗文观》、吴奔星《袁中郎之文章及文学批评》，亦对袁宏道文学思想进行了比较全面的概括叙述。陈子展说："所谓公安竟陵，原是因诗得名，不是因为散文成派的。今人标榜公安竟陵，却是从散文或所谓小品文上立论。"④当时人对公安派的重视，在于小品文。因而在基础研究如交游、传记之外，对公安派的文学思想、文章艺术研究较多，对诗歌的评论则多只言片语。周作人说："中郎的诗……只是有消极的价值，即在他的反对七子的假古董处。虽然标举白乐天、苏东坡，即是不重模仿，与瓣香李、杜也只

---

① 陈子展：《不要再上知堂老人的当》，《新语林》1934年第2期。

② 陈子展认为周作人提倡性灵文学是"想争文学上的正统"来捧自己（《公安竟陵与小品文》，《小品文和漫画》1935年3月），阿英则认为这是"没有正面黑暗的勇气，没有在白刃当前反抗暴力的精神，于是拖出一个死中郎，来作自己的盾牌"（《袁中郎与政治》，《人间世》1934年第7期）。至于鲁迅与林语堂的论战，更是现代文学史上的公案。晚明公安竟陵的兴替中，也有袁中道、钟惺、钱谦益等人之间莫名的人事关系混杂其中。

③ 任访秋受周作人影响，在公安派研究方面用力甚勤，主要成果有：《袁中郎师友考》，《师大国学丛刊》1931年第1卷第2期；《袁中郎评传》，《师大月刊》1933年第2期。

④ 陈子展：《公安竟陵与小品文》，《小品文和漫画》1935年3月。

百步之差。且那种五七言的玩意儿在那时候也已经做不出什么花样来了,中郎于此不能大有作为,原是当然。他所做的只是阻止更旧的,保持较新的而已。"(周作人《重印袁中郎全集序》)可以看出,他们的评价原则略有二端:延续晚清以来变法图强的革新意识;重视文学的大众、通俗价值。不过,周作人等人对通俗文学的理解并不彻底,或者说更重在文体形式(报章杂志小品)的大众影响力,而对文学内容、审美情趣等方面却走向小众,远离内忧外患的社会现实,因而遭到左翼作家的攻击。他们的主张和处境,与晚明公安竟陵很有类似处。"现在中国情形又似乎正是明季的样子,手拿不动竹竿的文人只好避难到艺术世界里去,这原是无足怪的。"①周作人并不讳言自己的"逃避"。就晚明而言,竟陵派的逃避比较明显,公安派之取向是主动选择抑或无奈逃避,似乎还可以讨论。性灵派注重自我,凡受新文化浸染者多会认可;但对性灵派所强调的"真",在陈子展等看来,却是"不免故意矫揉造作,自附风雅,结果伧俗"。本欲求"真"反被认作"伪",无疑是很意外的事情。公安派之求真,有无矫揉伪饰的成分?陈子展的批评固然有对周作人的鄙视在,然而周作人也许有借袁宏道来张大旗帜的目的;那么袁宏道倡立新说,标举风尚,有没有在标举性灵自求树立的背后求取文坛地位声名的意图?

早期的多种文学史立场多沿袭明清以来的传统,对公安派的评价都不高。如钱基博论公安派的文章"以清真药雕琢,而不免纤窕,则江湖才子之恶调也……漫无持择……好行小慧"。论三袁诗歌:

  白苏诗以容易出清真,自有神采,厥旨渊放,使人忘其鄙近;

---

① 周作人:《〈燕知草〉跋》,《苦雨斋序跋文》,河北教育出版社,2002年版,第122页。

而宗道则颓波自放,舍其高洁,专尚鄙俚;作法于凉,后将何观!此则宗道之失也!惟宏道清新清俊,时有合作……其集中诗亦时涉俳谐调笑,如……中道才逊中郎,而雅饬过伯氏。[1]

钱基博立场取"雅正",再者似乎也隐隐有明清以来认公安竟陵为"亡国之音"的意思,因而对复古派评价颇高,以为可以与"文艺复兴"相媲美,对公安派自然不会有太高评价。不过总体看来,他很注重文学史的发展变化,故而未尝以此废彼,意见大体比较公正。(尤见于对竟陵派的评价,详后。)宋佩韦的意见则多来自《四库全书总目》,认为公安派诗歌"鄙俚""诙谐""轻佻"。四库馆臣和钱基博还承认宏道诗有一定价值,宋氏则谓其"清新清俊流自性灵者,集中亦不多见",说小修诗"全篇可诵者,竟没有几首"[2],显然与实际情况不合,似非认真阅读文集之后的结论。

仅凭史传、评论以及选本立论,在20世纪早期论著中比较普遍。有时候无法了解对象全貌,就容易产生偏颇之论。但那时的研究者没有后来成熟稳定的规则范式,约束较少,往往在熟悉的部分有所创建,或者入手处多有特色。例如杨即墨用复古与创造的消长来观察明代诗文,于是公安竟陵是为"真正之创造文学",其与复古派不同有四:诗文代胜、主创造、重真情、尚本色俚语。而实际上公安派的主要主张,基本上为此四点所尽包。至于历来论者讥讽的浅薄俚俗,杨即墨认为是"能之而不为者",是为了"矫士子之枉,而述其正者,未可即以之责公安也"。考之公安三袁的创作,确非不学无术者,写诗

---

[1] 钱基博:《明代文学》,商务印书馆,1934年版,第97—98页。
[2] 宋佩韦:《明代文学》,《中国大文学史》,上海书店,2001年版,第760—761页。

的功夫才华也远较一般诗人为高。杨氏之见,比朱彝尊等人要更合实情①。朱东润以"变"为中心,认为袁宏道"各穷其趣"之说"深得古今诗文变迁之真意"(文章不以时代重);他还注意到袁宏道与李梦阳"初论相合"的一致之处,成为后人对前七子与公安派之间继承关系的考索之先声②。郭绍虞则讨论了公安派理论核心"真与变"以及由此引发的"韵与趣"与袁宏道对时文的关注之间的关系。时文与明代文学的关系极其密切,从公安三袁的文学历程看,宗道在翰林院时与黄辉等人的立意新变非常关键。目前已有学者关注到中道的馆阁文章,可惜都是当作分析中道文学观的普通材料使用,未曾置于馆阁文体变迁中考察,其意义还可以继续发掘。郭绍虞另有长文《性灵说》,对性灵的历史演变进行了系统研究,而公安派性灵说的渊源、产生条件、内涵和意义等问题得到全面的阐发,后世研究者很难突出其问题域。他的讨论对象从杨万里到袁宏道再到袁枚,几乎是把性灵当作中国文学的一种传统来看待。与此相关,在更为宏观的文学史构架方面,除了辩论不休的言志与载道,现实主义与浪漫主义两条线索,陈世骧、高友工等提倡的抒情传统,从性灵概念进行的纵向贯通是否也对全部文学史有重要的参考意义?

新中国成立后至80年代的公安派研究数量极少,质量上也因众所周知的原因乏善可陈。中国科学院文学所和游国恩等编撰的两部

---

① 杨即墨:《明代之文艺思潮》,《东方文化》1942年第6期。按,刘大杰发出此论较早,他说:"清朝人对于中郎作品的批评,大半是说他俚俗诙谐,说他学问的根底不深,这实在是错误的。俚俗诙谐,便是中郎文学的特色,他的诗文,平浅易解,并不能说他的学力浅。"《袁中郎的诗文观》,《人间世》1935年第13期。

② 如范嘉晨:《论"前后七子"对"公安派"的启迪》,《陕西师大学报》1993年第1期。

最具影响的文学史,都带着进步/落后、革命/反动二元对立的立场,运用庸俗辩证法对公安派加以论述。他们都肯定了公安派反对厚古薄今的文学发展观,肯定其反对复古摹拟的进步意义,同时批判了公安派的"唯心"倾向,认为张扬主观心灵是脱离现实生活,更重要的是"由于三袁没有具备像李贽那样的进步思想,而表现为消极避世,追求闲适"[①]。二书都认为公安派的成就在散文而忽略其诗歌,因为体裁的原因,它们都没有深入展开论证。

1981年,钱伯城整理的《袁宏道集笺校》由上海古籍出版社出版。此书笺释详赡,校订用心,所附资料亦极重要,至今仍是无可替代的基本文献。由于袁宏道集卷帙庞大,牵涉颇广,疏漏亦多。1994年,湖北人民出版社出版了李健章《〈袁宏道集〉笺校志疑》,对钱书的舛误遗漏加以补正商榷。著者于三袁用力甚勤,又以后出而转精,可为宏道功臣。袁宗道、中道的《白苏斋类集》《珂雪斋集》1989年由上海古籍出版社出版。刘致中、孟祥荣对三袁的家世、子嗣等问题进行了考证[②]。1999年,南京大学出版社出版了周群《袁宏道评传》;沈维藩《袁宏道年谱》也于本年发表于《中国文学研究》第1辑。这些论著与1983年上海古籍出版社出版的任访秋《袁中郎研究》,都是袁宏道生平及思想研究方面不可忽略的重要成果。此外,唐昌泰对袁中道生卒年的考证也不可忽略[③]。

---

① 中国科学院文学所编撰:《中国文学史》,人民文学出版社,1962年版,第929页。

② 刘致中《公安三袁家世考索》,《文献》1991年第3期;孟祥荣《公安三袁子嗣考述》,《宜昌师专学报》1994年第1期。

③ 唐昌泰:《关于袁中道生卒年小考》,张国光、黄清泉主编《晚明文学革新派公安三袁研究》,华中师范大学出版社,1987年版。

第十章　明代后期性灵诗派研究

20世纪80年代的公安派研究,始于对此前"纲""线"为先的研究成果之沿袭与反拨。孙建模、周学禹等虽然比较细致地考察了公安派的文学理论,却仍然沿袭了60年代两部文学史的基本观点,给予公安派以唯心主义的定性①。张良志则认为性灵是真(侧重思想性)与趣(侧重艺术性)的统一,并非"唯心论"②。任访秋肯定公安派的主张是资本主义萌芽背景下"新兴市民阶级对于文学的要求"③。这是30年代视性灵文学为解放思潮的观点在50、60年代马克思主义社会发展阶段理论支撑下的引申④。30年代刘大杰曾视公安派为"与古典派对立的浪漫派文学"⑤,这也在近半个世纪后的李泽厚那里得到拓展。李泽厚将三袁纳入以李贽为代表,包括了"比三袁早数十年的唐寅、茅坤、唐顺之、归有光这样一大批完全不同的著名作家",认为其与《西游记》《牡丹亭》等体现着"时代必然倾向"的浪漫潮流⑥。何谓浪漫潮流?李泽厚的概括比较笼统。90年代

---

① 孙建模、严国安:《袁宏道文艺思想的探讨》,张国光、黄清泉主编《晚明文学革新派公安三袁研究》,华中师范大学出版社,1987年版。周学禹:《略论"公安派"的文学革新主张》,《信阳师范学院学报》1987年第4期。
② 张良志:《公安派"性灵说"非唯心论辨》,《荆州师专学报》1985年第4期。
③ 任访秋:《关于袁中郎和他所倡导的文学革新运动》,《文学遗产》1980年第2期。此文将这种文学革新运动扩大到相当广阔的范围,如明代的汤显祖、沈德符、冯梦龙、凌濛初,清代的刘继庄,以至于《红楼梦》《儒林外史》,直到清末的黄遵宪、梁启超等人都被视作一脉相承的部分,过于宏大,缺乏足够的理由。
④ 除了周作人、刘大杰等人,更为激进的嵇文甫把公安派与"明代思想史上自由解放的潮流"联系起来。这个潮流从陈白沙、王阳明到王学左派的陶望龄、焦竑、李贽等,公安派虽然与他们并不完全相同,却在根本精神上保持一致性。参见嵇文甫《公安三袁与左派王学》,《文哲月刊》1936年第7期。
⑤ 刘大杰:《袁中郎的诗文观》,《人间世》1935年第13期。
⑥ 李泽厚:《美的历程》,文物出版社,1981年版,第197页。

末，廖可斌对此加以学理规范，将晚明浪漫文学思潮界定为近代美学理想的先导，指出其"根本特征在于倡导主体与客观世界、主体的感性与理性、文学艺术创作中的意与象的分裂和对立，其内涵包括否定现实世界、张扬感性自我、追求主体精神的绝对独立、倡导以意役象和以意役法等层次"[①]。与前辈学者重在理论气魄而议论有时大而化之的特点不同，廖可斌的探讨尽管宏观，却因能落实到思潮演变的内在逻辑结构而避免空泛。

公安派最重要的主张是"性灵说"，它的渊源、内涵、发展演变等问题也在20世纪80年代以后的探讨中得以深化。关于理论渊源，学界通常都认可他们是晚明三教合一思想背景的产物。至于如何受到儒释道何种性质思想的影响，不同学者各有侧重。郭顺玉认为袁宏道受到道家思想的影响[②]。20年代的张汝钊把袁宏道性灵思想之基础追究至佛教的禅、净两宗[③]。80年代以后这方面主要有刘再华、周群、周齐、易闻晓、黄卓越等人的成果。刘再华认为袁宏道由禅而净，"对儒道释三家思想进行圆融整合"；周群认为性灵说受到"王学左派心性论所体现出的灵知活泼、道德色彩淡化的特点以及禅宗心性论的主体特征和《宗镜录》心本论"的影响，负面影响是"过于反观自照，必然限制了作家的视野"；周齐分析了袁宏道净土归趣的形成、背景及其集中体现（《西方合论》）；易闻晓提出，袁宏道的"禅学是佛理的彻底存在化和宗教的完全世俗化的产物，是最为典型的士

[①] 廖可斌：《晚明浪漫文学思潮美学理想的三个层次》，《浙江社会科学》1999年第2期。

[②] 郭顺玉：《袁宏道的处世态度与道家思想》，《陕西教育学院学报》1999年第3期；《袁宏道的诗文观与老庄思想》，《上饶师专学报》1999年第4期。

[③] 张汝钊：《袁中郎的佛学思想》，《人间世》1935年第20期。

夫禅学",其变化存在着"一条从鼓吹纵情适欲的华严禅(即狂禅)到提倡念佛往生的净土禅再到主张安心任运的随缘禅的内在演化轨迹";黄卓越则把性灵直接界定为佛学的常真之体、虚灵、自性流行①。除了刘再华,其他数人虽然都有过分强调佛学与性灵说关系之嫌,但性灵说与佛学理论范畴、命题等内在理路方面的沟通得到相对深刻的揭示,比过去外在特征的浅层比附有了很大推进。有待于进一步推敲的,是佛学思想与儒道两家思想在袁宏道身上的融合方式。公安派与儒家思想的关系也即与阳明心学的关系,主要表现在李贽对他们的影响上。经李贽而来的心学,也是吸纳了佛学、儒学和道家学说之后的心学。

就晚明性灵思潮的发展序列论,公安派的先导或者早期同道大致有李贽、焦竑、徐渭、汤显祖、陶望龄等。除了20世纪前半期的刘大杰、嵇文甫、郭绍虞之外,80年代以来的诸多论者如任访秋、黄清泉、吴兆路、周伟民、陈书录、左东岭等人都曾讨论过此一问题。重要的文学批评史著作如蔡钟翔等《中国文学理论史》、王运熙等《中国文学批评通史》对此也都有所涉及。这方面的基本意见比较统一,区别在于对对象之间影响或共通的程度、渠道等问题的判断。有的学者通过对不同对象(如李贽与三袁)的比较加以展开。如左东岭《从愤世到自适——李贽与公安派人生观、文学观的比较研究》认为:李贽"在重个性与自我价值,崇尚豪杰气质与侠义精神,以及无

---

① 刘再华《袁宏道与儒佛道文化》,《湘潭师范学院学报》1998年第1期;周群《儒佛心性论与袁宏道的"性灵说"》,《镇江师专学报》1999年第2期;周齐《袁宏道净土归趣略析》,《佛学研究》1999年;易闻晓《晚明士夫禅学的典型个案——论袁宏道的禅学思想》,《社会科学战线》2000年第1期;黄卓越《晚明性灵说之沸学渊源》,《文学评论》1995年第5期。

所执著的解脱方式诸方面"对三袁产生了重大影响,三袁较李贽少了"圣人意识与不朽观念";这决定了他们的文学思想虽然都以"真实自然"为核心,但李贽的自然表现重在"喷",三袁则重在"流"[①]。比较的对象之间联系密切,文章又注重叙述原则的客观与统一,避免了常见的平行比较简单排列的缺陷,使三袁和李贽的思想人格特征都在比较中得到比较深入妥当的揭示。

袁宏道的性灵思想论者极多,创作却不为人重视。即使偶有论者,也以散文为主。李健章以《解脱集》为中心,对袁宏道诗歌创作的特征进行了概括。他认为作于万历二十五年游历吴越期间的一百八十余首诗,以"狂放思想和率真的尽情披露"为此一时期诗歌的主要表现形式和特殊艺术风格"。其主要创作内容为内心的感受,而创作方法则是不加修饰的畅所欲言。值得注意的是,他认为《解脱集》中的作品包含着袁宏道的"新诗"试验:对旧形式作某些突破(例如学习民歌、有意识地运用多样化的形式),穷新极变的表现方法,以及大胆运用自己的"本色独造语"。作者的这些见解颇得其实,尤其是把性灵诗学思想的表现落实在创作上,较纯粹阐述理论的作法更为准确也更为圆满地揭示出袁宏道的文学史价值。"破体为诗",任情而发的诗歌创作,正是公安派诗歌创作的最大特点。所可议者,在于他把"新诗"难以为继的原因归纳为受到批评过多,和袁宏道了解宋诗而失去信心两个方面[②]。实际上袁宏道一直对复古派领袖人物的诗歌才能保持着一定敬意,而他自己也有

[①] 左东岭:《从愤世到自适——李贽与公安派人生观、文学观的比较研究》,《首都师范大学学报》1998年第2期。
[②] 李健章:《论袁宏道〈解脱集〉中的诗》,张国光、黄清泉主编《晚明文学革新派公安三袁研究》,华中师范大学出版社,1987年版。

大量足以媲美复古领袖的传统风格的作品。公安派之迅速衰落原因复杂，极可深究，非诗歌领域之内所能解释。周群对袁宏道诗歌创作的佛学影响进行了讨论。他认为袁宏道的诗歌语言质朴自然、意境空灵，题材山林化等特点都能见出佛学的影子[①]。周伟民在概括袁宏道性灵诗歌理论后，也以批判现实主义的评价标准出发，一方面赞其对时弊的揭露，另一方面又批评他脱离现实的轻佻诗风。

二、公安派其他成员研究

公安派的流派属性，决定了其不同成员在追求真性情之表现的共性之外又各具特色。众多成员中学界的关注重心是袁宏道，其他成员受到的关注相对较少。其他成员中，又以袁宗道和袁中道比较集中。焦竑、陶望龄、江盈科、雷思霈等都不大为人关注。事实上，公安派的成员如何界定？包括哪些人？这些成员归属公安派有没有阶段性？都是尚未获得共识的问题。一般公认属于公安派的就是三袁及江盈科，陶望龄是认可程度较高的一个，焦竑、雷思霈则似乎没有什么人提到。有些人把袁宏道自说自话而实际更接近王世贞的潘之恒算作公安派，应该是有问题的。

在公安派周围的人群中，焦竑是很重要的，但学界对焦竑的研究却并不多，已有成果多在文献、历史领域，关注重点在《国朝献征录》《国史经籍志》及笔记《玉堂丛语》《焦氏笔乘》等著作。不过焦竑尽管不以文学著称，但其学术思想在性灵文学发展中可谓先导。这不光表现在他与李贽、三袁等人来往密切的事实上，也表现在他们思想

---

① 周群：《佛学与袁宏道的诗歌创作》，《南京大学学报》1998年第1期。

的密切关联上[①]。郭绍虞在论述公安派形成的前驱时提到三层关系:"一是思想界的关系,以李贽、焦竑的影响为最巨;二是戏曲家的关系,又以徐渭、汤显祖的影响为最深;三是诗人的关系,则于慎行、公鼐诸人的言论也不能没有一些影响。"[②]他说当时的重道轻文和重文弃道者皆不学,"弱侯则于道所得者深,于学所得者博,而文又足以达之,所以不必依旁秦、汉,也不必规范唐、宋,而直指横发,自成其一家之言"[③]。这个评价深合焦竑浑融通达又自成面目的学术特色。因此,"他论诗论文的主张,纵欲与公安合,仍不能不与公安异"[④]。焦竑重性情,崇白苏,兼法悟的诗学主张,我们在袁宗道身上能够看到很多相同之处,在袁宏道后期和袁中道的修正期也都能见到。后来周群以儒佛融通论焦竑的文学思想,亦与郭绍虞的意见相近。焦竑的诗歌创作,几乎没有人论及。仅见周伟民在叙述焦竑文学思想后论焦竑诗说"格调清新雅致,比之李贽的慷慨激昂,则颇相反。他的诗温婉清丽,具有淡泊超然的情趣"。明清两代诸诗论家也少有评论,朱彝尊《静志居诗话》说"诗特寄兴";陈田《明诗纪事》说"小诗亦有清放之致"[⑤]。焦竑的不长于诗似为公论,所谓"寄兴""清放",都是说他信口吟咏,写其性情而已。恰在这一点上,他与公安派是相通的。

[①] 焦竑与李贽的关系很重要,也比较复杂,需要认真排比二人交往的资料及当时背景,很值得追究。左东岭《李贽与晚明文学思想》中有所阐说,但李剑雄有不同看法。参见李剑雄《焦竑评传》,南京大学出版社,1998年版,第85—86页。
[②] 郭绍虞:《中国文学批评史》下卷,百花文艺出版社,1999年版,第215页。
[③] 同上书,第220—221页。
[④] 同上书,第221页。
[⑤] 周伟民:《明清诗歌史论》,吉林教育出版社,1995年版,第248—249页。

袁宗道是三袁中的老大,也是公安派的开创者。此论明清以来殆无疑议。对他的研究通常散见于公安派的综合论述中,单独的论述比较少。讨论宗道诗歌的,有周伟民。他论宗道诗多宗陈田,说宗道诗"学习香山、眉山……因生活接触面比较狭窄,又厌恶官场,所以诗歌内容多数是个人的闲散的生活,抒发闲散超逸的佛思禅意"①。宗道诗歌清新雅润,没有典型的公安体那么不加检括,不讲体格。他只是把自己人生的悲喜不加过多修饰地表达出来,闲散超逸仅仅是他的一个侧面而已。作为公安派的先导人物,袁宗道的研究还不充分,他的生平行实,他与政治时局的关涉,他的交游往来,以及在公安派形成过程中的思想变迁,都可以进一步讨论。

至于公安派的其他成员诸如陶望龄、江盈科甚至袁中道,尽管在公安派的文学思想研究中也都会提出来以为佐证,但在20世纪的学界尚未来得及对他们的诗歌创作展开过正面的研究。对于公安派性灵诗歌的全面研究,乃是在21世纪的学界方成气候。

第三节　竟陵派诗歌研究

一、幽深孤峭诗境的提出与钟惺、谭元春的诗作

20世纪初期的竟陵派研究,大略有两种意见。多数文学史、文学批评史著作,秉承明清以来的主流意见,在略为肯定竟陵反对复古的功绩之外,基本持否定意见。如1929年陈钟凡《中国文学批评史》,即全随朱彝尊所谓"取名一时,流毒天下,诗亡而国亦随之"的

---

① 周伟民:《明清诗歌史论》,吉林教育出版社,1995年版,第269页。

论调,认为"诸家徒能摧陷前人,终无以自立也"[①]。对竟陵派能公允评价的,是钱基博。他说:

> 诗至晚明,钟谭异军别张,钱氏朱氏皆所不喜,竟陵遂为谤府。而夷考其实,钟谭之诗,蹊径别开,靳以幽冷抹七子之绚烂,而为秀峭以矫公安之容易,诗道穷而必变,亦如肥鱼大肉,厌饫之过,而不得不思菜羹也!其诗出入中晚唐郊岛皮陆之间,幺弦侧调,亦有渊源,避熟就生,人自少见多怪耳!要之盛唐李杜,摹拟势尽,厌故喜新,人情皆然!王士禛《唐贤三昧集》不取李杜一首,何尝不与钟谭所选《唐诗归》同指!而士禛诗为秀丽疏朗,钟谭出以幽深孤峭,皆欲以偏师制胜;或诋钟谭格局未完,雕镌愈工,不知真气弥伤;然士禛缥渺取神,风华富有,亦病性情不真;而一尸亡国之大诟,一为盛世之元音,岂非所遭之时有幸不幸耶![②]

钱先生之论,值得深究者有四:一是用变化的眼光看待七子、公安、竟陵之因革,并于诗史上寻求其渊源;二是以欣赏评鉴标准之带有个人口味(文学批评标准的个体性)对待钱、朱的议论;三是"幽深孤峭"为"蹊径""偏师",备诗体一格的诊断(此论有毛先舒《竟陵诗解驳议》倡于前,郭绍虞《竟陵诗论》应于后);四是以诗人与时代气运之离合驳"亡国之音"的论调。他的肯定与批评,是真正学术的典范。后来的研究,未必受他的影响,但学理依据大都不出这四点的范围。钱基博重张施闰章之说,认为竟陵诗文、学行主"冷","人品实不可

---

① 陈钟凡:《中国文学批评史》,中华书局,1929年版,第137页。
② 钱基博:《明代文学·自序》,商务印书馆,1934年版。

及",其特点在"偏枯"而非"肤浅",功绩则在"极可医庸肤之病",但"于诗学虽不甚浅,而他学问实未有得,故说诗既不能触处洞然"。他又指出,竟陵声气之广,谭元春于有力焉。而钟惺之诗,长于名理山水,弊在"意邻浅直,格囿卑寒,故为不了之语,每涉鬼趣之言",故"多佳句而少全篇";谭元春则长于五言,有王维之朗秀,孟浩然之险健,弊在"时涉俳俚,重字复意,不免间出,作枯窘寒俭相;又往往上下语不相应"①。钱基博的看法表现出颇具规模气度的文学史观,其子钱锺书亦从诗艺原理的角度对竟陵派作出了较为客观的评价。他在1948年出版的《谈艺录》②中提出:"以作诗论,竟陵不如公安……然以说诗论,则钟谭识趣幽微,非若中郎之叫嚣浅卤"。在后来的补订中,他又陆续提出不少很有启发意义的观点:如竟陵与沧浪、渔洋诗论相通,其"以厚为诗学,以灵为诗心,贤于渔洋之徒言妙悟,以空为灵矣";竟陵以禅论诗之长短;《诗归》解诗与须溪评杜之关系等等。③ 钱锺书的评论,立足于其深厚的学识和敏锐的艺术鉴赏力,相当符合竟陵派的实际情况。另外一位对竟陵派作出中肯评价的是郭绍虞。他于1941年发表的《竟陵派诗论》,即欲公正地"阐说竟陵派之论诗主张以明他在历史上的地位"。他指出竟陵的诗论宗旨,在于以性灵救复古派之肤熟,又以学古而救公安之俚僻。竟陵的目的,不在"别创深幽孤峭之宗,以取异于途径",而在于"求其高",求之过高,则不能至。因而天地间自有钟、谭这种幽峭之作,不能因其体格单一而否定它。郭绍虞还指出竟陵诗论中灵与厚的相辅相成,使他

---

① 钱基博:《明代文学》,商务印书馆1934年版,第99—101页。
② 钱锺书:《谈艺录》(补订本),中华书局,1984年版,第102页。
③ 参见《谈艺录》(补订本),第103—106页。

们的理论"学古而不落格调","论趣而不落于小慧"①。朱东润认为,钱谦益、顾炎武、朱彝尊等人皆有明遗民,故对竟陵指斥甚力。他说钟、谭之"不恤趋于旁蹊曲径",是出于"急于得名"的心理。竟陵提倡"幽朴","自是诗中一境",但以"幽情单绪""孤怀苦诣"为宗,强调"别趣奇理",则"弊不至鼠穴鬼国不止"。他的看法也较平正,尤其是指出钱谦益等人的遗民心态和竟陵自身的求名心理,实在是很细心的精辟之论。按照传统的标准,朱彝尊不能算遗民,但他出身故明公卿之家,又以身历乱离,有较强的遗民心态是毫无疑问的。此外,方孝岳对竟陵派的叙述也能做到公正不倚。上述研究者相互之间未必有可以落实的影响存在,但他们的看法却在主要方面相当一致,与他们的史家意识应有很大关系。

1949年以后至80年代之前,竟陵派的研究几乎停滞。60年代两部文学史的评价可为典型。中国科学院文学所编《中国文学史》简单地肯定了竟陵派反对复古提倡性灵的"一定的进步意义"之后,批评说"他们提倡的'性灵'比公安派来得狭隘",公安派还有反映社会现实,追求自由反对礼法的一面,而在竟陵派身上"只是作家孤僻的情怀,对现实的淡漠,在那里冷静地观赏自然,自得其乐"。认为这是"比公安派更消沉,更脱离现实。作品内容更加苍白空虚"。该书对竟陵派的创作评论说:"他们不惜用怪字、押险韵,把不同的句子构造形式凑在一起,故意破坏语言的自然之美,所以他们的作品念起来佶屈聱牙,意义费解。"②游国恩等《中国文学史》也对竟陵派批

---

① 郭绍虞:《竟陵诗论》,《学林》1941年第5期。
② 中国科学院文学所编:《中国文学史》,人民文学出版社,1962年版,第932页。

评得很厉害,说他们"把诗文创作引向一条更为狭窄的小路。他们脱离现实生活内容,追求一种'幽深孤峭'的艺术风格,形式主义倾向更为显明"[1]。在革命的现实主义理论指导下,这样的评价是可以理解的。

在新时期引起人们正视竟陵派的是吴调公。他历数自钱谦益、顾炎武、朱彝尊、毛先舒、宋荦、纪昀直至近代林纾对竟陵派的批评意见,认为他们是"攻击、排诋、歪曲、挑剔","一概表现了清初以来各种正统文艺观对一个作为'异端'的文学流派的攻讦"。在作者看来,这些批评者具有复古、卫道、歌颂升平、攘斥异端的本质。他针对前人对竟陵的"孤芳自赏""信笔扫抹""但趣新隽,不原风格""诗境狭隘""不如后七子"等评论,一一进行驳斥[2]。该文虽然还带着"文革"以来大批判的文风影响,持论也时有偏激,论证亦有疏漏,但总体上仍限于学术问题的思辨范围内。该文的意义,在同时期尹恭弘《略谈谭元春的诗歌创作》一文中可以找到恰当的阐释。尹文说:

> 现在大多数的明清诗人还处在"冬眠"状态。这里可资借鉴的经验教训并不在少数。而现在的研究往往停留在因循旧说笼统评断的阶段,有许多断语与实际情况都大相径庭,更遑论其他。原因就是缺乏深入全面研究。所以我们不能不建议古典文学研究界,是否也给这些"冬眠"的明清诗人吹一股春风?[3]

"冬眠"一词,准确地表现出新时期以前学术文化领域的状态。新的"春风",是人们对学术研究摆脱政治教条,逐步迈上正轨的渴望。

---

[1] 游国恩等主编:《中国文学史》,人民文学出版社,1964年版,第991页。
[2] 吴调公:《为竟陵派一辩》,《文学评论》1983年第3期。
[3] 尹恭弘:《略谈谭元春的诗歌创作》,《光明日报》1983年5月3日。

吴文正是应时而作的典范,成为新时期竟陵派研究的转折点。此后的竟陵派研究,在各个方面都得到不同程度的深化。尤其是竟陵派之本土天门,先后于 1985、1987 年组织了两次学术讨论会,结集为《竟陵派与晚明文学革新思潮》(武汉大学出版社 1987 年版)、《竟陵派文学研究论集》(中国社会科学出版社 1990 年版),对竟陵派研究有很大促进作用。

生平和著作方面。钟惺的生卒年一直有不同说法,张业茂《钟惺生卒年及谭元春生卒年考辨》,祝诚《钟惺生卒年考辨》《钟惺年表》以及李先耕《钟惺卒年辨正》《〈中国大百科全书·中国文学〉"钟惺"条辨证》,都是这方面的代表性成果[①]。陈广宏于 1987 年完成的硕士论文《钟惺年谱》(后由复旦大学出版社 1993 年出版),更是为他本人和钟惺研究的深入奠定了坚实基础。谭元春的生平有祝诚《谭元春年表》[②]。钟惺、谭元春的著作也有多种版本问世,其中最有代表性的是李先耕、崔重庆点校,上海古籍出版社于 1992 年出版的《隐秀轩集》;陈杏珍点校、上海古籍出版社于 1998 年出版的《谭元春集》。有些学者的生平行实考证对理解钟、谭的心态及诗学思想的形成很有帮助。例如邬国平《钟惺、谭元春与晚明党争的关系》,详细考察了钟、谭在党争中的不同态度及变化,认为这对竟陵派诗文的影响有二:一是使他们的作品与文学思想与现实生活的结合比公安派"更为紧密和广泛";二是"影响到他们幽深孤峭的文学

---

① 张业茂文见张国光主编《竟陵派与晚明文学革新思潮》,武汉大学出版社,1987 年版;祝诚文见《竟陵派与晚明文学革新思潮》;《钟惺年表》见张国光等主编《竟陵派文学研究论集》中国社会科学出版社,1990 年版;李先耕文分别见《文学遗产》1987 年第 6 期、《烟台大学学报》1988 年第 2 期。

② 《镇江师专学报》1988 年第 4 期。

风格的形成并在理论上对它的肯定"①。邬国平的《〈诗归〉成书考》,也是通过对《诗归》编撰过程的考察来探讨竟陵派诗学思想的形成②。同类的研究,还有陈广宏《钟惺万历己未在吴越交游考述》《论"钟伯敬体"的形成》《论竟陵派形成、发展的四个阶段》等系列文章③。陈广宏的研究具有细密严整的鲜明特色,早年《钟惺年谱》的撰写,使他对竟陵派的相关资料有全面深入的了解。他的系列论文,都是从严格的考辨出发,在历时的过程中呈现历史真相。因此,他对竟陵派由准备发轫到成为影响巨大的文学流派的叙述,以及相关人物、事件、著作的评价都有清晰客观的结论。在细微的基础上得出宏观的结果,这也是学术研究得以深入的基本方向。

竟陵派的评价问题,一直是学界热点。80年代以后,学界对竟陵派的评价多持肯定态度。《竟陵派与晚明文学革新思潮》一集中收录了大量这样的文章,如焦知云《应公正地评价竟陵派对文学史的贡献》、张国光《独树一帜 影响深远——论竟陵派诗歌理论的进步意义,兼评钱谦益的误说》、王毅《也为竟陵派一辩》等等。此类文章多数立足于对以钱谦益为代表的传统否定者的批评,就竟陵派产生的现实条件、诗歌理论、艺术风格、人品德行等方面铺开叙述,大都没有超出吴调公文章的高度,或许全面过之但缺乏深度。尹恭弘《论竟陵派在明代诗文演进过程中的历史地位》是较有特色的一篇。该文认为从前后七子到公安派再到竟陵派的诗文理论是一个正、反、

---

① 《竟陵派与晚明文学革新思潮》,武汉大学出版社,1987年版,第71—72页。
② 《中西学术(1)》,学林出版社,1995年版。
③ 《复旦学报》1995年第1期;《中国文学研究》1999年第4期;《中国文学研究》2000年第1期。

合的过程,因而竟陵派的诗文观"是一种较为全面、深刻的理论形态"。他对竟陵诗风及散文小品创作的实绩进行了分析,中肯地论证了其文学史价值。和其他同类文章相比,该文非常重视竟陵派诗文创作与艺术理论的结合,在竟陵派前后期风格的变化、"幽深孤峭"之风格的形成及其表现等方面的论述达到相当深度。他认为竟陵派"深幽孤峭"的艺术风格表现在以下几方面:用硬毫健笔写险奇山水,喜写月、雪、雨且带着朦胧氛围,以大胆的选语、新颖的句式表现经过深思的眼前景。这些观点与60年代中国科学院文学所编文学史有类似处,但两者的评价标准差异很大。如果认可"幽深孤峭"之审美境界在晚明文坛是一种别开生面的美,那么得到的结论就完全不同。尹恭弘供职于社科院文学所,他的观点可能受到钱锺书的影响。历史在这里产生了一个小小的轮回,我们也从中感受到现代学术研究史半个世纪进程的一丝艰难。作为钟惺文集的整理者,李先耕对相关基础文献有扎实的掌握,发表了一系列考述、评论文章。他的《简论钟惺——兼论竟陵派在文学史上的地位》一文,即以大量的材料,论述了竟陵派的诞生过程、诗文理论创作成就、《诗归》的评选原则、竟陵派在文学文化领域的影响、竟陵派被忽视的原因等问题[①]。虽然也属于全面铺开的论述,在有些问题上稍嫌简略,但其论证思路和切入点的坚实,有效地提升了文章的学术品位。例如,他对竟陵派诞生的经过,即紧扣两条重要文献来立论:身为秀才的钟惺在万历二十九年对七子和公安的"异见",万历三十二年钟、谭相识及钟惺《简远堂近诗序》中论述的"诗为清物"的

[①] 李先耕:《简论钟惺——兼论竟陵派在文学史上的地位》,《文学评论》1995年第6期。

观点。文献的娴熟使他有别于通常对材料不加辨析的做法,避免了因时空错位造成的错误结论,也避免了随意运用文献带来的笼统含混之病。

一般认为,竟陵派理想的诗文境界是"幽深孤峭",除了前引论著对"幽深孤峭"的涵义有所阐发以外,其他的专论也有不少。"幽深孤峭"的基本涵义是孤高、与世不谐,因而不少学者把它与竟陵派的人格追求联系起来。蒋松源认为,"幽深孤峭"与竟陵派耿介的政治态度和相呼应。孙建模也提出,"幽深孤峭"的审美追求"表现了古代文人在现实与理想充满错综复杂的矛盾环境里,企图超脱和倾心耿介的审美情趣"。他的"幽","深情委婉之寄托";"孤","独创性"。因而竟陵派"用看似艰涩实则奇崛的语言来描绘山川景色",是为了"体现他们不谐于浊世的思想风骨,给人以幽深孤峭的美感感受"[①]。把"幽深孤峭"之根本系于耿介和超脱的"性灵",这是深会竟陵诗心的看法。周学禹的看法与此类似,又略有发挥[②]。有些学者认为"幽深孤峭"还包含着"厚"的一面。潘运告认为"幽深孤峭"有怪癖难懂的一面,也有深厚、雄厚、幽远、蕴藉的一面[③]。张弘甚至认为"厚""才是钟惺追求的艺术境界"[④]。王恺认为,竟陵派的独特诗歌艺术境界是"幽深孤奇而不失自然平淡之旨,高超莹洁而

---

① 孙建模:《略论竟陵派"幽深孤峭"的创作宗旨》,《湖北大学学报》1987年第1期。

② 周学禹:《论晚明竟陵派的"幽深孤峭"说》,《信阳师范学院学报》1988年第4期。

③ 潘运告:《竟陵派诗论的美学思想》,《河北大学学报》1985年第4期。

④ 张弘:《钟惺诗学思想简论》,张国光主编《竟陵派与晚明文学革新思潮》,武汉大学出版社,1987年版。

有峭拔之势"。他后来又把"幽深孤峭"概括为"思想的幽深"和"文势的峭拔"①。上述论者多数把"幽深孤峭"看作艺术境界。但作为艺术境界,它只是美的一种,无法与含蓄、雄厚等境界等同,或者说它不具广泛的包容性。从竟陵派的诗学理论看,"幽深孤峭"与"厚"是两个层面的问题。前者主要是对诗人本身品格的要求,也是对诗歌不同流俗的"诗品"之要求。"厚"则是竟陵诗学在艺术境界方面的标准。正如钱锺书所说,竟陵派是"以厚为诗学,以灵为诗心",是需要靠读书养气磨练培养的。关于竟陵派的诗学理论的圆融,其实也有研究者有所揭示。萧毓梓反对用"幽深孤峭"来概括竟陵派的诗学观念。他通过对《诗归》的考察,认为竟陵诗论有三个特点:一是要求抒怀真切与追求艺术风格多样化的统一;二是追求风格的多样化和要求诗境的谐调相统一;三是要求以品诗的深厚之情,去体味诗人的幽静之心,去品出诗中的幽深之境。在他看来,钟、谭"围绕幽情单绪这个中心,容纳多种风格,各类体裁,多样诗境"②。萧文虽然平实守中,却能圆满地阐发竟陵诗论。作为享誉数十年的诗人和诗论大家,钟、谭不可能将其诗论的包容性用一种审美境界限制到狭窄的范围内,从《诗归》的评价看,他们对其它风格的诗歌也推崇备至。还是钱锺书提出的竟陵的理论创作有偏差的观点最中钟、谭之病。竟陵派在理论上是圆融的,能够包含不同的美,但在创作上却偏好于"幽深孤峭"一种。可以说,创作上的偏好是导致竟陵派自晚明以来引起众多批评的触发因素,进而波及对其理论价值

---

① 王恺:《钟、谭〈诗归〉的风格理论浅述》,《南京师大学报》1987年第2期。
② 萧毓梓:《从〈诗归〉探"竟陵体"》,张国光等主编《竟陵派文学研究论集》,中国社会科学出版社,1990年版。

的评判。

竟陵派诗歌理论的包容性,还表现在与超绝出尘的"幽情单绪"截然相反的世俗一面。钱锺书引冯班《钝吟杂录》卷三:"钟伯敬创革弘正嘉隆之体,自以为得真性情也。人皆病其不学。余以为此君天资太俗,虽学亦无益,所谓性情,乃鄙夫鄙妇市井猥媟之谈耳,君子之性情不如此也。"钱先生谓:"'鄙夫鄙妇'一语,或可讥公安派所言性灵,于竟陵殊不切当。"[1]其实竟陵派对幽情单绪的追求是主要方面,但其追求真性情的性灵精神也使他们能够对鄙夫鄙妇的性情,对正统人士眼里的淫辞艳调采取宽容的态度。这个观点在杨建文《钟、谭对艳情诗的审美追求》一文中得以发明[2]。谭元春评《诗归》所选梁刘缓《敬酬刘长史咏名士悦倾城》诗说:

> 耳食者多病六朝绮靡,予谓正不能靡,不能绮耳。若使有真靡、真绮者,吾将急取之。盖才人之靡绮,不在词,而在情。此情常留于天地之间,则人人有生趣。生趣不坠,则世界灵活,含素抱朴,一朝而寻其根,此不易之论也。[3]

从竟陵派的理论出发,"真情"即性灵之根本,亦即超绝出尘的人品和诗品。因而,如果出于真情,则虽绮靡而实不绮靡,虽淫冶而超脱淫冶。此意已极近似于汤显祖的至情论,从而汇入晚明性灵思潮的脉络之中。当然,至于何者为真绮靡,何者为假淫冶,尚可以再行讨论。至少竟陵派对具有"真情"的世俗文学、世俗表现方式已经不再

---

[1] 钱锺书:《谈艺录》(补订本),中华书局,1984年版,第104页。
[2] 杨建文:《钟、谭对艳情诗的审美追求》,张国光等主编《竟陵派文学研究论集》,中国社会科学出版社,1990年版。
[3] 钟惺、谭元春:《诗归》,湖北人民出版社,1985年版,第274页。

极力反对,而是纳入自己的诗学思想中①。

竟陵派的诗学创作和主张除了现实条件的影响,也有其思想渊源。周群和黄卓越对竟陵派诗学理论与禅学的关系进行了考察。周群认为竟陵派的诗学理论中"静"也是与"厚"同样重要的范畴,"两者的融合大致形成了一种沉潜浑穆的美学风格",而这两种范畴都与佛学有关。在创作上,竟陵派崇尚"性情渊夷,神明恬寂"的"心灵的静谧",这是以"直露显豁"地表达"静"来实现的。此外,钟、谭描写山水景观时"荒寒飒肃的基调",也与深悟苦谛有关。他们的研究,既重视到学术背景的影响途径,也能结合竟陵的理论和创作进行细密的分析。

如前所述,自周作人始,散文就被作为竟陵派的主要成就,相关的研究成果也比较多。诗歌在竟陵派研究中实属小宗,研究成果要少得多。他们的诗歌创作,大多时候是作为印证其诗歌理论的材料被使用的。除了前引尹恭弘、周群等人能对竟陵诗歌进行比较细密的分析之外,王恺也在袁宏道和钟惺的对比中讨论了他们的个性异同及其表现。他认为,公安性畅故词亮,竟陵性郁故词沉。在诗歌创作中,中郎"耽沉于对自然风光的直观描绘,其中裹挟着较多快感,往往用一种表面不经意的方式来传达他内心转瞬即逝的快意和联想。有时宁愿牺牲某种隽永余味而求得一时的意尽和辞畅"。钟惺则"喜欢用某种理性化的思想来整理他们获得的感官印象。常常借助用一种赋予审美对象的某种变形的想象能力来曲折地传达出了自己的内心体验、感受乃至'幽深情致'"。他也讨论了钟惺的散文创

---

① 李先耕《简论钟惺——兼论竟陵派在文学史上的地位》一文也论及竟陵派对世俗文学、文化的影响,其实这一事实也可以纳入竟陵派的理论体系中,是竟陵派属于性灵文学思潮的有力证据。

作。薛屹峰也认为,钟惺作品的一个内容是"对于大自然的静静观赏和对人生的细细品味。表现在风格上则是意境的幽旷寂冷与韵味的清丽淡远";另一内容是"由于秉性孤高耿介,从而产生的不谐于浊世,众醉独醒,孤傲拔俗的情怀。表现在创作风格上是色彩的冷峻峭拔";第三方面则是"感时伤世",风格"含蓄深沉"。该文的概括比较完整地体现了钟惺诗文的创作内容以及风格特色,在竟陵派创作实践的研究方面是比较难得的。周牧《"灏气自然归一朴"——钟惺审美理想管窥》一文第三部分,也对钟惺的登临、游览、送别、怀人等诗"以浅语出深情"的特色进行了分析,认为其风格"清绮邃逸",经"具有一种质朴自然的美"[①]。将竟陵派的诗学理论与创作实践结合加以讨论的是陈书录。他认为"竟陵派在理论批评上具有独特的审美追求,在诗文创作中具有独特的审美风貌。这主要是师心'求灵'与师古'求厚'的结合,表现为性灵说的深化和俗美学的雅化"。陈书录认为竟陵派的诗歌理论将古今、雅俗等观念进行了辩证发展,其创作具有两种不同的风貌,"一是抒写'幽情单绪'的诗歌,主导风格冷隽奇奥,孤寂清邃;一是尚今写实、尚俗采风的诗歌,大多质朴自然,意境明朗,以平易坦挚的语言显示清新俊快的审美特征。"陈书录的研究从历史、审美、创作各个层次对性灵派进行了综合性的讨论,也达到相当的深度。他的问题在于,有的总体判断与事实略为偏离。比如他提出竟陵派的性灵理论是"迂回曲折地表达其不满现实的市民意识",又有"畸形化、神秘化"的色彩;竟陵派的性灵说是象征主义的[②]。这些看

---

① 文见张国光等主编《竟陵派文学研究论集》,中国社会科学出版社,1990年版。
② 参见陈书录:《明代诗文的演变》第七章,江苏教育出版社,1996年版,第419—455页。

法,多少有些观念先行的味道,并非完全切合竟陵派的实际情况。总的看来,对竟陵派创作实践的研究,还有开掘的余地。

竟陵派的诗学理论和创作实践具有鲜明的艺术个性,作为一种艺术风格主张及其实践,都拥有不可替代的价值,是对传统诗歌艺术的丰富和拓展。在晚明诗歌史发展过程中,他们继承了前贤的性灵精神,是晚明文学主流观念的体现。除了在当时诗坛的补偏救弊之功外,竟陵派诗歌最为鲜明的超绝精神追求,以及悲凉感伤的情调,也反映出那个时代沉溺于世俗而不知风雨将至的历史。

二、受竟陵派影响的作家:张岱的诗歌研究

张岱在明清两代都不算影响很大的人物,到了20世纪却开始越来越为人重视。早期的重要推手是提倡性灵文学的周作人及其学生辈,80年代以后则有黄裳等人加以揄扬。到了21世纪的陈平原那里,张岱是"明文第一",中国古代散文家的十佳入选者。这个变化是足够惊人的,其背后也很有值得追究的味道。

周作人对新文学本土渊源的追寻带着当时引领新文学运动潮流的目的,因而把公安、竟陵这样影响较大且有理论建树的流派作为旗帜,张岱只是晚明性灵流脉中的一位。但从实际情况看,周作人对张岱的评价似乎要比对公安、竟陵更好。一方面,张岱是他的乡邦先贤,感情上亲近有偏好是难免的[①]。另一方面,在他们看来张岱融合

[①] 周作人在《地方与文艺》中谈到近三百年来浙江文艺和别处比"最为明显"的"飘逸与深刻"两种潮流时说:"浙江的文人略早一点如徐文长,随后有王季重张宗子都是做那飘逸一派的诗文的人物;王张的短文承了语录的流,由学术转到文艺里去,要是不被间断,可以造成近体散文的开始了。"许志英编:《周作人早期散文选》,上海文艺出版社,1984年版,第309页。这个问题值得深思。

了公安竟陵两派文学,是"非常奇妙"的[①]。他的学生沈启无也说:"张宗子的文章,则是能集合这两派之长,再加上他自己生活情调里面所独有的境界,而融化成功另一种作风。"[②]《四库全书总目》撰《西湖梦寻》提要说张岱的"诗文亦全沿公安、竟陵之派",恐为周作人等意见的源头。周作人等所推崇于张岱的,全在小品文。这自不是张岱的全部,他在史学、诗歌、生活方式、精神世界诸方面,实为明清之际部分士人的一种典型。如同公安、竟陵那样,此一时期对张岱的关注重在其著作的编刊方面,谈不上专门的学术研究。

1949年以后至80年代,张岱与当时的主流价值观差距甚大,几乎没有受到什么关注。只有少量普通的介绍性文字,如方汝兰《陶庵张岱——读书笔记》、黄华《〈石匮书后集〉及〈陶庵梦忆〉》、戴不凡《布帛菽粟之文——张岱〈答袁箨庵书后〉》[③]。游国恩等《中国文学史》是把他当作小品文作家加以介绍的。

到了20世纪80年代以后,张岱研究开始逐渐深入。清代前期,张岱的大部分著作都未刊刻流传。道光以后,他的不少重要著作才得以付梓。1959年,中华书局出版了他的《石匮书后集》。80年代以后,他的著作不断被发现并整理出版,重要的如《四书遇》(朱宏达点校,浙江古籍出版社1985年版)、《琅嬛文集》(云告点校,岳麓书社1985年版)、《快园道古》(高学安、佘德余点校,浙江古籍出版社1986年版)、《张岱诗文集》(夏咸淳校点,上海古籍出版社1991年

[①] 周作人:《中国新文学的源流》,华东师范大学出版社,1995年版,第28页。
[②] 沈启无:《近代散文钞·后记》,北平人文书店,1932年版。
[③] 参见《文汇报》1957年6月8日;《文汇报》1957年7月31日;《戏剧报》1961年第3期。

版)。生平行实方面,有不少文章对他的姓名字号、籍贯世系、生卒年月等基本问题进行了考辨[①]。张岱入清后生活发生了很大变化,息交绝游,僻居山野,目前对张岱的卒年尚有不同意见。此外,佘德余、胡益民对张岱的交游情况也进行过整理[②]。陈美林《晚明爱国学者张岱》一文,也从生平、爱国气节、亡国之痛、文艺思想等方面对张岱做了比较全面的介绍[③]。夏咸淳《明末奇才——张岱论》应是20世纪唯一的张岱专论,该书乃评传体,对张岱生平成就等方面的介绍也可以参考[④]。

张岱在文学方面的成就最为现代学人所瞩目。《陶庵梦忆》《西湖梦寻》及单篇散文作品的分析鉴赏类成果最多。诸多论著当中,对张岱作为遗民的故国之思和亡国之痛大约是揭示最充分的[⑤]。比较重要的如陈书录,他认为张岱是明末清初将"忧时托志"与"自适性灵"两种文艺思潮结合起来的代表,这个特点主要表现在其"以坚

[①] 这方面的文章主要有:陈卫民、周晓平《张岱字号、籍里、卒年辨》,《文学遗产》1982年第2期;刘致中《对〈张岱字号、籍里、卒年考〉的几点异议》,《文学遗产》1983年第4期;何冠彪《张岱别名、字号籍贯及卒年考辨》,《中华文史论丛》1986年第3辑;蒋金德《张岱的祖籍及其字号考略》,《文献》1986年第4期;夏咸淳《张岱生平考述》,《绍兴师专学报》1989年第3期;佘德余《张岱年谱简编》,《绍兴师专学报》1994年第1、2、3期;胡益民《张岱年谱简编》,《绍兴师专学报》1997年第4期。

[②] 佘德余《张岱交游录》,《绍兴师专学报》1993年第1期;胡益民《张岱交游考论》(一)(续),分别见《古籍研究》1995年第3期,1996年第2期。

[③] 陈美林:《晚明爱国学者张岱》,《南京师大学报》1986年第4期。

[④] 上海社会科学院出版社,1989年版。

[⑤] 此类论文如:朱建军《论张岱小品文的绘画美》,《东南文化》1993年第6期;乔力《梦醒忽惊啼秋语,易代兴亡总似梦——说张岱〈西湖梦寻·自序〉》,《文史知识》1995年第1期;张则桐《"一往情深":张岱散文情感底蕴论》,《浙江社会科学》1999年第3期。

第十章 明代后期性灵诗派研究

实为空灵"的小品文创作中①。胡益民发表了一系列文章论述张岱的艺术理论,他提出张岱对传统的诗画一律说有不同意见,颇可重视②。袁震宇则对张岱的曲论有所介绍③。王承丹从公安派对张岱的影响入手,论述了他们在生活方式、诗文创作等方面的关系及特点④。张岱一生好诗,流传于今者约二百余首。他对自己的诗是比较满意的,但因流传不广少有人知。明清时重要的诗歌选本都没有收录张岱的作品。2000年以前,专门讨论其诗的文章著作只有寥寥数篇。夏咸淳在评论《张子诗秕》时说,张岱诗歌的基调是"慷慨苍凉,沉郁悲壮"。他讨论了张岱诗歌的内容:今昔之变、歌咏当时民间艺术、咏物诗、山水诗,"任性而发,真率浑朴""寓深厚于平淡"的艺术风格以及"平易而奇崛,通俗而尖新,流畅而顿挫"的语言风格⑤。李圣华以"冰雪精神"作为张岱其人其诗的基本特点,认为其"冰雪"之诗有"雄奇、拙朴和幽隽"三方面的风格情貌⑥。周伟民也认为张岱诗歌抒写"亡国易代的悲哀,深沉悲凉"⑦。他们对张岱诗歌的总体特点概括都比较准确,但缺乏进一步的精神追索。黄裳认

---

① 陈书录:《明代诗文的演进》,江苏教育出版社,1996年版,第475—490页。
② 胡益民:《张岱的诗画界线论》,《文艺理论研究》1998年第6期;《张岱艺术论二题》,《文学评论丛刊》第3卷第2期,江苏文艺出版社,2000年版;《张岱的艺术范畴论》,《殷都学刊》2000年第2期;《张岱艺术家论的特质与历史意义》,《安徽大学学报》2000年第4期。
③ 袁震宇:《张岱曲论管窥》,《文史哲》1987年第3期。
④ 王承丹:《试论晚明作家对张岱的影响》,《天府新论》2000年第5期。
⑤ 夏咸淳:《论张岱诗稿——〈张子诗秕〉》,《上海社会科学院学术季刊》1986年第3期。
⑥ 李圣华:《论张岱的遗民心态和他的"冰雪"之诗》,《贵州文史丛刊》2000年第4期。
⑦ 周伟民:《明清诗歌史论》,吉林教育出版社,1995年版,第300页。

为,张岱的"诗实未佳,然可征故实"。他在《关于张宗子》一文中,说张岱诗所抒写之内容是"记乱后生活,记撰朱明国史,记诸方美物。贯串其中者,遗民之心事也"。文章以对具体作品的简单评点为基础,揭示出张岱诗歌在明清易代前后的变化,间有对其创作特色的评价(如谓张岱五古最佳,语言冲淡,意则深挚)。此文虽然是随笔杂记体而并非正统的学术论文,但由于作者娴熟掌故,兼有通识,故能在举手之间发会心之论。有的见解,表现出对张岱精神世界变迁的入微体察,如认为张岱在"《梦忆》《梦寻》时,虽有家国之感,尚多流连光景。至此(晚年身历劳苦之作),乃能更进一解。可与《自为墓铭》并观"[①]。常见的研究都把"二梦"看作张岱故国之思的表现,但究竟表现到他精神世界的什么层次似乎无人追究,黄裳的"尚多留连光景"之说,非深于世态人生者不能道出。

张岱诗歌研究最有价值的论文是鲍恒《一片冰雪铸诗魂:论张岱诗歌的总体特征》。他说,张岱诗歌的基本特点和总体特征是"冰雪之气",它"与其说是对诗的美学要求,倒不如说是一种人生的价值判断"。张岱"多用四言、五言和古体,又多取仄韵,于凝重中显出顿挫",从而表现出特有的"古朴、凝重、冷峭的艺术风格"。前人说张岱合公安竟陵为一,那么张岱也是性灵潮流之重要人物。鲍恒将冰雪之气与作家人格联系起来,确是得其本质。他还指出,张岱与公安竟陵的不同,在于将这"至性至情"的冰雪之气,"在极为普通平凡甚至是艰难的世俗生活中一一展示出来"。他以张岱晚年亲历稼穑的创作为证,也十分有力。该文还有不少精当之论,如认为张岱咏史诗不重历史情节的展开,而是把"历史人物中那些与自己的个性和

[①] 黄裳:《银鱼集》,三联书店,1985年版,第22—31页。

感受相一致的特征予以特别的强调与突出"。他对笔下那些"隐士的表现与称颂,更多的是出于其现实生活状况的某些相似性,而非心理上的真正认同"。因而,张岱和陶诗中没有那种"轻松忘机的快意,更多的是深沉忧患的痛苦"。此外,他还讨论了张岱诗歌中"剑""琴"两种重要意象以及山水记游诗①。在这些讨论中,该文都能立足于张岱所谓"冰雪之气"的人格内涵,因此对张岱诗歌的看法可谓准确而深刻。

张岱从一个地方性名人,经过三百多年的历史,变成如今的"显学",自然有其深刻背景。其中的深意,值得进一步研究。相应地,作为诗人的张岱,其人其诗与明末清初某种遗民自我选择的生活道路,也还可以在更为广阔的历史环境中加以阐发。

第四节 晚明其他诗人创作的研究

一、吴中诗人王稚登

王稚登是晚明的著名文人。《明史·文苑传》说他在文徵明之后,主吴中"词翰之席者三十余年",在嘉、隆、万历间的布衣山人中为"声华烜赫"之最。在明代士人的记载中,他也是风雅领袖一流的人物。但其著作在清代被禁,流传不广。清代中后期的龚自珍即感叹说:"王稚登《南有堂集》四册,未见梓本……诗接武徐昌谷、高叔嗣无愧色;文亦完密有意度,此集不流传,惜哉!"②在近代又少有推

---

① 《文艺理论与批评》1997年第2期。
② 龚自珍:《跋王百谷诗文稿》,《龚自珍全集》,上海古籍出版社,1999年版,第242页。

扬者[1],因此20世纪的相关研究极少。此外,明人好标榜,诗文多称派。王稚登、王留以诗学途径之异而间其父子之亲,诗坛门户之深可以想见[2]。基于上述原因,现代人眼里王稚登之类难以归入某个流派的诗人自然就容易被遗漏。这一点看看钱基博的《明代文学》明诗部分的总论就知道了。仅有的关于王稚登的研究论著,多在书画、小说领域内,如鲁歌、马征、王汝涛等关于他是否为《金瓶梅》作者的争论[3]。也有将他作为小品文(包括尺牍)作家略作介绍的。以笔者视野所及,20世纪前半期只有宋佩韦《明代文学》称王稚登"等对于复古派的诗文,亦迭有违言,在这里不能一一列举"[4]。20世纪后半期有陈建华把王稚登作为"最初反拨或摆脱复古思潮而注重主观表现的"一位加以介绍,认为王稚登在文学上"盛颂李梦阳'力挽七朝之废,身济百年之弱',然又批评他'摹效刻深,陶镕未暇'"[5]。然而该书也只是略为提到王稚登而已。冯保善有《凌濛初与王稚登》,对王稚登与凌氏父子兄弟的交往进行了初步讨论,有助于理解二人文学思想之间的关联[6]。这些大概就是20世纪王稚登研究的主要

---

[1] 阿英《读王百谷谋野集》说:"《王百谷集》,在禁书目录内,是属于'全毁'的,我还没有机会看到。"随即在《跋王百谷全集残本》中说自己在旧书肆中发现"明刊的百谷全集的残本"。(《人间世》1934年第9期)

[2] 王稚登、王留父子因诗而离父子的事情,见周亮工《因树屋书影》。

[3] 按,鲁歌关于王稚登作《金瓶梅》的相关论著甚多,他本人将主要理由概括为《〈金瓶梅〉作者"王稚登说"简论》,发表于《古典文学知识》2004年第3期。王汝涛文参见《王稚登作〈金瓶梅〉说献疑》,《山东科技大学学报》2000年第2期。

[4] 宋佩韦:《明代文学》,《中国大文学史》,上海书店,2001年版,第758页。

[5] 陈建华:《中国江浙地区十四至十七世纪社会意识与文学》,学林出版社,1992年版,第296页。

[6] 冯保善:《凌濛初与王稚登》,《江海学刊》2000年第4期。

成果。

明清两代诸评论家对王稚登的诗歌评价都不算低,如王世贞说"百谷诗取独诣婉尽,人巧峭绝";朱彝尊说他"华整,第嫌肉胜于骨";王夫之、陈田等人对他的评价都不算低。20世纪的王稚登研究数量与质量都远不能与其地位相称。今后的研究似应在恢复历史真相,彰明其恰当的文化史和文学史意义两个方面继续深入。

二、明代的女诗人研究

女性文学的研究是一个极其复杂却又有待深入的问题。复杂,首先是因为女性文学的边界不清。从性别的角度看,女性文学到底是女性创作的文学,还是写女性的文学甚而包括所有与女性有关的文学,这是需要首先界定的。一般情况下,女性文学应是狭义的女性作者的创作活动和作品。其次,女性文学研究的基本文献缺乏全面可靠的依据。中国古代文学中女性作者的作品,除了少数如李清照等资料相对整齐之外,绝大多数女作家的生平、创作、研究资料没有得到系统的整理。再次,女性文学研究缺乏相对客观有效的理论支撑。女性文学研究这种提法本身就带着先天的局限,它把女性作家的创作从文学创作中独立地剥离出来,似乎女性文学创作活动本身就赋予其结果某种特性。但这种特性又难以脱离影响文学创作的诸如时代、题材、体裁等因素而独立存在,是一个巨大空泛而缺乏规定性的范畴。面对男性作家,我们可以从社会心理、政治经济、人生际遇、学术思潮等多种角度切入,无需考虑性别因素。然而在女性文学研究中,我们首先要重视的是性别。性别因素重于一切,但它真的具有处理所有女性创作的普适性吗?为了显示其独特性,我们如何在现成的研究理论中嵌入空泛的性别理念?这些都需要合理的理论构架。

　　面对这样的困境,已有的女性文学研究也呈现出相当复杂的状态。总体看来,它有以下几个特点。一是重议论,轻文献。由于女性文学文献相对于男性作品的匮乏(尤其是明清以前)、零散(多数保存不完整、选本多而专集少)、单调(诗词曲多于其它体裁),文献整理难度很大。相比而言,议论评价鉴赏要容易得多。二是介绍或者叙述多,深入的研究少。这在很大程度上也是由文献特点决定的。三是总体的概括多,翔实细密的个案分析较少。这些特点也反映在明代女诗人的研究方面。考虑到这些因素,为了避免枝蔓,我们的叙述将以明代女诗人的具体个案为主要线索来展开。

　　20世纪前期的明代女诗人研究成果很少,只在谢无量《中国妇女文学史》、梁乙真《中国妇女文学史纲》、谭正璧《中国女性文学史》中有所体现;20世纪后半期,同类的专著则有张明叶《中国古代妇女文学简史》。一般文学史中,章培恒、骆玉明编《中国文学史》也对晚明女诗人的情况略有提及[①]。这些专门的文学史著作,为明代女诗人在中国女性文学历史图景中的地位及大致状况做了简单的勾勒,有助于从总体上了解明代女诗人的创作状况。其长处还表现在对某些作家的评论,往往有点睛之论。例如谢无量说朱妙端,"多高丽之句,与正统景泰间所谓诸才子相较,固不必愧之也"[②]。评论方维仪"风格甚高,笔力遒劲,有大雅之遗,非如寻常妇人之作,但以虫鸟月

[①] 章培恒、骆玉明主编:《中国文学史》下卷,复旦大学出版社,1996年版,第297—298页。

[②] 谢无量:《中国妇女文学史·第三编下》,民国丛书本,上海书店,1990年版,第15页。

露为吟赏者也"①。有的评论,还能够结合明代诗歌发展的背景和趋势加以简单论述。如梁乙真谓陆卿子与徐小淑创作时,即注意到以她们为代表的明代后期女诗人的兴起,是在李、何继起李东阳而大开风气的情况下产生的②。不过,文学史的体例,限制了作者论述的深入程度。此外,由于文献不足征,以及贯通整个文学史的庞大工作量,此类著作都无法建立在对写作对象的深刻研究之基础上,沿袭前人只言片语的评论,再略为扩展,是最为常见的处理办法。第三,由于女性诗歌创作缺乏自身连贯的传统,无法如一般文学史那样在前后勾连的历史线索中呈现出具体作家或流派的意义。因而,这些文学史论著对女作家的叙述,往往都是各自成章,互不连属。这些特点,直到20世纪末仍然没有太大的改观。这或者也是女性文学视角本身先天带来的缺陷。第四,我们在确立男性作家文学史地位的时候,在不同的时代通常都有比较稳定的坐标。但由于女性文学创作的水平高下参差严重,我们的文学史往往难以确立稳定的评判标准。更兼资料不足,凭着寥寥数首诗或数篇作品定论的情况比比皆是。这样的结果,自然难以作为相对公允的结论为人接受。

20世纪关于明代女诗人的研究论文很少,而这很少的论文又集中在个别作家如柳如是身上。学界相对提及比较多的女作家,有杨慎妻黄峨、吴江叶氏女作家群、徐媛、陆卿子、方维仪、王微、柳如是等寥寥数人。除柳如是之外,其余诸人又多以曲家、词家的面目出现。因而,专门的研究,基本上都着落在柳如是身上。柳如是之受重视,

---

① 谢无量:《中国妇女文学史·第三编下》,民国丛书本,上海书店,第35页。
② 梁乙真:《中国妇女文学史纲》,民国丛书本,上海书店,1990年版,第344—345页。

一是因其与陈子龙、钱谦益等著名士人的关系有关,二是与陈寅恪《柳如是别传》引起的热潮有关,而后者所引发的问题,诸多学术巨擘参与其中。当然柳如是本人的独特个性、创作实绩在明代女诗人中也是首屈一指的。

20世纪的柳如是研究,大概始于1947年胡文楷的《柳如是年谱》①。胡文楷留心古代女性著述,谱后附所藏柳如是著作甚多。本谱亦精审,是进一步研究柳如是的重要资料。但因柳如是前半生行迹本不清晰,又与陈子龙、钱谦益等众多牵缠,其交际行事还有很大展开的空间。此后直至80年代,柳如是以"名妓"的身份,且受钱谦益失节事件的影响,当然不会成为那个时代引人瞩目的对象。至1980年,陈寅恪《柳如是别传》由上海古籍出版社出版,在海内外引起相当的反响。由于陈寅恪的特殊身份,学界对《柳如是别传》的撰述主旨多有探究。据胡晓明归纳,大约有辨诬、自遣自证、复明运动史、颂红妆的女性史、知识分子史或人格心态史、明清文化痛史、自喻自悔说等七种意见②。笔者认为,这七种意见其实并不冲突。这部大书所论的直接内容是为"侠女名姝"辨诬,阐发柳如是平生"始终不离其民族气节之立场、光复故物之活动",从而颂美红妆。其中所寓自遣、历史感叹、时世之伤皆属应有之义,并无明显不谐。陈先生此书重在史实之考证索隐,于柳如是之人格心理有不少精辟之论。但他之眼光重在大节,亦多不细论。且是书虽翔实,却文字雅洁,往往点到为止。因此,虽有珠玉在前,仍需后来者之更进一步。

---

① 胡文楷:《柳如是年谱》,《东方杂志》1947年第3期。
② 胡晓明:《关于〈柳如是别传〉的撰述主旨与思想寓意》,《文艺理论研究》1997年第3期。

其中与陈寅恪意见大略一致者有王钟翰、张政烺、何龄修、王永兴等人①。这些文章皆追随陈先生揭示柳如是大节的宗旨,论述也多不出《柳如是别传》的范围。上述研究对柳如是卓荦大节、张扬豪迈的人格和个性的揭示,对我们深入理解其诗歌创作有重要作用。

此外,黄裳和周采泉的论著也不可忽视。黄裳写了一批关于柳如是的随笔杂论,以《关于柳如是》为代表。在他看来,柳如是"这个小女人是很有野心和才干的政治活动家",她与张溥、陈子龙、钱谦益的密切关系,甲申以后讨好阮大铖,戏装扮昭君犒师于江上等等活动,并非"小女人的喜欢出风头,荡检逾闲的胡闹",都带着政治目的。甚而"弘光一局,牧斋的一切动作,幕后都有她在指挥"。到钱谦益晚年,柳如是仍然"没有脱身于政治漩涡之外"。总而言之,柳如是外表的"风流不检","处处浸透了对封建制度的抗议、蔑视与践踏"②。黄裳的观点,大致上也符合柳如是的人格个性,然而有时易失分寸。黄裳更重要的贡献,是在一系列文章中对柳如是诗文集版本流传情况有所介绍。周采泉《柳如是杂论》在《柳如是别传》的基础上,参考新发现的资料,对柳如是的一生进行了探索。对我们而言,其中《柳如是作品赏析》一节中的诗歌部分最有参考价值。作者

---

① 王钟翰《柳如是与钱谦益降清问题》,张政烺《十二寡妇征西及其相关问题——〈柳如是别传〉下册题记》,并见于《纪念陈寅恪先生诞辰百年学术论文集》,北京大学出版社,1989年版。何龄修《〈柳如是别传〉读后》,《纪念陈寅恪教授国际学术讨论会论文集》,中山大学出版社1989年版。王永兴《学习〈柳如是别传〉的一点体会——柳如是的民族气节》,《〈柳如是别传〉与国学研究——纪念陈寅恪教授学术讨论会论文集》,浙江人民出版社1995年版。

② 黄裳:《榆下说书》,三联书店,1982年版,第193—222页。按,此文最早似发表于张忱石等编《学林漫录初集》,中华书局1980年版,第58—78页。

分别对柳如是的五古、七古、五律、七律、七绝进行了讨论。他的不少看法，切合于柳如是的创作实践。例如他说柳如是早年的五古"吐弃凡近""格调绝高"，并表现出前后七子复古思想的影响。七古多效李贺，"窅深莫测，光怪陆离；偶或在艰涩中稍作绮语，尤为明丽"。又说柳如是先受陈子龙的影响，接触程嘉燧、钱谦益之后，诗风转变得更为成熟。不过，由于该文重在柳如是诗歌艺术特色的辨析，常常随例指点，缺乏总体的概括，更未从晚明文坛以及女性诗歌演变的角度深入阐发[1]。

就单篇文章而言，李思奇、雷鸣的《柳如是其人其诗》是介绍性的文字[2]。赣南师范学院贺超有《论柳如是诗词中独特的精神内涵》《柳如是诗词创作视角论》等文章，是比较少见的对柳如是诗词的专论[3]。在柳如是生平文献整理方面，胡文楷《历代妇女著作考》功不可没。此外，谷辉之辑有《柳如是诗文集》，对柳如是诗文作品及相关资料收集较多。刘燕远《柳如是诗词评注》也有参考价值[4]。

黄裳认为柳如是"纯粹是女郎诗，间有佳句，而往往通体不能相称"[5]。此论不妥。前人对柳如是诗歌颇有好评，如祁彪佳就曾托汪然明搜求柳如是诗，并评论说："读柳如是诗，使人魂消意释，近来闺阁中多染钟谭习气，惟此真得魏晋一派，淡远处不失王孟，定当以作

---

[1] 周采泉：《柳如是杂论》，江苏古籍出版社，1986年版，第45—56页。
[2] 常熟市政协文史资料委员会编：《常熟文史》第25辑，1997年版。
[3] 《赣南师范学院学报》1999年第2期，2001年第1期。
[4] 谷辉之辑《柳如是诗文集》，中华全国图书馆文献缩微复制中心，1996年版；刘燕远《柳如是诗词评注》，北京古籍出版社，2000年版。
[5] 黄裳：《柳如是的几本书》，《春夜随笔》，成都出版社，1994年版，第174页。

手名海内。"①近人潘景郑也认为柳如是诗"旖旎可诵",可媲美李清照②。这是柳如是诗歌清丽的一面。释神堂则评论说:"河东诗早岁耽奇,多沦荒杂……然每遇警策,辄有雷电砰耀刀剑撞击之势,亦鬟笄之异致矣!"③这说明柳如是诗歌还如其个性一样,有大异平常女子的奇崛之气。柳如是诗歌具有鲜明的特色,也达到相当的水准。详细追究柳如是诗歌风格前后变化,置之于晚明"闺阁中多染钟谭习气"的女性诗歌背景,都可能对柳如是诗歌研究产生重要推进。

---

① 抄本《里中尺牍·与汪然明》不分卷。转引自杨艳琪:《祁彪佳与远山堂曲品、剧品研究》,中国戏剧出版社,2007年版,第66页。
② 潘景郑:《著砚楼书跋》"钞本柳如是尺牍及湖上草"条,古典文学出版社,1957年版,第284页。
③ 胡文楷:《历代妇女著作考》引释神堂《脞语》,上海古籍出版社,1985年版,第430页。

第十一章　20 世纪的明末诗歌研究

第一节　东林党与复社的诗歌研究

一、明末文坛的复古余势

在现代文学史的主流叙述结构中,晚明复古派诗论的主要被批判者是公安派和竟陵派。如果旨在了解晚明诗歌史的基本线索,这当然就足够了。但是对探索晚明诗歌史的研究者而言,从后七子到公安派再到竟陵派的替代过程显然过于粗疏,远远不能反映当时文坛的历史面貌。实际上,不仅复古派本身的演化过程存在着自我修正和调节。远如何景明的"舍筏登岸"说,近至王世贞的晚年定论,都表明即便是复古派的领袖人物,也不是将复古与自我表现完全对立起来的。就文学活动本身而言,单纯对古代作家作品的摹拟不能成为创作的目的,而只能是创作的方式。不过复古理论的实际影响或者说流弊过度偏重于摹拟。就事实而言,在复古派与公安派、竟陵派之间,也并存着相当多复杂的沟通渠道。它们并不像主流文学史叙述的那样截然对立。在公安派之前或者同时坚持复古立场并有所变化的,有李维桢、胡应麟、许学夷等人,他们试图将复古的格调论与才情论结合得更为圆融。主张学习六朝初唐的杨慎、高叔嗣等复古派别的传人如谢肇淛、曹学佺,也在不同程度上表现出对复古理论的突破。20世纪的明代诗歌研究史上,这些人多数未曾得到应有的重视①。他们的存在,不仅提示我们主流文学史叙述之外的复杂样态,也为我们检讨20世纪以来文学研究思路、方法及评价标准的缺失提供了更加丰富的维度。因20世纪其他诸人的研究尚很薄弱,在此且以胡应麟为例略述如下。

胡应麟是明代著名的博学之士,学者们多重视其史学、文献学等方面的成就②。20世纪30年代初,清华大学三年级学生吴晗撰写了《胡应麟年谱》,至今仍是研究胡应麟的重要参考资料③。在文学研

---

① 文中所述诸人在20世纪的相关研究都甚不充分,本文将以胡应麟为例稍加论说。故将其余诸人的相关研究成果略揭如下。关于李维桢:朱易安《后七子和明末文人的唐诗观——明代唐诗批评史研究之二》,《上海师范大学学报》1991年第3期;史小军《论"末五子"对"前后七子"格调理论的发展与突破》,《学术研究》1998年第11期;查清华《李维桢对明代格调论的突破与创新》,《中国韵文学刊》2000年第1期。关于许学夷:朱金城、朱易安《试论〈诗源辩体〉的价值及其与〈沧浪诗话〉的关系》,《文学遗产》1983年第4期;管遗瑞《评〈诗源辩体〉对杜诗的研究》,《杜甫研究学刊》2000年第4期。关于谢肇淛:钟扬《谢肇淛"〈西游记〉评论"考辨》,《贵州文史丛刊》1987年第3期;刘绍智《谢肇淛评金瓶梅》,《固原师专学报》1992年第1期;田聿月《谢肇淛在闽东的诗文创作》,《宁德师专学报》1995年第4期;蔡景康《〈五杂俎〉研究》,《厦门大学学报》1996年第2期。关于曹学佺:萨士武《曹学佺生卒年岁考证》,《大公报·史地周刊》132期,1937年5月21日;郑玉堂《曹学佺和他的煌煌巨著〈石仓十二代诗选〉》,《福建师大福清分校学报》1999年第4期;沈时蓉《曹学佺〈蜀中广记〉中有关杜甫诗评论考述》,《杜甫研究学刊》1999年第4期;汪春泓《曹学佺评〈文心雕龙〉述要》,《许昌师专学报》2000年第3期。
② 可参看谢灼华《胡应麟在中国文献史研究上的贡献》,《武汉大学学报》1986年第2期;曾贻芬《胡应麟与古籍辨伪》,《史学史研究》1996年第1期;王嘉川《胡应麟史学理论初探》,《天津师大学报》1996年第3期;仓修良《辨伪学家胡应麟》,《浙江学刊》1998年第5期;何华连《胡应麟及其学术成就散论》,《浙江师大学报》1997年第6期。
③ 吴晗:《胡应麟年谱》,《清华学报》1934年第1期。

究领域,除了小说理论之外[1],胡应麟的诗歌理论著作《诗薮》较受重视。1947年,郭绍虞在《中国文学批评史》中指出,胡应麟诗论出于王氏兄弟而更接近王世懋。他认为胡应麟的主张是调和格调和变化二端;调剂于法和悟之中;因而"由格调折入到神韵了"[2]。后世诗歌理论界对胡应麟的研究大约不出郭绍虞的问题框架。如1991年袁震宇等《明代文学批评史》即从"体以代变、格以代降""体格声调、兴象风神"和"《诗薮》与《艺苑卮言》异同比较"几个方面对胡应麟的诗歌理论进行了全面讨论,以之为"格调说的集大成者"[3]。袁行霈等编撰的《中国诗学通论》也认为胡应麟诗论是对复古诗论的系统化和推进。20世纪关于胡应麟诗歌思想的论文主要有刘海燕《胡应麟〈诗薮〉的再认识》、张晶《论胡应麟的诗学思想》两篇[4]。二文亦从胡应麟本人主张的"体格声调,兴象风神"之"作诗大要"出发,对其诗学主张进行了梳理。这些成果都能对胡应麟诗学思想的基本结构和内涵特征进行比较系统的解说,但其问题也很明显:一是依据的基本文献通常限于《诗薮》一编,对胡应麟的诗歌创作不置一词;二是视野常常着落于胡应麟与后七子领袖王世贞的关系上。这两方面的缺失导致胡应麟研究深度的不足。例如,胡应麟非常重视辨体,他说"文章

---

[1] 方正耀《中国小说批评史略》(中国社会科学出版社1990年)、陈洪《中国小说理论史》(安徽文艺出版社1992年)都对胡应麟的小说理论有所介绍。专论可参看:王先霈《胡应麟的小说理论》,《华中师院学报》1981年第3期;张庆民《胡应麟对古典小说研究的贡献》,《青岛海洋大学学报》1998年第2期。

[2] 郭绍虞:《中国文学批评史》(下卷),百花文艺出版社,1999年版,第193页。

[3] 袁震宇等:《明代文学批评史》,上海古籍出版社,1991年版,第272—286页。

[4] 分别见于《中国韵文学刊》1998年第1期;《学术月刊》2000年第9期。

自有体裁,凡为某体,务须寻其本色,庶几当行"。(《诗薮·内编》卷一)辨体是明代后期诗论家的重大理论特色,以胡应麟为代表的晚明诗论家对诗歌体裁特征的辨析有何理论渊源?有何现实条件?其合理性何在?应该如何评价?他们的理论与创作是否一致?更重要的是,作为一位"学问淹通""根柢深固"[①]的博学之士,他的诗歌理念能否用受复古派影响而笼统概括?其理论有无发展变化?如有变化,其中的触发因素何在?这些都需要在对诗歌理论史和晚明诗坛之总体面貌全面把握的基础上加以观照。已有的成果,多数都能对事实进行详细清楚的总结梳理,但却缺乏全面的视野和恰当的总体价值判断。

二、赵南星和张溥的诗歌研究

除了传统意义上的文人,晚明还有众多政治社会影响极大的重要人物。他们对诗歌的看法以及创作实践也不可忽略,例如赵南星、张溥。在明清的诗歌历史编纂及叙述(如钱谦益《列朝诗集》、朱彝尊《明诗综》等)中,他们自然是在视野之内的。但对现代的诗歌史研究而言,他们则因为种种原因受到冷落。对他们的研究,其实也是追寻明末诗歌史真相的重要补充。

在现代文学史家眼里,赵南星是以其散曲[②]、笑话的创作[③]以及《金瓶梅》可能的作者[④]而被屡屡提及的,同时还关注到其《楚辞》研

---

① 永瑢:《四库全书总目》,中华书局1983年版,第1512页。
② 梁乙真《元明散曲小史》中即对他有简单介绍。赵云林有《赵南星和他的〈芳茹园乐府〉》一文,发表于《河北师范大学学报》1980年第3期。
③ 参见陈蒲清:《中国古代寓言史》,湖南教育出版社,1983年版,第250—254页。
④ 关于他与《金瓶梅》的关系,参见王勉《赵南星与明代俗文学兼论〈金瓶梅〉作者问题》,《中华文史论丛》1985年第4期。

究者的身份①。当然,在历史学家眼里,他还是著名的政治家②。作为明代晚期重要的政治人物,赵南星在当时有很大影响,为"东林三君子"之一,海内望之如"泰山乔岳"。他的诗歌在明代独树一帜,是少有的继承屈原、杜甫之精神,直面现实,具有沉郁顿挫诗风的诗人。姚希孟谓其诗"淋漓沉痛语,使人欲泣、欲啸、欲缩地而谈,欲排阊而诉。易水击筑之音,于今载见。"(《荣禄大夫太子太保吏部尚书赵忠毅公墓志铭》)后来其诗名不显,也与著作在清代被禁毁有关。清初王士禛评论说:"公诗长于古选,颇有法度,而又能自见其才思,惜近体轶不可见。"③从前人的评价中,特别是他本人的创作特色,可以想见赵南星的诗歌思想和创作应该在诗歌史上有一定地位,值得进一步的探讨。同样作为东林学人,一般学者所作诗歌有性气诗的色彩,高攀龙的诗歌也以清真冲淡见长④,而赵南星则激愤慷慨。他们的学术思想与诗歌理论及风格之间有无联系?在当时诗坛处于何种地位?在中国诗歌史上有什么意义?此外,赵南星的诗歌与楚辞、杜诗之间的关系也甚可注意。

张溥作为复社的重要领袖,在政治、社会以及文学方面都有很大影响。20世纪的张溥研究极不充分。蒋逸雪《张溥年谱》(商务印书馆1946年版)较早对张溥的生平行实及相关问题进行了整理考辨,是张溥研究的重要成果。钱基博认为张溥的文章"笔力凡近",成就

---

① 关于赵南星的《楚辞》研究,参见黄中模《屈原问题论争史稿》,北京十月文艺出版社,1987年版,第129—131页。
② 赵俪生:《赵南星评传》,《读书通讯》1947年第135期。
③ 王士禛著,赵伯陶点校:《古夫于亭杂录》卷一"赵南星集"条,中华书局,1988年版,第4页。
④ 参见钱基博:《明代文学》,商务印书馆,1934年版,第98页。

不高。宋佩韦则认为张溥文章"亢爽",又举其《送侯豫瞻北上》一诗,谓其"工稳可诵"①。建国以后,在爱国主义的名义之下,张溥的《五人墓碑记》一文受到较多重视。此外,在诸多关于复社的研究成果中,张溥也常常被附带提及。游国恩等《中国文学史》评论张溥的复古理论说:

> 张溥在文学主张上,维护前后七子的传统。实际他的复古,是要使古学为现实服务,与前后七子的拟古主义,在精神上是大不相同的。②

此一观点准确地揭示出张溥复古理论的时代意义,在那时路线先行的学术环境下是难能可贵的。20世纪90年代以来,张溥研究也随着学术风气整体上的开放得到推进。例如廖可斌《明代文学复古运动研究》,从张溥对明代复古运动第三次高潮的推动作用出发来考察其文学思想。袁震宇等《明代文学批评史》也对张溥论文重在尊经复古、重实践等特点进行了概括。这一时期比较重要的专论有钟涛《张溥文学思想管窥》。她认为晚明的文学复古主张"是在当时天崩地坼、民族危亡的背景下,希望通过复兴古学,以振奋民族精神、挽救明朝灭亡"。因此,张溥的复古主张,"首先是政治的,其次才是文学的"。在"作为传统正宗文学的诗文"已发展到极致的时代,"复古已不是恢复其青春活力的一剂良方"。她还提到张溥重情、重个性的文学主张③。该文的优长是能结合时代背景来分析张溥的复古思

---

① 分别见钱基博:《明代文学》,商务印书馆,1934年版,第71页;宋佩韦:《明文学》,《中国大文学史》,上海书店,2001年版,第774页。
② 人民文学出版社,1964年版,第994页。
③ 钟涛:《张溥文学思想管窥》,《青海民族学院学报》1994年第2期。

想,能细致梳理张溥的文学主张。但该文的不足也很明显:一是文献依据仅有《汉魏六朝百三名家集题辞》,连张溥的文集也不曾涉及;二是对张溥的复古思想与重情、重个性主张之间的联系缺乏统一考虑。结果就是虽然文章对张溥文学思想的内容及特点都涉及到了,但各部分自成片段,总体上仍然停留在现象描述的层面。另外,对张溥文学思想形成的推动因素也缺乏深层挖掘。这样的状况除了与研究思路有关之外,还与张溥所处历史时期有很大关系。事实上,以张溥为代表的明清之际文人研究存在相当大的困难。一是他主要活动的天启崇祯年间变乱频仍,世事如走马,重要的人物很多却缺乏一呼百应的领袖,后世的研究者们想要理出清晰的头绪极不容易。二是他本人的活动涉及到多个方面,游走在政治变动、社会事件、经史文学等诸多领域,更像一个社会活动家而非单纯的政治家或文学家。三是张溥的生命短暂,著作遭禁流传不广。目前看来,张溥研究的突破仍然有待于细致深入的文献整理,有待于在以张溥为中心的士人群体的联系中发现蛛丝马迹,从而找到思想流变的隐含路径。更重要的是,深入细致的研读其诗文别集,感受其诗歌创作的真实体貌以及与其诗学思想之间的关系,才能真正了解其诗歌史地位。

第二节　陈子龙诗歌研究

上一节说到从复古派到公安、竟陵二派之间,有许多事实上的沟通渠道和理论上的可能性。除了上文提到的胡应麟等人之外,比公安、竟陵更晚的陈子龙也是主张合复古派强调的格调与性灵派重视的才情为一体的重要人物。在他身上,更明显地表现出明代诗歌格调与性灵两大潮流复归统一的趋势。明清两代诗论家对陈子龙的评

第十一章　20世纪的明末诗歌研究

价都不算低,他们多从明诗的发展着眼,以陈子龙为振衰起弊,了结明诗之局面的人物。朱彝尊说他"张以太阴之弓,射以枉矢,腰鼓百面,破尽苍蝇蟋蟀之声。其功不可泯也"[①]。陈田也说他"殿残明一代诗,当首屈一指"。都是很恰当的评价。沈德潜、赵翼等人,对陈子龙都持肯定态度。不过,陈子龙在20世纪诗歌研究史上却没有得到应有的重视[②]。

20世纪的陈子龙研究有两个明显的特征。一是多将陈子龙作为晚明文人群体中的一员进行总体式的叙述,如谢国桢《明清之际党社运动考》、张健《清代诗学研究》。二是重陈子龙的词更甚于诗,如钱基博《明代文学》。这种面貌背后的原因比较复杂:它首先与晚明社会由大一统走向离散过程中变化快、多中心的总体面貌有关。晚明时代各种文人群体很多,一时名士不可胜数,往往如走马灯般各领风骚十余年,没有可能出现类似于明代前期李东阳那样稳定地称雄文坛数十年的人物。作为几社领袖、复社要人,陈子龙也是层出不穷的多中心之一而已。其次,由于受进化、革新、大众化等基本价值

---

① 朱彝尊:《明诗综》,中华书局,2007年版,第3698页。
② 关于陈子龙门人夏完淳的研究成果虽然不少,但多为资料或者感想,深入的研究不多,总体情况比较单纯,故列其要目如下。生平文献方面:朱舒甲《夏完淳年谱·卷首传略》(初稿),《镇江师专学报》1986年第4期;白坚《简论夏完淳的生平及其作品》,《社会科学战线》1987年第4期;秦训习《夏完淳事迹考辨》,《郑州大学学报》1990年第3期;白坚《夏完淳集笺校》,上海古籍出版社,1991年版;刘秉铮《〈夏完淳集笺校〉中两个问题的商榷》,《古籍整理研究学刊》1994年第6期;曲冠杰《千秋血　夏允彝夏完淳传》,光明日报出版社,1993年版。诗歌研究及介绍方面:姜肖军《丹青垂古——谈谈夏完淳的诗》,《河北大学学报》1981年第4期;徐柏青、王诗桥《夏完淳诗文中的爱国主义思想及其悲剧审美特质》,《湖北师范学院学报》1998年第2期。

观念的影响,20世纪的学者们对明代诗歌的总体成就判断较低,相应地影响了对陈子龙诗歌价值的认定。研究成果既少,也难以充分探究其诗歌理论与创作的优劣得失。

早期的文学史,很少有明诗的详尽介绍,更不要说陈子龙了。少数著作提到他,也通常是几句简单的介绍,总体定位和具体评论一般都是沿袭明清时人的看法。典型的如钱基博《明代文学》:

> 王李道尽,公安之派寖广,竟陵之焰顿兴,一时好异者诗张为幻。而有振七子之坠绪,返俚浅于茂典者,陈子龙也;实以沈博绝丽之才,领袖几社。……誉之者谓其廓清榛芜,力追先正;而诋之者则曰七子窠臼,徒为虚器。然以此结明三百年之诗局,而与开一代风气之高启,后先辉映;亦足以觇复古为明文学之主潮,诗亦不在例外……尤工七言古。……子龙七古跌宕自喜,取藻于六朝四杰,而出入太白昌谷;所惜铺叙华缛,动出一轨,不免与七子同讥;又时杂以豪粗耳!然子龙之诗,不脱王李之窠臼;而子龙之词,则直造唐人之奥宇。①

明清两代诗论家以高启与陈子龙先后对举为明诗之起结者甚多,钱基博似乎是接受了前人的看法,对陈子龙诗的评价不可谓不高。然而仔细品味其文意,举陈子龙与高启相对,更像为了证明有明一代诗歌以复古为主潮的基本观点,而不是对陈子龙诗歌价值的肯定②。

---

① 钱基博:《明代文学》,商务印书馆,1934年版,第102—103页。
② 按,钱基博的看法基本上得自赵翼。《瓯北诗话》卷九"吴梅村诗"条:"高青邱后,有明一代,竟无诗人……通计明代诗,至末造而精华始发越。陈卧子沉雄瑰丽,实未易才;意理粗疏处,尚未免英雄欺人。"(人民文学出版社,1963年版,第130页)

第十一章 20世纪的明末诗歌研究

"不免与七子同讥""时杂粗豪""不脱王李之窠臼"等语,都表明钱基博对陈子龙诗歌虽然作出肯定的判断,但这肯定是有限度的。宋佩韦对陈子龙的论述则全袭陈田之说,而陈田的看法亦是从明清诗论家的主流意见发展而来。郑振铎《插图本中国文学史》对陈子龙有简单介绍,认为他"明目张胆的为王、李七子作护符","诗文皆名世,其骈体文和长短句的造诣,尤为明人所罕及"[1]。朱东润《中国文学批评史大纲》对陈子龙的评价也与钱基博相近。

建国后学界对陈子龙的评价以两部文学史为代表。中国科学院文研所编《中国文学史》和游国恩等编《中国文学史》都指出陈子龙与复古派的联系,认为他的成就要高于前后七子,也与前后七子有所不同。两部文学史都认为陈子龙的创作可以分为前后两期,对后期诗歌的评价比较统一,对前期诗歌则分歧较大。中科院文学史认为陈子龙前期诗多摹拟,"有一部分作品虽然也具有一定的社会内容,但还没有构成他自己的独特风格,和前后七子没有多少区别",后期"一些'忧愤念乱'的诗歌里注入了沉痛的感情,显得悲劲苍凉,而词藻华丽,音调铿锵,具有感人的力量"[2];游国恩等所编文学史则认为陈子龙前期"就有反映人民生活痛苦的诗篇。……直抒孤愤,豪放悲壮,是他的后期诗风的特点"[3]。前者重在揭示陈子龙前后期诗歌的转变,而后者则在于从"爱国作家"的立场发现陈子龙前后期诗歌

---

[1] 郑振铎:《插图本中国文学史》,《郑振铎全集》第九册,花山文艺出版社,1998年版,第458—459页。
[2] 中国科学院文学所编撰:《中国文学史》,人民文学出版社,1962年版,第980—981页。
[3] 游国恩等主编:《中国文学史》,人民文学出版社,1964年版,第994—995页。

的一致性。它们的评价与陈田的意见大略相似,不过多了些"人民性""现实性"的时代观念。对明清之交的诗人而言,天崩地裂的"世变"是每个人都摆不脱的,战乱流离、自伤悯人等等主题恰好符合"现实性"标准的要求,也能反映出当时诗人创作的时代特征。但这仅仅是巧合而已,它并不能说明"现实性"标准本身的普适性。现实不光是民生疾苦和社会治乱,甚至也不限于外部世界,公安、竟陵的情感追求和精神世界,也并不脱离现实而存在。两部带着时代特色的文学史对陈子龙的理解尚可再议。

20世纪80年代以来,陈子龙的研究得到比较大的推进。首先值得一提的是朱东润《陈子龙及其时代》。该书将陈子龙短暂的一生分为三个阶段:"从青年到三十岁,他是名士,他关心的主要是诗文,他的作品,和当时的一般名士相比,没有多大的不同,摹古的气息甚至比同时人更突出。从三十岁到现在(弘光元年,1645),由于他接触到黄道周,他认清了对于国家的责任和国步的艰难,他不再是一般的名士了,他是志士,确实以国事为己任。待到这一年(弘光元年)出任兵部给事中以后,他是战士,他看到国家的艰难,决心把自己的一切献给国家,最终在三万六千顷的太湖边上,献出了自己的生命。"[①]该书虽然不以陈子龙的诗歌创作为重心,甚至对时代状况的描述也影响到对陈子龙人生的讨论,但这些都不能掩盖此一划分的敏锐性。这个划分,对理解陈子龙诗歌的风格变化也有重要作用。其他陈子龙生平方面的研究多与柳如是有关,以陈寅恪《柳如是别传》为代表。

有学者对陈子龙的思想进行了探讨,例如张建明和张显清都把

---

① 上海古籍出版社,1984年版,第206页。

陈子龙当作明清实学思潮的重要人物①。这一判定存在两大缺陷：一是明清实学本身是非常模糊的概念，许多思想有重大矛盾或者在不同领域做出成绩的人物都可以因立足现实而被涵盖进去；二是把陈子龙纳入实学思潮的论据是因其助修徐光启《农政全书》和编纂《明经世文编》，但经世思想是政权危亡时多数士大夫共有的特点，并不能突显陈子龙本人思想的特色。因而，对陈子龙思想的研究还需要寻求其它切入点②。

对陈子龙文学成就的研究重点在词。这方面重要的文章有：王英志《陈子龙词学观初论》③、赵山林《陈子龙的词和词论》④、叶嘉莹《从一个新的理论角度谈令词之潜能与陈子龙词之成就》⑤、王英志《浓纤婉丽寄兴深微——论陈子龙词》⑥、刘扬忠《论陈子龙在词史上的贡献及其地位》⑦、陈水云《崇祯末至康熙初年的词学思潮》⑧、孙克强《试论云间词派的词论及其在词论史上的地位》⑨。他们或者对

---

① 参见：张建明《晚明实学思潮的主将：陈子龙》，《北京社会科学》1988年第4期；张显清《陈子龙：晚明实学思潮的健将——兼论明清实学思潮的一些问题》，《明史研究》第6辑1999年。

② 关于《明经世文编》的研究，还有关注其编纂状况的，如吴琦、冯玉荣《明经世文编编纂群体之研究》，《华中师范大学学报》2002年第1期；有讨论陈子龙编辑思想的，如金薇薇《从〈皇明经世文编〉的编纂论陈子龙的编辑思想》，《河南大学学报》2000年第6期。

③ 《齐鲁学刊》1984年第3期。

④ 《词学》第7辑，华东师范大学出版社，1989年版，第184—196页。

⑤ 《四川大学学报》1990年第1期。

⑥ 《中州学刊》1990年第2期。

⑦ 《第一届词学国际研讨会论文集》中国文哲研究所出版1994年。

⑧ 《湖北大学学报》1996年第2期。

⑨ 《中州学刊》1998年第4期。

陈子龙重视比兴寄托的词学思想加以解释,或者对其词学创作的婉约幽微之风进行分析,总以龙榆生所谓陈子龙是清代词学复兴的起点为是。

20世纪关于陈子龙诗歌的研究专论甚少,似仅朱则杰1983年的《明诗的光辉终结——略论陈子龙的诗》[1]一篇论文。文章认为陈子龙的诗"大体继承明代复古派的传统,又具有深刻的思想意义和突出的艺术风格,是明诗的光辉终结"。其评价的现实主义标准、主要观点如陈子龙诗歌前后分期及不同时期的特点等等,与60年代两部文学史一脉相承,除了更为细致之外,基本上没有变化。周伟民在其专著《明清诗歌史论》中讨论了陈子龙的诗论和创作,提出陈子龙诗论的三个方面是:"首先,对诗的内容,强调诗言志,诗歌要发自诗人内心的情志;其次,对诗的艺术性,陈子龙主张'贵意'与'工词'并重;第三,对于诗人的艺术修养,陈子龙认为必须明源、审境、达情。"[2]周伟民也把陈子龙诗歌分为前后两期,不过他认为陈子龙前期的诗"有放荡不羁、藻丽典雅的一面"[3],这是放弃了空泛的现实主义标准而近于清末民初陈田的纯艺术标准。类似的更为细致的研究还有廖可斌《明代文学复古运动研究》。该书对陈子龙诗歌"为我们展示出一幅遍地战火、满目疮痍、风声鹤唳、凄风苦雨的时代画卷"的详细情况进行了分析。该书还揭示了陈子龙诗歌"高华"的艺术风格,认为"高""是指他的诗歌表达了对国家民族命运的热诚关注,回荡着爱国主义的主旋律,体现出诗人的高尚人格,格调悲壮慷

---

[1] 《苏州大学学报》1983年第2期。
[2] 周伟民:《明清诗歌史论》,吉林教育出版社,1995年版,第306—307页。
[3] 同上第308页。

慨";"华"则是指"他的诗歌文采斐然",亦即"高格"与"华采"的结合。廖可斌还以陈子龙为中心,概括了此一时期复古派继承前后七子重倡复古主义、重雅正、重情采和体裁法度的诗歌理论。他试图在关注现实及爱国主义的前提下,对陈子龙诗歌理论和创作进行综合性的考察①。但总体看来,关注现实和爱国主义仍然是比较空泛的概念,也是那个时代许多士大夫的共同特征。因此尽管该书的分析将以陈子龙等人为代表的第三次复古运动与前两次复古运动的异同区别开来了,但在陈子龙创作个性特色方面的探讨还嫌不足。陈书录在《明代诗文的演变》一书中,则以"师古复雅和师心尚俗两大思潮的融合"为背景,对陈子龙进行了分析。他认为,陈子龙等人的创作心理和方法都是"尚今写实",以"忧时托志"为诗之本,以"导扬物美"而"讥刺当时"。从创作上看,"陈子龙诗歌的主旋律是忧时托志,主导风格是浑雅",但其"艺术手法并非是单一化的,而是具有多样性。这主要表现为:一是怀古意识与通今意识的相互渗透……二是物象时空与心理时空的同步开拓……三是体物状形与传神写意相辅相成"②。陈著的长处在于细密入微(如对陈子龙诗歌艺术手法的分析),而在融会贯通方面则略有欠缺。"师古复雅和师心尚俗两大思潮的融合"的总判断并无问题,但"尚今写实"与"师心尚俗"、"忧时托志"与"师古复雅"之间的鸿沟甚为明显,更重要的是,在这个结合中无法充分体现晚明诗坛的历史演变。张健则从云间派、西泠派的诗歌理论构架出发,对其情真文美的追求、以汉魏盛唐七子为正

---

① 廖可斌:《明代文学复古运动研究》,上海古籍出版社,1994年版,第396—405页。
② 参见陈书录《明代诗文的演变》第八章,江苏教育出版社,1996年版,第457—475页。

宗、格调姿色的主张等方面进行了阐发。他的论述着眼点在流派,且不涉及创作实践,故暂不置论。

总的看来,20世纪的陈子龙研究已经有了很好的基础,也还有许多值得开掘的方向,例如陈子龙的思想世界,他的详尽的生命历程,他的诗词文章的统一性等等。朱彝尊提到:

> 观其与李、宋二子选明人诗自序,略云:"一篇之收,互为讽咏;一韵之疑,互相推论。揽其色矣,必准绳以观其体;符其格矣,必吟诵以求其音;协其调矣,必渊思以研其旨。于是郊庙之诗肃以雍,朝廷之诗宏以亮,赠答之诗温以远,山薮之诗深以邃,刺讥之诗微以显,哀悼之诗怆以深。使闻其音而知其德,省其辞而推其志。"先生之论诗,知所本矣。①

陈子龙诗论中,"体格音调"是极为重要的问题,其中"体"则是重中之重。他的复古的"格调"论,与晚明普遍存在的"辨体",与性灵文学思潮的"破体"都有紧密的联系。我们除了从"忧时托志"的角度出发论其诗歌的沉郁之风,"诗体"角度的梳理或者也是一个可行的切入点。

关于20世纪的陈子龙诗歌研究,始终在两个相互矛盾的主题之间徘徊。一个是他的复古的主张与创作特色,另一个是反清复明的爱国主义倾向。由于政治的评价与诗学的认定时常产生冲突,因而也使陈子龙的诗歌研究难以形成学术的共识。其实,从反清复明的爱国倾向与复古格调的关联中,是能够进行更为深入的剖析的。因为在复古格调的追求中,其实更青睐感情的深挚与情绪的激昂,这也

---

① 朱彝尊:《明诗综》,中华书局,2007年版,第3698页。

合乎儒家诗以言志的传统。用黄宗羲的话说就叫作诗歌要以抒发"万古之性情"作为其追求目标。而身处明清易代之际的陈子龙,面对的血雨腥风正好适应了此种格调的追求,于是写出近于老杜那般沉郁顿挫的诗作也是顺理成章之事。学者们如果不死守学术偏见,是可以研究诗歌体貌与历史现实之间的对应关系和适应性的。中国古代之所以会出现如此多的诗体,就是为了表达各种不同人生感受的,而研究不同诗体和不同诗人的复杂关联,乃是诗歌史研究的重要课题之一。另外,陈子龙诗歌研究中还存在着一个被遮蔽的重要问题,就是如何处理易代作家的难题。20世纪的陈子龙研究基本将其定位在爱国主义作家的身份上,好像已经成为学术定论。但是,如果仅仅以反清复明作为判别身份的标准,那么钱谦益、吴伟业当然就成了所谓的"贰臣",那么他们在诗学史上的地位就大受影响。更何况还要面对进入中原的满清文人的创作,如从爱国主义的立场来立论,更是难以把握。那么如何建立易代之际诗人及其创作的叙述角度与评价标准,更是一个任重而道远的学术话题。因此,陈子龙的研究尚有巨大的学术空间,需要更多的学者作出不懈的努力。